Eis Aqui um Homem

Do autor:

O Quarto Poder
O Décimo Primeiro Mandamento
O Crime Compensa
Filhos da Sorte
Falsa Impressão
O Evangelho Segundo Judas
Gato Escaldado Tem Nove Vidas
As Trilhas da Glória
Prisioneiro da Sorte

As Crônicas de Clifton

Só o Tempo Dirá
Os Pecados do Pai
O Segredo Mais Bem Guardado
Cuidado Com o Que Deseja
Mais Poderosa Que a Espada
É Chegada a Hora
Eis Aqui um Homem

JEFFREY ARCHER

Eis Aqui um Homem

Tradução de
Wendy Campos

1ª edição

Rio de Janeiro | 2021

EDITORA-EXECUTIVA
Renata Pettengill

SUBGERENTE EDITORIAL
Marcelo Vieira

ASSISTENTE EDITORIAL
Samuel Lima

ESTAGIÁRIA
Georgia Kallenbach

REVISÃO
Renato Carvalho
Wilson Silva

DIAGRAMAÇÃO
Futura

CIP–BRASIL. CATALOGAÇÃO NA PUBLICAÇÃO
SINDICATO NACIONAL DOS EDITORES DE LIVROS, RJ

A712e   Archer, Jeffrey, 1940-
        Eis aqui um homem / Jeffrey Archer; tradução Wendy Campos. – 1. ed. -
Rio de Janeiro: Bertrand Brasil, 2021.
(As crônicas de Clifton; 7)

        Tradução de: *This Was a Man*
        Sequência de: *É chegada a hora*
        ISBN 978-65-5838-026-9

        1. Romance inglês. I. Campos, Wendy. II. Título. III. Série.

21-68504   CDD: 823
                                     CDU: 82-31(410.1)

Meri Gleice Rodrigues de Souza - Bibliotecária - CRB-7/6439
06/01/2021 06/01/20211

Copyright © Jeffrey Archer 2016
Título original: *This Was a Man*

Texto revisado segundo o novo Acordo Ortográfico da Língua Portuguesa.

2021
Impresso no Brasil
Printed in Brazil

Todos os direitos reservados. Não é permitida a reprodução total ou parcial desta obra,
por quaisquer meios, sem a prévia autorização por escrito da Editora.

Direitos exclusivos de publicação em língua
portuguesa somente para o Brasil adquiridos pela:
EDITORA BERTRAND BRASIL LTDA.
Rua Argentina, 171 — 3º andar — São Cristóvão
20921-380 — Rio de Janeiro — RJ
Tel.: (21) 2585-2000
que se reserva a propriedade desta tradução.

Seja um leitor preferencial. Cadastre-se no site www.record.com.br
e receba informações sobre nossos lançamentos e nossas promoções.

Atendimento e venda direta ao leitor: sac@record.com.br

Para minha primeira neta

Meus profundos agradecimentos às seguintes pessoas por seus inestimáveis conselhos e pesquisas: Simon Bainbridge, Sir Win Bischoff, Sir Victor Blank, Dr. Harry Brunjes, Prof. Susan Collins, Eileen Cooper, o Hon. Lorde Fowler, o Rev. Canon Michael Hampel, Prof. Roger Kirby, Alison Prince, Catherine Richards, Mari Roberts, Susan Watt, Peter Watts e David Weeden.

OS BARRINGTON

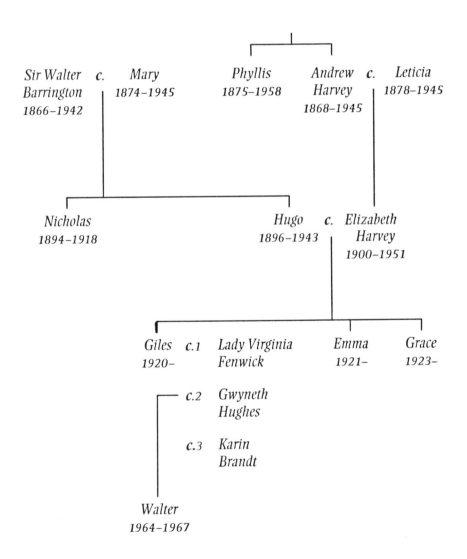

OS CLIFTON

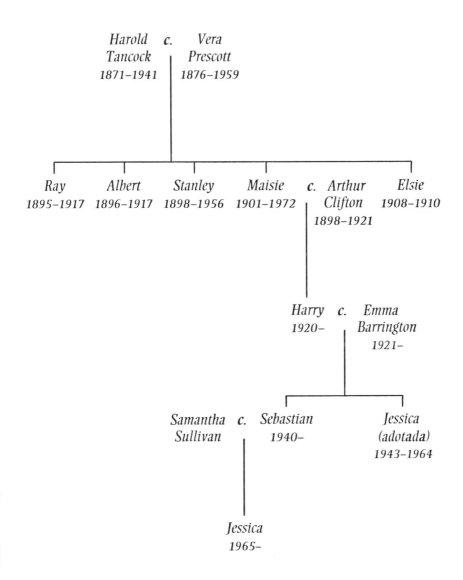

PRÓLOGO

1978

Emma sempre prestava atenção em qualquer navio hasteando a bandeira canadense na popa. Ela verificava o nome no casco e só então sua pulsação voltava ao normal.

Dessa vez, quando leu o nome, seus batimentos cardíacos quase dobraram e suas pernas quase esmoreceram. Checou novamente; aquele não era um nome de que se poderia esquecer. Emma se levantou e observou os dois pequenos rebocadores navegando pelo estuário, lançando ondulações de fumaça escura pelas chaminés enquanto manobravam o velho cargueiro enferrujado até o destino final.

Ela mudou de direção, mas, ao caminhar até a área de ferro-velho do estaleiro, não conseguiu evitar se perguntar quais seriam as possíveis consequências de tentar descobrir a verdade depois de todos esses anos. Certamente seria mais razoável apenas voltar para seu escritório em vez de remexer no passado... um passado distante.

No entanto, Emma não desistiu, e, assim que chegou ao ferro-velho, foi direto para o escritório do administrador como se estivesse apenas realizando suas habituais rondas matinais. Entrou no antigo vagão de trem e sentiu-se aliviada ao descobrir que Frank não estava lá, apenas uma secretária sentada à máquina de escrever. A mulher se levantou assim que viu a presidente.

— Infelizmente, o sr. Gibson não está, sra. Clifton. A senhora quer que eu vá procurá-lo?

— Não, isso não será necessário — respondeu Emma. Ela espiou o grande gráfico de reservas na parede, e seus piores medos se confirmaram. O navio a vapor estava reservado para o desmonte, e o trabalho deveria começar na terça-feira da próxima semana. Pelo menos isso lhe dava algum tempo para decidir se deveria alertar Harry ou fazer vista grossa. No entanto, se Harry descobrisse que o *Maple Leaf* estava de volta para ser enviado ao cemitério e perguntasse se ela sabia disso, Emma não seria capaz de mentir para ele.

— Estou certa de que o sr. Gibson retornará em poucos minutos, sra. Clifton.

— Não se preocupe, não é importante. Mas a srta. poderia pedir a ele que vá me ver quando passar pelo escritório?

— Poderia adiantar o assunto?

— Ele saberá.

Karin observava os campos passando rapidamente pela janela do trem durante o trajeto até Truro. Sua cabeça, porém, estava em outro lugar, tentando se conformar com a morte da baronesa.

Ela não falava com Cynthia havia vários meses, e não fez qualquer menção de colocar outra pessoa como seu contato. Será que ela não era mais de interesse para eles? Havia algum tempo que Cynthia não lhe passava qualquer informação significativa para transmitir a Pengelly, e as reuniões no salão de chá tinham se tornado cada vez menos frequentes.

Pengelly havia insinuado que não demoraria muito até que fosse chamado de volta a Moscou, o que para ela já não era sem tempo, pois estava cansada de enganar Giles, o único homem que amou, e não aguentava mais viajar para Cornwall com a desculpa de visitar o pai. Pengelly não era seu pai, e sim seu padrasto. Ela o detestava, e sua intenção sempre fora usá-lo para escapar do regime que ela tanto desprezava, a fim de que pudesse estar com o homem por quem havia se apaixonado. O homem que se tornou seu amante, seu marido e seu melhor amigo.

Karin odiava não poder dizer a Giles a verdadeira razão dos frequentes encontros com a baronesa no salão de chá da Câmara dos Lordes. Agora que Cynthia estava morta, ela não precisaria mais viver uma mentira. No entanto, quando Giles descobrisse tudo, será que acreditaria que ela havia escapado da tirania de Berlim Oriental só porque queria ficar com ele? Será que a mentira seria demais para Giles?

Quando o trem parou em Truro, ela rezou para que fosse a última vez.

—

— Há quantos anos você trabalha para a empresa, Frank? — perguntou Emma.

— Quase quarenta, senhora. Servi ao seu pai e, antes dele, ao seu avô.

— E já ouviu a história do navio a vapor?

— Isso foi antes de minha época, senhora, mas todos no estaleiro estão familiarizados com a história, embora poucos comentem a respeito.

— Tenho um favor a lhe pedir, Frank. Você pode reunir um pequeno grupo de homens de sua confiança?

— Tenho dois irmãos e um primo que nunca trabalharam em outra empresa senão a Barrington.

— Eles precisam vir em um domingo, quando o estaleiro estiver fechado. Vou pagar o dobro pela hora, em dinheiro, e haverá um bônus de incentivo no mesmo valor dentro de doze meses, mas apenas se eu não ouvir qualquer comentário sobre o trabalho que realizarem nesse período.

— Uma oferta muita generosa, senhora — respondeu Frank, tocando o chapéu.

— Quando eles poderão começar?

— No próximo domingo à tarde. O estaleiro estará fechado até terça-feira, pois segunda é feriado.

— Você reparou que ainda não me perguntou qual é o trabalho?

— Não precisa, senhora. E, caso a senhora encontre o que está procurando no casco duplo, o que fará?

— Meu único pedido é que os restos de Arthur Clifton tenham um sepultamento cristão.

— E se não encontrar nada?

— Então isso será um segredo que nós cinco levaremos para o túmulo.

O padrasto de Karin abriu a porta da frente e a saudou com um sorriso caloroso.

— Tenho boas notícias para compartilhar com você — disse ele, assim que ela entrou na casa —, mas terá que esperar até mais tarde.

Seria possível, pensou Karin, que esse pesadelo finalmente estivesse chegando ao fim? Então ela viu um exemplar do *Times* sobre a mesa da cozinha, aberto na página de obituários. Olhou para a fotografia familiar da baronesa Forbes-Watson e se perguntou se era apenas uma coincidência ou se ele deixara o jornal aberto simplesmente para provocá-la.

Durante o café, eles falaram de trivialidades, mas Karin não deixou de notar as três malas ao lado da porta que pareciam anunciar sua partida iminente. Mesmo assim, tornava-se mais ansiosa a cada minuto, pois Pengelly continuava descontraído e amigável demais para seu gosto. Qual era mesmo a antiga expressão do exército, "alegria de desmobilização"?

— É hora de falarmos de assuntos mais sérios — ponderou ele, colocando um dedo sobre os lábios. Então foi até o corredor e tirou o pesado casaco de um gancho ao lado da porta. Karin pensou em fugir correndo, mas, caso o fizesse, e ele só estivesse prestes a lhe contar que retornaria para Moscou, seu disfarce seria descoberto. Ele a ajudou com o casaco e a acompanhou para fora da casa.

Karin se surpreendeu quando Pengelly agarrou seu braço com firmeza e quase a arrastou pela rua deserta. Normalmente, eles caminhavam de braços dados, de modo que qualquer estranho passando presumiria que eram pai e filha em um passeio, mas não hoje. Ela decidiu que, se cruzassem com qualquer pessoa, até mesmo com o velho coronel, ela pararia para conversar, pois sabia que Pengelly não arriscaria arruinar seu disfarce na presença de uma testemunha.

Pengelly continuou com a provocação infantil. Isso era tão fora do normal que Karin ficou ainda mais apreensiva, os olhos explorando atentamente todas as direções, mas ninguém parecia disposto a uma caminhada terapêutica naquele dia gélido e cinzento.

Assim que chegaram perto da floresta, Pengelly olhou em volta, como sempre fazia, para checar se alguém os seguira. Caso visse alguém, os dois caminhariam de volta para o chalé. Mas não aquela tarde.

Embora ainda fossem quatro horas da tarde, a luz já começava a desvanecer e escurecia um pouco mais a cada minuto. Pengelly segurou o braço de Karin com mais firmeza quando ambos deixaram a estrada principal e entraram na pequena trilha que levava à floresta. Sua voz se alterou, combinando com o ar frio da noite.

— Sei que você ficará feliz em saber, Karin — ele nunca a chamava assim —, que fui promovido e em breve retornarei a Moscou.

— Parabéns, camarada. Uma promoção muito merecida.

Ele não afrouxou a mão.

— Este será nosso último encontro — continuou. Será que ainda haveria esperança... — Mas o marechal Koshevoi me confiou uma missão final. — Pengelly não se importou em explicar, quase como se quisesse que ela se demorasse um tempo imaginando qual seria. Conforme se embrenhavam mais pela floresta, ficava tão escuro que Karin mal podia ver um metro a sua frente. Pengelly, no entanto, parecia saber exatamente aonde estava indo, como se cada passo tivesse sido ensaiado. — O chefe de contravigilância — acrescentou ele, calmamente — finalmente descobriu quem é a pessoa que ao longo dos anos vem traindo nossa pátria. E fui escolhido para aplicar a devida punição.

Sua empunhadura firme finalmente relaxou e ele a soltou. O primeiro instinto de Karin foi de correr, mas Pengelly tinha escolhido muito bem o local. Havia um amontoado de árvores atrás dela, uma mina de estanho abandonada à sua direita, uma trilha estreita que ela mal podia identificar em meio à escuridão à sua esquerda e, diante dela, Pengelly, que não poderia parecer mais calmo e alerta.

Ele lentamente retirou uma pistola do bolso do casaco e a empunhou ameaçadoramente ao lado do corpo. Será que estava esperando Karin correr para que fosse preciso mais que um único tiro para matá-la? Ela, porém, permaneceu imóvel.

— Você é uma traidora — acusou Pengelly — que prejudicou nossa causa muito mais do que qualquer outro agente. Então deve morrer como uma traidora. — Ele olhou na direção do fosso da mina. — Estarei de volta a Moscou muito antes de descobrirem seu corpo, se é que um dia descobrirão.

Pengelly levantou a arma lentamente até estar na altura dos olhos de Karin. O último pensamento dela antes de o homem puxar o gatilho foi em Giles.

O som do tiro ecoou pela floresta, e um bando de estorninhos voou para longe enquanto o corpo de Karin tombava no chão.

HARRY E EMMA CLIFTON

1978–1979

1

Número Seis apertou o gatilho. A bala partiu do rifle a 340 km/h, atingindo seu alvo alguns centímetros abaixo da clavícula esquerda, matando-o instantaneamente.

O segundo projétil alojou-se em uma árvore a alguns metros de onde os dois corpos tinham caído. Momentos depois, cinco paraquedistas do Serviço Aéreo Especial adentraram a floresta cuja vegetação batia na altura dos joelhos, passaram pela mina de estanho abandonada e cercaram ambos os corpos. Como mecânicos altamente treinados em um pit stop de Fórmula 1, cada um deles realizava suas funções sem conversas ou perguntas.

Número Um, o tenente encarregado pela unidade, pegou a arma de Pengelly e a colocou em um saco de evidências, enquanto Número Cinco, o médico, se ajoelhou ao lado da mulher à procura de sinais vitais: seu pulso estava fraco, mas ela ainda estava viva. Deve ter desmaiado ao ouvir o som do primeiro tiro. É por isso que o pelotão amarra os culpados a um poste antes de executá-los.

Os cabos Número Dois e Número Três posicionaram, com cuidado, a mulher desconhecida em uma maca e a carregaram por centenas de metros até uma clareira no meio da floresta, onde um helicóptero pronto para partir já os aguardava. Depois de garantir que a maca estava presa dentro do helicóptero, Número Cinco, o médico, subiu a bordo e juntou-se a sua paciente. Assim que afivelou o cinto de segurança, decolaram. Ele verificou mais uma vez o pulso da mulher; um pouco mais estável.

Lá embaixo, Número Quatro, campeão da categoria peso-pesado de boxe e sargento do regimento, pegou o segundo corpo e o jogou sobre o ombro, como se carregasse um saco de batatas. O sargento foi caminhando sem pressa na direção oposta à de seus colegas, mas sabia exatamente aonde estava indo.

Logo depois, um segundo helicóptero surgiu sobrevoando em círculos enquanto lançava um grande facho de luz sobre a área de operação. Número Dois e Número Três rapidamente retornaram de suas tarefas de padioleiros e se juntaram ao Número Seis, o atirador, que tinha acabado de descer de uma árvore, o rifle pendurado no ombro, e iniciaram uma busca pelos dois projéteis.

O primeiro estava alojado no solo a poucos metros do corpo de Pengelly. Número Seis, que seguiu sua trajetória, localizou-o rapidamente. Embora todos os membros da unidade tivessem experiência em identificar marcas de ricochetes ou resíduos de pólvora, o segundo projétil demorou um pouco mais para ser encontrado. Um dos cabos, que estava apenas em sua segunda missão, levantou a mão no momento em que o localizou. Com a ajuda de sua faca, removeu o projétil da árvore e o entregou ao Número Um, que o guardou em outro saco de evidências; um suvenir para decorar o refeitório da unidade e lembrá-los daquela noite. Missão cumprida.

Os quatro homens voltaram correndo pela velha mina de estanho em direção à clareira no meio da floresta e chegaram no instante em que o segundo helicóptero estava pousando. O tenente esperou sua equipe inteira embarcar antes de sentar-se ao lado do piloto e afivelar o cinto de segurança. Enquanto o helicóptero levantava voo, ele apertou o botão para que a contagem do cronômetro parasse.

— Nove minutos e quarenta e três segundos. Dentro do limite — gritou, tentando superar o barulho ensurdecedor das hélices. Ele havia prometido ao seu comandante que não só a missão seria bem-sucedida, mas também seria concluída em menos de dez minutos. Olhou para o terreno abaixo, e, tirando as poucas pegadas que sumiriam com a próxima chuva, não havia sinais do que tinha acabado de acontecer. Se algum civil avistasse os dois helicópteros partindo em direções diferentes, não estranharia. Afinal, a base da Força Aérea Real de Bodmin ficava a apenas 32 km dali, e suas operações diárias já faziam parte do dia a dia dos moradores locais.

Entretanto, um morador sabia exatamente o que estava acontecendo. O fuzileiro naval e coronel reformado Henson havia ligado para a base da RAF em Bodmin depois de ver Pengelly deixando a casa enquanto segurava, com força, a filha pelo braço. Ele telefonou para o número que fora instruído a usar caso achasse que a mulher corria algum tipo de perigo. Embora não tivesse ideia de quem estava do outro lado da linha, pronunciou a palavra "Tumbleweed" antes de encerrarem a ligação. Quarenta e oito segundos depois, dois helicópteros já estavam no ar.

O comandante caminhou até a janela e observou os dois helicópteros Puma sobrevoarem seu escritório e seguirem na direção sul. Andou de um lado para o outro pela sala, consultando seu relógio o tempo inteiro. Um homem de ação, ele não nasceu para ser um espectador, embora tenha aceitado, com certa relutância, que, aos 39 anos, era velho demais para operações secretas. Também ajuda quem fica e espera.

Depois de dez minutos que pareceram intermináveis, ele voltou à janela, mas levou mais três minutos para que um helicóptero surgisse entre as nuvens. O comandante esperou mais um pouco antes de julgar seguro descruzar os dedos, pois, se o segundo helicóptero viesse logo atrás, seria um sinal de que a missão havia fracassado. As instruções de Londres não poderiam ter sido mais claras. Se a mulher estivesse morta, o corpo dela deveria ser transportado para um hospital em Truro e mantido em uma ala privativa, onde uma terceira equipe já teria recebido as devidas instruções. Se sobrevivesse, deveria ser transportada para Londres, onde uma quarta equipe assumiria. O comandante não sabia qual seria o procedimento a partir daí e tampouco quem era a mulher; somente seus superiores sabiam dessa informação.

Quando o helicóptero pousou, o comandante permaneceu imóvel. Uma porta se abriu, e o tenente saltou, agachando-se para se proteger das hélices que ainda giravam. Ele correu alguns metros antes de ajeitar a postura e, ao ver o coronel na janela, fez um sinal de positivo com a mão. O comandante respirou aliviado, retornou para sua mesa e telefonou para o número anotado em seu bloco de notas. Seria a segunda e última vez que falaria com o secretário de Gabinete.

— Aqui é o coronel Dawes, senhor.

— Boa noite, coronel — disse Sir Alan.

— A Operação Tumbleweed foi concluída com sucesso, senhor. Puma Um de volta à base. Puma Dois está a caminho de casa.

— Obrigado — respondeu Sir Alan, desligando o telefone. Ele não podia perder tempo. Seu próximo convidado chegaria a qualquer momento. Como previa, a porta se abriu, e sua secretária anunciou:

— Lorde Barrington.

— Giles — disse Sir Alan, levantando-se de sua mesa para apertar a mão do convidado. — Aceita um chá ou um café?

— Não, obrigado — recusou Giles, que só estava interessado em apenas uma coisa: descobrir por que o secretário de Gabinete queria vê-lo com tanta urgência.

— Desculpe tirá-lo de seus afazeres — disse Sir Alan —, mas preciso conversar com você em particular. É sobre o Conselho Privado.

Giles não ouvia essas palavras desde que havia sido ministro do governo, mas não precisava ser lembrado de que o que estavam prestes a conversar jamais poderia ser repetido, a menos que a outra pessoa presente também fosse membro do Conselho Privado.

Giles assentiu, e Sir Alan começou a falar:

— Deixe-me começar dizendo que sua esposa, Karin, não é filha de Pengelly.

Uma janela quebrada, e, instantes depois, os seis já haviam entrado. Eles não sabiam exatamente o que estavam procurando, mas, assim que encontrassem, não restariam dúvidas. O major encarregado da segunda unidade, conhecida como "catadores de lixo", não carregava um cronômetro, pois não tinha pressa. Seus homens eram treinados para agir com calma e prestar atenção em tudo. Nunca havia segundas chances.

Ao contrário de seus colegas da unidade um, vestiam trajes esportivos e carregavam grandes sacos plásticos de lixo. Havia apenas uma exceção: o Número Quatro, mas ele não era um membro fixo da unidade. Antes de acenderem as luzes e começarem a busca, fecharam todas as cortinas. Os homens reviraram todos os cômodos de forma rápida, porém precisa, sem se esquecerem de nada. Duas horas depois, haviam enchido oito sacos plásticos. O grupo ignorou o corpo que o Número Quatro havia colocado sobre o carpete da sala de estar, mas um deles chegou a conferir o que tinha nos bolsos do cadáver.

As três malas deixadas ao lado da porta da frente foram o que revistaram por último. — um verdadeiro tesouro. O conteúdo delas encheu apenas um saco plástico, mas continha mais informações do que os outros sete juntos: diários, nomes, números de telefone, endereços e arquivos confidenciais que Pengelly, sem dúvida, pretendia levar de volta para Moscou.

A unidade então levou mais uma hora para olhar tudo de novo, mas não encontrou nada que lhe interessasse, pois era composta de profissionais treinados para acertar de primeira. Uma vez que o comandante da unidade estava satisfeito com o resultado, os seis homens saíram pela porta dos fundos e seguiram caminhos diferentes, que haviam sido previamente ensaiados, de volta para a base, deixando o Número Quatro para trás. Afinal, ele não era um catador, e sim um destruidor.

Quando ouviu a porta dos fundos se fechar, o sargento acendeu um cigarro e deu algumas tragadas antes de jogar a ponta ainda acesa no carpete, bem ao lado do corpo. Em seguida, alimentou as brasas com o fluido do isqueiro, fazendo com que uma chama azul se acendesse na hora e o carpete pegasse fogo. Ele sabia que o pequeno chalé de madeira logo estaria em chamas, mas precisava ter certeza. Então ficou ali até que a fumaça o fizesse tossir. Só assim saiu às pressas em direção à porta dos fundos. Uma vez do lado de fora, virou-se de frente para a casa. Satisfeito ao ver o fogo fora de controle, começou a correr de volta para a base, mas não pretendia chamar os bombeiros.

Os doze homens chegaram ao quartel em horários diferentes e só voltaram ao grupo completo quando se encontraram no refeitório para beber mais tarde naquela noite. O coronel juntou-se a eles para o jantar.

O secretário de Gabinete ficou olhando pela janela de seu escritório no primeiro andar e esperou até ver Giles Barrington deixar o nº 10 e caminhar determinado pela Downing Street em direção à Whitehall. Então, voltou para a sua mesa, sentou-se e pensou bem em sua próxima ligação e no quanto iria revelar.

Harry Clifton estava na cozinha quando o telefone tocou e, ao atendê-lo, ouviu uma voz solene:

— Gabinete do primeiro-ministro. Aguarde na linha, por favor.

Presumiu que deveria ser o primeiro-ministro querendo falar com Emma. Não conseguia se lembrar se ela estava no hospital ou conduzindo uma reunião na Barrington.

— Bom dia, sr. Clifton. Aqui é Alan Redmayne. Você pode falar?

Harry quase gargalhou. Ficou tentado a dizer "infelizmente, não, Sir Alan. Estou na cozinha fazendo um chá e não consigo decidir se coloco um torrão de açúcar ou dois na minha xícara. Então, que tal me ligar mais tarde?" Mas, em vez disso, desligou o fogo da chaleira.

— Claro, Sir Alan. Como posso ajudá-lo?

— Eu gostaria que o senhor fosse o primeiro a saber que John Pengelly não é mais um problema. E, embora tenhamos omitido informações do senhor, precisa saber que suas preocupações a respeito de Karin Brandt, ainda que compreensíveis, eram infundadas. Pengelly não era o pai dela, e, pelos últimos cinco anos, ela tem sido uma de nossas agentes mais confiáveis. Agora que Pengelly não é mais um problema, ela vai tirar uma licença remunerada, e não a esperamos tão cedo de volta ao trabalho.

Harry presumiu que "não é mais um problema" era um eufemismo para "Pengelly foi eliminado" e, embora tivesse diversas perguntas para o secretário de Gabinete, guardou-as para si. Sabia que as chances de um homem que guardava segredos até do primeiro-ministro respondê-las eram poucas.

— Obrigado, Sir Alan. Há algo mais que eu deva saber?

— Sim, seu cunhado também acabou de descobrir a verdade sobre a esposa dele, mas Lorde Barrington não sabe que foi o senhor que nos levou a Pengelly. Honestamente, preferiria que continuasse assim.

— Mas o que eu digo se ele tocar no assunto?

— Não precisa dizer nada. Afinal, ele não tem motivos para suspeitar de que o senhor tenha se deparado com o nome Pengelly enquanto estava em Moscou para uma conferência literária, e eu, com certeza, não o levei a crer nisso.

— Obrigado, Sir Alan. Foi gentil de sua parte me informar.

— Não há de quê. E, aliás, sr. Clifton, minhas congratulações. Foi merecido.

Depois de sair do nº 10, Giles voltou com pressa para sua casa, na Smith Square. Ficou aliviado por ser o dia de folga de Markham e, assim que abriu a porta da frente, subiu direto para o quarto. Acendeu a luz de cabeceira, fechou as cortinas e desfez a cama para deitar. Embora passasse só um pouco das 18h, os postes de luz da Smith Square já estavam acesos.

Giles descia as escadas quando a campainha tocou. Correu para abrir a porta e encontrou um jovem rapaz parado no degrau da entrada. Atrás dele, havia uma van preta sem identificação com as portas traseiras abertas. O homem estendeu a mão para cumprimentá-lo.

— Sou o dr. Weeden. Acredito que o senhor esteja nos esperando.

— Sim, estou — respondeu Giles, enquanto dois homens desciam pela traseira da van e retiravam, com cuidado, uma maca do carro.

— Me acompanhem — pediu Giles, conduzindo-os até o quarto no andar de cima. Os dois ajudantes passaram a mulher inconsciente da maca para a cama. Giles cobriu a esposa com uma manta enquanto os maqueiros saíam sem dizer uma palavra.

O médico verificou o pulso da moça.

— Eu lhe dei um sedativo. Então ela deve dormir por algumas horas. Quando acordar, pode ficar agitada, achando que foi tudo um pesadelo, mas, assim que reconhecer onde está, vai se acalmar e se lembrar exatamente do que aconteceu. Certamente tentará descobrir o quanto você sabe. Então o senhor tem um tempinho para pensar nisso.

— Já pensei — respondeu Giles, antes de acompanhar o dr. Weeden pelas escadas e levá-lo até a porta da frente. Os dois se despediram com um segundo aperto de mãos antes de o médico subir no banco do carona da van sem olhar para trás. O veículo misterioso partiu, sem pressa, pela Smith Square, e então virou à direita e juntou-se ao intenso tráfego noturno.

Quando não pôde mais enxergar a van, Giles fechou a porta e voltou correndo para o andar de cima. Puxou uma cadeira e sentou-se ao lado da esposa adormecida.

Giles deve ter caído no sono, pois, ao abrir os olhos, viu Karin sentada na cama, olhando para ele. Ele piscou, sorriu e a abraçou.

— Acabou, minha querida. Você está segura agora — disse.

— Pensei que nunca me perdoaria se descobrisse — respondeu ela, abraçando-o forte.

— Não há o que perdoar. Vamos esquecer tudo e focar no futuro.

— Mas é importante que eu abra o jogo — argumentou Karin. — Chega de segredos.

— Alan Redmayne já me contou o que tinha que contar. — disse Giles, tentando confortá-la.

— Nem tudo — confessou Karin, desvencilhando-se dele. — Nem o Alan sabe de tudo, e não posso continuar vivendo uma mentira. — Giles a encarava, ansioso. — A verdade é que usei você para fugir da Alemanha. Sim, eu gostava de você, mas assim que eu estivesse a salvo na Inglaterra, eu pretendia me livrar de você e de Pengelly, e começar uma vida nova. E eu teria partido se não tivesse me apaixonado por você. — Giles segurou a mão da esposa. — Mas, para que eu pudesse ficar com você, precisava garantir que Pengelly acreditasse que eu trabalhava para ele. Foi Cynthia Forbes-Watson quem me ajudou com isso.

— A mim também — disse Giles. — Mas, no meu caso, eu me apaixonei por você depois daquela noite que passamos juntos em Berlim. Não tenho culpa se você demorou um pouco mais para perceber a sorte que teve. — Karin deu uma gargalhada e envolveu o pescoço dele com os braços. Quando ela o soltou, Giles disse:

— Vou fazer um chá para você.

"Típico dos ingleses", pensou Karin.

2

— A que horas devemos estar à disposição de Sua Majestade? — perguntou Emma com um largo sorriso, relutando em demonstrar o quanto estava orgulhosa do marido e o quanto ansiava pelo evento. Bem diferente da reunião com os diretores da Barrington a qual iria presidir no fim da semana e que raramente conseguia afastar do pensamento.

— Entre as dez e onze da manhã — respondeu Harry, conferindo em seu convite.

— Você se lembrou de alugar o carro?

— Fiz isso ontem à tarde. E confirmei mais cedo se estava tudo certo para hoje — acrescentou quando a campainha tocou.

— Deve ser o Seb — disse Emma, olhando seu relógio.

— Quem diria, dessa vez, chegou na hora.

— Duvido que se atrasasse para um evento como esse — disse Karin.

Giles levantou-se de seu lugar à mesa quando Markham abriu a porta e saiu do caminho para que Jessica, Seb e Samantha, com sua imensa barriga de grávida, entrassem.

— Vocês já tomaram o café da manhã? — perguntou Giles, cumprimentando Samantha com um beijo na bochecha.

— Sim, obrigado — respondeu Seb, quando Jessica sentou-se de qualquer jeito à mesa, passou manteiga em uma torrada e pegou a geleia de laranja.

— Parece que nem todos — disse Harry, sorrindo para a neta.

— Quanto tempo eu tenho? — perguntou Jessica de boca cheia.

— Cinco minutos, no máximo — respondeu Emma. — Não quero chegar ao palácio nem um minuto depois das 10h30, mocinha. — Jessica já preparava outra torrada.

— Giles — falou Emma, virando-se para o irmão —, foi muito gentil de sua parte ter feito isso por nós. É uma pena que você não possa ir também.

— Apenas filhos e netos, essa é a regra — lembrou Giles. — E estão certos. Senão precisariam de um estádio de futebol para receber todo mundo que gostaria de ir.

Uma leve batida ecoou na porta.

— Deve ser o nosso motorista — avisou Emma, ajustando mais uma vez a gravata de seda de Harry e retirando um cabelo grisalho do fraque dele antes de dizer: — Vamos.

— Uma vez líder, sempre líder — sussurrou Giles, acompanhando seu cunhado até a porta. Seb e Samantha vinham logo atrás, e Jessica foi por último, saboreando sua terceira torrada.

Assim que Emma colocou os pés para fora da casa na Smith Square, um chofer abriu a porta traseira de uma limusine preta. Ela fez com que todos entrassem primeiro antes de se juntar a Harry e Jessica no banco traseiro. Samantha e Seb sentaram-se nos dois assentos retráteis de frente para eles.

— Está nervoso, vovô? — quis saber Jessica enquanto o carro partia e se juntava ao tráfego matinal.

— Não — garantiu Harry. — A menos que você esteja planejando dar um golpe de Estado.

— Não lhe dê ideias — advertiu Sebastian enquanto passavam pela Câmara dos Comuns e entravam na Praça do Parlamento.

Até Jessica ficou em silêncio quando o carro passou por baixo do Admiralty Arch e o Palácio de Buckingham surgiu adiante. O chofer seguiu devagar pela Mall, contornando a estátua da Rainha Vitória antes de parar em frente aos portões do palácio. Ele abaixou o vidro e disse ao jovem soldado da Guarda:

— Sr. Harry Clifton e família. — O tenente sorriu e riscou um dos nomes em sua prancheta. — Siga pela arcada e vire à esquerda; outro guarda lhe mostrará onde estacionar.

O motorista seguiu as instruções do tenente e entrou em um amplo pátio, onde já havia filas e mais filas de carros estacionados.

— Estacione ao lado do Ford azul, por favor, aquele mais distante — disse um guarda real, apontando para o outro lado do pátio. — Depois, o grupo pode se dirigir ao palácio.

Quando Harry saiu do carro, Emma deu mais uma olhada na roupa dele.

— Eu sei que você não vai acreditar — sussurrou ela —, mas seu zíper está aberto.

As bochechas de Harry ficaram vermelhas e ele fechou o zíper antes de caminharem até o palácio. Dois soldados vestindo o uniforme dourado e vermelho da Royal Household ficaram a postos aos pés de uma larga escada com carpete vermelho. Harry e Emma subiram lentamente as escadas, tentando absorver toda a experiência. Quando chegaram ao topo, outros dois membros da Royal Household os cumprimentaram. Harry notou que, a cada pessoa com quem conversavam, a seguinte era sempre mais importante do que a última.

— Harry Clifton — disse Harry mesmo antes de ser perguntado.

— Bom dia, sr. Clifton — respondeu o oficial de mais alto posto. — Por gentileza, me acompanhe. Meu colega conduzirá sua família até a Sala do Trono.

— Boa sorte — sussurrou Emma enquanto Harry era conduzido para outro local.

A família subiu outro lance de escadas, não tão amplo quanto o anterior, que dava em uma longa galeria. Emma parou na entrada da sala de pé-direito alto para observar as fileiras de pinturas penduradas lado a lado que só vira antes em livros de arte. Ela se virou para Samantha.

— Como é improvável que nos chamem para uma segunda visita, acredito que Jessica gostaria de saber mais sobre a Coleção Real.

— Também acho — apressou-se Sebastian.

— Muitos reis e rainhas da Inglaterra — começou Samantha — eram grandes conhecedores e colecionadores de arte. Então estas peças são apenas uma pequena parte da Coleção Real, que não é de fato de propriedade do monarca, mas de toda a nação. Vocês vão ver que a galeria privilegia artistas britânicos do início do século XIX. Uma impressionante pintura de Veneza, de autoria de Turner diante de uma deslumbrante pintura da Catedral de Lincoln por seu velho rival, Constable. Mas a galeria, como podem ver, tem muitos mais retratos de Charles II montando seu cavalo, pintados por Van Dyck, que na época era o artista oficial da corte.

Jessica estava tão fascinada que quase se esqueceu do motivo de estarem ali. Quando finalmente chegaram à Sala do Trono, Emma se arrependeu de não terem ido mais cedo, pois as dez primeiras fileiras de cadeiras já estavam ocupadas. Ela caminhou rapidamente pelo corredor central, sentou-se em uma cadeira na primeira fileira livre e aguardou a família. Quando estavam todos acomodados, Jessica começou a examinar cuidadosamente o salão.

Havia pouco mais de trezentas belas cadeiras douradas dispostas em fileiras de dezesseis com um amplo corredor separando-as no centro. Na frente do salão havia um degrau em carpete vermelho que levava a um grande trono vazio que aguardava seu legítimo ocupante. O burburinho de conversas ansiosas cessou às 10h54 quando um homem alto e elegante vestindo um fraque adentrou a sala, parou aos pés do degrau e virou-se para encarar a plateia.

— Bom dia, senhoras e senhores — começou ele —, sejam bem-vindos ao Palácio de Buckingham. A investidura de hoje começará em alguns minutos. Devo lembrá-los de que não são permitidas fotografias e de que, por favor, não saiam antes do fim da cerimônia.

— E, sem dizer mais nada, simplesmente se retirou com a mesma discrição com que entrou.

Jessica abriu a bolsa e pegou um bloquinho de anotações e um lápis.

— Ele não disse nada sobre desenhar, vovó — sussurrou.

Às onze horas em ponto, Sua Majestade, a Rainha Elizabeth II entrou na Sala do Trono, e todos se levantaram. A monarca tomou seu lugar no degrau em frente ao trono, mas não disse nada. Um cavalheiro responsável por conduzir a cerimônia fez um sinal com a cabeça, e o primeiro homenageado entrou do outro lado do salão. Durante a hora seguinte, homens e mulheres de todo o Reino Unido e da Comunidade Britânica receberam honras de sua monarca, que manteve uma breve conversa com cada um deles antes que o oficial de cerimônias fizesse o sinal mais uma vez e o próximo a ser condecorado assumisse seu lugar.

O lápis de Jessica estava pronto e a postos quando o avô entrou na sala. Enquanto caminhava em direção à rainha, o mestre de cerimônias colocou um pequeno banco em frente de Sua Majestade e depois entregou-lhe uma espada. O lápis de Jessica não descansou por um segundo, capturando a cena em que Harry se apoiava sobre um joelho e curvava-se. A rainha tocou a ponta da espada gentilmente no ombro direito, levantou-a e depois tocou o ombro esquerdo antes de dizer:

— Levante-se, Sir Harry.

— Então o que aconteceu depois que você foi levado para a Torre? — Quis saber Jessica já dentro do carro enquanto eles passavam novamente pela Mall a caminho do almoço de comemoração no restaurante favorito de Harry a algumas centenas de metros de distância.

— Para começar, fomos todos levados para uma antessala onde um oficial de cerimônia nos explicou o protocolo. Ele foi muito educado e sugeriu que quando nos encontrássemos com a rainha fizéssemos uma reverência sutil — disse Harry, imitando com gestos — e não inclinando todo o corpo como um serviçal. Ele nos instruiu a não trocar um cumprimento de mãos com a rainha, a nos dirigir a ela como Vossa Majestade e esperar que ela iniciasse a conversa. Sob nenhuma circunstância deveríamos fazer perguntas a ela.

— Que chato — disse Jessica. — Tenho muitas perguntas que gostaria de fazer a ela.

— E ao responder qualquer pergunta que ela fizesse — acrescentou Harry, ignorando a neta — deveríamos chamá-la de madame. Depois, no fim da audiência, deveríamos fazer outra reverência.

— Só com o pescoço — completou Jessica.

— E, então, nos retirarmos.

— Mas o que aconteceria se você não saísse — quis saber Jessica — e começasse a fazer perguntas?

— O cavalheiro muito educadamente deixou claro que, se nos demorássemos além do recomendado, ele cortaria nossas cabeças fora. — Todos riram, menos Jessica.

— Eu me recusaria a fazer reverência ou chamá-la de Vossa Majestade — advertiu Jessica em um tom determinado.

— Sua Majestade é muito tolerante com os rebeldes — disse Sebastian, tentando manter o clima descontraído. — Ela sabe que os americanos são incontroláveis desde 1776.

— Mas então sobre o que ela falou? — perguntou Emma.

— Ela me disse o quanto gostava dos meus romances e perguntou se teria mais um livro do William Warwick neste Natal. Sim, madame, respondi, mas acredito que Vossa Majestade não gostará de meu próximo livro, pois estou pensando em matar William.

— O que ela achou da ideia? — questionou Sebastian.

— Ela me recordou o que sua tataravó, a rainha Vitória, disse a Lewis Carroll depois de ler *Alice no País das Maravilhas*. Entretanto, eu lhe assegurei de que meu próximo livro não seria uma tese matemática sobre Euclides.

— Como ela reagiu? — quis saber Samantha.

— Ela sorriu, indicando que a conversa havia chegado ao fim.

— Mas, se você vai matar William Warwick, qual vai ser o tema de seu próximo livro? — perguntou Sebastian quando o carro encostou em frente ao restaurante.

— Uma vez prometi a sua avó, Seb — respondeu Harry ao descer do carro —, que tentaria escrever um livro mais substancial que, nas palavras dela, perdurasse além de qualquer lista de mais vendidos e sobrevivesse ao teste do tempo. Estou ficando velho. Então, assim que concluir meu contrato atual, pretendo descobrir se sou capaz de atender as expectativas dela.

— Você tem alguma ideia, um tema ou um título que seja? — insistiu Seb enquanto entravam no Le Caprice.

— Sim, sim e sim — respondeu Harry. — Mas isso é tudo que você vai arrancar de mim no momento.

— Mas para mim você vai contar, não é, vovô? — provocou Jessica, mostrando-lhe o esboço de Harry ajoelhado diante da rainha com a espada em seu ombro direito.

Harry ficou sem fôlego, e o restante da família sorriu e aplaudiu. Ele estava prestes a responder quando o maître veio ao seu socorro.

— Sua mesa está pronta, Sir Harry.

3

— Nunca, nunca, nunca — disse Emma. — Será que eu preciso lembrá-lo de que Sir Joshua fundou a Barrington's Shipping em 1839 e, em seu primeiro ano, lucrou...

— Trinta e três libras, quatro xelins e dois pence; você me disse isso pela primeira vez quando eu tinha cinco anos — disse Sebastian.

— No entanto, a verdade é que, embora a Barrington tenha obtido dividendos razoáveis para seus acionistas no ano passado, está cada vez mais difícil continuar desafiando as grandes companhias como a Cunard e a P e a O.

— Gostaria de saber o que seu avô acharia da ideia de a Barrington ser adquirida por um de seus rivais mais impiedosos?

— Depois de tudo o que me disseram ou do que li sobre esse grande homem — disse Seb, olhando para o retrato de Sir Walter pendurado na parede atrás de sua mãe —, ele teria considerado suas opções e o que fosse melhor para os acionistas e funcionários antes de tomar uma decisão final.

— Sem querer interromper essa disputa familiar — disse o almirante Summers —, certamente o que deveríamos discutir é se a oferta da Cunard vale a pena.

— É uma oferta justa — acrescentou Sebastian com naturalidade. — Mas estou confiante de que posso levá-los a aumentar a oferta em pelo menos dez por cento, possivelmente quinze, o que francamente é o máximo que podemos esperar. Então, tudo o que realmente precisamos decidir é: vamos considerar a oferta ou rejeitá-la de imediato?

— Então talvez seja hora de ouvir as opiniões de nossos colegas diretores — disse Emma, olhando ao redor da mesa da sala de reuniões.

— Lógico, todos podemos expressar uma opinião, presidente — disse Philip Webster, diretor jurídico-administrativo —, sobre o que é inquestionavelmente a decisão mais importante na história da empresa. No entanto, como sua família permanece acionista majoritária, somente a senhora pode decidir o resultado.

Os outros diretores concordaram, mas isso não os impediu de emitir suas opiniões pelos quarenta minutos seguintes para Emma, então, descobrir que havia um empate.

— Certo — disse ela, depois que um ou dois diretores começaram a ficar repetitivos. — Clive, como chefe de nossa divisão de relações públicas, sugiro que você prepare duas declarações à imprensa para a consideração do conselho. A primeira será breve e direta, deixando bastante claro à Cunard que, embora lisonjeada com a oferta, a Barrington's Shipping é uma empresa familiar e não está à venda.

O almirante pareceu satisfeito enquanto Sebastian manteve-se impassível.

— E a segunda? — perguntou Clive Bingham depois de anotar o pedido da presidente.

— O conselho rejeita a oferta da Cunard como irrisória e, no que nos diz respeito, vida que segue.

— Isso vai fazê-los pensar que talvez nos interessemos se apresentarem uma oferta maior — alertou Seb.

— E então o que aconteceria? — perguntou o almirante.

— A cortina sobe e o teatrinho começa — disse Seb —, porque o presidente da Cunard vai estar ciente de que a protagonista não está fazendo nada além de deixar o lenço cair no chão, na expectativa de que seu pretendente pegue e inicie um processo antigo de flerte que pode acabar em uma proposta que ela se disponha a aceitar.

— Quanto tempo temos? — perguntou Emma.— O centro financeiro estará ciente de que estamos realizando uma reunião do conselho para discutir a oferta pública de aquisição e aguardam uma resposta à proposta da Cunard até o fechamento dos negócios hoje à noite. O mercado pode lidar com quase tudo, como seca, fome, um resultado inesperado nas eleições, até um golpe, mas não com indecisão.

Emma abriu a bolsa, tirou um lenço e o deixou cair.

— O que você achou do sermão? — perguntou Harry.

— Muito interessante — disse Emma. — Mas o reverendo Dodswell sempre prega um bom sermão — acrescentou ela enquanto saíam do cemitério a caminho de Manor House.

— Eu trocaria uma ideia sobre a opinião dele sobre Tomé, o incrédulo, se achasse que você ouviu uma palavra.

— Achei a abordagem dele fascinante — protestou Emma.

— Não, você não achou não. Ele não mencionou Tomé uma única vez, e eu não vou envergonhá-la mais perguntando sobre o que ele pregou. Só espero que Nosso Senhor seja compreensível com sua preocupação com a possível aquisição.

Eles andaram mais alguns metros em silêncio antes de Emma dizer:

— Não é a aquisição que está me preocupando. Eu não estou preocupada com a aquisição.

— Então o que é?— perguntou Harry, surpreso. Emma pegou a mão dele. — É tão ruim assim?

— O *Maple Leaf* voltou a Bristol e está ancorado no pátio de desmonte. — Ela fez uma pausa. — O trabalho de demolição começa na terça-feira.

Eles continuaram caminhando por algum tempo antes que Harry perguntasse:

— O que você quer fazer a respeito?

— Acho que não temos muitas opções se não quisermos passar o resto de nossa vida imaginando...

— E isso pode finalmente responder à pergunta que nos atormentou por toda a vida. Então, por que você não tenta descobrir se há algo no fundo duplo do navio o mais discretamente possível?

— O trabalho pode começar imediatamente — admitiu Emma. — Mas eu não estava disposta a tomar a decisão final até receber sua bênção.

———

Clive Bingham ficara encantado quando Emma pediu que ele ingressasse no conselho da Barrington's Shipping, e, embora não tenha sido fácil substituir o pai como diretor, ele sentia que a empresa havia se beneficiado de sua experiência e conhecimento no setor de relações públicas, o que infelizmente era um ponto fraco da empresa até sua nomeação. Mesmo assim, ele não tinha dúvida do que Sir Walter Barrington teria pensado sobre um homem de relações públicas se juntar ao conselho: como um comerciante sendo convidado para jantar.

Clive dirigia sua própria empresa de relações públicas no centro financeiro com uma equipe de onze pessoas que já enfrentaram várias disputas de aquisição. Mas admitiu a Seb que estava preocupado com essa.

— Por quê? Não há nada de especial em uma empresa familiar ser adquirida. Recentemente isso tem se tornado muito comum.

— Concordo — disse Clive —, mas desta vez é pessoal. Sua mãe depositou uma enorme confiança ao me convidar para participar do conselho depois que meu pai renunciou, e, francamente, não é como se eu estivesse informando a imprensa apenas sobre uma nova rota de transporte para as Bahamas, o mais novo programa de fidelidade ou mesmo a construção de um terceiro navio. Se eu cometer um erro...

— Até agora, seus briefings foram perfeitos — tranquilizou Seb.

— E a última oferta da Cunard está quase lá. Nós sabemos, e eles sabem. Então você não poderia ter feito um trabalho mais profissional.

— É muita gentileza sua dizer isso, Seb, mas me sinto um corredor no quilômetro final. Consigo ver a fita de chegada, mas ainda há um obstáculo.

— E você vai superar ele com estilo.

Clive hesitou um momento antes de voltar a falar.

— Não estou convencido de que sua mãe realmente queira ir adiante com a venda.

— Você pode ter razão — observou Seb. — Mas ela vai ter uma recompensa que você pode não ter considerado.

— Que seria?

— Ela está cada vez mais envolvida com seu trabalho como administradora do hospital, que, não se esqueça, emprega mais pessoas e tem um orçamento ainda maior que o da Barrington's Shipping e, talvez o mais importante, ninguém pode assumir o controle acionário de lá.

— Mas o que Giles e Grace pensam da venda? Afinal, eles são os acionistas majoritários.

— Eles deixaram a decisão para ela. Provavelmente por isso que ela perguntou minha opinião. E deixei bem evidente que sou banqueiro por natureza, não marinheiro, e eu prefiro ser presidente do Farthings Kaufman a ser da Barrington. Não deve ter sido fácil para ela, mas ela finalmente aceitou que eu não poderia fazer as duas coisas. Ah, se eu tivesse um irmão mais novo.

— Ou irmã — acrescentou Clive.

— Shh... ou a Jessica pode começar a ver coisa onde não tem.

— Ela só tem treze anos.

— Eu não acho que isso seria um problema para ela.

— Como ela está indo na nova escola? Está se adaptando bem na nova escola?

— A sua professora de artes admitiu que era melhor aceitar, antes de ficar óbvio demais, que a escola tem uma pré-adolescente que já é melhor artista do que a professora.

Quando voltou do ferro-velho na noite de segunda-feira, Emma sabia que tinha que contar a Harry o que Frank Gibson e sua equipe encontraram ao abrir o casco duplo do *Maple Leaf*.

— Foi exatamente o que sempre tememos — anunciou ela, sentando-se diante de Harry. — Ainda pior.

— Pior? — repetiu Harry.

Ela aquiesceu com a cabeça.

— Artur arranhou uma mensagem na lateral do fundo duplo. — Ela fez uma pausa, mas não conseguiu articular as palavras.

— Você não precisa me dizer — disse Harry, pegando a mão da esposa.

— Preciso, sim. Senão continuaremos vivendo uma mentira pelo resto de nossa vida. — Demorou um tempo até que ela conseguisse começar a falar: — Ele escreveu: "Stan estava certo. Sir Hugo sabia que eu estava preso aqui embaixo"... Então, meu pai matou o seu pai — conseguiu dizer entre soluços.

Houve uma longa pausa até que Harry dissesse:

— Nunca saberemos com certeza e, talvez, minha querida, seja melhor não sabermos...

— Não quero mais saber. Mas o pobre homem deveria ao menos ter um enterro cristão. Sua mãe não esperaria nada menos do que isso.

— Conversarei com o vigário discretamente.

— Quem mais deveria comparecer?

— Só nós dois — apressou-se Harry sem hesitar. — Não vejo nada de bom em expor Seb e Jessie à dor que sofremos por tantos anos. E vamos rezar para que isso encerre esse assunto para sempre.

Emma olhou para o marido.

— Claramente você não ouviu falar dos cientistas de Cambridge que estão trabalhando em algo chamado DNA.

ESTAMOS QUASE LÁ, DIZ
PORTA-VOZ DA BARRINGTON

— Droga — irritou-se Clive ao ler a manchete do *Financial Times*. — Como posso ter sido tão idiota?

— Pare de se torturar — tranquilizou Seb. — A verdade é que nós estamos quase lá.

— Nós dois sabemos disso — afirmou Clive. — Mas a gente não precisava que a Cunard descobrisse.

— Eles já sabiam — disse Seb. — Muito antes de lerem a manchete. Francamente, teríamos sorte de conseguir mais do que um acréscimo de dez por cento nesse acordo. Acredito que eles já tenham chegado ao limite.

— No entanto — declarou Clive —, sua mãe não vai ficar totalmente satisfeita, e quem poderia culpá-la?

— Ela vai presumir que tudo faz parte da fase final, e eu não vou ser o responsável por acabar com essa ilusão.

— Obrigado pelo apoio, Seb. Agradeço muito.

— Não fiz mais do que você por mim quando Sloane se nomeou presidente da Farthings e me demitiu no dia seguinte. Você se esqueceu de que o Kaufman foi o único banco que me ofereceu um emprego? E, de qualquer forma, minha mãe pode até ficar contente com a manchete.

— Como assim?

— Ainda não estou convencido de que ela queira que essa venda dê certo.

— Isso vai prejudicar a venda? — perguntou Emma depois de ler o artigo.

— Podemos ter que abrir mão de um, possivelmente dois por cento — respondeu Seb. — Mas não se esqueça das sábias palavras de Cedric Hardcastle sobre vendas. Se você acabar com mais do que o esperado e o outro lado achar que conseguiu o melhor acordo, todo mundo sai da mesa feliz.

— Como você acha que Giles e Grace vão reagir?

— O tio Giles está passando a maior parte do tempo livre percorrendo o país visitando distritos indecisos na esperança de que o Partido Trabalhista ainda possa vencer as próximas eleições. Porque se a Margaret Thatcher for a nossa próxima primeira-ministra, ele pode nunca mais ter um cargo no governo.

— E a Grace?

— Eu acho que ela nunca leu o *Financial Times* na vida e certamente não saberia o que fazer se você desse um cheque de vinte milhões de libras para ela, já que seu salário atual é de cerca de vinte mil por ano.

— Ela vai precisar da sua ajuda e aconselhamento, Seb.

— Fique tranquila, mamãe, o Farthings Kaufman investirá o capital da dra. Barrington com muita prudência, ciente de que ela se aposentará em alguns anos e esperará uma renda regular e um lugar para morar.

— Ela pode até vir morar com a gente em Somerset — lembrou Emma. — O antigo chalé de Maisie seria perfeito para ela.

— Ela é muito orgulhosa para isso — alertou Seb —, e você sabe, mamãe. Na verdade, ela já me disse que estava procurando um lugar em Cambridge para ficar perto das amigas.

— Mas, uma vez concluída a venda, ela vai ter o suficiente para comprar um castelo.

— Minha aposta — disse Seb — é que ela ainda vai acabar em uma pequena casa geminada, não muito longe de sua antiga faculdade.

— Você está perigosamente perto de se tornar sábio — ironizou Emma, imaginando se deveria compartilhar com o filho seu problema mais recente.

4

— Seis meses — esbravejou Harry. — O maldito do homem já deveria ter sido enforcado, arrastado e esquartejado.

— O que você está falando? — perguntou Emma, calmamente, enquanto se servia de uma segunda xícara de chá.

— Daquele bandido que deu um soco numa enfermeira do pronto--socorro e depois agrediu um médico só foi condenado a seis meses.

— O dr. Hands — completou Emma. — Eu concordo com seus sentimentos, mas houve circunstâncias atenuantes.

— Como o quê? — exigiu Harry.

— A enfermeira em questão não estava disposta a depor quando o caso chegou ao tribunal.

— Por que não? — perguntou Harry, largando o jornal.

— Várias das minhas melhores enfermeiras vêm do exterior e não querem se expor em um banco de testemunhas com medo de que as autoridades descubram que seus documentos de imigração nem sempre estão, digamos, em estrita ordem.

— Isso não é motivo para fazer vista grossa para esse tipo de coisa — argumentou Harry.

— Nós não temos muita escolha se quisermos manter o Serviço Nacional de Saúde funcionando.

— Isso não muda o fato de que esse bandido bateu em uma enfermeira — Harry verificou o artigo novamente —, em uma noite de sábado, quando estava obviamente bêbado.

— A noite de sábado é a pista — disse Emma — que William Warwick teria entrevistado a enfermeira-chefe do hospital e descoberto por que ela liga o rádio todos os sábados às cinco horas da tarde. — Harry levantou uma sobrancelha. — Para ouvir o resultado da partida entre Bristol City ou Bristol Rovers, dependendo de qual deles estiver jogando em casa naquele dia. — Harry não interrompeu. — Se eles vencerem, será uma noite tranquila no pronto-socorro. Se empatarem, será suportável. Mas se eles perderem será um pesadelo, porque simplesmente não temos pessoal suficiente para lidar com a demanda.

— Só porque o time da casa perdeu uma partida de futebol?

— Sim, porque é certo que os torcedores vão afogar suas mágoas e depois acabam brigando. Alguns, olha que surpresa, aparecem no pronto-socorro onde terão que esperar horas para que alguém possa atendê-los. Resultado? Mais brigas na sala de espera e, ocasionalmente, uma enfermeira ou médico tenta intervir.

— Vocês não têm seguranças para lidar com isso?

— Receio que não sejam suficientes. E o hospital não tem os recursos, pois setenta por cento de seu orçamento anual é gasto em salários, e o governo está insistindo em cortes, não em aportes. Logo, pode ter certeza de que passaremos pelo mesmo problema no próximo sábado à noite se o Rovers perder para o Cardiff City.

— A sra. Thatcher já deu alguma ideia de como resolver o problema?

— Ela deve concordar com você, meu querido. Enforcado, arrastado e esquartejado seria bom demais para eles. Mas acho que você não vai encontrar essa política específica em destaque no próximo manifesto do Partido Conservador.

———

O dr. Richards ouviu o batimento cardíaco do paciente, 72 bpm, e assinalou o último item.

— O senhor está em boa forma, Sir Harry, para um homem perto dos sessenta anos — declarou. — Uma época em que muitos de nós pensam em se aposentar.

— Eu não — apressou-se Harry. — Ainda tenho que entregar outro livro sobre William Warwick antes de começar meu próximo romance, o que pode levar alguns anos. Então, preciso viver pelo menos até os setenta. Entendido, dr. Richards?

— Três vintênios mais dez. Uma expectativa de vida realista. Não acho que isso seja um problema — acrescentou ele — desde que você continue se exercitando. — O médico verificou o prontuário do paciente. — Quando o vi pela última vez, Sir Harry, o senhor estava correndo cinco quilômetros, duas vezes por semana, e caminhando oito, três vezes por semana. Ainda é assim?

— Sim, mas tenho que confessar que parei de marcar meus tempos.

— Você ainda mantém essa rotina entre as duas horas de sessões de escrita?

— Todas as manhãs, cinco dias por semana.

— Excelente. Para falar a verdade, é mais do que muitos dos meus pacientes mais jovens conseguem. Só mais umas perguntas. Presumo que você ainda não fume, né?

— Nunca.

— E quanto o senhor bebe em um dia normal?

— Uma taça de vinho no jantar, mas não no almoço. Caso contrário, acabaria dormindo à tarde.

— Então, francamente, setenta deve ser moleza, desde que você não seja atropelado por um ônibus.

— Acho difícil. Os ônibus locais só passam pela minha casa duas vezes por dia, apesar de Emma escrever regularmente ao Conselho para reclamar.

O médico sorriu.

— Agora só falta uma amostra de sangue para verificar sua fosfatase alcalina. Vem comigo, pedirei a uma enfermeira para cuidar disso.

— O dr. Richards fechou a pasta, levantou-se da mesa e acompanhou Harry para fora do consultório.

— Como está Lady Clifton? — perguntou enquanto caminhavam pelo corredor.

Emma odiava o título de cortesia "Lady", pois achava que não fizera nada para merecê-lo e insistia que todos no hospital ainda a chamassem de sra. Clifton ou "presidente".

— Você é que me diz — disse Harry.

— Eu não sou o médico dela — respondeu Richards. — Mas posso lhe dizer que ela é a melhor administradora que já tivemos, e não sei quem será corajoso o suficiente para substituí-la quando ela se afastar em um ano.

Harry sorriu. Sempre que visitava o Bristol Royal Infirmary, sentia o respeito e o carinho que os funcionários devotavam a Emma.

— Se ganharmos o título de hospital do ano pela segunda vez — acrescentou Richards —, certamente ela terá desempenhado seu papel.

Enquanto seguiam pelo corredor, Harry passou por duas enfermeiras no intervalo para o chá. Ele notou que uma delas estava com um olho roxo e uma bochecha inchada, que, apesar da maquiagem pesada, não tinha conseguido disfarçar. O dr. Richards levou Harry para um pequeno cubículo vazio apenas com uma cama e algumas cadeiras.

— Pode tirar o paletó. Uma enfermeira virá atendê-lo em breve.

— Obrigado — disse Harry. — Estou ansioso para vê-lo novamente daqui a um ano.

— Quando recebermos os exames do laboratório, eu ligo para o senhor para informar os resultados. Não que eu ache que eles estejam muito diferentes dos do ano passado.

Harry tirou o paletó, pendurou-o no encosto de uma cadeira, tirou os sapatos e subiu na cama. Deitou-se, fechou os olhos e começou a pensar no próximo capítulo de *William Warwick e o Truque de Três*

Cartas. Como o suspeito poderia estar em dois lugares ao mesmo tempo? Ou ele estava na cama com a esposa, ou estava indo de carro até Manchester. Qual seria? O médico deixou a porta aberta, e os pensamentos de Harry foram interrompidos quando ouviu alguém dizer "dr. Hands". Onde ele ouvira esse nome antes?

— Você vai denunciá-lo à enfermeira-chefe? — perguntou a voz.

— Não se eu quiser manter meu emprego — disse uma segunda voz.

— Então o velho mão-boba vai se safar novamente.

— Enquanto for a palavra dele contra a minha, ele não tem nada a temer.

— O que ele aprontou dessa vez?

Harry sentou-se, pegou um caderno e uma caneta do bolso do paletó e ouviu atentamente a conversa no corredor.

— Eu estava na lavanderia no terceiro andar pegando lençóis limpos quando alguém entrou. A porta fechou, eu ouvi o barulho da tranca e sabia que só poderia ser uma pessoa. Fingi que não percebi nada, peguei alguns lençóis e fui correndo para a porta. Tentei abrir ela, mas ele me agarrou e se esfregou em mim. Foi nojento. Eu quis vomitar. Ninguém precisa saber, ele disse, é só um pouco de diversão. Tentei dar uma cotovelada na virilha dele, mas ele tinha me prendido contra a parede. Então ele me virou e ficou tentando me beijar.

— O que você fez?

— Mordi a língua dele. Ele gritou, me chamou de vadia e me deu um tapa no rosto. Mas isso me deu tempo suficiente para abrir a porta e sair correndo.

— Você tem que denunciar ele. Está na hora desse desgraçado ser expulso deste hospital.

— Não há muita chance disso. Quando o vi nas rondas da enfermaria hoje de manhã, ele me ameaçou, falando que se eu abrisse a boca já podia começar a procurar um novo emprego e depois acrescentou: "Quando uma mulher abre a boca, só serve para uma coisa" — disse a enfermeira, baixando a voz em um sussurro.

— Ele é doente e não deveria se safar dessa.

— Não se esqueça do quanto ele é poderoso. O namorado de Mandy perdeu o emprego depois que Hands disse à polícia que o viu agredir ela, mas, na verdade, foi ele que agrediu ela. Então que chance eu teria depois de umas apalpadas na lavanderia? Não, eu decidi...

— Bom dia, Sir Harry — cumprimentou uma enfermeira ao entrar na sala e fechar a porta. — O dr. Richards pediu que eu tirasse uma amostra de sangue e enviasse pro laboratório; apenas um checape de rotina. O senhor pode arregaçar a manga, por gentileza?

— Suponho que apenas um de nós esteja qualificado para ser presidente — disse Giles, incapaz de esconder um sorriso malicioso.

— Isso não é engraçado — disse Emma. — Já elaborei uma pauta para garantir que a gente trate de todos os tópicos que precisam ser discutidos. — Ela entregou uma cópia para Giles e outra para Grace e esperou um tempo para que analisassem os itens antes de falar novamente.

— Talvez eu deva atualizá-los antes de passarmos para o item *um*. — Os irmãos assentiram. — O conselho aceitou a oferta final da Cunard de três libras e quarenta e um pence por ação, e a venda foi concluída ao meio-dia do dia 26 de fevereiro.

— Isso deve ter sido uma grande tristeza para você — declarou Giles, parecendo genuinamente compassivo.

— Devo admitir que enquanto eu estava esvaziando minha sala fiquei me perguntando se havia feito a coisa certa. E fiquei feliz de não ter ninguém perto quando tirei o retrato do vovô da parede, porque eu não consegui encarar ele.

— Ficaria feliz em ter o retrato de Walter de volta em Barrington Hall — disse Giles. — Ele pode ficar do lado da vovó na biblioteca.

— Na verdade, Giles, o presidente da Cunard perguntou se ele poderia ficar na sala de reuniões ao lado de todos os outros presidentes anteriores.

— Estou impressionado — falou Giles. — E ainda mais convencido de que tomei a decisão certa sobre como investir parte do meu dinheiro — acrescentou sem explicação.

— Mas e você, Emma? — interviu Grace se virando para a irmã.

— Afinal, você também conquistou o direito a um lugar na parede da sala de reuniões.

— Bryan Organ foi contratado para pintar meu retrato — revelou Emma. — Ele vai ficar em frente ao do querido vovô.

— O que a Jessica tem a dizer sobre isso? — quis saber Giles.

— Foi ela quem o recomendou. Até perguntou se poderia ir às reuniões.

— Ela está crescendo tão rápido — disse Grace.

— Ela já é uma mocinha — declarou Emma. — E estou pensando em seguir o conselho dela em outro assunto — acrescentou antes de retornar à leitura da ata. — Após a assinatura dos contratos de venda, teve uma cerimônia de entrega na sala de reuniões. Vinte e quatro horas depois, o nome Barrington Shipping, que ficou pendurado com tanto orgulho no portão de entrada por mais de um século, foi substituído por Cunard.

— Sei que faz apenas um mês — ponderou Giles —, mas a Cunard honrou o compromisso com os nossos funcionários, especialmente com os que estão lá há muito tempo?

— Em todos os detalhes — disse Emma. — Ninguém foi demitido, mas muitos dos veteranos aproveitaram a generosa indenização que Seb negociou para eles, além de uma viagem gratuita no *Buckingham* ou no *Balmoral*; portanto, não há queixas nesse quesito. Contudo, precisamos discutir nossa própria posição e para onde vamos a partir daqui. Como vocês sabem, eles nos ofereceram um acordo em dinheiro de pouco mais de vinte milhões de libras para cada um, com a alternativa de adquirir ações da Cunard, o que nos traz várias vantagens.

— Quantas ações eles estão oferecendo? — perguntou Grace.

— Setecentos e dez mil para cada um, que no ano passado renderam dividendos de 246.717 libras. Então, algum de vocês já decidiu o que vai fazer com o dinheiro?

— Eu já — afirmou Giles. — Depois de pedir uns conselhos pro Seb, decidi receber metade em dinheiro, que o Farthings Kaufman vai investir para mim, e a outra metade em ações da Cunard. Elas tiveram uma leve queda recentemente, o que Seb me disse que não é incomum depois de uma aquisição. No entanto, ele me garante que a Cunard é uma empresa bem administrada, com um histórico sólido, e espera que suas ações continuem gerando um dividendo de três a quatro por cento e ao mesmo tempo aumentem de valor ano a ano na mesma proporção.

— Na verdade isso me parece muito conservador — disse Emma, provocando o irmão.

— Com "c" minúsculo — replicou Giles. — Também concordei em financiar um assistente de pesquisa da Fabian Society.

— Que ousado — disse Grace sem esconder o sarcasmo.

— E você fez algo mais radical? — retrucou Giles, devolvendo a farpa.

— Espero que sim. Certamente é mais divertido.

Emma e Giles encararam a irmã como dois alunos em sua aula esperando uma resposta.

— Já descontei meu cheque no valor total. Quando o apresentei ao gerente do banco, pensei que ele fosse desmaiar. No dia seguinte, Sebastian veio me visitar em Cambridge e, seguindo os conselhos dele, reservei cinco milhões para cobrir qualquer obrigação tributária e outros dez em uma conta de investimento no Farthings Kaufman para ser distribuída por uma ampla variedade de empresas bem estabelecidas, palavras de Seb. Também deixei um milhão em depósito na Midland, o que é mais do que suficiente para comprar uma casa pequena perto de Cambridge, bem como uma renda anual garantida de cerca de 30 mil libras. Muito mais do que jamais ganhei em todos os meus anos de faculdade.

— E os outros quatro milhões?

— Doei um milhão ao fundo de restauração da Newnham College, meio milhão à Fitzwilliam e outro meio milhão para ser dividido entre uma dúzia de instituições de caridade pelas quais me interessei ao longo dos anos, mas nunca fui capaz de doar mais do que algumas centenas de libras no passado.

— Você está me fazendo me sentir bastante culpado — disse Giles.

— Espero que sim, Giles. Mas, se pensar bem, eu entrei para o Partido Trabalhista muito antes de você.

— Ainda restam alguns milhões nessa conta — declarou Emma.

— Sei que não é do meu feitio, mas fui às compras com a Jessica.

— Meu Deus, no que ela gastou? — perguntou Emma. — Diamantes e bolsas?

— Certamente que não — garantiu Grace com certo orgulho. — Compramos um Monet, um Manet, dois Picassos, um Pissarro e um Lucian Freud, que ela me assegurou ser o próximo grande nome, assim como um Bacon da série *Papa que Grita*, alguém que eu não gostaria de ouvir fazendo um sermão. Uma maquete de Henry Moore intitulada *Rei e Rainha* também, que admiro há muito tempo, e um Barbara Hepworth e Leon Underwood. Mas me recusei a comprar um Eric Gill, depois que me disseram que ele dormiu com as filhas dele. A Jessica pareceu não se importar com isso. "Não se pode negar um talento real", ela ficava me lembrando, mas fui firme nessa. Minha última compra foi a obra de arte feita para uma capa de um disco dos Beatles, de Peter Blake, que dei pra Jessica como recompensa por seu conhecimento e experiência. Ela sabia exatamente quais galerias visitar e negociou com os marchands como os camelôs de East End.

Não sabia ao certo se eu devia ter orgulho ou vergonha dela. E devo confessar: não sabia que gastar dinheiro poderia ser tão exaustivo.

Emma e Giles caíram na gargalhada.

— A gente é que está com vergonha — disse Emma. — Mal posso esperar para ver a coleção. Mas onde pretende exibi-la?

— Acho que encontrei uma casa ideal em Trumpington com espaço suficiente nas paredes para pendurar todas as pinturas e um jardim grande o bastante para expor as estátuas. Então, no futuro, eu é que vou convidar vocês para passar o fim de semana. Ainda não fechei a compra, mas enviei Sebastian para negociar com os pobres agentes imobiliários e deixei que acertasse os valores. Por mais que eu tenha minhas dúvidas se ele vai ser melhor do que a Jessica, ela está convencida de que minha coleção de arte será um investimento mais lucrativo do que títulos e ações, os quais, como lembrou ao pai, não podem ser pendurados na parede. Ele tentou explicar pra ela a diferença entre "apreciar" e "apreciação", mas não conseguiu.

— Bravo — exultou Emma. — Só espero que tenha sobrado para mim um Monet excêntrico, porque eu também pretendia pedir o conselho de Jessica, mas, para falar a verdade, ainda não decidi o que fazer com meu dinheiro. Tive três reuniões com Hakim Bishara e Seb, mas não estou nem perto de me decidir. Depois de perder uma presidência, tenho me concentrado no novo pacote de reformas do Serviço Nacional de Saúde do governo e nas consequências para o Royal Infirmary.

— Esse projeto nunca vai ver a luz do dia se a Margaret Thatcher vencer a eleição — sentenciou Giles.

— É, pois é — disse Emma. — Mas continua sendo minha responsabilidade preparar meus colegas do conselho para as consequências caso o Partido Trabalhista retorne ao poder. Não pretendo deixar que meu sucessor, quem quer que seja, precise lidar com o caos. — Ela fez uma pausa antes de acrescentar: — Mais alguma coisa?

Giles pegou dois magníficos modelos do *Buckingham* e do *Balmoral* e uma garrafa de champanhe embaixo da mesa. — Minha querida Emma — disse —, Grace e eu estaremos para sempre em dívida com você. Sem sua liderança, dedicação e comprometimento, não estaríamos na posição privilegiada em que nos encontramos agora. Seremos eternamente gratos.

Três copos que normalmente seriam para água foram servidos com champanhe por Giles, mas Emma não conseguia tirar os olhos dos dois navios em miniatura.

— Obrigada — disse ela, enquanto levantavam os copos. — Mas confesso que desfrutei cada minuto e já sinto falta de ser presidente. Também tenho uma surpresa para vocês. A Cunard me pediu para fazer parte do conselho deles. Então eu também gostaria de fazer um brinde. — Ela se levantou de seu lugar e ergueu o copo.

— A Joshua Barrington, que fundou a Barrington Shipping Line em 1839, teve um lucro de trinta e três libras, quatro xelins e dois pence em seu primeiro ano como presidente, mas prometeu mais aos acionistas.

Giles e Grace ergueram seus copos.

— A Joshua Barrington.

— Talvez tenha chegado a hora de celebrarmos o recente nascimento de meu sobrinho-neto, Jake — sugeriu Giles —, que Seb queria que fosse o próximo presidente, mas do Farthings Bank.

— Seria demais querer que Jake considere fazer algo mais relevante do que ser banqueiro? — questionou Grace.

5

— E sua fonte é confiável?

— Incontestável. E ele escreveu o que ouviu, palavra por palavra.

— Bem, não posso fingir, presidente, que nunca ouvi rumores desse tipo, mas nada que pudesse ser substanciado. — Admitiu a enfermeira-chefe. — A única enfermeira que apresentou uma queixa oficial pediu demissão uma semana depois.

— Que opções temos? — perguntou Emma.

— Você sabe alguma coisa sobre a enfermeira além da conversa que foi ouvida?

— Posso dizer que o suposto assédio ocorreu na lavanderia, no terceiro andar.

— Isso pode restringir a meia dúzia de enfermeiras.

— E ela esteve nas rondas da enfermaria com o dr. Hands mais cedo naquela manhã.

— Quando foi isso?

— Ontem.

— Então provavelmente já conseguimos reduzir a duas ou três enfermeiras no máximo.

— E ela era da Índia ocidental.

— Ah — disse a enfermeira-chefe. — Eu bem estava me perguntando por que Beverley estava com o olho roxo, mas agora eu sei. Só que ela teria que fazer uma denúncia oficial para que considerássemos abrir uma investigação ética.

— Quanto tempo isso levaria?

— Seis a nove meses e, mesmo assim, como obviamente não havia testemunhas, não acho que teria muitas chances.

— Então, voltamos à estaca zero e o dr. Hands pode continuar com a vida dele tranquilamente enquanto não fazemos nada a respeito.

— Creio que sim, presidente, a menos que...

—◠—

— Minhas felicitações pela venda bem-sucedida — saudou Margaret Thatcher assim que Emma atendeu a ligação. — Embora eu possa imaginar que não tenha sido uma decisão fácil.

— Eu estava dividida — admitiu Emma. — Mas o conselho, minha família e todos os nossos consultores profissionais foram unânimes em me aconselhar a aceitar a oferta da Cunard.

— Então, o que você tem feito com seu tempo, agora que não é mais a presidente da Barrington's?

— Ainda tenho mais alguns meses antes de entregar a presidência do Royal Infirmary, mas depois do voto de desconfiança no governo da noite passada parece que passarei a maior parte do tempo perambulando por West Country tentando garantir que a senhora acabe em Downing Street.

— Preferiria que percorresse o país inteiro fazendo o mesmo trabalho — respondeu a sra. Thatcher.

— Não tenho certeza se entendi.

— Se ligar a televisão, você vai ver o primeiro-ministro sendo levado ao Palácio de Buckingham para um encontro com a rainha. O sr. Callaghan pedirá permissão para dissolver o Parlamento a fim de que possa convocar uma eleição geral.

— Já marcaram alguma data?

— Quinta-feira, 3 de maio. E eu quero que você enfrente seu irmão.

— O que você tem em mente?

— Como você provavelmente sabe, ele está mais uma vez encarregado da campanha nos distritos indecisos para o Partido Trabalhista, e os cinquenta ou sessenta grupos constituintes cruciais é que determinarão o resultado da eleição. Acho que você seria a pessoa ideal para fazer o mesmo trabalho pelo Partido Conservador.

— Mas Giles tem muita experiência em campanhas eleitorais. Ele é um político experiente...

— E ninguém o conhece melhor do que você — completou a sra. Thatcher.

— Deve haver uma dezena ou mais de pessoas muito mais bem qualificadas para assumir essa responsabilidade.

— Você é minha primeira escolha. Sinto que seu irmão não vai ficar satisfeito quando descobrir quem ele terá que enfrentar. — Um longo silêncio seguiu antes de a sra. Thatcher acrescentar: — Venha a Londres e encontre o presidente do partido, Peter Thorneycroft. Ele já preparou tudo. Então o que preciso agora é de um coordenador que aterrorize os presidentes locais nesses distritos indecisos.

Dessa vez, Emma não hesitou.

— Quando eu começo?

— Amanhã de manhã, dez horas, no Escritório Central — respondeu a líder da oposição.

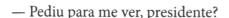

— Pediu para me ver, presidente?

— Sim, e vou ser bem direta — disse Emma antes mesmo de Hands ter a chance de se sentar. — Recebi várias reclamações de enfermeiras sobre seu comportamento antiético.

— Várias? — surpreendeu-se Hands, que se sentou em sua cadeira, parecendo despreocupado.

— Durante o ano passado, a enfermeira-chefe coletou provas e pediu que eu iniciasse uma investigação oficial.

— Fique à vontade — disse Hands. — Você não vai achar nada, e eu serei totalmente inocentado.

— Nada? Uma escolha infeliz de palavras, posso imaginar, dr. Hands, a menos que, é claro...

— Mais uma palavra, Lady Clifton, e eu vou instruir meus advogados para que apresentem uma denúncia de difamação.

— Duvido. Assim como você, eu me assegurei de que não houvesse testemunhas e posso aceitar que você seja inocentado de todas as acusações, mas pretendo garantir que sua reputação fique em frangalhos e que nunca mais consiga encontrar um emprego neste país novamente. Então eu sugiro...

— Está me ameaçando? Se estiver, cuidado, pois pode muito bem ser a sua reputação que fique em frangalhos; a investigação pode se provar um desperdício de tempo e de dinheiro, e justo quando o BRI foi indicado de novo a hospital do ano.

— Sim, já considerei isso — argumentou Emma. — No passado, sua força sempre se baseou no fato de ser a sua palavra contra a de uma enfermeira. Porém, agora você não está lidando com uma jovem assustada, mas com a presidente do conselho de administração deste hospital. E, sim, eu estou disposta a arriscar minha reputação para ver a sua acabada.

— Você está blefando — disse Hands. — Você tem menos de um ano pela frente e realmente não gostaria de que essa fosse a única coisa pela qual será lembrada.

— Errou de novo, dr. Hands. Quando eu expuser quem o senhor é, acredito que seus colegas e as dezesseis enfermeiras que forneceram provas escritas — Emma deu um tapinha na espessa pasta de documentos em sua frente, que na verdade não passava de um relatório de um inspetor — vão ficar muito gratos por minha intervenção enquanto você vai ter problemas em conseguir um emprego em um pequeno país africano.

Dessa vez, Hands hesitou antes de falar.

— Vou arriscar. Estou confiante de que você não tem provas suficientes para abrir uma investigação.

Emma se inclinou para a frente, discou um número externo e mudou o telefone para o viva-voz. Um momento depois, os dois ouviram a palavra:

— Editor.

— Bom dia, Reg. É Emma Clifton.

— Qual dos meus repórteres você quer arruinar nesta manhã, Emma?

— Nenhum dos seus repórteres desta vez. Mas um dos meus médicos.

— Conta mais.

— Estou prestes a iniciar uma investigação sobre o comportamento de um médico no hospital, e pensei que você gostaria de ouvir o caso antes que os jornais nacionais se apossem da história.

— Muita gentileza de sua parte, Emma. — Hands começou a acenar para Emma freneticamente. — Mas se é para a história sair na edição de hoje preciso enviar um repórter para o hospital imediatamente.

— Tenho um compromisso às onze — declarou Emma, olhando para a agenda —, mas ligo para você em alguns instantes em caso de conseguir remanejá-lo.

Quando Emma desligou, viu gotas de suor brotando da testa de Hands.

— Se eu cancelar meu compromisso com o repórter do *Bristol Evening News* — disse ela, mais uma vez tocando a pasta —, espero que você saia do prédio até o meio-dia. Caso contrário, recomendo que leia a edição de hoje, onde vai ver exatamente o que penso de médicos como você. E pode ficar ao lado do seu telefone. Tenho a sensação de que eles vão querer ouvir o seu lado da história.

Hands se levantou da cadeira hesitante e saiu da sala sem dizer uma palavra. Depois que a porta se fechou, Emma pegou o telefone e discou novamente o número para o qual prometera ligar de volta.

— Obrigada — disse ela, quando a ligação foi atendida.

— O prazer foi meu — disse Harry. — Que horas você chega em casa para o jantar?

—

— Se vai passar o próximo mês em Londres, onde você pretende ficar? — questionou Harry depois de ouvir as novidades de Emma.

— Com Giles. Desse jeito, posso ficar de olho em todos os movimentos dele.

— E ele nos seus. Mas não consigo ver ele concordando com uma convivência tão próxima.

— Não vou dar muita escolha para ele — afirmou Emma. — Você obviamente se esqueceu de que sou a dona do número 23 da Smith Square. Então, se alguém tiver que procurar uma acomodação temporária, será Giles, não eu.

GILES BARRINGTON

1979-1981

6

— Quer saber das más notícias? — perguntou Giles depois de entrar no escritório de Griff Haskins e se sentar na cadeira diante de um homem que acendia o quarto cigarro da manhã.

— Tony Benn foi encontrado bêbado em um bordel?

— Pior. Minha irmã está liderando a campanha pelos distritos indecisos para os Conservadores.

O veterano agente do Partido Trabalhista desabou em sua cadeira e não falou por algum tempo.

— Uma oponente formidável. — Conseguiu dizer, por fim. — E pensar que eu ensinei tudo o que ela sabe. Especialmente como conquistar o voto de um distrito indeciso.

— Mas não é só isso. Ela vai ficar hospedada comigo na Smith Square durante a campanha.

— Então, coloque-a no olho da rua — revoltou-se Griff, parecendo sincero demais.

— Não posso. Ela é literalmente a dona da casa. Sempre fui o inquilino dela.

A informação silenciou Griff por alguns instantes, mas ele se recuperou rapidamente.

— Então vamos ter que tirar vantagem disso. Se a Karin puder descobrir pela manhã qual a sua agenda para o dia, sempre estaremos um passo à frente.

— É uma boa ideia — disse Giles —, mas não tenho certeza de que lado minha esposa está.

— Então, coloque-a no olho da rua.

— Não acho que isso conquistaria muitos votos das mulheres.

— Então temos que contar com o Markham. Coloca ele para escutar os telefonemas dela, abrir o e-mail dela, se precisar.

— O Markham vota nos Conservadores. Sempre votou.

— Não tem ninguém na sua casa que apoia o Partido Trabalhista?

— A Silvina, minha faxineira. Mas ela não fala inglês muito bem e não tenho certeza se ela vota.

— Então você precisa ficar com os olhos e os ouvidos abertos, porque eu quero saber o que sua irmã está fazendo a cada minuto de cada dia, os círculos eleitorais que ela está atacando, os líderes Conservadores que visitarão esses círculos eleitorais e o que mais você conseguir descobrir.

— Ela também vai querer descobrir o que estou fazendo — disse Giles.

— Então temos que fornecer informações falsas.

— Ela vai perceber essa estratégia no segundo dia.

— É possível, mas não se esqueça, você tem muito mais experiência do que ela quando se trata de disputar eleições. Ela vai seguir uma curva acentuada de aprendizado e depender muito da pessoa que fará meu trabalho para os Conservadores.

— Você conhece ele?

— John Lacy — disse Griff. — Eu o conheço melhor que o meu próprio irmão. Fui o Caim pro Abel dele por mais de trinta anos. — Ele apagou o cigarro antes de acender outro. — Enfrentei o Lacy pela primeira vez em 1945; *Attlee versus Churchill*, e, como um rottweiler ferido, ele lambe suas feridas desde então.

— Então vamos usar o Clem Attlee como inspiração e fazer o que ele fez com Churchill.

— Esta provavelmente é a última eleição dele — afirmou Griff, quase como se estivesse falando sozinho.

— A nossa também — asseverou Giles —, se perdermos.

— Se você está morando na mesma casa que seu irmão — disse Lacy —, temos que tirar proveito disso.

Emma olhou para o chefe de gabinete do outro lado da mesa e sentiu que estava entendendo rapidamente como a mente dele funcionava. Lacy devia ter cerca de 1,80 metro e, embora nunca tivesse participado de outro esporte que não fosse atormentar o Partido Trabalhista, não havia um grama de sobrepeso em seu corpo, um homem que considerava dormir um luxo ao qual não se permitia, que não acreditava em intervalos para o almoço, nunca havia fumado ou bebido, e só abandonava o partido nas manhãs de domingo para adorar o único ser que considerava superior ao seu líder. Seus cabelos grisalhos e ralos o faziam parecer mais velho do que de fato era, e seus penetrantes olhos azuis estavam sempre fixos em seu ouvinte.

— O que você tem em mente? — perguntou Emma.

— Assim que seu irmão sair de casa de manhã, preciso saber quais círculos eleitorais ele pretende visitar e quais políticos seniores do Partido Trabalhista o acompanharão para que nossos agentes possam esperá-los quando desembarcarem do trem.

— Isso é um pouco ardiloso, não é?

— Tenha certeza, Lady Clifton...

— Emma.

— Emma. Nós não estamos tentando vencer uma competição de bolos no festival da vila local, mas sim uma eleição geral. As apostas não poderiam ser maiores. Você deve considerar qualquer socialista um inimigo, porque isso aqui é uma guerra e temos que usar todas as nossas forças. E o nosso trabalho é garantir que, dentro de quatro semanas, nenhum deles permaneça de pé, e isso inclui seu irmão.

— Pode levar um tempo para eu me acostumar.

— Você tem 24 horas para isso. E não se esqueça, seu irmão é o melhor e Griff Haskins é o pior, o que os torna uma combinação formidável.

— Por onde eu começo?

Lacy levantou-se da mesa e caminhou até um grande mapa fixado na parede.

— Estes são os sessenta e dois distritos indecisos que precisamos conquistar se quisermos formar o próximo governo — disparou, mesmo antes de Emma se juntar a ele. — Cada um deles precisa de apenas 4% ou menos de conversão para mudar de lado. Se ambos os partidos principais acabarem com trinta e um desses assentos — explicou, tocando o mapa —, temos um Parlamento suspenso. Se um deles conseguir dez assentos, terá uma maioria de vinte na Câmara. Por isso nosso trabalho é tão importante.

— E os outros seiscentos assentos?

— A maioria deles já foi decidida muito antes da abertura das urnas. Estamos interessados apenas nos distritos onde os votos são equilibrados, onde não há maioria absoluta. É claro que sempre haverá uma ou duas surpresas, mas não temos tempo para tentar descobrir quais serão. Nosso trabalho é nos concentrarmos nos distritos indecisos responsáveis por 62 assentos e tentarmos garantir que cada um conduza um membro conservador para o Parlamento.

Emma olhou com mais cuidado para a longa lista de distritos, começando com o mais controverso, Basildon; com maioria trabalhista durante 22 anos, precisava de apenas 0,1% de conversão.

— Se não conseguirmos vencer esse — ponderou Lacy —, teremos que suportar mais cinco anos de governo trabalhista. Gravesend precisa de uma conversão de 4,1% — enfatizou, batendo o dedo na parte de baixo do mapa. — Se essa for uma conversão uniforme em todo o país, garantiria aos Conservadores uma maioria de trinta assentos.

— O que são esses sete quadradinhos ao lado de cada distrito eleitoral?

— Precisamos assinalar cada um deles antes do dia das eleições.

— Emma analisou as legendas: Candidato, Conversão Necessária, Agente, Presidente, Impulsionadores, Distrito eleitoral adotado, PIA.

— Existem três assentos que ainda nem têm candidato — disse Emma, encarando a lista com descrença.

— Eles terão até o final da semana, senão poderão eleger um membro do Partido Trabalhista sem oposição, e não vamos deixar que isso aconteça.

— E se não conseguirmos encontrar um candidato adequado em tão pouco tempo?

— A gente vai achar alguém — afirmou Lacy. — Mesmo que seja um idiota qualquer, e já temos um ou dois deles sentados do nosso lado na Câmara, alguns deles em assentos garantidos.

Emma riu quando seus olhos se voltaram para "Distrito eleitoral adotado".

— Um assento já definido vai adotar um eleitorado de um distrito indeciso vizinho — explicou Lacy. — Assim, oferece a assistência de um coordenador experiente, cabos eleitorais e até dinheiro quando necessário. Contamos com um fundo de reserva com verba suficiente para fornecer a qualquer distrito indeciso dez mil libras a qualquer momento.

— Sim, fiquei sabendo disso durante a última eleição quando estava trabalhando em West Country — declarou Emma. — Mas achei alguns distritos eleitorais mais cooperativos do que outros.

— E você vai ver que o restante do país é idêntico. São aqueles presidentes locais que pensam que sabem como conduzir uma campanha melhor do que nós, os tesoureiros que preferem perder uma eleição a abrir mão de um centavo da conta atual deles e os membros do Parlamento que alegam que podem perder seus assentos mesmo quando têm uma maioria de vinte mil. Sempre que esse tipo de problema aparecer, você que vai ligar para o presidente do distrito eleitoral e resolver. Especialmente porque eles não dão a mínima para os assessores, por mais experientes que eles sejam, e, além disso, todos sabem que a Mãe te escuta.

— Mãe?

— Desculpe — disse Lacy. — É como nós agentes chamamos o líder. Emma sorriu.

— E o que significa PIA? — perguntou ela, indicando a linha inferior no mapa.

— Não são pessoas idosas aposentadas — explicou Lacy —, embora elas possam decidir uma eleição porque, supondo que consigam comparecer, é mais provável que votem. E mesmo que não possam andar, forneceremos um carro e um motorista para levá-las à seção de votação mais próxima. Quando eu era jovem, já ajudei um senhor a chegar às urnas em uma maca. Só quando o levei de volta para sua casa é que me disse que votou no Partido Trabalhista. — Emma tentou manter o rosto sério. — Não — continuou Lacy —, PIA quer dizer Problemas Iminentes Aleatórios, dos quais haverá vários todos os dias. Mas vou tentar garantir que você só tenha que lidar com os realmente difíceis, porque na maioria das vezes você vai estar na estrada, e eu, aqui na base.

— Alguma notícia boa? — perguntou Emma, continuando a analisar o mapa.

— Sim. Você pode ter certeza de que nossos oponentes estão sofrendo com exatamente os mesmos problemas que a gente, e apenas agradeça por não termos que lidar com um quadradinho de "Sindicatos". — Lacy virou-se para a chefe: — Me disseram que você conhece bem os métodos de Griff Haskins, o braço direito do seu irmão. Eu conheço ele há anos, mas não muito bem; nada bem, na verdade. Como é trabalhar com ele?

— Ele é totalmente implacável. Não acredita em conceder a ninguém o benefício da dúvida, trabalha horas incontáveis e acha que todos os conservadores foram gerados pelo diabo.

— Mas nós dois sabemos que ele tem uma grande fraqueza.

— É verdade — concordou Emma. — Mas ele nunca bebe durante uma campanha. Na verdade, ele não toca em uma gota de álcool até que o último voto seja depositado no último distrito eleitoral; aí sim, com a vitória ou a derrota, ele fica bêbado igual a um gambá.

— Vejo que a pesquisa mais recente dá ao Partido Trabalhista uma vantagem de 2% — disse Karin, ao levantar os olhos do jornal.
— Nada de política na mesa do café, por favor — pediu Giles. — E especialmente enquanto Emma estiver na sala.
Karin sorriu para a cunhada do outro lado da mesa.
— Você notou que sua ex-esposa está de volta às manchetes? — perguntou Emma.
— O que ela aprontou desta vez?
— Parece que Lady Virginia vai retirar o ilustre Freddie de sua elegante escola preparatória na Escócia. William Hickey está insinuando que é porque ela está sem dinheiro de novo.
— Nunca achei que você lesse o *Express* — retrucou Giles.
— Setenta e três por cento dos leitores do *Express* apoiam Margaret Thatcher — disse Emma. — Por isso que eu nem me dou ao trabalho de ler o *Mirror*.
Quando o telefone tocou, Giles saiu imediatamente da mesa e, ignorando o telefone no aparador, retirou-se para o corredor, fechando bem a porta.
— Para onde ele vai hoje? — sussurrou Emma.
— Reservo-me ao direito de permanecer calada — brincou Karin. — Mas estou disposta a dizer que o motorista o levou para Paddington.
— Reading, 3,7%; Bath, 2,9%; Zona Portuária de Bristol, 1,6%; Exeter, 2,7%; e Truro...
— Não tem como ser Truro — ponderou Karin. — Ele tem uma reunião na Sede do Partido Trabalhista às oito da noite; ele não conse-

guiria voltar a tempo. — Ela parou de falar quando Markham entrou na sala com um novo bule de café fresco.

— Com quem meu irmão estava falando ao telefone? — perguntou Emma, casualmente.

— Com o sr. Denis Healey.

— Ah, sim, e eles estão indo para...?

— Reading, milady — disse o mordomo, servindo uma xícara de café para Emma.

— Você teria sido um bom espião — disse Emma.

— Obrigado, milady — agradeceu Markham antes de retirar os pratos e sair da sala.

— Como você sabe que ele não é um? — sussurrou Karin.

7

Se alguém pedisse a Emma para explicar o que aconteceu durante os 28 dias seguintes, ela os descreveria como um grande borrão. Os dias começavam com ela pulando em um carro às seis da manhã, seguiam implacavelmente até que ela adormecesse, na maior parte das vezes em um vagão vazio de trem ou nas últimas fileiras de um avião por volta de uma da manhã.

Giles manteve uma rotina um tanto parecida: os mesmos meios de transporte, os mesmos horários, diferentes distritos eleitorais. Porém seus caminhos quase não se cruzavam, impossibilitando a intenção deles de se espionarem.

As pesquisas mostravam de forma consistente o Partido Trabalhista alguns votos à frente, e John Lacy alertou Emma de que, durante a última semana de qualquer campanha, o eleitorado tendia ao governo da ocasião. Emma não teve essa sensação em suas pesquisas nas ruas, mas ficou pensando se os eleitores estavam apenas sendo educados quando avistavam a roseta azul na lapela depois de perguntar se votariam no Partido Conservador. Sempre que a sra. Thatcher era questionada sobre as pesquisas em suas viagens pelo país, respondia:

— Pesquisas fictícias são para pessoas fictícias. Somente pessoas reais votarão no dia 3 de maio.

Embora ela e a sra. Thatcher tenham tido apenas uma conversa durante os 28 dias de campanha, Emma concluiu que ou a líder de seu partido era uma atriz muito talentosa, ou realmente acreditava que os Conservadores venceriam.

— Existem dois fatores que as pesquisas não conseguem levar em conta — revelou Thatcher a Emma. Quantas pessoas não estão dispostas a admitir que votarão em uma mulher para primeira-ministra e quantas esposas não estão dizendo a seus maridos que votarão no Partido Conservador pela primeira vez.

***

Tanto Giles quanto Emma estavam na Zona Portuária de Bristol no último dia de campanha, e quando o relógio indicou dez da noite e o último voto foi depositado na urna, nenhum dos dois se sentiu suficientemente confiante para prever o resultado. Os dois correram de volta a Londres no mesmo trem, mas não no mesmo vagão.

John Lacy havia dito a Emma que a alta cúpula de ambos os partidos retornaria a suas sedes — o Escritório Central do Partido Conservador e a Sede do Partido Trabalhista —, e os olheiros políticos estariam empoleirados em diferentes cantos da Smith Square, onde aguardariam os resultados.

— Às duas horas da manhã — informou Lacy — a definição da eleição vai estar bem delineada, e provavelmente saberemos quem formará o próximo governo. Às quatro da manhã, um dos prédios estará todo iluminado e as celebrações continuarão até o amanhecer.

— E o outro prédio? — disse Emma.

— As luzes vão se apagar por volta das três, quando os derrotados estarão voltando para suas casas e decidindo a quem culpar enquanto se preparam para a oposição.

— Qual você acha que vai ser o resultado? — perguntara Emma ao assessor de campanha na véspera da votação.

— Previsões são para tolos e agenciadores de apostas — retrucara Lacy. — Mas seja qual for o resultado — acrescentou —, foi um privilégio trabalhar com a Boadiceia de Bristol.

Quando o trem parou em Paddington, Emma saltou e pegou o primeiro táxi disponível. Chegando de volta à Smith Square, ficou aliviada ao descobrir que Giles ainda não havia aparecido e que Harry estava à sua espera. Ela tomou um banho rápido e trocou de roupa antes de seguirem até o outro lado da praça.

Ela ficou surpresa com a quantidade de pessoas que a reconheceu. Algumas até aplaudiram quando ela passou, enquanto outras a encararam em um silêncio emburrado. Então, gritos de alegria irromperam na praça; Emma virou-se e viu o irmão saindo de um carro e acenando para os apoiadores de seu partido antes de entrar na Sede do Partido Trabalhista.

Emma entrou novamente no prédio ao qual se familiarizou ao longo do último mês e foi recebida por vários membros importantes do partido com quem havia se deparado durante a campanha. As pessoas rodeavam as televisões em todos os cômodos, enquanto apoiadores, trabalhadores do partido e funcionários do Escritório Central aguardavam o primeiro resultado. Não havia um político à vista. Todos estavam em seus distritos eleitorais, esperando para descobrir se ainda eram membros do Parlamento.

Os resultados de Croydon Central foram declarados à 1h23 da manhã com uma conversão de 1,8% para os Conservadores. A comemoração foi discreta porque todos sabiam que isso indicava uma dissolução do Parlamento, com Jim Callaghan retornando ao palácio para responder à rainha se seria capaz de formar um governo.

À 1h43, a comemoração ficou mais intensa quando os Conservadores conquistaram Basildon, que, no mapa de Emma, sugeria uma maioria conservadora de cerca de trinta. Depois disso, os resultados começaram a ser mais rápidos e numerosos, incluindo uma recontagem na Zona Portuária de Bristol.

Quando a sra. Thatcher chegou em Finchley, seu distrito eleitoral logo depois das três da manhã, as luzes já estavam se apagando na Sede do Partido Trabalhista. Assim que ela entrou no Escritório Central, os que duvidaram subitamente se tornaram apoiadores de longa data, e apoiadores de longa data estavam ansiosos para ingressar em sua primeira administração.

O líder da oposição parou no meio da escada e fez um breve discurso de agradecimento. Emma ficou emocionada ao constatar que seu nome estava entre os mencionados. Depois de apertar várias mãos estendidas, a sra. Thatcher deixou o prédio, explicando que tinha um dia agitado pela frente. Emma se perguntou se ela ao menos conseguiria dormir.

Pouco depois das quatro da manhã, Emma entrou no escritório de John Lacy pela última vez e o encontrou em pé junto ao mapa, preenchendo os últimos resultados.

— Qual é a sua previsão? — perguntou Emma, olhando o mar de quadradinhos azuis no mapa.

— Parece que será uma maioria de mais de quarenta — respondeu Lacy. — Mais que suficiente para governar pelos próximos cinco anos.

— E os nossos 62 distritos indecisos? — quis saber Emma.

— Vencemos em quase todos, exceto três, mas eles estão na terceira recontagem na Zona Portuária de Bristol. Então podem ser apenas dois.

— Acho que podemos deixar esse para Giles — sussurrou Emma.

— Sempre soube que você era uma conservadora de araque, Emma — disse Lacy.

Emma pensou em seu irmão e em como ele devia estar se sentindo agora.

— Boa noite, John — disse ela. — Obrigada por tudo. Vejo você daqui a cinco anos — acrescentou antes de sair do prédio e voltar para sua casa, do outro lado da praça, onde planejava retornar ao mundo real.

Emma acordou algumas horas depois e viu Harry sentado ao lado da cama, segurando uma xícara de chá.

— Você vai se juntar a nós no café da manhã, minha querida, agora que já fez seu trabalho?

Ela bocejou e espreguiçou.

— Não é má ideia, Harry Clifton, porque já está na hora de voltar ao trabalho.

— Então, quais os planos para hoje?

— Tenho que voltar para Bristol o quanto antes. Tenho uma reunião com o presidente recém-nomeado do hospital às três da tarde para discutir as prioridades para o próximo ano.

— Você está feliz com seu sucessor?

— Não poderia estar mais satisfeita. Simon Dawkins é um excelente administrador e foi um vice-presidente leal. Então acredito que tudo continuará como antes.

— Então tá, vou sair para você se vestir — disse Harry, antes de entregar o chá para a esposa e descer as escadas para se juntar a Giles para o café da manhã.

Giles estava sentado na extremidade da mesa, cercado pelos jornais da manhã, que não eram uma leitura agradável. Ele sorriu pela primeira vez naquele dia quando seu cunhado entrou na sala.

— Como está se sentindo? — perguntou Harry, apoiando a mão no ombro de seu velho amigo como gesto de consolo.

— Já tive manhãs melhores — admitiu Giles, empurrando os jornais para o lado. — Mas não estou em condições de reclamar. Servi como ministro por nove dos últimos catorze anos, e ainda devo ter uma chance de ocupar o cargo daqui a cinco anos, porque não acredito que essa mulher dure. — Os dois homens ficaram de pé quando Emma entrou na sala. — Parabéns, irmãzinha — disse Giles. — Você foi uma oponente digna e a vitória foi merecida.

— Obrigada, Giles — disse ela, dando um abraço no irmão, algo que não fazia há 28 dias. — E aí, o que pretende fazer hoje? — perguntou, enquanto se sentava na cadeira ao seu lado.

— Em algum momento desta manhã eu tenho que entregar meus selos do cargo para que essa mulher — disse ele, batendo o dedo na foto da primeira página do *Daily Express* — possa formar sua primeira e, espero, última administração. Thatcher deve estar no palácio às dez para os rapapés antes de ser levada para Downing Street em triunfo. Você vai conseguir assistir pela televisão, mas vai me perdoar se eu não me juntar a você?

Depois que Emma terminou de se arrumar, Harry colocou as malas deles na porta da frente antes e se juntou a ela na sala de estar. Não se surpreendeu ao encontrá-la de olhos colados na televisão; e ela nem desviou o olhar quando ele entrou na sala.

Três Jaguar pretos estavam saindo do Palácio de Buckingham A multidão na calçada do lado de fora dos portões do palácio acenava e aplaudia enquanto o comboio subia a Mall até Whitehall. Robin Day seguia narrando e comentando.

— A nova primeira-ministra passara a manhã nomeando seu primeiro gabinete. Espera-se que Lorde Carrington seja o ministro de Relações Exteriores; Geoffrey Howe, chanceler; e Leon Brittan, ministro do Interior. As outras nomeações ainda aguardam definição. Suponho que não haverá muitas surpresas, embora possamos ter certeza de que haverá vários políticos ansiosos ao lado de seus telefones, esperando uma ligação do Número 10 — acrescentou quando os três carros entraram em Downing Street.

Quando a primeira-ministra saiu do carro, uma nova comemoração irrompeu na multidão. Ela fez um breve discurso citando São Francisco de Assis antes de ingressar no Número 10.

— É melhor a gente ir logo — disse Harry —, senão vamos perder o trem.

Emma passou a tarde com Simon Dawkins, seu sucessor no Bristol Royal Infirmary, antes de esvaziar seu segundo escritório naquele dia. Ela encheu o banco de trás do carro e o porta-malas com todos os bens pessoais que havia acumulado na última década. Quando passou de carro pela saída do hospital uma última vez, não olhou para trás. Estava ansiosa por um jantar tranquilo na mansão com Harry e depois colocar a cabeça em um travesseiro antes da meia-noite pela primeira vez em semanas, torcendo por mais do que quatro horas de sono.

Emma estava de roupão, desfrutando de um café da manhã tardio quando o telefone tocou.

Harry pegou o telefone no aparador e ouviu por um momento antes de cobrir o bocal e sussurrar:

— É do Número 10.

Emma levantou-se e pegou o telefone, presumindo que seria a sra. Thatcher do outro lado da linha.

— Aqui é do Número 10 — disse uma voz formal. — A primeira-ministra gostaria de saber se a senhora estaria disponível para vê-la às 12h30.

— Sim, claro — disse Emma sem pestanejar.

— Quando? — apressou-se Harry enquanto ela desligava o telefone.

— Meio-dia e meia no Número 10.

— É melhor você se vestir agora enquanto eu trago o carro. Temos que sair logo se você quiser pegar o trem das 10h10.

Emma correu escada acima e levou mais tempo do que pretendia decidindo o que vestir. Um terninho simples azul-marinho e uma blusa de seda branca foram os escolhidos.

Harry conseguiu dizer "Você está linda", enquanto dirigia apressado pela garagem e pelo portão principal, feliz por ter evitado o tráfego matinal. Ele parou em frente à estação Temple Meads poucos instantes depois das dez.

— Ligue para mim assim que terminar a reunião — gritou para a figura que partia, mas não teve certeza se Emma o ouviu.

Quando o trem saiu da estação, Emma ficou pensando que, se Margaret apenas quisesse agradecer-lhe, poderia ter feito isso por telefone. Ela passou os olhos pelos jornais da manhã, cobertos com fotos da nova primeira-ministra e detalhes de suas nomeações para altos cargos. O gabinete deveria se reunir pela primeira vez às dez horas da manhã. Emma checou o relógio: 10h15.

A sra. Clifton foi uma das primeiras pessoas a sair do trem e correu até o ponto de táxi. Chegou no início da fila e disse:

— Número 10 da Downing Street, e eu tenho que chegar lá às 12h30.

O taxista olhou para ela como se dissesse: "Você está de sacanagem, né?"

Quando o táxi entrou em Whitehall e parou no final da Downing Street, um policial olhou para o banco de trás, sorriu e fez um cumprimento. O táxi se dirigiu lentamente até a porta da frente do Número 10. Quando Emma abriu a bolsa, o motorista disse:

— Não é nada, senhora. Votei nos Conservadores; então esta é por minha conta. E, a propósito, boa sorte!

Antes que Emma pudesse bater, a porta do Número 10 se abriu. Ela entrou e lá uma jovem esperava por ela.

— Bom dia, Lady Clifton. Meu nome é Alison e eu sou uma das secretárias pessoais da primeira-ministra. Ela está ansiosa para vê-la!

Emma seguiu a secretária, sem falar nada, pelas escadas até o primeiro andar, onde pararam diante de uma porta. A secretária bateu, abriu e deu passagem para Emma, que entrou e viu a sra. Thatcher ao telefone.

— Falaremos novamente mais tarde, Willy, quando eu lhe informar minha decisão. — A primeira-ministra desligou o telefone. — Emma — saudou-a, levantando-se de sua mesa. — É muita gentileza de sua parte voltar a Londres de última hora. Achei que você ainda estava na cidade.

— Não é um problema, primeira-ministra.

— Primeiro, os meus parabéns por conseguir 59 dos 62 distritos indefinidos pretendidos. Uma conquista! Embora eu acredite que seu irmão a esteja importunando por não ter conseguido a Zona Portuária de Bristol.

— Fica para a próxima, primeira-ministra.

— Mas isso pode levar cinco anos e nós temos muito o que fazer antes disso, e é por isso que eu queria vê-la. Você provavelmente sabe que convidei Patrick Jenkin para ser ministro da Saúde, e, é lógico, ele vai precisar de alguém para representá-lo na Câmara dos Lordes para conduzir a aprovação da nova Lei Nacional de Saúde pela Câmara Alta. E eu não consigo pensar em alguém mais qualificado que você para essa função. Você tem uma vasta experiência no Serviço Nacional de Saúde e seus anos como presidente de uma empresa pública a tornam a candidata ideal para o cargo. Então, espero que você se sinta capaz de ingressar no governo como um par vitalício.

Emma ficou sem palavras.

— Uma das coisas realmente maravilhosas sobre você, Emma, é que nem tinha passado pela sua cabeça que esse era o motivo pelo qual eu queria vê-la. Metade dos meus ministros presumiu que não recebia mais do que merecia, enquanto a outra metade não conseguia esconder o desapontamento. Desconfio que você seja a única que está, de fato, surpresa.

Emma assentiu com a cabeça sem nem se dar conta.

— Então, deixe-me dizer o que vai acontecer agora. Quando você sair daqui, haverá um carro do lado de fora para levá-la à Alexander Fleming House, onde o ministro estará à sua espera. Ele vai explicar suas responsabilidades em mais detalhes. Em particular, ele vai querer falar com você sobre a nova Lei Nacional de Saúde que eu gostaria de passar pelas duas Câmaras o mais rápido possível, de preferência dentro de um ano. Preste atenção ao que Patrick Jenkin fala; ele é um político perspicaz, assim como o secretário permanente do departamento. Recomendo que você também procure aconselhamento com seu irmão. Ele não só foi um representante excepcional como também sabe melhor do que ninguém como a Câmara dos Lordes funciona.

— Mas ele é da oposição.

— Não funciona assim na Câmara dos Lordes, como você logo vai descobrir. Eles são muito mais civilizados naquela Câmara e não estão apenas interessados em marcar pontos políticos. E meu último conselho é: aproveite o seu trabalho.

— Fico lisonjeada que tenha me considerado, primeira-ministra, e, devo admitir, um tanto assustada com o desafio.

— Não precisa ficar assustada. Você foi minha primeira escolha para o cargo — revelou a sra. Thatcher. — Mais uma coisa, Emma. Você está entre os poucos amigos que, espero, ainda me chamem de Margaret, porque não terei esse emprego para sempre.

— Muito obrigada, primeira-ministra.

Emma se levantou e apertou a mão de sua nova chefe. Ao sair da sala, Alison a estava esperando no corredor.

— Parabéns. Um carro a está aguardando para levá-la ao seu departamento.

Enquanto desciam as escadas, passando pelas fotografias dos ex-primeiros-ministros, Emma tentou absorver o que acabara de acontecer. Assim que chegou ao corredor, a porta da frente se abriu e um jovem entrou, sendo conduzido pelas escadas por outra secretária. Ela se perguntou que cargo seria oferecido a Norman.

— Me acompanhe, por favor — disse Alison, que abriu uma porta lateral que dava para uma pequena sala com uma mesa e um telefone. Emma ficou intrigada até que a jovem fechasse a porta e anunciasse:

— A primeira-ministra achou que gostaria de ligar para seu marido antes de começar em seu novo cargo.

8

Giles passou a manhã levando seus papéis, pastas e objetos pessoais de um extremo do corredor ao outro. Ele deixou um escritório espaçoso e bem equipado com vista para a Parliament Square, a poucos passos da Câmara, além da comitiva de funcionários cuja única tarefa era cumprir todas as suas ordens.

Em troca, ele se mudou para um cômodo com instalações apertadas, com uma única secretária, onde se esperava que ele cumprisse o mesmo cargo na oposição. Sua queda foi ao mesmo tempo dolorosa e imediata. Já não podia mais contar com um quadro de funcionários públicos para aconselhá-lo, organizar sua agenda e redigir seus discursos. Esses mesmos servidores agora serviam a um mestre diferente, que representava outro partido, para que o processo do governo continuasse sem problemas. A democracia é assim.

O telefone tocou e Giles falou com o líder da oposição do outro lado da linha.

— Vou presidir uma reunião do Gabinete Sombra às dez horas da manhã de segunda-feira no meu novo escritório na Câmara dos Comuns, Giles. Espero que consiga participar.

Não sendo mais capaz de chamar uma secretária particular para convocar os membros do Gabinete para o Número 10, Jim Callaghan fazia suas próprias ligações pela primeira vez em anos.

Dizer que os colegas de Giles pareciam em choque, sentados ao redor da mesa na segunda-feira seguinte, seria um eufemismo. Todos eles consideraram a possibilidade de perder para a sra. Thatcher, mas não por uma maioria tão esmagadora.

Jim Callaghan presidiu a reunião, tendo rabiscado apressadamente a pauta no verso de um envelope que uma secretária havia datilografado e agora distribuía aos colegas que sobreviveram ao abate eleitoral. O único assunto dominando as mentes dos que estavam sentados em volta da mesa era quando Jim renunciaria ao cargo de líder do Partido Trabalhista. Era o primeiro item da pauta. Depois que conseguissem fincar seus pés como oposição, disse ele a seus colegas, pretenderia abrir caminho para um novo líder. Porém esses pés, nos próximos anos, fariam pouco mais do que marchar para o lobby do Não para votar contra o governo, apenas para ser derrotado reiteradamente.

Quando a reunião terminou, Giles fez algo que não fazia havia anos. Voltou para casa sem o carro ministerial. Ele sentiria falta de Bill. Então mandou uma mensagem para agradecer-lhe antes de se juntar a Karin para o almoço.

— Foi horrível? — perguntou Karin quando ele entrou na cozinha.

— Foi como assistir a um velório, porque todos sabemos que não podemos fazer coisa alguma por pelo menos quatro anos. E até lá eu vou ter 63 anos — lembrou ele —, e o novo líder do partido, quem quer que seja, sem dúvida terá seu próprio candidato para me substituir.

— A menos que você apoie o homem que vai ser o próximo primeiro-ministro — disse Karin. — Nesse caso, você ainda terá um lugar na alta cúpula.

— Denis Healey é o único candidato crível para o cargo na minha opinião, e eu estou bastante confiante de que o partido o apoiará.

— Com quem ele deve competir? — perguntou Karin enquanto lhe servia uma taça de vinho.

— Os sindicatos apoiarão Michael Foot, mas a maioria dos membros vai perceber que, com as credenciais de esquerda dele, o partido não teria muita esperança de vencer a próxima eleição geral. — Ele esvaziou o copo. — Mas não precisamos nos preocupar com essa possibilidade por um tempo. Então vamos falar sobre algo mais agradável, como onde você gostaria de passar as férias de verão.

— Antes de a gente decidir isso, temos que falar sobre outra coisa — declarou Karin, enquanto amassava algumas batatas. — O eleitorado pode ter rejeitado você, mas conheço alguém que ainda precisa da sua ajuda.

— Como assim?

— Emma telefonou hoje cedo. Ela estava com esperanças de que você a aconselhasse no novo cargo.

— Novo cargo?

— Ninguém te contou? Ela foi nomeada secretária pelo departamento de Saúde e vai se juntar a você na Câmara dos Lordes. — Karin esperou para ver como ele reagiria.

— Nossa mãe ficaria tão orgulhosa — foram as primeiras palavras de Giles. — Então, pelo menos, algo de bom saiu dessa eleição. Certamente poderei mostrar a ela quais armadilhas evitar, em quais membros prestar atenção, quais ignorar e como obter a confiança da Câmara. Não é um trabalho fácil, na melhor das hipóteses — disse ele, já entusiasmado com a tarefa. — Eu ligo para ela logo depois do almoço e me ofereço para mostrar o Palácio de Westminster a ela enquanto estivermos em recesso.

— E se a gente for para a Escócia nas férias esse ano? — sugeriu Karin. — Podemos convidar o Harry e a Emma para irem com a gente. Seria a primeira vez em anos que você não seria interrompido de hora em hora por funcionários públicos alegando que tem uma crise a ser resolvida ou por jornalistas dizendo "desculpe por incomodá-lo no feriado, ministro, mas..."

— Boa ideia. Quando Emma for apresentada à Câmara em outubro, seus novos colegas vão pensar que ela já passou mais de uma década na Câmara dos Lordes.

— E tem outra coisa que devíamos discutir agora que você tem muito mais tempo disponível — revelou Karin, servindo a Giles um prato de ensopado.

— Você está certa, minha querida — apressou-se Giles, pegando a faca e o garfo. — Mas não vamos apenas falar sobre isso desta vez, vamos de fato fazer.

—◆—

Lorde Goodman levantou-se de sua mesa quando sua secretária entrou no escritório acompanhada por um cliente em potencial.

— Que prazer finalmente conhecê-la, sra. Grant — disse o distinto advogado, apertando a mão da senhora. — Sente-se, eu insisto — acrescentou, conduzindo-a a uma cadeira confortável.

— É verdade que você era o advogado do primeiro-ministro? — perguntou Ellie May depois de se sentar.

— Sim, eu era — respondeu Goodman. — Agora, sirvo ao sr. Wilson somente em caráter privado.

— E o senhor conseguiu ler a carta e os anexos que lhe enviei recentemente? — quis saber Ellie May, ciente de que conversa-fiada seria cobrada tanto quanto um parecer jurídico.

— Cada palavra — afirmou Goodman, tamborilando os dedos na pasta diante de si. — Eu só queria que seu marido tivesse procurado meu conselho no momento desse incidente infeliz. Se ele tivesse feito isso, eu recomendaria que ele pagasse para ver com aquela senhora.

— Haveria muito menos necessidade de advogados, Lorde Goodman, se todos pudéssemos prever o futuro. Mas, apesar disso, na sua opinião, temos um caso contra Lady Virginia?

— Certamente, senhora. Isso supondo que o sr. e a sra. Morton concordem em assinar uma declaração juramentada confirmando que o ilustre Freddie Fenwick é filho deles e que Lady Virginia sabia disso na época do nascimento da criança.

— Elabore a documentação necessária, Lorde Goodman, e eles vão assinar tudo. E, depois disso, Cyrus pode pleitear o valor total que pagou a essa farsante ao longo dos anos?

— Cada centavo, mais os juros e outros encargos estabelecidos pelo tribunal, além dos meus honorários, é claro.

— Então, seu conselho seria processar aquela ordinária? — perguntou Ellie May, inclinando-se para a frente.

— Com uma condição — alertou Goodman, erguendo uma sobrancelha.

— Advogados sempre apresentam uma ressalva, caso acabem perdendo. Pode falar.

— Não faz muito sentido processar Lady Virginia por uma quantia tão grande se ela não tem bens de valor real. Um jornal — disse ele, abrindo uma pasta grossa — alega que ela está retirando o jovem Freddie da escola preparatória porque não tem mais condição de arcar com os custos.

— Mas ela é dona de uma casa na Onslow Square; minha fonte é segura, e tem meia dúzia de funcionários para administrá-la.

— Tinha — revelou Goodman. — Lady Virginia vendeu a casa há alguns meses e demitiu todos os funcionários. — Ele abriu outra pasta e verificou alguns recortes de imprensa antes de passá-los à cliente.

Depois que Ellie May terminou de lê-los, perguntou:

— Isso altera sua opinião?

— Não, mas, para começar, eu acho que devíamos mandar uma notificação extrajudicial para Lady Virginia, solicitando que ela devolva o valor total e estabelecendo o prazo de trinta dias para que ela responda. Acho difícil acreditar que ela não queira fazer algum tipo de acordo em vez de ser declarada insolvente e até mesmo enfrentar a possibilidade de ser presa por fraude.

— E se ela não o fizer... porque tenho a sensação de que ela não o fará — disse Ellie May.

— A senhora vai ter que decidir se entrará ou não com a ação, com grande possibilidade de que nenhum centavo seja recuperado; nesse caso, ainda terá que pagar as próprias custas judiciais, que não serão baixas. — Goodman fez uma pausa antes de acrescentar: — Em suma, aconselho cautela. Claro, a decisão é sua. Mas, como eu disse, sra. Grant, isso pode acabar custando muito caro sem garantia de retorno.

— Se aquela vaca acabar falida, humilhada e atrás das grades, valerá cada centavo.

Harry e Emma se juntaram a Giles e Karin para uma estada de quinze dias no Castelo Mulgelrie, a casa da família do avô materno dos Clifton na Escócia. Sempre que o telefone tocava, normalmente era para Emma. Quando as caixas vermelhas chegavam, Giles precisava se conter para não abri-las.

Giles foi capaz de aconselhar a inexperiente secretária sobre como lidar com funcionários públicos que pareciam ter esquecido que ela estava de férias e jornalistas políticos desesperados por uma matéria para o mês de agosto enquanto a Câmara ainda estava em recesso. E Giles, sempre que eles passeavam juntos pelos campos, respondia as intermináveis perguntas da irmã, compartilhando seus anos de experiência na Câmara dos Lordes, de modo que, quando voltou a Londres, Emma sentiu que em vez de férias havia retornado de seminários avançados sobre o governo.

Depois que Emma e Harry partiram, Giles e Karin ficaram por mais algumas semanas. Giles tinha outra coisa que precisava fazer antes de participar da conferência do partido em Brighton.

— Obrigado por concordar em me ver, Archie.

— O prazer é meu — disse o décimo conde de Fenwick. — Nunca esquecerei sua bondade quando assumi o assento de meu pai na casa e fiz meu primeiro discurso.

— Foi muito bem recebido — elogiou Giles. — Apesar de você ter atacado o governo.

— E pretendo ser igualmente crítico com os Conservadores se a política agrícola deles for tão antiquada quanto a de vocês. Mas diga-me, Giles, a que devo essa honra, porque você nunca me pareceu um homem que tem tempo a perder.

— Confesso — disse Giles, enquanto Archie lhe entregava um copo grande de uísque — que estou em busca de informações sobre um assunto de família.

— E por acaso sua curiosidade é sobre sua ex-mulher Virginia?

— Na mosca. Eu esperava que você pudesse me informar o que sua irmã anda fazendo ultimamente. Depois lhe explico o porquê.

— Queria eu saber — lamentou Archie —, mas não posso fingir que somos tão próximos. A única coisa que sei de fato é que Virginia está sem dinheiro mais uma vez, apesar de eu ter respeitado os termos do testamento de meu pai e continuado a lhe fornecer um subsídio mensal. Mas não chega nem perto do que é necessário para lidar com os atuais problemas de minha irmã.

Giles tomou um gole de uísque.

— Seria Freddie Fenwick um desses problemas?

Archie não respondeu imediatamente.

— Uma coisa que agora sabemos com certeza — disse ele finalmente — é que Freddie não é filho de Virginia e, talvez o mais interessante, meu pai devia saber disso muito antes de deixar-lhe apenas um legado em seu testamento.

— A garrafa de Maker's Mark — acrescentou Giles.

— Sim. Isso me deixou encucado por algum tempo — admitiu Archie — até que recebi a visita de uma senhora de nome Ellie May Grant, de Baton Rouge, Louisiana, a qual explicou que essa era a marca favorita de uísque do seu marido Cyrus. Ela então me contou detalhadamente o que havia acontecido na visita dele a Londres quando ele teve a infelicidade de conhecer Virginia. Mas eu ainda não sei como ela se safou por tanto tempo.

— Então, deixe-me acrescentar o que sei, cortesia do Honorável Hayden Rankin, governador da Louisiana e um velho amigo de Cyrus T. Grant III. Parece que, enquanto Cyrus estava em sua primeira e última viagem a Londres, Virginia montou uma farsa elaborada para convencê-lo de que ele a havia pedido em casamento, apesar do fato de ele já ter planos de se casar com outra pessoa, Ellie May, na verdade. Ela então fez o pobre homem acreditar que estava grávida e que ele era o pai. Isso é tudo que eu sei.

— Posso dizer um pouco mais — falou Archie. — A sra. Grant me informou que havia contatado recentemente o ex-mordomo de Virginia e sua esposa, o sr. e a sra. Morton, que assinaram uma declaração juramentada confirmando que Freddie era filho deles, razão pela qual os pagamentos mensais de Cyrus para Virginia foram repentinamente cancelados.

— Não é à toa que ela está sem um tostão. Freddie sabe que os Morgan são de fato seus pais?

— Não, ele nunca perguntou e eu nunca contei a ele, já que ele acredita que seus pais o abandonaram — disse Archie. — Mas isso não é nem o pior. A sra. Grant recentemente contratou Lorde Goodman para representá-la na tentativa de recuperar cada centavo pago por Cyrus. E tendo tido o prazer de conhecer a formidável Ellie May Grant, posso dizer que minha irmã finalmente encontrou uma adversária à altura.

— Mas como é possível que Virginia ... — Giles se calou assim que a porta abriu e um jovem entrou.

— O que eu disse sobre bater, Freddie, principalmente quando estou com visitas?

— Desculpe, senhor — disse Freddie, virando-se para sair rápido.

— Antes de sair, gostaria que você conhecesse um grande político. — Fred retornou. — Esse é Lorde Barrington, que até recentemente era líder da Câmara dos Lordes.

— Como vai, senhor? — saudou Freddie, estendendo a mão. Ele olhou para Giles por algum tempo antes de finalmente dizer: — O senhor não é o homem que foi casado com minha mãe?

— Sim, sou eu — confirmou Giles. — E estou feliz em conhecê-lo, finalmente.

— Mas você não é meu pai, é? — questionou Freddie depois de outra longa pausa.

— Não, não sou.

Freddie parecia decepcionado.

— Meu tio diz que o senhor é um grande político, mas também não é verdade que o senhor já foi um grande jogador de críquete?

— Grande, nunca — declarou Giles, tentando aliviar o clima. — E isso já faz muito tempo.

— Mas o senhor marcou cem runs no Lord's.

— Alguns ainda consideram essa a minha maior conquista.

— Um dia vou marcar cem runs no Lord's — disse Freddie.

— Espero estar presente para testemunhar isso.

— O senhor poderia me assistir rebater no próximo domingo. É o derby local, o time do Castelo contra o time da Vila, e vou marcar a corrida vencedora.

— Freddie, eu não acho...

— Infelizmente, tenho que ir a Brighton para a conferência do Partido Trabalhista — desculpou-se Giles. Freddie parecia decepcionado.

— Embora eu deva confessar — continuou Giles —, preferiria bem estar assistindo a você jogar críquete do que ouvindo intermináveis discursos de líderes sindicais que vão repetir exatamente a mesma coisa que disseram no ano passado.

— O senhor ainda joga críquete?

— Só quando os membros da Câmara dos Lordes jogam contra os da Câmara dos Comuns, e ninguém percebe como estou fora de forma.

— A forma é temporária, a classe é permanente, meu mestre de críquete disse.

— Pode ser que sim — disse Giles —, mas tenho quase 60 e essa é a minha idade, não minha média de rebatidas.

— W. G. Grace jogou pela Inglaterra quando tinha mais de 50 anos, senhor. Então talvez o senhor aceite jogar conosco no futuro?

— Freddie, lembre-se de que Lorde Barrington é um homem muito ocupado.

— Mas não ocupado demais para aceitar uma oferta tão lisonjeira.

— Obrigado, senhor — disse Freddie. — Enviarei a tabela de jogos para o senhor. Preciso deixá-los agora — acrescentou. — Tenho que trabalhar na ordem de rebatidas com o sr. Lawrie, nosso mordomo. Ele também é o capitão do time do Castelo. — Freddie saiu correndo antes que Giles tivesse a chance de fazer sua próxima pergunta.

— Sinto muito por isso — desculpou-se Archie depois de a porta fechar —, mas Freddie parece não perceber que as outras pessoas podem ter uma vida própria.

— Ele mora aqui com você? — quis saber Giles.

— Só nas férias, o que, receio, não é o ideal, porque, agora que minhas filhas cresceram e saíram de casa, ele está sem companhia. A casa mais próxima fica a alguns quilômetros de distância e eles não têm filhos. Mas, apesar de Virginia ter abandonado o pobre menino, ele não tem nenhum problema financeiro, porque meu pai deixou a Destilaria Glen Fenwick para ele, e ela produz uma renda anual de pouco menos de cem mil libras, e que ele herdará quando completar 25 anos. Na verdade, esse uísque que estamos bebendo é de lá — disse

Archie, enquanto enchia o copo de Giles, antes de acrescentar: — Mas, recentemente, nossos advogados me avisaram que a Virginia está de olho na destilaria e está buscando aconselhamento para saber se é possível quebrar os termos do testamento de meu pai.

— Não seria a primeira vez que ela tentaria fazer isso — acrescentou Giles.

9

— Você está nervosa?

— Pode apostar que sim — admitiu Emma. — Parece meu primeiro dia de escola — acrescentou enquanto ajeitava o longo manto vermelho.

— Não tem por que ficar nervosa — disse Giles. — Imagina que você é um cristão prestes a entrar no Coliseu na época de Diocleciano com várias centenas de leões famintos esperando impacientemente sua primeira refeição em semanas.

— Que bela injeção de ânimo — brincou Emma, quando dois porteiros em trajes da corte abriram as portas a oeste para permitir que os três pares entrassem na câmara.

A Baronesa Clifton de Chew Magna, no condado de Somerset, entrou na Câmara pela primeira vez. À sua direita, também com um longo manto vermelho e um chapéu de três pontas, estava Lorde Belstead, o líder da Câmara dos Lordes. Já à sua esquerda, Lorde Barrington, da Zona Portuária de Bristol, ex-líder da Câmara. Era a primeira vez na longa história dos Lordes que um novo membro havia sido apoiado pelos líderes dos dois principais partidos políticos.

Enquanto Emma caminhava pelo salão da Câmara, mil olhos a encaravam de ambos os lados do recinto. Os três tiraram o chapéu de três pontas e curvaram-se para os colegas. Então, continuaram passando pelos bancos transversais, lotados de membros que não eram leais a partido político algum, muitas vezes chamados de grandes e bons. Eles poderiam ser o fator decisivo em qualquer questão controversa, uma vez que se decidissem para que lado votar, segundo Giles havia lhe dito.

Eles seguiram pela primeira fileira de bancos do governo até que Lorde Belstead chegasse à caixa de despacho. O mesário deu um sorriso caloroso à nova colega e entregou-lhe um cartão no qual estava impresso o juramento de lealdade à Coroa.

Emma olhou para as palavras que já havia ensaiado no banho naquela manhã, durante o café da manhã, no carro a caminho do Palácio de Westminster e, finalmente, enquanto era "preparada" na sala de mantos. Mas, de repente, já não era mais um ensaio.

— Eu, Emma Elizabeth Clifton, juro pelo Deus Todo-Poderoso que serei fiel e leal à Sua Majestade, a rainha, seus herdeiros e sucessores, nos termos da lei, e que Deus me ajude.

O mesário virou a página de um grande manuscrito de pergaminho para que a nova integrante pudesse adicionar seu nome. Ele ofereceu a Emma uma caneta, que ela recusou de maneira educada em favor de uma que lhe fora dada por seu avô, Lorde Harvey, no seu batismo, quase 60 anos atrás.

Depois que Emma assinou o livro, ela olhou para a Tribuna dos Ilustres Desconhecidos, e viu Harry, Karin, Sebastian, Samantha, Grace e Jessica sorrindo para ela com um orgulho inconfundível. Ela sorriu de volta e, quando baixou os olhos, viu uma senhora parada no cancelo da Câmara. A primeira-ministra fez uma ligeira reverência e Emma retribuiu o cumprimento.

A Baronesa Clifton seguiu o irmão ao longo da primeira bancada, passando pelo Woolsack onde estavam os Lordes da Lei, até chegar à cadeira do Lorde Chanceler. O secretário da Câmara deu um passo à frente e apresentou a nova colega ao presidente.

— Bem-vinda à casa, Lady Clifton — disse ele, apertando-lhe calorosamente a mão. Seguiram-se gritos de "viva, viva!" de todos os lados da câmara, as boas-vindas tradicionais de seus colegas.

Giles então conduziu a irmã para detrás do trono, onde vários membros sentados nos degraus sorriram enquanto ela seguia até a porta leste e entrava na Câmara do Príncipe. Assim que chegaram do lado de fora da Câmara, ela tirou o chapéu de três pontas e deu um longo suspiro de alívio.

— Parece que os leões gostaram muito de você — brincou ele, inclinando-se para beijar a irmã nas bochechas —, embora eu tenha notado um ou dois colegas ávidos por sua primeira aparição na caixa de despachos.

— Não se deixe enganar pelo seu irmão — disse Belstead. — Ele estará entre os ávidos para vê-la enfrentar a oposição.

— Mas não até que você faça seu primeiro discurso, irmãzinha. No entanto, depois disso, devo admitir, você será como outro qualquer.

— E agora? — perguntou Emma.

— Chá com a família no terraço — lembrou Giles.

— E quando você estiver livre — disse Belstead — sugiro que volte para a Câmara e tome seu lugar no final do banco da frente. Nesses próximos dias, eu a aconselho a observar o funcionamento da casa e se acostumar com nossos estranhos costumes e tradições antes de pensar em fazer seu primeiro discurso.

— O único discurso que você vai fazer em que nenhum membro sequer considerará interrompê-la, e quem discursar em seguida a elogiará como se você fosse Cícero.

— E depois?

— Você deve se preparar para suas primeiras perguntas como representante da Saúde — disse Belstead — e tentar não esquecer que vários membros seniores da área médica vão estar presentes.

— É aí que o bicho pega — alertou Giles. — E não espere um amor fraternal, nem dos seus amigos ou parentes. Os sorrisos gentis e vivas só virão de seu lado da casa.

— E nem sempre podemos contar com eles também — revelou Belstead com um sorriso irônico.

— Ainda assim, irmãzinha, seja bem-vinda. Confesso, sinto um imenso orgulho sempre que um dos meus colegas diz: "Sabia que aquela é a irmã de Lorde Barrington?"

— Obrigada, Giles — disse Emma. — Estou ansiosa pelo dia em que um dos meus colegas disser: "Sabia que aquele é o irmão de Lady Clifton?"

<hr />

Toc, toc, toc. Karin foi a primeira a acordar. Ela se virou na cama, achando que devia estar sonhando.

Toc, toc, toc. Um pouco mais alto.

De repente, ela estava cem por cento desperta. Saiu da cama devagarinho, e não querendo perturbar Giles caminhou pé ante pé até a janela. *Toc, toc, toc,* ainda mais alto.

— Isso é o que eu estou pensando? — disse uma voz sonolenta.

— Estou prestes a descobrir — disse Karin, enquanto abria a cortina e olhava para a calçada.

— Meu Deus — disse ela, e desapareceu do quarto antes que Giles pudesse perguntar o que estava acontecendo.

Karin desceu correndo as escadas e rapidamente destrancou a porta da frente. Na porta, um jovem rapaz tremia. — Entre — sussurrou Karin, mas ele parecia relutante em se mover, até que ela o envolveu com o braço e disse: — Eu não sei você, Freddie, mas eu acho que um chocolate quente cairia bem. Por que você não entra comigo e vemos o que podemos arranjar?

Ele pegou a mão dela enquanto caminhavam pelo corredor até a cozinha exatamente quando Giles apareceu na escada.

— Senta, Freddie — disse Karin, derramando um pouco de leite em uma panela. Giles se juntou a eles. — Como você chegou aqui? — acrescentou casualmente.

— Peguei o trem em Edimburgo, mas não tinha percebido o quanto era tarde até chegar em Londres. Eu estava sentado na sua porta há mais de uma hora — explicou. — Não queria acordar vocês, mas estava ficando muito frio.

— Você falou com seu diretor ou com Lorde Fenwick que estava vindo nos ver? — perguntou Giles, enquanto Karin abria uma lata de biscoitos.

— Não. Saí escondido da capela durante as orações — confessou Freddie. Karin colocou uma caneca de chocolate quente e um prato de biscoitos em cima da mesa em frente ao convidado inesperado.

— Você não avisou a ninguém, nem mesmo a um amigo, que planejava nos visitar?

— Eu não tenho muitos amigos — admitiu Freddie, tomando um gole de chocolate. Ele olhou para Giles e acrescentou: — Por favor, não me diz que eu tenho que voltar. — Giles não conseguiu pensar em uma resposta adequada.

— Vamos nos preocupar com isso de manhã — disse Karin. — Beba o chocolate, e depois vou te levar para o quarto de hóspedes para você dormir um pouco.

— Obrigado, Lady Barrington — agradeceu Freddie. Ele terminou seu chocolate quente. — Sinto muito, não pretendia lhe causar nenhum problema.

— Imagina — tranquilizou-o Karin. — Mas agora vamos te levar para a cama. — Ela pegou a mão dele mais uma vez e saiu do cômodo.

— Boa noite, Lorde Barrington — disse uma voz bem mais alegre. Giles ligou a chaleira e pegou um bule de chá na prateleira. Enquanto esperava a chaleira ferver, pegou o telefone, ligou para o serviço de auxílio à lista e pediu o número da escola preparatória de Freddie na Escócia. Depois de tomar nota, checou se tinha o número da casa de Archie Fenwick em sua agenda de telefones. Ele decidiu que sete da manhã seria uma hora sensata para entrar em contato com os dois. A chaleira começou a assobiar quando Karin reapareceu.

— Ele dormiu assim que a cabeça bateu no travesseiro, coitado. — Giles serviu uma xícara de chá para a mulher.

— Você estava tão calma e conciliadora. Francamente, eu não sabia bem o que dizer ou fazer.

— Como você ia saber? — disse Karin. — Nunca ninguém bateu à sua porta no meio da noite.

—◆—

Quando a baronesa Clifton de Chew Magna se levantou para proferir seu discurso inaugural na Câmara dos Lordes, a Câmara lotada ficou em silêncio. Ela olhou para a Tribuna dos Ilustres Desconhecidos e viu Harry, Sebastian, Samantha e Grace sorrindo para ela, mas não encontrou Jessica. Emma se perguntou onde estaria a neta. Ela voltou a atenção para a primeira bancada da oposição, onde o líder do Gabinete Sombra estava sentado de braços cruzados. Ele piscou.

— Milordes — começou com a voz trêmula. — Os senhores devem estar surpresos ao ver um membro recém-empossado em pé diante da caixa de despachos discursando. Mas posso garantir que ninguém está mais surpresa do que eu.

Risadas irromperam em ambos os lados da Câmara, o que ajudou Emma a relaxar.

— Lorde Harvey, de Gloucester, sentou-se nesses bancos há cinquenta anos, e Lorde Barrington, da Zona Portuária de Bristol, ocupa o assento de líder da oposição do outro lado da Câmara. Diante dos senhores está a despreparada irmã e neta desses grandes homens.

"A primeira-ministra me concedeu a oportunidade de continuar meu trabalho no serviço de saúde, mas desta vez não como parte do conselho de administração de um grande hospital, vice-presidente ou mesmo presidente, mas como uma representante da Secretaria de Saúde do governo. E gostaria de que os membros desta Câmara não tivessem dúvidas de que pretendo desempenhar minhas funções como membro do governo com o mesmo rigor e cuidado que dediquei a todos os cargos que ocupei, tanto públicos como privados.

"O Serviço Nacional de Saúde, senhores, está em uma encruzilhada, embora eu saiba exatamente qual direção quero que siga. Em mim, os senhores encontrarão uma defensora dedicada de cirurgiões, médicos, enfermeiras e, mais importante de tudo, dos pacientes. E, ao percorrer os olhos por esta Câmara, posso ver um ou dois dos senhores que talvez precisem do SNS em um futuro não muito distante."

Emma considerou essa frase que Giles acrescentou um pouco arriscada, mas ele a garantiu de que os Lordes, ao contrário da rainha Victoria, achariam engraçado. Giles tinha razão. Risadas surgiram por todo o recinto, e ela sorriu para o líder da oposição do outro lado da caixa de despachos.

— E para esse fim, milordes, continuarei a combater a burocracia exagerada, o medo da inovação e os superestimados assessores especiais que nunca usaram um bisturi ou esvaziaram uma comadre.

A casa toda se agitou em aprovação.

— Mas, igualmente importante — continuou Emma, baixando a voz —, eu nunca esquecerei as sábias palavras de meu avô, Lorde Harvey, quando eu era criança e tive a ousadia de perguntar: "Para que serve a Câmara dos Lordes?" "Para servir", respondeu ele, "e manter aqueles patifes na Câmara dos Comuns sob controle."

Essa declaração provocou aplausos de ambos os lados da Casa.

— Então, devo garantir aos senhores — concluiu Emma — que esse será meu mantra sempre que eu tomar uma decisão em nome do governo a que sirvo. E, finalmente, devo agradecer à Câmara sua bondade e tolerância em relação a uma mulher profundamente consciente de que não é digna de ocupar a mesma caixa de despacho que seu avô e irmão.

Emma sentou-se e foi ovacionada com aplausos prolongados e o farfalhar de papéis, e os membros que se perguntavam por que essa mulher havia sido arrancada da obscuridade não tinham mais dúvida de que Margaret Thatcher havia tomado a decisão certa. Depois que a Câmara recuperou a ordem, Lorde Barrington levantou-se de seu lugar na primeira bancada da oposição e lançou um olhar amoroso para sua irmã antes de iniciar seu discurso não escrito. Emma pensou quando seria capaz de fazer isso, se é que um dia conseguiria.

— Milordes, se eu demonstrar um orgulho fraterno hoje, espero que a Câmara seja indulgente. Quando a representante do governo e eu brigávamos quando crianças, eu sempre ganhava, mas só porque eu era maior e mais forte. No entanto, nossa mãe me alertou de que, uma vez que ambos estivéssemos crescidos, eu descobriria que havia vencido a batalha, mas não a guerra.

A oposição riu enquanto os que estavam sentados nas bancadas do governo gritaram: "viva, viva!".

— Mas permita-me avisá-la, minha nobre parente — continuou Giles, parecendo sério pela primeira vez —, de que seu momento de triunfo pode durar pouco, porque, quando chegar a hora de o governo apresentar sua nova lei de saúde, ela não deve esperar desfrutar da mesma indulgência deste lado da Câmara. Examinaremos o projeto linha por linha, cláusula por cláusula, e não preciso lembrar à nobre baronesa que foi o Partido Trabalhista de Clement Attlee quem fundou o Serviço Nacional de Saúde, e não esse bando de conservadores que ocupam a bancada do governo há pouco tempo.

A oposição aplaudiu seu líder.

— Então, estou feliz em parabenizar minha nobre parente por um notável primeiro discurso, mas aconselho-a a aproveitar o momento, porque, quando ela retornar à caixa de despachos, este lado da casa estará à sua espera, e asseguro à nobre baronesa que não poderá mais contar com o auxílio fraterno. Nessa ocasião, ela terá que vencer a batalha e a guerra.

As bancadas da oposição pareciam ansiosas pelo confronto.

Emma sorriu e se perguntou quantas pessoas na Câmara acreditariam o quanto de seu discurso havia sido elaborado pelo mesmo nobre senhor que agora apontava o dedo para ela. Ele até havia ouvido a irmã ensaiando na cozinha na Smith Square na noite anterior. Ela só desejava que a mãe deles estivesse sentada na plateia para vê-los brigando como nos velhos tempos.

O sr. Sutcliffe, diretor da Grangemouth School, ficou agradecido por Lady Barrington ter acompanhado Freddie de volta à Escócia e, uma vez que o garoto voltou para seu dormitório, depois de relutar, perguntou se poderiam ter uma conversa em particular. Karin concordou prontamente, pois prometera a Giles que tentaria descobrir o motivo da fuga de Freddie.

Quando se acomodaram em seu escritório, o diretor foi direto ao assunto que os incomodava.

— Estou um tanto satisfeito por seu marido não ter vindo com a senhora, Lady Barrington — começou ele. — Isso me permitirá ser mais franco sobre Freddie. Receio que o garoto nunca se adaptou desde que chegou e temo que a mãe dele seja a culpada por isso.

— Se o senhor está se referindo a Lady Virginia — disse Karin —, tenho certeza de que sabe que ela não é a mãe dele.

— Presumi que fosse o caso — disse o diretor. — Isso explicaria por que ela nunca visitou Freddie enquanto ele esteve aqui.

— E ela nunca o fará — acrescentou Karin —, porque de nada adianta ela visitá-lo.

— E apesar de Lorde Fenwick fazer tudo ao seu alcance para ajudar — continuou Sutcliffe —, ele não é o pai do garoto, e acho que a situação piorou quando Freddie conheceu seu marido.

— Mas eu achei que eles se deram tão bem.

— Freddie também achou. Ele ficou falando dele por vários dias. Na verdade, depois de voltar para o início do semestre, ele estava mudado e não estava mais atormentado pelos outros garotos, sempre o provocando por causa da mãe, porque agora estava inspirado pelo homem que desejava que fosse seu pai. A partir daquele dia, ele passou a vascular os jornais em busca de qualquer menção a Lorde Barrington. Quando seu marido ligou para dizer que Freddie estava com ele em Londres, devo admitir que não fiquei surpreso.

— Mas o senhor sabe que o Giles escreveu para o Freddie, desejando-lhe sorte no jogo de críquete do Castelo contra a Vila e pediu que ele o informasse de como foi o jogo, mas não obteve resposta.

— Ele carrega a carta o tempo todo — disse o diretor —, mas infelizmente não conseguiu marcar nenhum ponto, e a derrota do seu time foi terrível, o que poderia explicar por que não respondeu.

— Que triste — disse Karin. — Garanto-lhe que Giles teve mais dias ruins do que de glória dentro e fora de campo.

— Mas o garoto não sabe disso, e sua única outra tentativa de buscar conforto foi com Lady Virginia. E veja no que isso deu.

— Tem alguma coisa que eu possa fazer? Eu ficaria feliz em ajudar.

— Sim, Lady Barrington. — O diretor fez uma pausa. — Sei que a senhora vem à Escócia de vez em quando, e imaginei que talvez pudesse levar Freddie para um fim de semana de recesso.

— Por que apenas nos finais de semana? Se Archie Fenwick concordar, ele poderia se juntar a nós em Mulgelrie para as férias de verão.

— Devo confessar que foi ideia de Lorde Fenwick. Ele me contou sobre o encontro casual com seu marido.

— Será que foi mesmo casual?

O diretor não comentou, simplesmente acrescentou:

— Como a senhora acha que Lorde Barrington vai reagir ao meu pedido?

— Vou lhe contar um segredinho — revelou Karin. — Ele já escolheu o local para instalar a rede de críquete.

— Então a senhora pode contar ao seu marido que Freddie provavelmente será o garoto mais jovem a entrar para o time principal da escola.

— Giles ficará encantado. Mas posso lhe fazer um pequeno pedido, diretor?

— Claro, Lady Barrington.

— Posso contar a Freddie o que decidimos antes de eu voltar para Londres?

10

Quando James Callaghan fez seu discurso final como líder do Partido Trabalhista na conferência anual em Blackpool, Giles sabia que, se apoiasse o candidato errado para sucedê-lo, sua carreira política estaria acabada.

Assim que quatro ex-membros da Câmara dos Comuns permitiram que seus nomes fossem divulgados, ele não teve dúvida de que havia apenas dois candidatos sérios. De um lado estava Denis Healey, que havia sido chanceler do Tesouro sob o comando de Callaghan e Harold Wilson, e como Giles, um condecorado da Segunda Guerra Mundial. Do outro, Michael Foot, sem dúvida o melhor orador da Câmara dos Comuns desde a morte de Winston Churchill. Embora sua carreira pública não se comparasse à de Healey, ele contava com o apoio da maioria dos sindicatos poderosos, que contavam com 91 membros remunerados representando-os na Câmara.

Giles tentou afastar o pensamento de que, se tivesse decidido disputar a eleição da Zona Portuária de Bristol dez anos antes, em vez de aceitar a oferta de Harold Wilson para um assento na Câmara Alta, ele também poderia ser um sério candidato para liderar o partido. Porém, ele aceitou que, na política, o momento certo é tudo, e que havia pelo menos uma dezena de seus contemporâneos que também poderiam inventar um cenário verossímil em que se tornariam líderes do partido e vislumbravam em breve residir no Número 10 da Downing Street.

Giles acreditava que havia apenas um candidato capaz de vencer a sra. Thatcher na próxima eleição geral e ele só podia torcer para que a maioria de seus colegas na Câmara dos Comuns também percebesse isso. Tendo servido no governo e na oposição por mais de trinta anos, sabia que só é possível fazer alguma diferença na política quando se está sentado nos bancos do governo, e não passando anos infrutíferos na oposição conquistando apenas uma vitória ocasional inesperada.

A decisão sobre quem deveria liderar o partido seria tomada pelos 269 membros do Partido Trabalhista que ocupavam cargos na Câmara dos Comuns. Ninguém mais poderia votar. Então, uma vez que Callaghan anunciou que estava deixando o cargo, Giles raramente deixava os corredores do poder; só quando as luzes se apagavam todas as noites após a divisão final. Ele passava inúmeras horas percorrendo os corredores durante o dia, exaltando as virtudes de seus candidatos, e à noite frequentava o Annie's Bar, pagando rodadas de cerveja enquanto tentava convencer os colegas hesitantes da Câmara dos Comuns que os Conservadores rezavam para que elegessem Michael Foot e não Denis Healey.

As orações dos Conservadores foram atendidas quando, na segunda votação, Foot venceu Healey por 139 a 129 votos. Alguns dos colegas de Giles na Câmara dos Comuns admitiram abertamente que estavam muito felizes em se conformarem com a oposição por um tempo, desde que o novo líder compartilhasse da ideologia de esquerda deles.

—◆—

No dia seguinte, enquanto tomavam o café da manhã, Emma contou a Giles que tão logo Margaret Thatcher soube da notícia abriu uma garrafa de champanhe e brindou aos 139 membros do Partido Trabalhista que garantiram que ela permaneceria no Número 10 da Downing Street pelo futuro próximo.

A tradição de longa data em ambos os partidos é que, quando um novo líder é escolhido, cada membro da primeira bancada imediatamente renuncia e espera ser convidado a se juntar à nova equipe. Depois que Giles escreveu sua carta de renúncia, ele não perdeu tempo esperando para saber o cargo que seria convidado a ocupar no Gabinete Sombra, porque sabia que o telefone nunca tocaria. Na segunda-feira seguinte, ele recebeu um pequeno bilhete manuscrito do novo líder, agradecendo-lhe por seu longo serviço ao partido.

No dia seguinte, Giles se mudou do escritório do líder da oposição na Câmara dos Lordes no primeiro andar para dar lugar a seu sucessor recém-nomeado. Sozinho em uma sala sem janelas ainda menor, em algum lugar do porão, tentou aceitar o fato de que sua carreira na primeira bancada havia chegado ao fim, e tudo o que podia esperar eram anos no deserto nas bancadas de trás. Durante o jantar naquela noite, ele lembrou a Karin que apenas dez votos haviam selado seu destino.

— Na verdade, cinco — respondeu ela.

SEBASTIAN CLIFTON

1981

11

— Sinto muito.
— Você vai ficar falando só isso? — questionou Jessica, encarando-o.
Sebastian colocou um braço em volta do ombro da filha.
— Prometo voltar a tempo de levar você e sua mãe para a gente comemorar com um jantar.
— Lembro muito bem a última vez que você prometeu isso e depois voou para outro país. Mas pelo menos daquela vez era para ajudar um homem inocente, não um bandido.
— Desmond Mellor só pode receber visitas aos sábados entre as duas e as três horas. Então não tive muitas opções.
— Você poderia ter falado para ele ir se danar.
— Prometo voltar às cinco. O mais tardar às seis. E, como é seu aniversário, você pode escolher o restaurante.
— Enquanto isso tenho que ficar de babá do Jake e quando a mamãe voltar, explicar pra ela por que você não está aqui. Posso imaginar maneiras mais emocionantes de comemorar meu aniversário.
— Vou te recompensar — disse Seb. — Prometo.
— Só não se esqueça, papai, de que ele é um bandido.

Enquanto Sebastian enfrentava o trânsito matinal na saída de Londres, não pôde deixar de pensar que sua filha estava certa. Não só era provável que fosse uma perda de tempo, como também provavelmente era mais prudente ficar longe daquele homem.

Ele deveria ter levado Jessica para almoçar em Ponte Vecchio para comemorar o 16º aniversário da filha em vez de ir até uma prisão em Kent para visitar um homem que desprezava. Contudo sabia que, se não descobrisse por que Desmond Mellor queria vê-lo com tanta urgência, ficaria curioso para sempre. Só uma coisa era certa: Jessica exigiria um relato minucioso do motivo de o maldito homem querer vê-lo.

Faltavam ainda 16 km para Seb avistar as primeiras placas indicando Ford Open. Nenhuma menção à palavra "penitenciária", pois isso ofenderia os habitantes locais. Na barreira, um policial saiu da pequena guarita e perguntou seu nome. Depois de o sobrenome "Clifton" ter sido assinalado na inevitável prancheta de controle, a cancela foi levantada e ele foi direcionado para um terreno baldio que aos sábados servia de estacionamento.

Depois de estacionar o carro, Seb caminhou até a área de recepção, onde outro policial perguntou quem ele era. Mas desta vez também solicitaram sua identificação. Ele mostrou a carteira de motorista, seu nome recebeu mais um tique na prancheta, e então foi instruído a colocar todos os seus objetos de valor, incluindo carteira, relógio, aliança e algumas moedas em um armário. O oficial de serviço lhe disse com voz firme que era terminantemente proibido levar dinheiro para a área de visita. O policial apontou para um aviso aparafusado na parede alertando os visitantes de que qualquer pessoa que estivesse de posse de dinheiro na prisão estaria sujeita a uma pena de seis meses.

— Desculpe-me por perguntar, senhor — disse o policial —, mas esta é a primeira vez que visita uma prisão?

— Não, não é — respondeu Seb.

— Então o senhor conhece os vales, caso seu amigo queira uma xícara de chá ou um sanduíche. — Seb ficou tentado a dizer que o homem não era seu amigo, mas entregou uma nota e recebeu dez vales.

— Devolveremos o valor equivalente ao que sobrar quando voltar.

Seb agradeceu, fechou a porta do armário e guardou a chave no bolso junto com seus vales. Ao entrar na sala de espera, outro oficial lhe entregou um pequeno disco com o número 18 gravado.

— Espere até seu número ser chamado — informou o policial.

Seb sentou-se em uma cadeira de plástico em uma sala cheia de pessoas que agiam como se tudo aquilo já fizesse parte de suas rotinas. Olhou em volta e observou esposas, namoradas, pais e até crianças pequenas que tinham sua própria área de recreação; pessoas com nada em comum, exceto o fato de um parente, um amigo ou um parceiro estar preso. Seb teve a impressão de que era o único ali visitando alguém de quem não gostava.

— Números um a cinco — anunciou uma voz nos alto-falantes. Algumas pessoas se levantaram e saíram apressadas da sala, claramente não querendo perder um minuto do tempo concedido. Uma delas deixou um exemplar do *Daily Mail* no banco que Seb folheou para passar o tempo. Fotografias intermináveis do príncipe Charles e Lady Diana Spencer conversando em um evento ao ar livre em Norfolk; Diana irradiava felicidade enquanto o príncipe parecia participar de uma enfadonha cerimônia de inauguração de uma usina.

— Números seis a dez. — Os alto-falantes estalaram, e outro grupo saiu apressado da sala de espera. Seb virou a página. Margaret Thatcher prometia submeter leis para lidar com greves à revelia dos sindicatos. Michael Foot descreveu as medidas como draconianas e afirmou que Thatcher governava apenas a favor dos interesses de seus apoiadores.

— Números onze a quinze.

Seb olhou para o relógio na parede: 14h12. Nesse ritmo, ele teria sorte de ter mais de quarenta minutos com Mellor, embora suspeitasse de que ele estaria preparado e não perderia tempo. Ao virar a última página do jornal, Seb se deparou com uma foto antiga de Muhammad Ali apontando o dedo para repórteres e dizendo: "As mãos não podem acertar o que os olhos não podem ver." Seb se perguntou quem criava essas falas geniais ou será que o ex-campeão era simplesmente brilhante?

— Números dezesseis a vinte.

Seb levantou-se lentamente de seu lugar e juntou-se a uma dezena de visitantes que já acompanhavam o oficial que os conduziria às entranhas da prisão. Eles foram parados e revistados antes de serem autorizados a entrar na área de visitantes.

Sebastian se viu em uma grande sala quadrada com dezenas de pequenas mesas, cada uma cercada por quatro cadeiras, uma vermelha e três azuis. Ele olhou ao redor, mas só avistou Mellor quando ele levantou a mão. Seb mal o reconheceu de tanto que havia ganho peso. Mesmo antes de Seb se sentar, o detento apontou para a cantina no outro extremo da sala e disse:

— Você pode me dar uma xícara de chá e um Kit Kat?

Seb foi para uma pequena fila no balcão, onde entregou a maioria de seus vales em troca de duas xícaras de chá e dois Kit Kats. Quando voltou para a mesa, colocou uma das xícaras e as duas barras de chocolate na frente de seu antigo adversário.

— Por que queria me ver? — perguntou Seb, indo direto ao ponto.

— É uma longa história, mas não acho que nada disso vai te surpreender. — Mellor tomou um gole de chá e abriu a embalagem de um Kit Kat enquanto falava. — Depois que a polícia descobriu que Sloane e eu fomos os responsáveis por mandar seu amigo Hakim Bishara para a prisão, Sloane forneceu provas à acusação e me ferrou. Fui condenado a dois anos por subverter o curso da Justiça, enquanto ele escapou impune. Como se isso não bastasse, quando eu estava lá dentro, ele conseguiu assumir o controle da Mellor Travel. Alegou que era o único homem que poderia resgatar a empresa enquanto o presidente estava preso, e os acionistas acreditaram.

— Mas, como acionista majoritário, você ainda deve ter o controle geral, não?

— Não em uma companhia de capital aberto, como você já descobriu quando Bishara foi expulso. Eles nem me mandam as atas das reuniões do conselho. Mas Sloane não sabe que eu tenho alguém lá dentro que me mantém bem informado.

— Jim Knowles?

— Não. Aquele desgraçado me abandonou assim que eu fui preso e até propôs que Sloane fosse o presidente. Em troca, Knowles se tornou o vice com um salário polpudo.

— Um belo acordo — zombou Seb. — Mas você deve ter procurado aconselhamento jurídico.

— Sim, com os melhores! Mas eles tiveram o cuidado de não infringir a lei. Então não teve muito que eu pudesse fazer a respeito. Mas você pode.

Seb tomou um gole de chá enquanto Mellor rasgava a embalagem do segundo Kit Kat.

— O que você tem em mente? — perguntou Seb.

— Como você mesmo disse, sr. Clifton, eu ainda sou o acionista majoritário da Mellor Travel, mas desconfio de que, quando eu sair, essas ações não valerão o papel em que estão escritas. Mas se eu as vender para você por uma libra...

— Qual é a pegadinha?

— Não tem pegadinha nenhuma, apesar de nossas diferenças do passado. Meu único interesse é vingança: quero ver Adrian Sloane e Jim Knowles removidos do conselho e que a empresa seja administrada adequadamente, e não consigo pensar em alguém melhor do que você para o trabalho.

— E o que você esperaria em troca? — Seb fez uma pausa e, olhando-o diretamente nos olhos, acrescentou: — Quando você sair da cadeia. — Uma campainha soou, avisando que restavam dez minutos.

— Isso pode levar um bom tempo — retrucou Mellor, partindo uma barrinha de chocolate ao meio. — Agora eu estou enfrentando mais uma acusação que você nem sabe a respeito.

Seb não o pressionou embora o tempo estivesse se esgotando e ele ainda tivesse várias outras perguntas que precisavam ser respondidas antes que ele pudesse considerar a proposta de Mellor.

— Mas um dia você vai sair daqui ...

— E, quando isso acontecer, espero que minha participação de 51 por cento na Mellor Travel seja devolvida integralmente pelo mesmo valor.

— E o que o Farthings ganha com isso?

— Dessa vez, você pode nomear o presidente, o conselho e administrar a empresa. O Farthings também poderá cobrar uma quantia considerável por seus serviços e terá direito a vinte por cento dos lucros anuais da Mellor Travel, o que você deve concordar que é mais do que justo. Você também terá o prazer de remover Adrian Sloane do cargo pela segunda vez. Tudo o que eu peço em troca é uma cópia da ata após cada reunião do conselho e me reunir pessoalmente com você uma vez a cada trimestre.

A campainha soou uma segunda vez. Cinco minutos.

— Vou pensar e ligo para você quando tiver uma resposta.

— Você não pode me ligar, sr. Clifton. Os presos não podem receber telefonemas. Te ligo no banco na próxima sexta-feira de manhã às dez horas, o que lhe dará tempo mais que suficiente para se decidir.

A campainha soou uma terceira vez.

Jessica olhou para o relógio enquanto o pai entrava no corredor e pendurava o casaco.

— Você chegou no último minuto — asseverou ela, dando-lhe um beijo relutante na bochecha.

Sebastian sorriu.

— Então, onde você quer jantar, minha jovem?

— Harry's Bar.

— Em Londres ou Veneza? — perguntou Seb enquanto entravam na sala de estar.

— Londres, desta vez.

— Acho que não vou conseguir uma mesa assim de última hora.

— Já reservei.

— Ah, claro que sim. Mais alguma coisa que eu deva saber? — questionou o pai enquanto se servia de um uísque puro.

— Não é bem o que precisa saber — reclamou Jessica —, é o que você esqueceu.

— Não, eu não esqueci. — Como um mágico, Seb tirou um presente do bolso interno do paletó.

— Isso é o que eu estou pensando? — perguntou Jessica, sorrindo pela primeira vez.

— Bem, certamente é o que você tem jogado verde nas últimas semanas.

Jessica abraçou o pai.

— Obrigada, papai — agradeceu, arrancando o papel de embrulho e abrindo uma caixa pequena e fina.

— Estou redimido? — perguntou Seb, enquanto Jessica colocava no pulso o relógio Swatch assinado por Andy Warhol.

— Só se você tiver se lembrado do presente da mamãe.

— Mas não é aniversário dela — retrucou Seb. — Pelo menos, não pelos próximos meses.

— Eu sei, papai, mas o aniversário de casamento de vocês é amanhã caso você tenha esquecido.

— Meu Deus, sim, eu esqueci.

— Mas, felizmente, eu não — provocou Jessica, apontando para uma caixa com um embrulho lindo na mesa com um cartão anexo.

— O que é?

— Um par de sapatos da Rayne que a mamãe viu na King's Road na semana passada, mas achou um pouco caro. Tudo o que você precisa fazer é assinar o cartão.

Eles ouviram a porta da frente abrindo, e Seb rapidamente rabiscou "Um ano inesquecível. Com amor, Seb. Beijos" no cartão.

— Como você pagou por eles? — sussurrou para Jessica enquanto colocava a caneta de volta no bolso.

— Com seu cartão de crédito, é claro.

— Deus ajude seu marido — disse Seb, quando Samantha se juntou a eles.

— Veja o que papai me deu de aniversário! — anunciou Jessica, esticando o braço.

— Que lindo — disse Samantha, admirando o relógio com a imagem da famosa sopa Campbell's.

— E também tenho uma coisa para você, minha querida — disse Seb, enquanto pegava a caixa da mesa, esperando que a tinta tivesse secado. — Feliz aniversário de casamento — acrescentou, antes de tomá-la nos braços.

Samantha olhou por cima do ombro do marido e piscou para a filha.

❦

Arnold Hardcastle juntou-se a Hakim e Sebastian no escritório do presidente pela terceira vez naquela semana.

— Você já teve tempo suficiente para pensar sobre a proposta de Mellor? — perguntou Hakim quando o consultor jurídico do banco se sentou à sua frente na mesa.

— Certamente que sim — disse Arnold —, e não há dúvida de que é uma oferta justa, mas tenho que perguntar: por que Mellor está entregando a empresa justamente a você?

— Porque ele odeia Adrian Sloane ainda mais do que nós? — sugeriu Seb. — Não se esqueça, Sloane foi o responsável por ele não conseguir colocar as mãos no banco.

— Existem outros bancos na cidade — retrucou Arnold.

— Mas nenhum que saiba tão bem quanto nós como Sloane opera — respondeu Hakim. — Você fez contato com os advogados de Mellor para descobrir se eles acham que esse acordo é sério?

— Tudo indica que sim — informou Arnold —, embora o sócio sênior tenha confessado que ficou tão intrigado quanto nós. Acho que ele resumiu bem a questão quando sugeriu que talvez seja melhor não trocar o certo pelo duvidoso.

— Quando o Mellor sai de lá? — quis saber Seb.

— Pode demorar um pouco, já que ele está enfrentando outras acusações — disse Arnold.

— Novas acusações? — questionou Hakim.

— Distribuição de dinheiro falso. E tem mais outra acusação de indução à prática de crime.

— Não acredito que Mellor faria algo tão estúpido, especialmente já estando preso.

— Quando se está trancado em uma cela o dia todo — argumentou Arnold —, acredito que seu julgamento fique um tanto enevoado, e ainda mais se o único pensamento em sua mente for como se vingar do homem responsável pela sua prisão.

— Devo admitir que, se vocês dois não tivessem me apoiado enquanto eu estava na prisão, Deus sabe o que eu poderia ter feito — confessou Hakim.

— Ainda não estou convencido — disse Seb. — É tudo muito fácil. Não se esqueçam de que Mellor dá nó em pingo-d'água.

— Então talvez devêssemos recusar o acordo — alertou Arnold.

— E permitir que Sloane continue tirando vantagem de sua posição e ficando mais rico a cada minuto? — indignou-se Seb.

— Bom ponto — disse Hakim. — E, embora nunca tenha me considerado um homem vingativo, eu não ia me sentir mal em ver Sloane finalmente destruído. Mas talvez Seb e eu tomemos isso de maneira pessoal demais e devamos simplesmente considerar o acordo por seus próprios méritos. Qual é sua opinião, Arnold?

— Não há dúvida de que, em circunstâncias normais, seria um acordo lucrativo para o banco, mas, depois das suas experiências pregressas com Mellor, talvez fosse sensato informar ao Comitê de Ética do Banco Central da Inglaterra que estamos pensando em fazer uma transação comercial com alguém que está preso. Se eles não tiverem objeção, quem somos nós para discordar?

— Essa, certamente, é a solução mais prudente — declarou Hakim. — Por que você não faz isso, Arnold, e depois me informa a opinião deles?

— E não preciso lembrá-lo de que Mellor vai me telefonar às dez da manhã de sexta-feira — avisou Seb.

— Apenas se assegure de que as acusações que ele enfrenta não se voltem contra nós — alertou Hakim.

Os dois sentaram-se sozinhos no final do balcão para ter certeza de que ninguém conseguiria ouvi-los.

— Se parar para pensar — disse Knowles —, é surpreendente que você tenha acabado como presidente de uma empresa de viagens. Afinal, você não é de tirar férias.

— Eu não gosto de estrangeiros — declarou Sloane. — Não dá para confiar neles. — O barman encheu seu copo com gim. — E, de qualquer forma, eu não sei nadar, e ficar deitado na praia torrando não é a minha ideia de diversão. Prefiro ficar aqui na Inglaterra e desfrutar de alguns dias caçando ou caminhando sozinho nas colinas. E, além disso, acho que não ficarei no ramo de viagens por muito mais tempo.

— Algo que eu deveria saber?

— Recebi algumas ofertas para a Mellor Travel que nos permitiriam uma bela aposentadoria.

— Mas Mellor ainda é dono de cinquenta e um por cento da empresa. Então ele acabaria sendo o principal beneficiário.

— Não estou pensando em vender a empresa — asseverou Sloane —, apenas os ativos. A remoção de ativos é a última moda, e quando Mellor descobrir o que estamos fazendo não vai mais ter empresa para ele presidir, apenas uma fachada.

— Mas quando ele sair da cadeia...

— Eu já estarei bem longe morando em um lugar sem tratado de extradição com a Grã-Bretanha.

— E eu? Ficarei aqui segurando o rojão?

— Não, não, a essa altura, você terá renunciado ao conselho em sinal de protesto. Mas não antes de uma grande quantia ter sido depositada em sua conta na Suíça.

— Quanto tempo você precisa para fechar o negócio?

— Não tenho pressa. Nosso presidente ausente permanecerá pelo futuro próximo, e, até lá, nosso plano de aposentadoria já estará em ação.

— Há um boato de que a Thomas Cook and Company está interessada em assumir a empresa.

— Não enquanto eu for presidente — assegurou Sloane.

— Há um senhor Mellor na linha um — avisou Rachel, consciente de que estava interrompendo a reunião matinal de Sebastian com o diretor de câmbio do banco.

Seb olhou para o relógio. Dez horas.

— Você se importa se eu atender esta ligação? — perguntou, colocando a mão sobre o bocal.

— Fique à vontade — respondeu Victor Kaufman, ciente de quem era a pessoa do outro lado da linha.

— Pode transferir, Rachel. Bom dia, sr. Mellor, é o Sebastian Clifton.

— Já se decidiu, sr. Clifton?

— Sim, já me decidi, e te garanto que o Farthings levou sua oferta muito a sério. No entanto, após considerável deliberação, o conselho decidiu que esse não é o tipo de negócio em que o banco deseja se envolver e por esse motivo...

A linha ficou muda.

12

Desmond Mellor ficou deitado no fino colchão de crina de cavalo por horas e horas com a cabeça apoiada em um travesseiro duro como pedra e olhando para o teto tentando descobrir o que deveria fazer agora que Clifton recusara a sua oferta. A ideia de Adrian Sloane o trair e em seguida destruir sua empresa o fazia ficar cada vez mais paranoico.

— Pátio! — berrou um oficial depois de abrir a cela, mesmo Mellor estando a apenas poucos metros de distância.

Todas as tardes, no mesmo horário, os prisioneiros eram liberados de suas celas por uma hora e podiam caminhar pelo pátio, fazer exercícios e se reunir com seus companheiros para confabular sobre o próximo crime até que fossem libertados.

Mellor em geral procurava a companhia de condenados primários que não tinham intenção de voltar a uma vida criminosa. Ele se divertia com o fato de ter literalmente esbarrado em seu primeiro egresso da Eton College (por posse de maconha) e no seu primeiro diplomado em Cambridge (por fraude) enquanto perambulava pelo pátio. Mas hoje não. Ele estava decidido a ter uma conversa particular com um detento em especial.

Quando avistou Nash andando sozinho alguns passos à sua frente, Mellor já havia completado duas voltas no pátio. Não havia muitos prisioneiros dispostos a passar suas horas de folga com um assassino de aluguel que provavelmente ficaria pelo resto da vida na prisão e não parecia se importar em ficar alguns dias na solitária se agredisse um preso que o incomodasse. O último pobre coitado fora um servente da cozinha que não deu a Nash uma porção grande o suficiente de batatas fritas e acabou com a mão frita.

Depois de mais uma volta ensaiando seu roteiro bem pensado, Mellor finalmente se aproximou de Nash, que com um simples "Cai fora!" quase o fez repensar seu plano. Se não estivesse desesperado, teria mudado de ideia em instantes.

— Preciso de um aconselhamento.

— Arranja um advogado.

— Um advogado seria inútil para o que eu tenho em mente — argumentou Mellor.

Nash olhou para ele com mais atenção.

— É melhor que seja bom, porque se você for um maldito dedo--duro se prepara pra passar o resto da sua sentença no hospital da prisão. Fui claro?

— Cristalino — assegurou Mellor, entendendo o significado de "homem rude", mas agora era tarde demais para desistir.

— Hipoteticamente falando... — começou Mellor.

— Mas que porra é essa?

— Quanto custaria um assassino de aluguel?

— Se você for informante da polícia — disse Nash —, eu mesmo te mato de graça.

— Eu sou empresário — apressou-se Mellor. Embora seu coração ainda estivesse batendo descontrolado, o medo desaparecera. — E preciso dos serviços de um profissional.

Nash virou-se para encará-lo.

— Depende do tipo de serviço que você está procurando. Como qualquer empresa bem administrada, os nossos preços são competitivos — acrescentou com um parco sorriso que revelou três dentes.

— Se você só quiser dar um susto em alguém, um braço ou uma perna quebrada, vai te custar mil. Dois mil se for um cara bem relacionado e muito mais se ele tiver proteção.

— Ele não tem nenhuma conexão ou proteção que valha a pena.

— Isso facilita as coisas. Então que tipo de serviço você quer?

— Quero que você quebre o pescoço de alguém — sussurrou Mellor. Nash parecia interessado pela primeira vez. — Mas você não pode deixar rastros.

— Quem você acha que eu sou, um merda de um amador?

— Se você é mesmo tão bom — disse Mellor, sabendo que estava brincando com fogo —, como acabou aqui? — "Sempre enfrente um valentão", seu velho pai lhe ensinara, e agora ele estava prestes a descobrir se era um bom conselho.

— Tá bem, tá certo — respondeu Nash. — Mas não vai ser barato. Os guardas não tiram os olhos de mim. Eles leem minhas cartas antes de mim e ouvem minhas ligações — resmungou —, mas eu descobri uma maneira de contornar isso. Portanto, minha única chance é se eu armar algo durante uma visita. Mesmo assim, as câmeras de vigilância estão em mim o tempo todo, e agora elas têm um maldito especialista em leitura labial acompanhando cada palavra que digo.

— Você está dizendo que é impossível?

— Não. Só que vai sair caro. E não vai ser do dia pra noite.

— E o preço?

— Dez mil adiantados e outros dez no dia do funeral. — Mellor se surpreendeu com o valor tão pequeno de uma vida. Ainda assim, não se preocupou em pensar nas consequências caso não fizesse o segundo pagamento. — Agora se manda — disse Nash com firmeza — ou os guardas vão suspeitar. Se você amarrar o cadarço antes de sair do pátio, sei que você está falando sério. Se não, não me incomode de novo.

Mellor acelerou o passo e juntou-se a um batedor de carteiras hábil o suficiente para remover seu relógio sem você perceber. Um truque de entretenimento lá dentro, uma profissão lá fora. Sharp Johnny conseguia ganhar cem mil por ano livre de impostos e quase nunca recebia uma pena de mais de seis meses.

A sirene soou para avisar os prisioneiros de que era hora de retornar às celas. Mellor apoiou-se sobre um joelho e amarrou o cadarço.

—◦—

Lady Virginia nunca gostou de visitar o presídio de segurança máxima de Belmarsh. Era tão diferente da atmosfera mais descontraída do Ford Open, onde eles costumavam tomar chá com biscoitos nas tardes de sábado. Mas quando Mellor foi acusado de um segundo crime, mais grave, foi transferido do condado de Kent, conhecido como o jardim da Inglaterra, de volta para Hellmarsh, como era chamado o presídio de Belmarsh por seus frequentadores regulares.

Ela particularmente detestava ter que se submeter à revista em busca de drogas executada por uma policial brutamontes, em lugares que nunca passariam por sua cabeça, e à espera até que os portões gradeados fossem trancados e destrancados antes de poder avançar mais alguns metros. O barulho era incessante, parecia mais um encontro de meia dúzia de bandas de rock. Quando finalmente era escoltada para uma sala grande, branca e sem janelas, era possível perceber os vários guardas que observavam os visitantes de um mezanino circular acima, enquanto as câmeras de vigilância se moviam sem parar. Mas o pior de tudo era conviver não apenas com a classe trabalhadora, mas com os criminosos.

Contudo, a possibilidade de ganhar algum dinheiro extra certamente ajudou a aliviar a humilhação, embora nem Mellor pudesse ajudar com seu último problema.

Naquela manhã, Virginia recebera uma carta, cuidadosamente redigida, do sócio sênior da Goodman Derrick. Ele havia solicitado de modo cortês, mas firme, a devolução, em trinta dias, de cerca de dois milhões de libras obtidas por falsos pretextos; caso contrário, ele não teria alternativa a não ser acioná-la judicialmente em nome de seu cliente.

Virginia não tinha duas mil libras, quanto mais dois milhões. Ela imediatamente ligou para o advogado e pediu que ele marcasse uma consulta com Sir Edward Makepeace na esperança de que o renomado jurista conseguisse encontrar uma solução. Ela não estava otimista. Talvez tivesse chegado a hora de finalmente aceitar o convite de um primo distante para visitar sua estância na Argentina. O convite era reiterado sempre nas visitas anuais a Cowdray Park, onde Virginia apreciava o desfile de cavalos de polo e belos jovens. Dois grupos que se renovavam a cada evento. Ela só conseguia pensar em uma coisa pior do que ter de passar alguns anos em uma fazenda na Argentina; ter que passar alguns anos em um lugar como este.

Virginia estacionou seu Morris Minor entre um Rolls-Royce e um Austin A40 e caminhou até a recepção.

———

Mellor estava sentado sozinho na sala de visitas, minutos preciosos se esvaindo à espera de Virginia. Ela nunca chegava na hora marcada, mas, como ele não tinha outros visitantes, não estava em posição de reclamar.

Ele olhou ao redor da sala e fixou os olhos em Nash, sentado diante de uma loira oxigenada usando um batom vermelho carregado com uma camiseta branca sem sutiã e uma minissaia de couro preta. Mellor devia mesmo estar desesperado, pois gostou do que viu.

Mellor não tirava os olhos da outra mesa, assim como os vários outros guardas no mezanino superior. A dupla parecia não conversar, mas então ele percebeu que só porque seus lábios não estavam se movendo não significava que não estavam tendo uma conversa. A maioria das pessoas pensaria que eram marido e mulher, mas, como Nash era gay, o encontro só podia ser estritamente comercial. E Mellor sabia muito bem de quem eram os negócios que estavam discutindo.

Ao olhar para cima se deparou com Virginia ao lado de sua mesa segurando uma xícara de chá e uma barra de chocolate, e se lembrou de que Sebastian Clifton havia lhe comprado dois chocolates.

— Novidades a respeito do dia do seu julgamento? — perguntou Virginia, sentando-se à sua frente.

— Fiz um acordo — anunciou Mellor. — Concordei em me declarar culpado de uma acusação menor em troca de uma sentença mais curta. Mais quatro anos, no total seis. Com bom comportamento, posso sair em três anos, talvez.

— Passa rápido — disse Virginia, tentando parecer otimista.

— É tempo suficiente para Sloane arruinar minha empresa. Quando eu sair, ficarei sem nada, só com a placa na porta da frente.

— Tem alguma coisa que eu possa fazer para ajudar?

— Sim, é por isso que eu queria vê-la. Preciso de dez mil libras para já. O testamento de minha mãe finalmente foi concluído e, embora tenha deixado tudo para mim, ela só tinha uma coisa de valor, a casa geminada em Salford. O corretor local conseguiu vender por doze mil, e eu instruí ele pra fazer o cheque no seu nome. Preciso que alguém saque esse dinheiro o mais rápido possível.

— Vou a Salford na terça-feira — assegurou-lhe Virginia, já que tinha uma reunião ainda mais importante na manhã de segunda-feira. — Mas o que você quer que eu faça com o dinheiro?

Mellor esperou a câmera se desviar da direção dele antes de falar novamente.

— Preciso que você entregue dez mil em dinheiro a um associado comercial. A quantia que sobrar é sua.

— Como vou reconhecê-lo?

— Ela — disse Mellor. — Olha para a minha esquerda, está vendo uma loira conversando com um cara que parece um boxeador? — Virginia olhou para a direita e não pôde evitar notar as duas figuras que pareciam personagens saídos da famosa série *The Sweeney*. — Conseguiu ver?

Virginia assentiu.

— Você deve encontrar com ela no Science Museum. Ela vai estar te esperando ao lado da Locomotiva Rocket no térreo. Eu te ligo para informar os detalhes assim que os souber.

Seria a primeira vez que Virginia visitava o Science Museum.

13

— Permita-me primeiro reiterar, Lady Virginia, que o relacionamento entre um advogado e seu cliente é sagrado. Portanto, tudo o que a senhora me disser sobre esse caso não pode e não sairá desta sala. No entanto, é igualmente importante — continuou Sir Edward Makepeace — enfatizar que, se a senhora não for totalmente franca comigo, não poderei aconselhá-la da melhor maneira possível.

Bem colocado, pensou Virginia, acomodando-se na cadeira, preparando-se para uma série de perguntas que ela preferiria não responder.

— Minha primeira pergunta é bem simples. Você é a mãe de Frederick Archibald Iain Bruce Fenwick?

— Não, não sou.

— Os pais do menino, como declarado na carta de Goodman Derrick, são o sr. e a sra. Morton, seu ex-mordomo e a esposa?

— Sim.

— E, portanto, os pagamentos do acordo e das pensões alimentícias recebidos do Sr. Cyrus T. Grant III — o advogado hesitou — foram feitos erroneamente?

— Sim, foram.

— Então também seria correto dizer que a exigência do sr. Grant — Sir Edward verificou o valor na carta de Lorde Goodman — de dois milhões de libras é justa e razoável.

— Receio que sim.

— Com isso em mente, Lady Virginia, devo perguntar: a senhora tem dois milhões de libras disponíveis para pagar ao sr. Grant, o que evitaria que ele a acionasse judicialmente e toda a publicidade que, sem dúvida, o caso atrairia?

— Não, Sir Edward. Essa é exatamente a razão pela qual estou buscando o seu aconselhamento. Queria saber se ainda me resta alguma opção.

— A senhora poderia arcar com parte substancial do montante para que eu tente chegar a um acordo?

— Isso está fora de questão, Sir Edward. Não tenho duas mil libras, que dirá dois milhões.

— Agradeço sua resposta sincera a todas as minhas perguntas, Lady Virginia. Mas, dadas as circunstâncias, não faria sentido tentar enrolar por um tempo e adiar o processo, porque Lorde Goodman é um homem experiente e astuto e vai perceber exatamente o que estou fazendo. De qualquer forma, a senhora ainda teria as despesas extras das custas legais de ambos os lados para adicionar aos seus infortúnios. E o juiz emitirá uma ordem para que todas as custas processuais sejam pagas primeiro.

— Então, o que o senhor me aconselha?

— Infelizmente, senhora, ficamos com apenas duas opções. Posso apelar para a misericórdia deles, uma proposta que acredito que não será recebida com simpatia.

— E a segunda opção?

— A senhora pode se declarar insolvente. Com isso, ficaria claro para a outra parte que obter uma sentença determinando o pagamento de dois milhões de libras seria um completo desperdício de tempo e dinheiro, a menos que o único objetivo do sr. Grant seja humilhá-la publicamente. — O advogado permaneceu em silêncio enquanto esperava a resposta de sua cliente.

— Obrigada pela consulta, Sir Edward — disse Virginia, finalmente. — Tenho certeza de que o senhor compreende que precisarei de um pouco de tempo para avaliar a questão.

— Claro, milady. No entanto, seria negligência de minha parte deixar de ressaltar que a data da carta de Goodman Derrick é 13 de março e, se não a respondermos antes do dia 13 de abril, pode ter certeza de que a outra parte não vai hesitar em cumprir a ameaça deles.

— Posso fazer mais uma pergunta, Sir Edward?

— É claro.

— É verdade que uma citação judicial deve ser entregue pessoalmente à pessoa mencionada na ação?

— Sim, é verdade, Lady Virginia, a menos que a senhora me instrua a recebê-la em seu nome.

———

Durante sua viagem para o norte na manhã seguinte, Virginia refletiu bastante sobre os conselhos do nobre advogado. Quando o trem entrou na estação de Salford, estava decidida a investir uma parte das doze mil libras que estava prestes a receber em uma passagem só de ida para Buenos Aires.

Um táxi a deixou em frente ao escritório do corretor de imóveis. Então ela se concentrou na tarefa que tinha pela frente e no quanto mais de dinheiro poderia conseguir antes de partir para a Argentina. Virginia não se surpreendeu ao ser levada ao escritório do sócio sênior momentos depois de dizer à recepcionista seu nome.

Um homem, que claramente havia colocado seu melhor traje de domingo para a ocasião, levantou-se rápido de sua mesa e se apresentou como Ron Wilks. Ele esperou até que Virginia se acomodasse na cadeira antes de retomar seu lugar. Sem dizer uma palavra, o corretor abriu uma pasta à sua frente, retirou um cheque de 11.400 libras e entregou a ela. Virginia dobrou-o antes de guardá-lo na bolsa, e estava prestes a sair quando percebeu que o sr. Wilks tinha algo mais a dizer.

— Durante a breve conversa que pude ter com o sr. Mellor, por telefone — disse ele, tentando não parecer envergonhado —, eu não recebi instruções sobre o que fazer com os móveis e objetos pessoais da mãe dele que removemos de casa e guardamos em um armazém.

— Eles valem alguma coisa?

— Um comerciante local de artigos de segunda mão ofereceu quatrocentas libras pelo lote todo.

— Aceito.

O corretor abriu o talão de cheques e perguntou:

— Esse cheque também deve ser feito em nome de Lady Virginia Fenwick?

— Sim.

— É claro que isso não inclui os quadros — lembrou Wilks enquanto entregava o cheque.

— Quadros?

— Parece que a mãe do sr. Mellor colecionava obras de um artista local há alguns anos, e um marchand de Londres entrou em contato recentemente para dizer que estava interessado em comprá-las. Um sr. Kalman, da galeria Crane Kalman.

— Que interessante — alegrou-se Virginia, anotando o nome, imaginando se ainda teria tempo suficiente para contatá-lo.

Na viagem de volta a King's Cross, ela ficou repassando seus planos para os próximos dias. Primeiro, teria que se desfazer de quaisquer outros objetos de valor que ainda possuía e estaria a caminho do Aeroporto Heathrow antes que qualquer de seus credores descobrisse que ela, para citar seu amigo Bofie Bridgwater, sumiu do mapa. Quanto a Desmond Mellor, no dia que finalmente saísse da prisão, Virginia seria o menor de seus problemas. Portanto, ela estava confiante de que ele não cogitaria persegui-la por meio mundo por alguns milhares de libras.

Virginia estava agradecida pelo conselho de sir Edward. Afinal, seria difícil que alguém conseguisse lhe entregar uma citação sem saber onde ela estava. Bofie já fora avisado de que ela passaria algumas semanas no sul da França, uma maneira de despistar os bisbilhoteiros.

Nem passou pela cabeça o que aconteceria com Freddie. Afinal, ele não era seu filho.

Logo depois de chegar ao apartamento, Virginia ficou satisfeita ao receber um telefonema de seu primo distante, confirmando que um chofer a encontraria no aeroporto e depois a levaria para sua propriedade no interior. Ela gostou das palavras "chofer" e "propriedade".

Depois que Virginia descontou os cheques de Mellor, raspou a própria conta bancária e comprou uma passagem de ida para Buenos Aires, deu início ao longo processo de fazer as malas. Logo descobriu o quanto de suas posses, incluindo seus sapatos, eram imprescindíveis, e acabou tendo de aceitar que precisaria comprar outra mala maior. Uma curta caminhada até a Harrods quase sempre resolvia a maioria de seus problemas e hoje não foi exceção. Conseguiu encontrar um baú com um pequeno amassado na lateral e concordou em levá-lo mesmo assim desde que pela metade do preço. O jovem vendedor nem havia notado o estrago antes.

— Certifique-se de entregá-lo na minha casa em Chelsea ainda esta manhã — instruiu ela ao desolado atendente.

Um porteiro de casaco verde abriu a porta e tocou a ponta do quepe quando Virginia saiu para a Brompton Road.

— Táxi, senhora?

Ela estava prestes a dizer *sim* quando uma galeria de arte do outro lado da rua chamou sua atenção. Crane Kalman. Por que ela conhecia esse nome? E, então, se lembrou.

— Não, obrigada. — Ela levantou a mão enluvada para parar o trânsito enquanto atravessava a Brompton Road, imaginando se poderia conseguir mais duzentas ou trezentas libras pelos quadros antigos da sra. Mellor. Ao entrar na galeria, uma campainha soou e um homem baixo, com cabelos vastos e ondulados, surgiu apressado.

— Posso ajudá-la, senhora? — perguntou, incapaz de esconder seu sotaque da Europa central.

— Estive recentemente em Salford e...

— Ah, sim, a senhora deve ser Lady Virginia Fenwick. Wilks me telefonou para dizer que a senhora poderia aparecer caso decidisse vender a coleção de arte da falecida sra. Mellor.

— Quanto está disposto a oferecer? — perguntou Virginia sem tempo a perder.

— Ao longo dos anos — disse Kalman, que parecia não ter pressa —, a sra. Mellor adquiriu 11 pinturas a óleo e 23 desenhos do cobrador de aluguel local. Talvez a senhora não saiba, mas ela era amiga íntima do artista. E eu tenho motivos para acreditar...

— Quanto? — repetiu Virginia, ciente do pouco tempo que tinha antes de partir para Heathrow.

— Considero que cento e oitenta seja um preço justo.

— Duzentas, e negócio fechado.

Kalman hesitou por um momento antes de dizer:

— Eu aceitaria a proposta, milady, e até estaria disposto a chegar a 230, se a senhora pudesse me dizer onde está o quadro que está faltando.

— O quadro que está faltando?

— Possuo um inventário de todas as obras que o artista vendeu ou deu para a sra. Mellor, mas não consegui localizar o Mill Lane Industrial Estate, que ela deu ao filho e me perguntei se a senhora tem alguma ideia de onde esteja.

Virginia sabia exatamente onde estava, mas não tinha tempo de viajar até Bristol e buscar o quadro no escritório de Mellor. No entanto, bastaria um telefonema para a secretária de Mellor a fim de que o quadro fosse enviado para a galeria no mesmo instante.

— Aceito a sua oferta de 230 e me certificarei de que o quadro chegue até o senhor nos próximos dias.

— Obrigado, milady — disse Kalman, que voltou para sua mesa, preencheu um cheque e entregou a ela.

Virginia dobrou-o, jogou-o dentro da bolsa e deu um sorriso lisonjeiro ao dono da galeria antes de voltar para a Brompton Road e chamar um táxi.

— Para o Coutts, na Strand — instruiu ao motorista.

Ela estava pensando em como passaria a última noite em Londres; Bofie havia sugerido que fossem ao Annabel's, quando o táxi estacionou em frente ao banco.

— Espere aqui — disse ela. — Isso não deve demorar muito.

Virginia entrou no banco, apressou-se até um dos caixas, pegou o cheque e passou pelo balcão.

— Eu gostaria de descontar esse cheque.

— Certamente, senhora — disse o caixa antes de recuperar o fôlego. — Presumo que queira depositar o valor total em sua conta?

— Não, quero sacar o dinheiro — disse Virginia. — De preferência em notas de cinco.

— Acredito que isso não seja possível — gaguejou o caixa.

— Por que não? — exigiu Virginia.

— Não tenho 230 mil libras em dinheiro, milady.

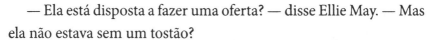

— Ela está disposta a fazer uma oferta? — disse Ellie May. — Mas ela não estava sem um tostão?

— Também achava isso — admitiu Lorde Goodman. — Tenho fontes confiáveis que afirmam que ela foi excluída do testamento do pai e que sua única renda é um modesto subsídio mensal fornecido pelo irmão.

— Quanto ela está oferecendo?

— Um milhão de libras, a ser pago em dez parcelas iguais de cem mil libras pelos próximos dez anos.

— Mas ela roubou dois milhões do meu marido! — esbravejou Ellie May. — Ela que vá para o inferno.

— Eu entendo seus sentimentos, sra. Grant, mas, quando recebi a carta, decidi ter uma conversa não oficial com Sir Edward Makepeace, que representa a família Fenwick há muitos anos. Ele deixou claro que essa oferta representa a liquidação total e que, segundo suas palavras, não tem como contornar a proposta. Ele acrescentou, caso a senhora recuse, que está instruído a receber as citações em nome de Lady Virginia.

— Ele está blefando.

— Eu lhe garanto, sra. Grant, Sir Edward não blefa.

— Então, o que acha que devo fazer?

— Entendo que a senhora deseja ser reembolsada integralmente. No entanto, se seguíssemos esse caminho, levaríamos anos para chegar a um acordo e, pelo que sabemos agora, Lady Virginia tem dinheiro suficiente para cobrir as custas legais dela. Então a senhora pode acabar sem nada além de um grande montante em custas judiciais próprias para pagar. Não estou convencido de que o acordo venha de recursos dela própria, desconfio de que tenha convencido o irmão, o décimo conde, a pagar a dívida. No entanto, até Lorde Fenwick imporá limites. — Goodman hesitou. — Então devemos considerar todos os outros aspectos deste caso.

— Como o quê? — perguntou Ellie May.

— Se a ação fosse levada ao tribunal, Lady Virginia seria arruinada financeiramente e poderia acabar na prisão.

— Nada me agradaria mais do que isso.

— Ao mesmo tempo, a reputação do seu marido também sairia prejudicada.

— Como isso é possível, se ele é a vítima?

— Claramente a senhora não conhece a fúria da imprensa britânica, sra. Grant.

— Não faço ideia do que você está falando.

— Bom, posso lhe assegurar que essa história permaneceria por muito tempo em todos os tabloides, e temo que seu marido saia com a reputação chamuscada. Os jornais o retratarão como um tolo ingênuo além de corno manso.

— O que não é mais do que a verdade — disse Ellie May com desdém.

— Pode ser, sra. Grant, mas esse é o tipo de coisa que a senhora deseja que o mundo todo saiba?

— Que alternativa me resta? — esbravejou.

— Na minha opinião, o melhor seria fazer concessões, por pior que possa parecer. Sugiro que aceite a oferta de um milhão de libras, retorne aos Estados Unidos e deixe de lado toda essa experiência desagradável. No entanto, faço uma ressalva: se Lady Virginia não honrar qualquer um dos dez pagamentos, ela ainda será responsável pelo valor total. — Lorde Goodman esperou pela resposta de Ellie May, mas ela permaneceu em silêncio. — Mas a senhora é a cliente e, naturalmente, seguirei suas instruções, sejam quais forem.

— Meu falecido avô escocês, Duncan Campbell, costumava dizer: "Melhor um tostão no banco, minha jovem, do que a promessa de um dote."

— Por acaso ele era advogado? — perguntou Goodman.

⌇

— É uma oferta muito boa — disse Knowles.

— Talvez boa até demais — retrucou Sloane.

— O que você quer dizer com isso?

— Como você sabe, Jim, eu sou desconfiado por natureza. Mellor pode muito bem estar na prisão, mas isso não significa que ele fique deitado no beliche o dia todo sentindo pena de si mesmo. Não se esqueça de que alguns dos principais criminosos do país estão em Belmarsh, e eles ficarão felizes em aconselhar um homem que pensam ter dinheiro.

— Mas, como ele, estão todos trancafiados.

— É verdade, mas lembre que Mellor já tentou me armar uma cilada e quase conseguiu.

— Mas o tal de Sorkin está enviando o jato particular dele para buscar a gente para um fim de semana em seu iate em Cap Ferrat. O que mais você poderia pedir?

— Odeio avião e desconfio de pessoas que possuem iate. Além do mais, não vejo ninguém no mundo financeiro que conheça esse tal de Conrad Sorkin.

— Eu posso sempre ir sozinho.

— De jeito nenhum — disse Sloane. — Nós dois vamos. Mas, se eu sentir, por um segundo que seja, que Sorkin não é quem ele diz ser, a gente pega o próximo voo de volta e não no maldito jato particular.

—◆—

Quando Virginia recebeu uma carta de seu advogado para confirmar que a sra. Ellie May Grant havia aceitado sua oferta, não sabia direito como reagir. Afinal, com 230 mil libras à sua disposição, ela poderia viver uma vida confortável o suficiente pela Europa, hospedando-se com amigos. Mas confessou a Bofie que sentiria falta de Londres, Ascot, Wimbledon, Glyndebourne, das festas no jardim real, dos bailes de formatura, do Annabel's e do Harry's Bar, especialmente quando todos os seus amigos da Europa continental haviam migrado de volta a Londres para a temporada.

Embora tivesse depositado o cheque no valor de 230 mil libras no Coutts, Virginia reconheceu que, caso honrasse o acordo, o dinheiro acabaria em alguns anos e se perguntou se estava simplesmente adiando a inevitável viagem à Argentina. Mas, por outro lado, talvez surgisse uma alternativa nesse meio-tempo, e ela ainda tinha até 13 de abril para tomar uma decisão.

Depois de mudar de ideia várias vezes, Virginia relutantemente entregou as primeiras 100 mil libras a seu advogado em 13 de abril e, ao mesmo tempo, quitou todas as suas pequenas dívidas, empréstimos e custas legais, o que a deixou com 114 mil libras na conta. Seu irmão continuava a lhe fornecer um subsídio de 2.000 libras por mês, metade do valor que recebia até abandonar Freddie. Virginia não lera os pormenores do testamento de seu pai. E, se Archie descobrisse sua herança inesperada, ela desconfiaria de que a deixaria sem um centavo.

Na manhã seguinte, ela voltou ao Coutts e descontou um cheque de 10 mil libras. Colocou o dinheiro em uma sacola da Swan and Edgar, como Mellor a instruíra, voltou para a Strand e chamou um táxi. Não tinha ideia de onde ficava o Science Museum, mas estava confiante de que o taxista saberia. Vinte minutos depois, Virginia estava em frente a um magnífico edifício vitoriano na Exhibition Road.

Ao entrar no museu, caminhou diretamente até o balcão de informações, onde uma jovem lhe indicou a localização da Locomotiva Rocket. Atravessou a passos largos o salão de energia, o museu espacial e o salão de força sem se virar para admirar qualquer dos objetos únicos que a cercavam.

Avistou a loira oxigenada parada ao lado de uma velha máquina a vapor, cercada por crianças. As duas mulheres nem se olharam. Virginia apenas colocou a sacola no chão ao lado da loira, virou-se e saiu do museu tão rapidamente quanto entrara.

Vinte minutos depois, já estava sentada no Harry's Bar, saboreando um *dry martini*. Um jovem bonito, sentado sozinho no balcão, sorriu e ela retribuiu o sorriso.

Quando Virginia visitou a penitenciária Belmarsh no domingo seguinte, ficou aliviada ao descobrir que Desmond Mellor nem sabia que a mãe tinha uma coleção de arte, e claramente nunca ouvira falar de L. S. Lowry. Embora fornecesse uma pequena mesada mensal à velha mãe, confessou que não visitava Salford havia alguns anos.

— Vendi as quinquilharias por quatrocentas libras — informou Virginia. — O que gostaria que eu fizesse com o dinheiro?

— Considere um bônus. Ouvi hoje de manhã que a coleta ocorreu sem problemas, obrigado. — Ele olhou para Nash do outro lado da sala que estava tendo sua reunião mensal com a loira oxigenada. A dupla nem olhou para sua direção.

14

Adrian Sloane admitiu, com relutância, que ser levado de avião para o sul da França em um Learjet era algo com que ele poderia se acostumar. Jim Knowles concordou. Uma jovem comissária, que não parecia saber muito sobre segurança de voo, serviu-lhes outra taça de champanhe.

— Não relaxe, nem por um segundo — alertou Sloane, rejeitando a bebida. — Ainda não sabemos o que Sorkin espera em troca do dinheiro.

— Por que deveríamos nos importar com isso? — ponderou Knowles. — Se o preço é justo?

Enquanto o avião taxiava no aeroporto Internacional de Nice, Sloane olhou pela janela e avistou um Bentley Continental que os aguardava na pista. Os dois se acomodaram no banco detrás sem verificação de passaporte, sem filas, sem alfândega. Ficou claro que Conrad Sorkin sabia que mãos precisava molhar.

O porto estava lotado de ambos os lados por iates reluzentes. Apenas um tinha um cais próprio, e foi nele que o Bentley parou. Um marinheiro elegantemente vestido abriu a porta traseira enquanto outros dois pegavam a bagagem no porta-malas. Quando Sloane subiu a bordo pela larga passarela, notou uma bandeira do Panamá tremulando suavemente ao sabor da brisa na popa do iate. Assim que embarcaram, um oficial de branco os cumprimentou e se apresentou como o chefe dos comissários.

— Bem-vindos a bordo — saudou com um forte sotaque inglês. — Eu os conduzirei até suas cabines. O jantar será servido às oito no convés superior, mas não hesitem em me chamar caso precisem de algo antes disso.

A primeira coisa que Sloane notou ao entrar em seu camarote foi uma maleta preta no meio da cama de casal. Ele a abriu hesitante e viu fileiras de maços de notas de cinquenta libras impecavelmente empilhadas. Sentou-se na beirada da cama e contou-as com cuidado. Vinte mil libras, um por cento do valor da oferta adiantado? Ele fechou a maleta e a deslizou para debaixo da cama.

Sloane saiu do quarto e entrou na cabine ao lado sem bater. Knowles estava contando seu dinheiro.

— Quanto tem? — disse Sloane.

— Dez mil.

Apenas meio por cento. Sloane sorriu. Sorkin estava bem informado, já sabia com qual deles fecharia o negócio.

Sloane voltou para sua cabine, tirou a roupa e tomou um banho; deitou-se na cama e fechou os olhos. Ignorou a garrafa de champanhe no balde de gelo na cabeceira. Ele precisava se concentrar. Afinal, esse poderia ser o acordo que não apenas decidiria quando ele se aposentaria, mas como ela seria.

Às cinco para as oito houve uma batida leve à porta. Sloane olhou no espelho e ajeitou a gravata-borboleta antes de abrir a porta e se deparar com um comissário à sua espera.

— O sr. Sorkin aguarda os senhores para uma bebida — disse ele antes de conduzi-los por uma ampla escada.

O anfitrião estava parado no convés superior aguardando para receber seus convidados. Depois de se apresentar, ofereceu-lhes uma taça de champanhe. Conrad Sorkin não era nada do que Sloane imaginava; alto, elegante, com uma confiança descontraída que se adquire com o sucesso ou de berço. Falou com um leve sotaque sul-africano e rapidamente deixou seus convidados à vontade. Difícil adivinhar sua idade, pensou Sloane, talvez cinquenta, cinquenta e cinco. Depois de algumas perguntas formuladas com um certo cuidado, descobriu que Sorkin nascera na Cidade do Cabo e estudara em Stanford. No entanto, o pequeno busto de bronze de Napoleão no aparador atrás dele revelava uma possível fraqueza.

— Onde você mora? — perguntou Sloane, brincando com seu champanhe.

— Essa é a minha casa. Tem tudo do que preciso, e ainda tenho a vantagem de não precisar pagar impostos.

— Não é um tanto restritivo? — perguntou Knowles.

— Na verdade, é o contrário. Consigo desfrutar o melhor do mundo todo. Posso visitar qualquer porto que quiser e, desde que eu não fique por mais de trinta dias, as autoridades não me incomodam. E acho que seria justo dizer que essa embarcação tem tudo o que uma grande cidade poderia oferecer, incluindo um chef que roubei do Savoy. Então, cavalheiros, vamos ao jantar?

Sloane sentou-se à direita de seu anfitrião. Ele ouviu o motor do iate ser ligado.

— Pedi ao capitão que navegasse lentamente pela baía. Achei que gostariam de apreciar o cenário esplêndido das luzes do porto de Nice — disse Sorkin. Um garçom encheu os copos com vinho branco enquanto outro serviu um prato de *gravlax* a cada um deles.

Sorkin se gabava de que o linguado e o bife Angus haviam sido apanhados em Grimsby e Aberdeen poucas horas antes de embarcarem no jato naquela tarde. Sloane teve de admitir que jantar ali seria o mesmo que estar comendo em um dos melhores restaurantes de Londres, e a qualidade do vinho o fez querer que sua taça fosse sempre reabastecida. No entanto, ele se restringiu a duas taças enquanto aguardava que Sorkin tocasse no assunto que os levara até lá.

Depois que o último prato foi retirado, e foram oferecidos conhaque, vinho do porto e charutos, a tripulação se retirou sem chamar muita atenção.

— Bem, vamos aos negócios? — disse Sorkin depois de acender o charuto e dar algumas baforadas.

Sloane tomou um gole de vinho do porto e Knowles se serviu de conhaque.

— A meu ver — iniciou Sorkin —, você, hoje, controla uma empresa que possui alguns ativos importantes e, embora o sr. Mellor ainda seja o proprietário de 51 por cento das ações, enquanto permanecer na prisão, ele não pode se envolver em nenhuma decisão do conselho.

— Vejo que fez sua lição de casa — disse Sloane antes de dar uma tragada no charuto. — Mas em quais ativos está interessado, sr. Sorkin?

— Conrad, por favor. Deixe-me esclarecer que não tenho interesse algum em adquirir a Mellor Travel. No entanto, a empresa possui 42 agências de viagens bem posicionadas nas principais ruas do Reino Unido. Essas propriedades juntas têm um valor contábil inferior a dois milhões de libras. Mas, se as colocarmos no mercado individualmente, calculo que tenham um valor real próximo de seis, possivelmente até sete milhões.

— Mas — interrompeu Sloane — se dispuséssemos de nosso maior patrimônio, a Mellor Travel seria pouco mais do que uma empresa de fachada, incapaz de realizar seu negócio principal. Tenho certeza de que você sabe da oferta que Thomas Cook já nos fez, de dois milhões pela empresa, e ele deixou claro que eles não demitiriam nenhum funcionário nem liquidariam nenhuma das propriedades.

— E esses dois milhões seriam pagos a uma empresa que será administrada pela de Cook até que Desmond Mellor saia da cadeia. Portanto, o melhor que você poderia esperar é um plano de demissões voluntárias decente. É por isso que estou disposto a igualar a oferta de Cook, mas com uma diferença sutil. Meus dois milhões serão depositados na conta bancária de sua escolha.

— Mas o Banco Central da Inglaterra ... — começou Sloane.

— Adrian, o Banco Central é realmente um órgão poderoso, mas posso citar 23 países onde ele não tem jurisdição nem acordos bilaterais. Tudo o que você precisa fazer é convencer sua diretoria a aceitar minha oferta e não a de Cook. Como a empresa tem apenas cinco diretores, e um deles não pode comparecer às reuniões do conselho, isso não deve ser muito difícil de conseguir antes que o sr. Mellor seja libertado, o que eu entendo que não acontecerá tão cedo.

— Você está bem informado — disse Sloane.

— Digamos apenas que tenho contatos certos nos lugares certos e informações privilegiadas que me mantêm à frente dos meus rivais.

— Se eu aceitar seus termos — disse Sloane —, o dinheiro que encontrei em meu quarto é um adiantamento de um por cento dos dois milhões que está oferecendo?

Knowles franziu a testa.

— Certamente que não — respondeu Sorkin. — Considere aquilo apenas um cartão de visita para comprovar minhas credenciais.

Sloane esvaziou a taça de vinho do porto e esperou que fosse reabastecida antes de dizer:

— Temos uma reunião do conselho daqui a algumas semanas, Conrad, e você pode ter certeza de que eu e meus colegas diretores analisaremos sua oferta com muita seriedade.

O presidente da Mellor Travel recostou-se e relaxou pela primeira vez, permitindo-se apreciar o vinho do porto, confiante de ter conseguido decifrar Sorkin e de que os dois milhões poderiam ser tratados como uma oferta inicial. Ele tinha em mente o número que estava disposto a aceitar, mas esperaria até o café da manhã para dar o próximo passo.

Knowles parecia decepcionado, ciente de que Sloane esperava uma quantia maior. O mesmo erro que ele cometera quando Hakim Bishara fizera uma oferta pelo Farthings, e eles acabaram perdendo o acordo. Knowles não permitiria que ele cometesse o mesmo erro uma segunda vez. Afinal, ele considerava a oferta de Sorkin mais do

146

que suficiente e não havia necessidade de ser ganancioso. Essa era a maior fraqueza de Sloane.

— Acho que vou me deitar — anunciou Sloane, levantando-se lentamente, pois sentiu que já tinham tratado de muitas coisas naquela noite. — Boa noite, Conrad. Vou pensar em sua oferta. Talvez possamos conversar de novo de manhã.

— Estou ansioso por isso — disse Sorkin, enquanto Sloane caminhava cambaleante em direção à porta. Knowles não demonstrou qualquer sinal de que se juntaria a ele, e, apesar de irritado, Sloane não falou nada.

Sloane teve que segurar o corrimão enquanto descia sem pressa a escada. Ficou satisfeito ao ver o chefe dos comissários esperando por ele no convés inferior, porque não tinha certeza de que seria capaz de encontrar o caminho de volta até sua cabine. Talvez não devesse ter bebido tanto vinho do porto depois de vinhos tão excelentes. Mas quando ele teria uma oportunidade de tomar uma terceira, ou foi quarta, taça de Taylor 24 anos?

Ele tropeçou quando seu pé tocou o último degrau, e o comissário rapidamente veio em seu socorro, colocando um braço em volta de seu ombro, muito atencioso. Sloane balançou em direção ao parapeito do iate e se inclinou para o lado, esperando não passar mal, ciente de que isso seria reportado a Sorkin. Depois de respirar o ar fresco do mar, sentiu-se um pouco melhor. Pensava em pelo menos conseguir voltar logo para sua cabine e deitar, quando de repente sentiu dois braços fortes o agarrarem pela cintura e, com um movimento rápido, viu-se suspenso no ar. Sloane se virou e tentou protestar, mas só teve tempo de ver o chefe dos comissários sorrindo antes de atirá-lo com violência no mar.

Uns segundos depois, Sorkin apareceu ao lado do comissário, e ambos permaneceram calados enquanto o presidente da Mellor Travel desaparecia sob as ondas pela terceira vez.

— Como você sabia que ele não sabia nadar?

— Informações privilegiadas da pessoa que costumava fazer seu trabalho — respondeu Sorkin. E, ao se virar, acrescentou: — Os seus vinte mil estão na cabine de Sloane debaixo da cama.

— Nash se abaixou e amarrou um de seus cadarços, o sinal indicativo de que Mellor deveria se juntar a ele.

Mellor completou mais duas voltas no pátio antes de se aproximar. Não queria que os guardas sempre vigilantes suspeitassem de algo.

— O trabalho está feito. Não é preciso enviar flores para o funeral.

— Por que não?

— Ele foi enterrado no mar. — Os dois caminharam mais alguns metros. — Cumprimos nossa parte do acordo. Agora espero que cumpra a sua — asseverou Nash.

— Não vai ser um problema — disse Mellor, esperando que Nash não notasse que começava a suar frio. Ele havia telefonado para seu corretor em Bristol algumas semanas antes e descobrira que seu antigo apartamento na Broad Street ainda não havia sido vendido; o mercado para o imóvel não estava dos mais atrativos, segundo o sr. Carter, mas se ele reduzisse o preço acreditaria que pudesse conseguir uma venda. Mellor baixou o preço, e uma oferta foi apresentada, mas o comprador só concluiria a aquisição depois de ter visto o relatório do avaliador que só seria concluído em duas semanas.

Pelo menos o problema de Sloane havia sido resolvido. Ele iria escrever para Knowles e o chamaria para uma visita à prisão o mais rápido possível. Com certeza ele entraria na linha agora que Sloane não estava mais por perto para ditar as regras.

Caminharam mais alguns metros antes de Mellor perguntar:

— Quando e onde? — perguntou, tentando parecer confiante.

— Próxima quinta-feira. Avisarei os detalhes logo após a visita de Tracie no domingo. Apenas se certifique de que Lady Virginia não se esqueça de levar a sacola da Swan e Edgar.

Mellor diminuiu o passo e se juntou a Sharp Johnny, que estava mais alegre do que nunca; ele agora só tinha mais dezenove dias de pena restantes.

15

— Posso supor que você não tenha dez mil libras que possa me emprestar? — perguntou Mellor. Virginia imaginou que ele estivesse brincando até ver o olhar de desespero em seus olhos. — Estou com um problema de fluxo de caixa de curto prazo — explicou —, que deve se resolver com um pouco mais de tempo. Mas preciso de dez mil bem rápido. — Mellor olhou para o outro lado da sala lotada, onde Nash conversava entretido com sua única visitante. — Imediatamente.

Virginia pensou nas 111 mil libras que ainda possuía em sua conta e sorriu com doçura.

— Mas ninguém sabe melhor do que você, Desmond, que sou tão pobre quanto um cão sarnento. Meu irmão me dá um subsídio de dois mil por mês, o que mal dá para sobreviver, e a única outra renda que tive recentemente foi a pequena quantia que recebi após a venda da casa de sua mãe. Suponho que poderia lhe emprestar mil e possivelmente outros mil em um mês.

— É muita bondade de sua parte, Virginia, mas já será tarde demais.

— Você tem algum bem que possa dar como garantia? — perguntou Virginia. Palavras familiares que sempre ouvira de seu gerente de banco quando estava no vermelho.

— Minha ex-esposa acabou ficando com nossa casa no campo como parte do acordo de divórcio. Coloquei meu apartamento em Bristol à venda. Vale cerca de vinte mil e, embora eu já tenha uma oferta, o contrato ainda não foi firmado.

— E Adrian Sloane? Afinal, não seria um grande problema para ele.

— Isso não é mais possível — disse Mellor sem mais explicações.

— E Jim Knowles?

Mellor pensou por um instante.

— Suponho que o Jim esteja disposto a ajudar se eu oferecer o apartamento como garantia e tiver algum benefício para ele.

— Como o quê?

— A presidência da empresa, dinheiro, o que ele quiser.

— Entro em contato com ele assim que chegar em casa para ver se está disposto a ajudar.

— Obrigado, Virginia. E é claro que você receberá sua parte.

Mellor, mais uma vez, olhou para Nash do outro lado da sala; sabia que Nash naquele momento deveria estar passando instruções sobre a entrega da segunda parcela do pagamento. Nunca no mesmo lugar duas vezes e nunca pela mesma pessoa, Nash já havia explicado.

— Mas ainda vou precisar dos dez mil antes de quinta-feira — disse Mellor, voltando-se para Virginia. — Você nem imagina as consequências se você falhar.

— Com que frequência você pode fazer ligações telefônicas?

— Uma vez por semana, mas só tenho três minutos e não se esqueça de que os guardas ouvem cada palavra.

— Me liga na terça-feira à tarde por volta das cinco horas. Já terei me encontrado com Knowles até lá e farei tudo ao meu alcance para persuadir ele.

— Tudo pronto para quinta-feira — anunciou Nash no momento em que Mellor se juntou a ele no pátio.

— Onde e quando? — quis saber Mellor, recusando-se a admitir que não tinha o dinheiro.

— Trafalgar Square, entre as fontes, meio-dia.

— Entendido.

— Será a mesma mulher com a sacola?

— Sim — concordou Mellor, esperando que Virginia não apenas conseguisse o dinheiro, mas que estivesse disposta a agir como intermediária novamente.

Nash encarou Mellor.

— Espero que você tenha considerado as consequências de não entregar a segunda metade do pagamento.

— Não vai ser um problema — disse Mellor, que não havia pensado em praticamente mais nada ao longo da última semana. Ele diminuiu o passo e caminhou sozinho, imaginando, rezando, esperando que Virginia convencesse Knowles a lhe emprestar os dez mil. Ele olhou o relógio. Teria que esperar mais cinco horas para saber.

— Jim Knowles — disse uma voz do outro lado da linha.

— Jim, é Virginia Fenwick.

— Virginia, como você está? Quanto tempo!

— Muito tempo. Mas estou prestes a compensar isso.

— O que você tem em mente?

— Tenho uma pequena proposta que talvez possa lhe interessar. Talvez esteja livre para almoçar?

Virginia estava sentada ao lado do telefone às cinco da tarde de terça-feira, ciente de que só tinha três minutos para transmitir a mensagem cuidadosamente ensaiada. Escrevera vários itens importantes para garantir que não se esquecesse de nada importante. Quando o telefone tocou, atendeu de imediato.

— Chelsea 7784.

— Olá, minha querida, é Priscilla. Pensei em ligar para saber se está livre para almoçar na quinta-feira?

— Agora não posso — esbravejou Virginia, batendo o telefone com força. O telefone tocou de novo segundos depois.

— Chelsea 7784 — repetiu ela.

— É o Desmond. Você conseguiu... — Ele claramente não queria perder um segundo. Ela verificou o primeiro item de sua lista.

— Sim. Knowles concordou em lhe emprestar dez mil dando o apartamento em Bristol como garantia.

— Graças a Deus — disse Mellor, dando um suspiro profundo de alívio que ela pôde ouvir claramente.

— Mas, se você não pagar o valor total em trinta dias, ele exigirá garantias adicionais.

— Como o quê?

— Suas ações na Mellor Travel.

— Mas elas valem cerca de um milhão e meio.

— É pegar ou largar, se me lembro das palavras exatas.

Mellor parou por um momento, ciente de que seus três minutos estavam se esgotando rapidamente.

— Não tenho muita escolha. Diga ao desgraçado que aceito os termos dele e pagarei a dívida assim que o apartamento for vendido.

— Vou transmitir seu recado agora mesmo, mas ele não vai liberar o dinheiro até que veja sua assinatura no documento que transfere a propriedade das ações para ele, caso você não o pague em trinta dias.

— Mas como assinarei a tempo? — disse Mellor, parecendo desesperado novamente.

— Não se preocupe. Os seus advogados elaboraram toda a papelada que será entregue na prisão ainda esta noite. Apenas se certifique de ter alguém cuidando disso.

— Endereçe o envelope ao sr. Graves. Ele é o guarda responsável pela minha ala e já me fez alguns favores; pode confiar nele. Se ele estiver de serviço hoje à noite, eu devo conseguir devolver os documentos imediatamente.

153

Virginia tomou nota do nome antes de verificar a sua lista novamente.

— Onde e quando eu entrego o dinheiro?

— Quinta-feira, meio-dia, Trafalgar Square. Seu contato vai estar entre as fontes. Só não se atrase.

— A mesma mulher?

— Não. Procure um homem careca de meia-idade, vestindo paletó azul-marinho e calça jeans. Virginia fez outra anotação. — Você é maravilhosa — disse Mellor. — Fico te devendo.

— Mais alguma coisa que eu possa fazer?

— Não, mas vou lhe enviar uma carta que preciso que você...

A linha ficou muda.

O sr. Graves desligou o telefone em seu escritório e esperou as suas instruções.

— Você precisa se certificar de que vai estar de plantão quando o documento chegar ao portão da prisão, mais tarde, esta noite.

— Sem problemas. São Poucos os oficiais que se voluntariam para o turno da noite.

— E certifique-se de que Mellor assine o contrato e seja testemunha da assinatura dele.

— O que eu faço depois?

— Leve o contrato com você quando sair do serviço e entregue no endereço que Mellor escrever no envelope. E, não se esqueça, você ainda tem mais um trabalho antes de receber o pagamento.

Graves franziu a testa.

— É melhor você voltar para sua cela antes que alguém perceba que não está lá — disse o guarda, tentando restabelecer sua autoridade.

— Você que manda, chefe — disse Nash, antes de sair do escritório e voltar para a cela.

Quando Virginia acordou na manhã seguinte, encontrou um envelope grande sobre o capacho. Ela não queria saber quem o entregara ou quando. Olhou para o relógio, 9h45. Knowles só deveria buscá-lo às dez, o que lhe dava tempo de sobra.

Ela rasgou o envelope e extraiu o documento, passando rapidamente para a última página para verificar se Mellor havia assinado. Sorriu ao ver que o amigo dele, o sr. Graves, assinara como testemunha. Virginia colocou o contrato de volta no envelope, deixou seu pequeno apartamento em Chelsea e seguiu para uma loja em Pimlico que encontrara no dia anterior.

O jovem atrás do balcão fez duas cópias do documento e cobrou 2 libras e mais 20 pence por um envelope grande marrom. Estava de volta ao seu apartamento em vinte minutos, lendo o jornal matinal. quando ouviu uma batida à porta.

Knowles a beijou nas bochechas como se fossem velhos amigos, mas depois de trocar o envelope marrom por outro saiu logo em seguida. Virginia voltou para a sala de estar, rasgou o novo envelope e contou o dinheiro. Quinze mil, conforme combinado. Nada mal para um dia de trabalho. Agora, tudo o que ela precisava fazer era decidir se entregaria ou não os dez mil ao careca de paletó azul-marinho e jeans que a aguardava na Trafalgar Square.

Quando Virginia chegou ao banco, foi direto ao escritório do gerente. O sr. Leigh se levantou no momento em que ela entrou na sala. Sem dizer uma palavra, ela extraiu cinco pacotes de celofane e a cópia de um documento de três páginas de uma sacola de compras da Swan & Edgar e os colocou em sua mesa.

— Por favor, credite em minha conta as cinco mil libras e coloque este documento entre os meus documentos pessoais.

O sr. Leigh fez uma ligeira reverência e estava prestes a fazer uma pergunta, mas ela já havia deixado a sala.

Virginia saiu do banco e caminhou pela Strand antes de seguir lentamente para Trafalgar Square. Ela havia decidido seguir as instruções de Mellor, principalmente porque se lembrava dele dizendo quão severas seriam as consequências se ele não pagasse, e ela não queria que sua única fonte de renda alternativa sofresse algum dano.

Ela parou do outro lado da rua, diante da igreja de St. Martin, e, segurando firme a sacola da Swan & Edgar, esperou que os semáforos ficassem vermelhos antes de atravessar a rua. Um bando de pombos voou assustado quando ela entrou na praça e se dirigiu para as fontes.

Uma criança pulava na água e sua mãe implorava que saísse. Logo atrás deles estava um homem careca, vestindo uma camisa com os primeiros botões abertos, blazer azul-escuro e jeans, que não tirava os olhos dela. Virginia caminhou até ele e entregou a sacola. Ele nem checou o conteúdo, apenas virou as costas e desapareceu entre uma multidão de turistas.

Virginia deu um suspiro de alívio. A operação havia ocorrido sem problemas, e ela já estava ansiosa para almoçar com Priscilla. Caminhou em direção à National Gallery e chamou um táxi enquanto o careca continuava caminhando na direção oposta. Era impossível não notar o Bentley prateado estacionado em frente à embaixada da África do Sul. Quando se aproximou do carro, uma janela de vidros escuros baixou lentamente e uma das mãos apareceu. Ele passou a sacola da Swan & Edgar e esperou.

Conrad Sorkin verificou os dez pacotes de celofane antes da devolução um deles ao entregador.

— Obrigado, sr. Graves. Por favor, informe a Nash que Lady Virginia não apareceu.

16

Seis homens sentaram-se frente a frente em preparação para a batalha, embora na verdade todos estivessem do mesmo lado. Três deles representavam o Farthings Kaufman, e os outros três, a Thomas Cook Ltd, uma das clientes mais antigas do banco.

Hakim Bishara, presidente do conselho do Farthings Kaufman, estava de um lado da mesa com Sebastian Clifton, seu diretor-executivo, à direita, e o advogado interno do banco, Arnold Hardcastle, à esquerda. Em frente a Hakim estava Ray Brook, presidente da Cook's; à sua direita, o diretor-executivo da empresa, Brian Dawson; à sua esquerda, Naynesh Desai, consultor jurídico.

— Permitam-me iniciar esta reunião dando as boas-vindas a todos — anunciou Hakim. — Gostaria de ressaltar o prazer de representar a Cook's nesta tentativa de aquisição da Mellor Travel Ltd. Infelizmente, é improvável que seja uma aquisição de comum acordo. Na verdade, o mais provável é que seja uma guerra e das mais sangrentas. Mas deixe-me garantir, senhores, que venceremos. Agora, pedirei a Sebastian Clifton, que vem trabalhando no projeto há algumas semanas, que nos passe todas as informações necessárias.

— Obrigado, presidente — disse Seb, abrindo uma pasta grossa à sua frente. — Permita-me começar resumindo nossa posição atual. Há algum tempo, a Cook's vem expressando interesse em adquirir a Mellor Travel, que possui certos ativos que trariam valor agregado aos seus negócios. Em particular, suas quarenta e duas lojas de rua, algumas nas cidades onde a Cook's não se faz presente ou onde sua localização atual não é tão privilegiada quanto a de sua rival. As lojas da Mellor também têm uma equipe de primeira classe, muito bem treinada, embora alguns funcionários tenham sentido a necessidade de deixar a empresa ao longo do ano passado.

— Alguns deles se juntaram a nós — interrompeu Brook.

— Talvez seja a hora de tratarmos do assunto premente — continuou Seb. — Desmond Mellor, embora não seja mais o presidente da empresa, detém 51% das ações. Portanto, uma aquisição seria quase impossível sem a sua bênção.

— Pelo que sei, o senhor e o sr. Mellor já tiveram uma ligação profissional — disse Dawson, retirando os óculos. — Como é a relação atual entre vocês?

— Não poderia ser pior — admitiu Seb. — Nós dois fizemos parte do conselho da Barrington Shipping quando minha mãe era presidente. Mellor não apenas tentou removê-la do conselho como também, depois que fracassou, tentou assumir a empresa usando táticas consideradas inaceitáveis pela comissão de aquisições. Minha mãe venceu o embate e continuou a administrar a Barrington por vários anos até a empresa ser comprada pela Cunard.

— Convidei sua mãe para integrar nosso conselho — revelou Brook —, mas, infelizmente, Margaret Thatcher levou a melhor.

— Eu não sabia disso — disse Seb.

— Mas deve se lembrar de que, quando a Barrington lançou o *Buckingham*, e depois o *Balmoral*, a sra. Clifton indicou a Cook's como agente de reservas preferido dela. Nunca tivemos uma parceira melhor, mesmo tendo que me acostumar com as ligações às seis da manhã ou às dez da noite.

— O senhor também? — perguntou Seb com um sorriso. — No entanto, tenho uma confissão a fazer. Antes de vocês nos abordarem para propor esta aquisição, a pedido dele, visitei Desmond Mellor na prisão.

Jessica teria gostado de desenhar as expressões nos rostos dos três homens sentados em frente ao pai.

— E tem mais. Naquela ocasião, Mellor se ofereceu para me vender 51% da empresa por uma libra.

— O que ele queria em troca? — perguntou Brook.

— Que a gente devolvesse os 51%, também por uma libra, quando ele fosse libertado da prisão.

— Não é uma proposta muito sedutora — asseverou Dawson. — Mas deve ter sido tentadora na ocasião.

— Mas não o bastante — declarou Hakim —, se, como resultado, for preciso lidar com babacas como Sloane e Knowles, que, na minha opinião, deveriam ser trancafiados na mesma cela que Mellor.

— Prezados, considerem essa uma declaração extraoficial — interveio Arnold com firmeza — que não representa a opinião do banco.

— Concordo com você, Hakim — disse Brook. — Só estive com Adrian Sloane uma vez, e foi o suficiente. No entanto, deixe-me perguntar, sr. Clifton, o senhor acha que há alguma chance de Mellor revalidar a oferta?

— Parece improvável, embora eu esteja disposto a tentar, presumindo que ele concorde em me ver.

— Então vamos descobrir o mais rápido possível se é uma possibilidade — disse Dawson.

— Mas, mesmo que Mellor concorde em vê-lo — recomendou Arnold —, devo adverti-lo de que as engrenagens do poder giram mais lentamente no serviço prisional do que em Whitehall.

— Mas me recordo de que você e Seb me visitavam em Belmarsh a qualquer momento — asseverou Hakim.

— Foram visitas jurídicas — lembrou Arnold — que não estão sujeitas às restrições usuais da prisão. Você era meu cliente, lembra?

— Então, se Mellor concordar em permitir que você o represente — sugeriu Hakim —, poderíamos contornar a burocracia.

— Mas por que ele concordaria com isso? — perguntou Dawson.

— Porque Barry Hammond — disse Sebastian —, um detetive particular contratado pelo Farthings, descobriu que foi Sloane quem incriminou Mellor. Foi por isso que Mellor acabou na prisão e, assim que Sloane o tirou do caminho, com a ajuda de seu amigo Knowles, ele se nomeou presidente da Mellor Travel, o que não declarou lucro nem distribuiu dividendos desde então. Portanto, é possível que Mellor esteja desesperado o suficiente para nos considerar o menor de dois males.

— Se esses são os adversários conhecidos — disse Brook —, o que você conseguiu descobrir sobre os rivais da Cook na disputa?

— Que eles são ainda piores — respondeu Seb. — A Sorkin International não é uma empresa fácil de decifrar. A sede deles está registrada no Panamá e, embora possua um telefone de um escritório, ninguém atende.

— O próprio Conrad Sorkin está morando no Panamá? — perguntou Dawson.

— Não. Ele passa a maior parte do tempo em um iate, sempre em movimento. Na verdade, atualmente sete países o consideram *persona non grata*, mas infelizmente o Reino Unido não é um deles. De qualquer forma, ele parece ter acesso a advogados inescrupulosos, empresas de fachada e até pseudônimos para garantir que sempre esteja um passo à frente da lei.

— Um aliado ideal para Sloane e Knowles — asseverou Brook.

— Concordo — disse Seb —, e, como sabem, Sorkin recentemente equiparou nossa oferta de dois milhões pela Mellor Travel. No entanto, acho improvável que sejamos tratados como iguais.

— Mas é certo que Sorkin não conseguirá uma aquisição plena sem o apoio de Mellor — disse o advogado da Cook.

— Ele não precisa — interveio Hakim —, porque não estamos convencidos de que esse seja seu objetivo, como Seb vai explicar.

— Tenho certeza de que não é na empresa que Sorkin está interessado — revelou Seb. — Ele quer apenas as 42 lojas e escritórios, cujo valor contábil é inferior a dois milhões de libras, mas de acordo com meu analista de propriedade, valem mais de cinco milhões.

— Então esse é o jogo dele — concluiu Dawson.

— Acho que ele não vai se importar em vender as propriedades sem consultar Mellor — afirmou Arnold. — Ou até mesmo violando a lei, porque acho que o sr. Sorkin já terá desaparecido há muito tempo antes que a polícia pegue ele.

— Podemos fazer alguma coisa para detê-lo? — perguntou Brook.

— Sim — disse Seb. — Podemos comprar os 51% de Mellor e demitir Sloane.

Quando uma carta foi deixada no capacho de Virginia na manhã seguinte, ela logo reconheceu a caligrafia, e ao abrir o envelope viu que era outro endereçado à srta. Kelly Mellor, mas não havia endereço, apenas um bilhete:

Por favor, certifique-se de que Kelly receba isso. É de extrema importância.

Desmond

Virginia abriu imediatamente o segundo envelope e começou a ler uma carta que Desmond escrevera para a filha.

Querida Kelly...

Sebastian estava prestes a entrar no elevador quando viu Arnold Hardcastle correndo em sua direção.

— Você não tem esposa e família esperando em casa?

— Boas notícias — disse Arnold, ignorando o comentário. — Mellor não apenas concordou em nos ver, como quer uma reunião o mais rápido possível.

— Excelente. Hakim ficará muito satisfeito.

— Já falei com o diretor da prisão, e ele concordou com uma reunião jurídica na prisão amanhã ao meio-dia.

— Hakim vai querer estar presente.

— Deus me livre — disse Arnold. — Ele provavelmente acabaria estrangulando o homem, e quem poderia culpá-lo? Não, você deveria representar o Farthings. Afinal, foi você quem ele quis ver quando apresentou a proposta original. Também sugiro que Ray Brook esteja presente para que Mellor veja que a oferta é séria. De um presidente para outro. Ele vai ficar impressionado com isso.

— Faz sentido — concordou Seb.

— Você tem algum compromisso marcado para amanhã de manhã?

— Se eu tiver — disse Seb, abrindo a agenda de bolso —, está prestes a ser cancelado.

Virginia entrou em contato com a mãe de Kelly Mellor, mas ela não se mostrou muito cooperativa. Provavelmente pensou que Virginia fosse a última namorada de Mellor. No entanto, a mulher revelou que, na última vez em que ouviu falar da filha, ela estava em algum lugar em Chicago, mas admitiu ter perdido contato com ela.

Às onze horas da manhã seguinte, Sebastian, Arnold e Ray Brook embarcaram no banco traseiro de um táxi, e Seb instruiu o motorista a levá-los à Penitenciária de Belmarsh. O taxista não pareceu satisfeito.

— Não há muita chance de uma corrida de retorno — explicou Arnold.

— Por que tão cedo? — perguntou Brook.

— Você vai ver quando chegarmos lá — respondeu Arnold.

A caminho da prisão, os três discutiram táticas e concordaram que sua maior prioridade era deixar Mellor à vontade e fazer com que sentisse que estavam do seu lado.

— Vamos focar no Sloane e no Knowles — disse Seb —, porque estou confiante de que ele prefere lidar conosco do que com eles.

— Acho que ele não concordaria em ver a gente, a menos que tivéssemos uma chance — disse Brook enquanto o táxi deixava a cidade e seguia para leste.

Quando o táxi parou do lado de fora dos intimidadores portões verdes da Penitenciária de Belmarsh, cada um deles sabia o papel que deveria desempenhar. Arnold começaria tentando convencer Mellor de que eles eram os mocinhos, e quando Seb achasse que era o momento certo faria uma oferta de 1,5 milhão de libras pelas ações de Mellor. Brook confirmaria que o dinheiro seria depositado em sua conta assim que assinasse a transferência de ações e que, como bônus, Sloane e Knowles seriam demitidos antes do fechamento dos negócios no mesmo dia. Seb estava começando a se sentir mais confiante.

Quando os três entraram na prisão, foram escoltados até a guarita e revistados por inteiro. O chaveiro de canivete de Brook foi imediatamente apreendido. O presidente da Cook Travel pode ter visitado quase todos os países do mundo, mas estava claro que nunca entrara em uma prisão. Eles deixaram todos seus pertences de valor, até os cintos, com o oficial da recepção e, acompanhados por outros dois oficiais, atravessaram a praça em direção ao Bloco A.

Passaram por vários portões trancados, que eram destrancados e trancados enquanto iam andando, antes de chegarem a uma sala de reunião no primeiro andar. O relógio na parede marcava cinco para o meio-dia. Brook entendia agora por que haviam saído tão cedo.

Um dos guardas de plantão abriu a porta para permitir que os três homens entrassem em uma sala retangular com paredes de vidro. Apesar de terem sido deixados sozinhos, dois guardas se posicionaram do lado de fora, observando. Eles estavam ali para garantir que ninguém passasse drogas, armas ou dinheiro para o prisioneiro. Nada dava mais prazer aos guardas do que prender um advogado.

Os três visitantes sentaram-se em torno de uma pequena mesa quadrada no centro da sala, deixando uma cadeira vazia para Mellor. Arnold abriu sua pasta e tirou um arquivo. Dele retirou um certificado de transferência de ações e um contrato de três páginas, cuja redação foi verificada mais uma vez antes de ele colocá-lo sobre a mesa. Se tudo ocorresse como planejado, quando saíssem da prisão, dentro de uma hora, haveria duas assinaturas na última linha.

Seb não conseguia parar de encarar o relógio na parede, ciente de que teriam apenas uma hora para fechar o acordo e assinar todos os documentos legais necessários. No momento em que o ponteiro dos minutos alcançou o número doze, um homem de gravata-borboleta verde, camisa listrada e paletó de tweed entrou na sala. Arnold imediatamente se levantou e o cumprimentou.

— Bom dia, diretor.

— Bom dia, sr. Hardcastle. Lamento informar que a reunião não poderá mais ocorrer.

— Por quê? — exigiu Seb, levantando-se.

— Quando o guarda da ala destrancou a cela de Mellor às seis horas da manhã, encontrou a cama dele na vertical; ele se enforcou usando um lençol.

Seb desabou na cadeira.

O diretor fez uma pausa para permitir que todos absorvessem a notícia antes de acrescentar com naturalidade:

— Infelizmente, suicídio é muito comum em Belmarsh.

Quando Virginia leu o parágrafo relatando o suicídio de Mellor na página 11 do *Evening Standard*, a primeira coisa que pensou foi que mais uma fonte de renda havia secado. Mas, então, ela pensou mais um pouco.

164

17

— Hoje em dia é tão raro ter a família toda reunida para o fim de semana — disse Emma, enquanto caminhavam pela sala depois do jantar.

— E todos sabemos quem é a culpada por isso — disse Sebastian.

— Só espero que ainda esteja se divertindo com o trabalho.

— Me divertindo não seria exatamente a melhor definição. Mas não há um dia em que eu não pense na sorte que tenho e em como um encontro casual com Margaret Thatcher mudou toda a minha vida.

— Como é trabalhar para a primeira-ministra? — perguntou Samantha, servindo-se de café.

— Para ser sincera, não a vejo com frequência, mas sempre que a encontro parece saber exatamente o que tenho feito.

— Então, o que tem feito? — quis saber Seb enquanto se juntava à esposa no sofá.

— O novo Projeto de Lei do Serviço Nacional de Saúde está prestes a deixar a Câmara dos Comuns e vai ser enviado à Câmara dos Lordes. Meu trabalho é acompanhar a votação cláusula por cláusula antes de enviá-lo de volta à câmara baixa, e espero que sem muitas emendas da oposição.

— Isso não vai ser nada fácil com Giles tentando derrubá-la a cada passo — observou Grace —, mas estou torcendo para que você consiga virar o jogo.

— Talvez, mas ele ainda é um dos melhores debatedores de qualquer uma das câmaras, mesmo tendo sido relegado às bancadas de trás.

— Ele desistiu de retornar ao Gabinete Sombra? — perguntou Samantha.

— Acho que a resposta deve ser *sim*, uma vez que não tem como Michael Foot ter ficado satisfeito com os comentários bastante francos de Giles após o incidente do famigerado casaco.

— Aparecer diante do Cenotáfio na cerimônia do Domingo de Memória vestindo um casaco totalmente inapropriado revelou certa falta de bom senso político — sugeriu Seb.

— É uma pena que Giles não tenha conseguido manter a boca fechada sobre o assunto — comentou Grace, enquanto Emma lhe entregava uma xícara de café.

— Com isso a bancada principal saiu perdendo e nós ganhamos — disse Seb. — Desde que Giles voltou ao conselho do Farthings, ele abriu portas para as quais não tínhamos a chave.

— Juntar-se ao conselho de um grande banco é outro aspecto que não agradaria a Michael Foot — disse Emma. — Então, não creio que veremos ele de novo na bancada principal até que o Partido Trabalhista tenha um novo líder.

— E talvez nem assim — sugeriu Seb. — Receio que a próxima geração possa considerar Giles um dinossauro e, para citar Trotsky, condená-lo à cesta de lixo da história.

— Não é possível colocar um dinossauro em uma cesta de lixo — provocou Harry de uma cadeira de canto que ninguém mais sonharia em se sentar. Todos riram.

— Chega de política — disse Emma, virando-se para Samantha: — Quero saber o que Jessica está fazendo e por que ela não se juntou a nós no fim de semana.

— Acho que ela está namorando — revelou Sam.

— Ela não é jovem demais? — questionou Harry.

— Ela tem 16 anos, quase 20 — lembrou Seb ao pai.

— Você já conheceu o rapaz? — perguntou Emma.

— Não. Na verdade, não era nem pra gente saber da existência dele — confessou Sam. — Mas quando eu estava arrumando o quarto dela outro dia não pude deixar de notar um desenho de um jovem bonito na parede ao lado da cama dela, onde tinha um pôster do Duran Duran.

— Ainda sinto falta da minha filha — disse Harry, melancólico.

— Há momentos em que eu ficaria muito feliz em te dar a minha — disse Seb. — Na semana passada, peguei a Jessica tentando sair de casa usando uma minissaia, batom rosa e salto alto. Mandei ela voltar para o quarto e tirar o batom e trocar de roupa. Ela se trancou no quarto e não fala comigo desde então.

— O que você sabe sobre o garoto? — perguntou Harry.

— Achamos que o nome dele é Steve e sabemos que ele é o capitão do time de futebol da escola — contou Sam. — Então, desconfio de que Jessica está aguardando em uma longa fila.

— Acho que Jessie não lida bem com filas — comentou Grace.

— E o meu outro neto? — perguntou Emma.

— Jake agora está andando sem cair — disse Sam — e passa a maior parte do tempo buscando a saída mais próxima. Então, francamente, ele é um pestinha. Esqueci a ideia de voltar ao trabalho por enquanto, não suporto o pensamento de deixar o pequeno com uma babá.

— Admiro você por isso — disse Emma. — Às vezes me pergunto se deveria ter tomado a mesma decisão.

— Concordo — disse Seb, apoiando-se na lareira de mármore. — Sou um exemplo clássico de alguém que foi privado de uma educação apropriada e acabou depravado.

— Poxa, Sargento Krupke — retrucou Harry.

— Eu não fazia ideia de que gostava de musicais, pai — disse Seb.

— Levei sua mãe para ver *West Side Story* no Bristol Old Vic no nosso aniversário de casamento. Se você ainda não viu, deveria.

— Já vi — respondeu Seb. — O Farthings Kaufman é o maior patrocinador do espetáculo.

— Nunca pensei em você como um patrono das artes — disse Harry. — E tenho certeza de que não vi qualquer menção a isso em seu último relatório de meu portfólio.

— Investi meio milhão do dinheiro de nossos clientes no espetáculo, mas o considerava um risco muito alto para a família, embora eu tenha feito um aporte em meu nome.

— Então ficamos de fora — assinalou Grace.

— *Mea culpa* — admitiu Seb. — Você acabou com um retorno anual de 7,9% do seu capital, enquanto meus outros clientes conseguiram 8,4%. *West Side Story* acabou se mostrando um tremendo sucesso nas palavras do produtor norte-americano, que continua me enviando um cheque a cada trimestre.

— Talvez você nos coloque no seu próximo espetáculo — sugeriu Emma.

— Não haverá um próximo espetáculo, mamãe. Não foi preciso muito tempo nem pesquisa para descobrir que fui abençoado com a sorte dos iniciantes. Em cada dez espetáculos do West End, sete perdem todo centavo de seus investidores. Um em cada dez quase chega ao ponto de equilíbrio, um tem um retorno significativo, e apenas um em cem duplica seu dinheiro, e geralmente esses são aqueles em que não se consegue entrar. Então decidi deixar o *show business* enquanto estou ganhando.

— Aaron Guinzburg me contou que o próximo grande sucesso será *Little Shop of Horrors* — revelou Harry.

— O Farthings não vai investir em um show de horrores — disse Seb.

— Por que não? — quis saber Emma. — Afinal, você tentou investir na Mellor Travel.

— E ainda estou tentando — admitiu Sebastian.

— Então, no que você investiu? — perguntou Emma.

— ICI, Royal Dutch Shell, British Airways e Cunard. O único risco que eu corri em seu nome foi comprar algumas ações de uma empresa de ônibus chamada Stagecoach, e você vai gostar de saber que um dos fundadores é uma mulher.

— E já demonstrou um bom retorno — disse Harry.

— Também estou pensando em adquirir uma participação considerável na Thomas Cook, mas só se conseguirmos assumir a Mellor Travel.

— Nunca me importei muito com Desmond Mellor — admitiu Emma. — Mas senti pena do pobre homem quando soube que ele tinha se matado.

— Barry Hammond não está convencido de que foi suicídio.

— Nem eu — revelou Harry. — Se William Warwick estivesse no caso, ele mencionaria o fato de haver coincidências demais.

— Como o quê? — perguntou Seb, sempre fascinado pelo modo como a mente do pai trabalhava.

— Para começar, Mellor é encontrado enforcado em sua cela durante uma disputa de aquisição de sua empresa. E, ao mesmo tempo, Adrian Sloane, presidente da empresa, some sem deixar vestígios.

— Eu não sabia disso — surpreendeu-se Emma.

— Você tinha coisas mais importantes a fazer — disse Harry — do que ler o *Bristol Evening Post*, e, para ser justo, eu também não saberia sobre Mellor se os jornalecos locais não estivessem obcecados pelo assunto. *Empresário de Bristol Comete Suicídio em uma Prisão de Segurança Máxima*, essa era a manchete mais comum. E sempre que pedem para o presidente da Mellor Travel fazer uma declaração em nome da empresa, a única informação é que ele está "indisponível para comentar". O mais curioso é que Jim Knowles, descrito como o presidente interino, continua tentando garantir a todos os ansiosos acionistas que não havia problema algum e que ele anunciará novidades fantásticas em breve. Três coincidências improváveis, e certamente William Warwick trataria de encontrar Adrian Sloane para que ele lançasse uma luz sobre o mistério da morte de Mellor.

— Mas o diretor da Penitenciária de Belmarsh estava certo de que foi suicídio — observou Seb.

— Os diretores de prisão sempre dizem isso quando precisam lidar com uma morte sob sua supervisão — disse Harry. — Muito mais conveniente do que assassinato, o que significaria a abertura de uma investigação no Ministério do Interior que levaria até um ano para relatar suas descobertas. Algo não está batendo nesta história, embora eu ainda não tenha entendido o quê.

— Não é algo — disse Seb —, é alguém. Especificamente o sr. Conrad Sorkin.

— Quem é ele? — perguntou Grace.

— Um homem suspeito de negócios do cenário internacional que, até agora, eu supunha estar trabalhando com Sloane.

— Sorkin administra alguma empresa de viagens? — perguntou Emma. — Se é o caso, nunca me deparei com esse nome.

— Não, Sorkin não está interessado na Mellor Travel. Ele só quer colocar as mãos nas lojas e escritórios da empresa para fazer um lucro rápido.

— Essa é uma parte do quebra-cabeça que eu não conhecia — disse Harry. — Mas pode explicar outra coincidência que me incomoda, o papel desempenhado pelo sr. Alan Carter. — Todos na sala encararam Harry em um silêncio extasiado, não querendo interromper o talentoso contador de histórias. — Alan Carter é um agente imobiliário local que até agora só desempenhou um papel menor em toda essa saga. Mas, a meu ver, suas evidências podem ser cruciais. — Harry se serviu de outra xícara de café e tomou um gole antes de continuar. — Até agora, Carter mereceu apenas um parágrafo ocasional no *Bristol Evening News*, como, por exemplo, quando disse ao repórter policial do jornal que o apartamento de Mellor em Bristol estava à venda. Supus que ele tivesse feito isso simplesmente para conseguir publicidade gratuita para sua empresa e um preço melhor para a propriedade de seu cliente. Nada de errado nisso. Mas foi sua segunda declaração, feita alguns dias depois da morte de Mellor, que achei muito mais intrigante.

— Continua, continua — apressou-o Seb.

— Carter disse à imprensa, sem mais explicações, que o apartamento de Mellor havia sido vendido, mas que seu cliente havia recebido instruções para reter parte do dinheiro da venda como garantia. O que eu gostaria de saber é quanto lhe pediram para reter e por que ele não enviou o valor total aos testamenteiros de Mellor e deixou que decidissem quem tinha direito ao dinheiro.

— Você acha que Carter estaria trabalhando em um sábado de manhã? — perguntou Seb.

— É sempre a manhã mais movimentada da semana para um agente imobiliário — disse Harry. — Mas essa não era a pergunta que você deveria ter feito, Seb.

— Às vezes você é enlouquecedor — disse Emma.

— Concordo — retrucou Seb.

— Então, qual é a pergunta que Seb deveria ter feito? — perguntou Grace.

— Quem é o parente mais próximo de Desmond Mellor?

Sebastian estava parado bem em frente ao escritório da Hudson & Jones na Comercial Road às 8h55 da manhã seguinte. Três agentes imobiliários já estavam sentados em suas mesas à espera dos primeiros clientes.

Quando as portas se abriram, uma placa primorosamente impressa em uma das mesas anunciava quem era o sr. Alan Carter. Seb sentou-se em frente a um jovem vestindo um terno listrado, camisa branca e gravata de seda verde que o recebeu com um sorriso acolhedor.

— Comprador, vendedor ou, quem sabe, ambos, senhor...?

— Clifton.

— O senhor não seria, por acaso, parente de Lady Clifton?

— Ela é minha mãe.

— Ora, então, por favor, mande minhas recomendações a ela.

— O senhor a conhece?

— Apenas como presidente do Bristol Royal Infirmary. Minha esposa teve câncer de mama e elas se conheceram quando ela estava em uma de suas rondas semanais na ala.

— Toda quarta-feira de manhã, das dez ao meio-dia — observou Seb. — Ela diz que isso lhe dava a chance de ver o que os pacientes e a equipe estavam realmente pensando.

— E tem mais — continuou Carter. — Quando meu filho caiu da bicicleta e torceu o tornozelo, lá estava ela novamente, desta vez na Emergência, observando tudo o que estava acontecendo.

— Então devia ser uma tarde de sexta-feira, entre as quatro e as seis horas.

— Até então não fiquei surpreso, mas em seguida ela veio conversar com minha esposa e até lembrou o nome dela. Então me diga o que quer, sr. Clifton, estou ao seu inteiro dispor.

— Receio que eu não seja comprador nem vendedor, sr. Carter, estou à procura de informações.

— Certamente, se eu puder ajudar.

— O banco que represento está atualmente envolvido em uma disputa de aquisição da Mellor Travel e fiquei muito interessado em uma declaração que o senhor fez à imprensa local sobre a venda do apartamento do sr. Desmond Mellor na Broad Street.

— Qual de minhas muitas declarações? — perguntou Carter, claramente gostando da atenção.

— O senhor disse a um repórter do *Evening News* que reteve parte dos lucros da venda do apartamento em vez de repassar o valor total aos testamenteiros do sr. Mellor, o que intrigou meu pai.

— Homem inteligente, seu pai. O que é mais do que se pode dizer do repórter que ficou sem entender.

— Bem, eu gostaria de entender.

— E caso eu o ajudasse, sr. Clifton, seria de algum benefício para sua mãe?

— Indiretamente, sim. Se meu banco conseguir assumir a Mellor Travel, meus pais se beneficiarão com a transação, porque eu administro o portfólio de ações deles.

— Para que um deles possa continuar escrevendo enquanto o outro administra o Serviço Nacional de Saúde?

— Algo assim.

— Cá entre nós — sussurrou Carter, inclinando-se conspirativamente sobre a mesa —, achei o negócio estranho desde o início. Um cliente que só pode telefonar para você uma vez por semana e está restrito a três minutos porque está ligando da prisão já era um desafio.

— Sim, posso imaginar.

— Veja bem, a primeira instrução dele foi muito direta. Ele desejava colocar seu apartamento no mercado com a condição de que toda a transação fosse concluída em trinta dias.

Seb pegou um talão de cheques do bolso interno e escreveu no verso "30 dias".

— Ele ligou uma semana depois e fez outro pedido que me intrigou, porque presumi que fosse um homem rico. — Seb manteve sua caneta a postos. — Mas ele me perguntou se eu poderia adiantar, em empréstimo de curto prazo, o valor de dez mil libras tendo a propriedade como garantia, pois ele precisava urgentemente do dinheiro. Quando comecei a explicar que era contra a política da empresa, a linha ficou muda.

Seb escreveu "10.000 libras" e sublinhou.

— Duas semanas depois, contei a ele que havia encontrado um comprador para o apartamento e que já havia depositado dez por cento do preço pedido com seu advogado, mas que não finalizaria o pagamento até que tivesse visto o relatório do avaliador. Então, o sr. Mellor fez um pedido ainda mais estranho.

Seb continuou esperando, fascinado por toda palavra que Carter tinha a dizer.

— Depois que a venda foi concluída, eu deveria entregar os primeiros dez mil a uma pessoa de Londres, mas só depois que entregassem o contrato assinado por ele, com o sr. Graves como testemunha e datado de 12 de maio de 1981.

Seb escreveu "pessoa de Londres, 10.000 libras, contrato assinado por Mellor/Graves" e a data.

— Qualquer quantia que sobrasse — continuou Carter —, depois de deduzidos nossos honorários, seria depositada na conta pessoal dele no Barclays, em Queen's Road.

Seb acrescentou "Barclays Queen Rd" à sua lista cada vez maior.

— Finalmente consegui me livrar do apartamento, mas não antes de baixarmos bem o preço. Assim que o vendi, segui as instruções enviadas por carta pelo sr. Mellor.

— Ainda está de posse da carta? — perguntou Seb, sentindo seu coração batendo forte.

— Não. Mas uma senhora telefonou para cá e, quando confirmei que estava com as dez mil libras em custódia, ela pareceu muito interessada, até eu acrescentar que não poderia liberar o dinheiro a menos que ela me trouxesse o contrato assinado pelo sr. Mellor. Ela perguntou se uma cópia seria suficiente e eu reiterei que mesmo assim precisaria ver o documento original antes de liberar o valor.

— O que ela disse sobre isso?

— Para ser franco, ela perdeu a calma e começou a me ameaçar. Disse que eu teria de me entender com seu advogado se não lhe entregasse o dinheiro. Mas me mantive firme, sr. Clifton, e desde então não tive mais notícias dela.

— Fez muito bem.

— Fico feliz que concorde, sr. Clifton, porque alguns dias depois aconteceu algo ainda mais estranho. — Seb levantou uma sobrancelha. — Um empresário local apareceu no final da tarde, quando estávamos prestes a fechar, e apresentou o contrato original. Então eu não tive escolha senão entregar as dez mil libras a ele.

Seb escreveu "empresário local" em seu bloco improvisado. Ele agora tinha que concordar com o pai — Carter tinha várias peças do quebra-cabeça. No entanto, ele ainda precisava de mais uma resposta.

— E o nome da mulher?

— Não, sr. Clifton — disse Carter após uma ligeira hesitação. — Acho que já fui longe demais. Mas posso lhe dizer que ela era uma Lady, como sua mãe, mas não *exatamente* como sua mãe, porque duvido que ela se lembre de meu nome.

Seb escreveu a palavra "Lady" no verso de seu talão de cheques antes de se levantar.

— Obrigado — agradeceu, apertando a mão do sr. Carter. — O senhor foi muito prestativo, e eu vou repassar seus gentis comentários para minha mãe.

— É um prazer. Só lamento não poder lhe dar o nome da senhora.

— Não se preocupe — disse Seb. — Mas, se Lady Virginia ligar para o senhor novamente, mande minhas recomendações.

18

Sebastian colocou seu talão de cheques na mesa à sua frente. Hakim Bishara, Arnold Hardcastle e Giles Barrington estavam claramente intrigados, mas permaneceram em silêncio.

— Acabei de passar o fim de semana em Somerset com meus pais — declarou Seb — e descobri que meu pai tem demonstrado um interesse excessivo na morte de Desmond Mellor. Como Barry Hammond, ele não está convencido de que foi suicídio e, depois que se aceita isso como uma possibilidade, várias opções começam a surgir.

Os três homens sentados ao redor da mesa ouviam atentos.

— Meu pai me aconselhou a visitar um corretor local na manhã de sábado e conversar com o homem responsável pela venda do apartamento de Mellor em Bristol. — Seb olhou para a longa lista de tópicos anotados no verso de seu talão de cheques durante sua reunião com Carter. Vinte minutos depois, ele havia explicado aos espectadores concentrados por que pensava que a Lady em questão era Lady Virginia Fenwick, e o empresário local, ninguém menos que Jim Knowles.

— Mas como esses dois se conheceram? — perguntou Giles. — Eles mal frequentam os mesmos círculos.

— Mellor deve ser o denominador comum — sugeriu Arnold.

— E o dinheiro, a cola — acrescentou Hakim. — Porque aquela mulher não ia perder tempo com nenhum deles, a menos que pudesse obter lucro para si mesma.

— Mas isso ainda não explica por que Mellor precisava de dez mil libras em espécie tão rápido — disse Giles. — Afinal, ele era um homem muito rico.

— Em ativos — disse Hakim —, mas não necessariamente em dinheiro.

— Eu passei os últimos dias tentando entender isso — disse Seb —, mas é claro que foi meu pai quem apresentou o cenário mais provável. Para ele, a razão para Mellor precisar dessa quantia com urgência não pode ir além dos muros da prisão. Ele também desconfia de que o desaparecimento misterioso de Adrian Sloane tenha algo a ver com isso.

— Talvez Mellor estivesse sendo ameaçado — disse Arnold. — Isso é comum quando se pensa que um prisioneiro tem dinheiro.

— É uma hipótese — conclui Hakim —, mas se ele precisava tanto de um empréstimo de dez mil libras teria que oferecer algo como garantia.

— Como o apartamento em Bristol — sugeriu Arnold.

— Mas o imóvel não foi vendido a tempo de resolver seu problema de fluxo de caixa. Então ele deve ter encontrado outra coisa.

— As ações da Mellor Travel, talvez? — sugeriu Giles.

— Parece improvável — concluiu Hakim. — Elas valem pelo menos um milhão e meio, e ele só precisava de dez mil.

— Depende do quanto desesperado ele estava — disse Giles.

— É por isso que estou convencido de que ele estava sendo ameaçado por outro detento — disse Arnold.

— Mas por que ele procuraria a ajuda da Virginia quando era ela que contava com ele para conseguir uma renda extra, e não o contrário? — perguntou Giles.

— Ela deve ter sido a intermediária — disse Seb —, e meu pai acha que foi assim que Knowles se envolveu na história.

— E uma vez que ele percebeu que poderia ficar com os 51% da Mellor Travel se Mellor não estivesse por perto para pagar os dez mil em trinta dias...

— É por isso que meu pai está certo de que não foi suicídio, mas, sim, assassinato — revelou Seb.

— Jim Knowles pode ser um ser asqueroso — disse Arnold —, mas não acredito que se envolveria em assassinato.

— Então, creio que é aí que entra Sorkin — disse Seb.

— E pelo que posso dizer por experiência — disse Arnold —, os assassinos de aluguel costumam cobrar cerca de dez mil, e com certeza têm alguns residentes de Belmarsh com esse perfil.

A sala emudeceu até Hakim quebrar o silêncio:

— Assim que Sorkin colocasse as mãos nas ações, se Mellor não estivesse mais por perto, a empresa cairia em seu colo. E aí não teríamos a mínima chance de conseguir algo com Knowles ou Sloane.

— Esse é outro mistério — retrucou Seb. — Não há sinais de Sloane há mais de um mês. Não acredito que ele fugiria apenas alguns dias antes de ter a chance de ganhar o prêmio dele.

— Concordo — disse Hakim. — Porém, desconfio de que exista outra pessoa que provavelmente tem as respostas para as nossas perguntas.

— Lady Virginia Fenwick — concluiu Sebastian. — Só falta decidir quem vai falar com ela.

— Podemos tirar no palitinho.

— Não precisamos disso — afirmou Hakim. — Só existe uma pessoa capaz de fazer isso. — Ele se virou e sorriu para Giles.

— Mas não falo com Virginia há quase trinta anos — protestou Giles —, e não vejo razão para acreditar que ela esteja disposta a me ver.

— A menos que você oferecesse a ela algo irresistível — disse Seb. — Afinal, sabemos que Mellor estava disposto a pagar dez mil libras para recuperar esse documento. Então tudo o que você precisa fazer é descobrir quanto Virginia quer para lhe fornecer uma cópia.

— Como a gente sabe que ela tem uma cópia? — perguntou Arnold.

— Outra informação gentilmente fornecida pelo sr. Carter — revelou Seb.

— O que levanta a questão: quem está com o original? — ponderou Hakim.

— Knowles — disparou Seb sem hesitar. — Não se esqueçam; foi ele quem coletou os dez mil com o sr. Carter.

— Mas em nome de quem? — perguntou Arnold.

— Estamos andando em círculos — disse Hakim —, mas tenho certeza de que Lady Virginia poderá nos mostrar o caminho. — Mais uma vez ele se virou e sorriu para Giles.

Giles passou um tempo considerável tentando descobrir como poderia abordar Virginia. Uma carta sugerindo uma reunião seria uma perda de tempo, pois ele sabia muito bem que muitas vezes ela ficava dias sem abrir a correspondência e, mesmo quando o fazia, era improvável que se desse ao trabalho de responder a qualquer coisa vinda dele. Na última vez em que telefonou para ela, Virginia bateu o telefone antes que ele tivesse a chance de pronunciar a segunda frase. E se ele aparecesse à sua porta sem aviso prévio poderia acabar com um tapa ou a porta na cara, possivelmente ambos. Foi Karin quem apresentou a solução.

— Essa mulher só está interessada em uma coisa — sugeriu —; então só resta suborná-la.

Um mensageiro da DHL entregou um envelope com o carimbo "Urgente e Confidencial" na casa de Virginia em Chelsea na manhã seguinte e não foi embora até que ela assinasse o recibo. Em menos de uma hora, ela estava ao telefone com Giles.

— Isso é algum tipo de piada de mau gosto? — exigiu ela.

— De forma alguma. Eu só queria ter certeza de que conseguiria sua atenção.

— Bem, você conseguiu. Então, o que tenho que fazer para que você assine o cheque?

— Gostaria da cópia do documento que o sr. Carter queria ver antes de lhe entregar as dez mil libras.

Houve uma longa pausa antes de Virginia falar novamente.

— Dez mil não serão suficientes para isso, porque sei exatamente por que está tão desesperado para pôr as mãos nele.

— Quanto você quer?

— Vinte mil.

— Fui autorizado a chegar aos quinze — disse Giles, esperando parecer convincente.

Outra longa pausa.

— Quando eu tiver um cheque de quinze mil libras, enviarei uma cópia do documento.

— Alto lá, Virginia. Só vou te entregar o cheque quando você me der uma cópia do documento.

Virginia ficou em silêncio mais uma vez antes de dizer:

— Quando e onde?

Giles abriu caminho pelas portas giratórias do Hotel Ritz logo após as 2h45 da tarde seguinte. Foi direto para o Palm Court e escolheu uma mesa de onde conseguiria ver Virginia assim que aparecesse.

Ele ficou folheando as páginas do *Evening Standard* para passar o tempo, mas continuava olhando em direção à entrada a cada instante e checava o relógio a toda hora. Sabia que Virginia não chegaria no horário, ainda mais depois de provocá-la, mas estava igualmente confiante de que não chegaria atrasada demais, porque o Coutts fechava as portas às cinco horas e ela certamente iria querer depositar o cheque antes de ir para casa.

Quando Virginia entrou no salão de chá às 3h11, Giles perdeu o fôlego. Ninguém imaginaria que aquela mulher tão elegante tivesse mais de sessenta anos. De fato, vários homens olharam em sua direção mais de uma vez enquanto "a garota mais elegante do lugar", citando Bogart, caminhava lentamente para se juntar ao ex-marido.

Giles levantou-se para cumprimentá-la. Quando ele se inclinou para beijá-la nas bochechas, a leve fragrância da gardênia trouxe de volta muitas lembranças.

— Há quanto tempo, meu querido — ronronou Virginia, enquanto se sentava diante de Giles. Após uma pequena pausa, ela acrescentou: — E você engordou.

O feitiço foi quebrado, e Giles rapidamente lembrou por que não sentia sua falta.

— Vamos aos negócios? — continuou ela, abrindo a bolsa e tirando um envelope. — Eu te dou o que me pediu, mas não antes de entregar meu cheque.

— Preciso ver o documento antes de te entregar o dinheiro.

— Você terá que confiar em mim, meu querido. — Giles abriu um sorriso. — Porque, se eu deixar que o leia, pode achar que não precisa mais me pagar.

— Talvez possamos chegar a um acordo — sugeriu Giles, obrigado a concordar com sua lógica. — Abra o documento na última página e me mostre a data e a assinatura de Mellor, e te mostro o cheque.

Virginia pensou por um momento antes de dizer:

— Primeiro quero ver o cheque.

Giles tirou um cheque de 15 mil libras do bolso interno e o segurou para que ela o visse.

— Você não assinou.

— Assinarei assim que vir a assinatura de Mellor.

Virginia abriu o envelope lentamente, extraiu um contrato e folheou até a terceira página. Giles se inclinou para a frente e analisou a assinatura de Mellor, testemunhada por um Colin Graves, oficial sênior da prisão, e datado de 12 de maio de 1981.

Ele colocou o cheque sobre a mesa, assinou e o entregou a Virginia. Ela hesitou por um momento, depois abriu um sorriso malicioso antes de colocar o documento de volta no envelope e entregá-lo a Giles. Ele o colocou na pasta antes de dizer casualmente:

— Se você conseguiu a cópia, quem tem o original?

— Essa informação lhe custará mais cinco mil.

Giles preencheu um segundo cheque e entregou a ela.

— Mas são apenas mil libras — protestou Virginia.

— Acho que já sei quem é. O único mistério é como ele colocou as mãos nele.

— Diga-me o nome e, se você estiver errado, rasgarei este cheque e você preenche outro de cinco mil.

— Jim Knowles retirou o contrato com Carter em nome de Conrad Sorkin.

O segundo cheque se juntou ao primeiro na bolsa da Virginia e, embora Giles a pressionasse, ficou claro que ela não contaria como Sorkin colocara as mãos no contrato original, principalmente porque, como ele, ela suspeitava de que Desmond não cometera suicídio e ela não queria se envolver.

— Chá? — sugeriu Giles, esperando que ela recusasse para que pudesse voltar ao banco, onde os outros três estavam esperando por ele.

— Que ótima ideia — respondeu Virginia. — É como nos velhos tempos.

Giles chamou um garçom e pediu chá para dois, mas nada de bolos. Ele se perguntava sobre o que poderiam conversar quando Virginia resolveu o dilema.

— Acho que tenho outra coisa que possa te interessar — disse ela, exibindo o mesmo sorriso malicioso.

Giles não estava preparado para isso. Ele recostou-se na cadeira, tentando parecer relaxado, enquanto esperava para descobrir se Virginia estava apenas se divertindo à sua custa ou se realmente tinha algo que valesse a pena.

O garçom reapareceu e colocou um bule de chá e uma seleção de sanduíches finos no centro da mesa.

Virginia pegou o bule de chá.

— Devo servir? Com leite e sem açúcar, se me lembro bem.

— Obrigado — disse Giles.

Ela serviu uma xícara de chá para cada um. Giles esperou impaciente enquanto ela adicionava um pouco de leite e dois torrões de açúcar antes de falar novamente.

— Que pena o legista declarar que o pobre Desmond morreu sem deixar testamento. — Virginia tomou um gole de chá. — Earl Grey — observou ela, antes de acrescentar: — Vai ser difícil alguém provar o contrário antes de 12 de junho, quando a empresa convenientemente cairá nas mãos do bom sr. Sorkin, e, por meras dez mil libras, ele terá direito a 51% da Mellor Travel que estimamos valer pelo menos um milhão e meio, talvez até mais.

— O conselho do Farthings já considerou essa questão — disse Giles. — E o problema de quem pode ser declarado pela Justiça como o parente mais próximo de Mellor. Arnold Hardcastle concluiu que, com duas ex-esposas, uma filha com quem perdeu o contato e dois enteados, a batalha legal em si poderia levar anos para ser resolvida.

— Concordo — disse Virginia, tomando um outro gole de chá.

— A menos, é claro, que alguém tenha encontrado um testamento.

Giles olhou, incrédulo, enquanto ela abria a bolsa e extraía um fino envelope de papel pardo que ergueu para que Giles o visse. Ele estudou a elegante caligrafia em tons de cobre que proclamava Declaração de Última Vontade e Testamento de Desmond Mellor, datado de 12 de maio de 1981.

— Quanto você quer por ele? — perguntou Giles.

19

Sebastian desceu do avião e se juntou aos outros passageiros, entrando no terminal mais movimentado do mundo. Como ele só tinha uma mala de bordo, seguiu direto para a alfândega. Um oficial carimbou o passaporte, sorriu e disse:

— Bem-vindo aos Estados Unidos, sr. Clifton.

Ele saiu do aeroporto e entrou em uma longa fila de táxis. Já havia decidido ir direto para o último endereço conhecido de Kelly Mellor, no lado sul de Chicago, fornecido por Virginia, mas não antes de ela arrancar mais cinco mil libras de Giles. Se Kelly estivesse lá, o presidente do Farthings consideraria que valeria cada centavo, porque queria a herdeira de Desmond Mellor na Inglaterra o mais rápido possível. Eles precisavam ter tudo pronto para a crucial reunião do conselho em dez dias, quando seria decidido se a Thomas Cook ou a Sorkin International assumiria a Mellor Travel, e Kelly Mellor poderia ser o fator decisivo.

Seb embarcou no banco traseiro de um táxi amarelo e entregou o endereço ao motorista. O taxista lhe deu uma segunda olhada. Ele só visitava aquele distrito uma vez por mês, o mais do que o suficiente.

Seb se recostou no banco e pensou em tudo que havia acontecido nas últimas vinte e quatro horas. Giles havia chegado de volta ao banco pouco depois das cinco horas, munido não apenas de uma cópia do contrato, mostrando que Mellor havia arriscado perder 51% de sua empresa para Sorkin por meras 10 mil libras, mas também com o bônus da única carta que Mellor já escrevera para sua filha, fornecida por Virginia, sem dúvida conseguida após a ameaça de que, se Giles não pagasse, ela queimaria a carta na frente dele. A borda inferior direita chamuscada sugeria que Giles não havia desistido de negociar até que o fósforo fosse aceso.

— Vamos ter que agir rapidamente — dissera Hakim. — Faltam apenas nove dias para a próxima reunião do conselho da Mellor Travel, quando será decidido quem assumirá a empresa.

Dessa vez, foi Sebastian o diretor escolhido para a tarefa nada invejável de voar para Chicago e levar para Londres a única pessoa que poderia impedir Sorkin de assumir a Mellor Travel, embora tivessem um plano B.

Seb havia embarcado no primeiro voo disponível de Heathrow para Chicago, e quando o avião pousou em O'Hare sentiu que havia coberto todos os cenários possíveis, exceto um. Ele não tinha certeza de que a filha de Mellor estava morando no número 1.532 da Taft Road, porque não tinha como entrar em contato para avisá-la de que estava a caminho, embora estivesse confiante de que, se a encontrasse, o que tinha a lhe oferecer a faria se sentir como uma ganhadora da loteria.

Seb olhou pela janela do táxi enquanto entravam na Taft Road e imediatamente percebeu por que não era uma área onde taxistas escolheriam para passear à noite procurando corridas. Fileiras e mais fileiras de casas de madeira decadentes, nenhuma delas parecia ter visto uma demão de tinta havia anos, e ninguém precisaria se incomodar com trancas sofisticadas, porque não haveria nada que valesse a pena roubar.

Quando o táxi o deixou em frente ao número 1.532, sua confiança aumentou. Um milhão e meio de libras certamente mudaria a vida de Kelly Mellor para sempre. Ele olhou o relógio, pouco mais de seis da tarde. Agora tudo que podia fazer era torcer para que ela estivesse em casa. O táxi arrancou antes mesmo que ele tivesse a chance de dar uma gorjeta ao motorista.

Seb percorreu o breve caminho de pedras entre dois trechos de grama que não poderiam ser descritos como um jardim nem pelo agente imobiliário mais criativo. Ele bateu na porta, deu um passo para trás e esperou. Em seguida, a porta foi aberta por alguém que não poderia ser Kelly Mellor, porque tinha apenas cinco ou seis anos de idade.

— Olá, eu sou Sebastian. Quem é você?

— Quem quer saber? — disse uma voz profunda e rouca.

Seb voltou sua atenção para um homem atarracado e musculoso que saiu da penumbra. Ele estava vestindo uma camiseta suja onde se lia "Marciano's" e uma jeans Levi's que parecia não ser lavada há um mês. Uma tatuagem de cobra serpenteava por um dos braços bem exercitado.

— O meu nome é Sebastian Clifton. Gostaria de saber se Kelly Mellor mora aqui.

— Você é da Receita Federal?

— Não — disse Seb, contendo o desejo de rir.

— Ou daquela merda de Serviço de Proteção à Criança?

— Não. — Seb não queria mais rir, pois notou um hematoma no braço da menina. — Acabo de voar da Inglaterra para avisar Kelly de que seu pai morreu e deixou algum dinheiro para ela.

— Quanto?

— Só estou autorizado a divulgar os detalhes aos parentes mais próximos do sr. Mellor.

— Se isso é algum tipo de golpe — disse o homem, cerrando o punho —, vai acabar no meio do seu rostinho lindo. — Seb não se mexeu. Sem dizer outra palavra, o homem se virou e disse: — Me siga.

Foi o cheiro que primeiro atingiu Seb quando ele entrou na casa: bandejas de *fast-food* com restos de comida, bitucas de cigarro e latas de cerveja vazias cobriam uma pequena sala mobiliada com duas cadeiras desparelhadas, um sofá e o moderno videocassete. Ele não se sentou, mas sorriu para a jovem que agora o observava de um canto da sala.

— Kelly — berrou o homem no último volume sem olhar em volta. Em nenhum momento tirou os olhos de Seb.

Um tempo depois surgiu uma mulher vestindo um roupão bordado com as palavras "The Majestic Hotel". Ela parecia cansada, embora Seb soubesse que ela tinha apenas vinte e poucos anos. Mas, sem dúvida, era a mãe da garotinha, e não era só a aparência que tinha em comum com a criança, mas também vários machucados e, no caso dela, um olho roxo que nem uma maquiagem pesada conseguiria disfarçar.

— Esse cara diz que seu velho morreu e deixou dinheiro pra você, mas não quer me dizer quanto.

Seb notou que o punho direito do homem ainda estava cerrado. Percebeu que Kelly estava com muito medo de falar. Ela continuou olhando para a porta como se tentasse avisá-lo para sair o mais rápido possível.

— Quanto? — repetiu o homem.

— Cinquenta mil dólares — informou Seb, decidido que a menção de 1,5 milhão de libras seria recebida com incredulidade e significaria que ele nunca se livraria do homem.

— Cinquenta mil? Passa pra cá!

— Não é bem assim.

— Se isso for um golpe — repetiu o homem —, você vai desejar nunca ter saído do maldito avião.

Seb ficou surpreso por não sentir medo. Enquanto esse bandido pensasse em uma chance de ganhar dinheiro fácil, Seb estaria confiante de que estava em vantagem.

— Não é um golpe — disse Seb calmamente. — Mas, como é uma quantia muito alta, Kelly terá que me acompanhar até a Inglaterra e assinar alguns documentos antes que possamos reconhecer seu direito a recuperar sua herança.

Na verdade, Seb tinha toda a documentação necessária em sua mala de mão, caso Kelly não estivesse disposta a retornar à Inglaterra, seu Plano B. Ele só precisava de uma assinatura e uma testemunha e, em seguida, poderia entregar o cheque administrativo no valor total em troca de 51% da Mellor Travel. Mas, agora que conhecera o parceiro de Kelly, essa não era mais uma hipótese. Ele já estava muito além do Plano A, B ou C, e sua mente agora trabalhava sem parar.

— Ela não vai a lugar nenhum sem mim — declarou o homem.

— Por mim, tudo bem — respondeu Seb. — Mas você terá que pagar sua própria passagem aérea para Londres.

— Não acredito em uma palavra que você está dizendo — retrucou o homem, pegando uma faca e avançando em direção a Seb. Pela primeira vez, Seb se assustou, mas se manteve firme e decidiu correr o risco.

— Para mim não faz diferença — disse ele, olhando diretamente para Kelly. — Se ela não quiser o dinheiro, ele automaticamente vai para sua irmã mais nova. — O homem hesitou por um momento. — Maureen. — Os olhos de Seb estavam fixos em Kelly.

— Não sabia que você tinha uma irmã — disse o homem, virando para encarar Kelly.

Seb lhe fez um sinal quase imperceptível.

— Não a vejo há anos, Richie. Nem sabia que ela ainda estava viva. Ela disse tudo o que ele precisava saber.

— Maureen está muito viva — disse Seb. — E está torcendo para que Kelly não volte para a Inglaterra.

— Então é melhor ela desistir — disse Richie. — Só garanta que essa vadia volte com meu dinheiro — ameaçou o homem, apertando o braço da menininha até que ela explodisse em lágrimas — senão ela não verá Cindy novamente. E agora, como vai ser?

— Meu voo parte para Londres às dez da manhã de amanhã. Então posso buscar a Kelly por volta das oito.

— Quinhentos dólares ajudariam a me convencer de que você voltará — disse Richie, brandindo a faca.

— Não tenho essa quantia comigo — respondeu Seb, tirando a carteira. — Mas posso lhe dar tudo o que tenho. — Ele entregou 345 dólares, que desapareceram rapidamente no bolso de trás da calça jeans de Richie.

— Venho buscá-la às oito amanhã de manhã — confirmou Seb. Kelly assentiu, mas permaneceu calada. Seb sorriu para a garotinha e saiu sem se despedir.

Quando voltou à rua, começou a longa caminhada até seu hotel no centro da cidade, ciente de que levaria algum tempo até encontrar um táxi. Ele xingou. Se ao menos soubesse que Kelly tinha uma filha.

—◆—

Sebastian acordou às duas horas da manhã, o equivalente a oito em Londres. Apesar de fechar os olhos, sabia que não conseguiria voltar a dormir, porque seu relógio biológico estava no comando e bem acordado em outro continente. De qualquer forma, sua mente estava inundada por pensamentos de como Kelly Mellor podia ter acabado em circunstâncias tão terríveis com um homem daqueles. Só poderia ser por causa da filha.

Quando os sinos da igreja próxima anunciaram três horas, Seb ligou para Hakim no banco e contou-lhe detalhadamente sobre seu encontro com Richie, Kelly e Cindy.

— É triste que ela precise voltar para Chicago se quiser ficar com a filha — foram as primeiras palavras de Hakim.

— Nenhuma mãe estaria disposta a deixar um filho com um monstro assim — disse Seb. — Na verdade, nem tenho certeza de que ela não terá mudado de ideia quanto a deixá-la quando eu for buscá-la.

— Será que se você desse mil dólares em dinheiro pro homem ele deixaria a garota vir também?

— Creio que não. Mas vinte e cinco mil, talvez.

— Vou deixar que decida o Plano C — asseverou Hakim. — Mas leva mil dólares com você, apenas por precaução — acrescentou antes de desligar o telefone.

Seb tomou um longo banho quente, fez a barba, vestiu-se e desceu as escadas para se juntar aos outros madrugadores no café da manhã. Observando o cardápio, percebeu que havia esquecido o quanto um americano conseguia comer logo de manhã. Recusou educadamente uma oferta de waffles com xarope de bordo, ovos fritos, linguiça, bacon e bolinhos de batata fritos, preferindo uma tigela de muesli e um ovo cozido.

Ele saiu do hotel pouco depois das 7h30. O porteiro chamou um táxi e mais uma vez o motorista ficou surpreso quando Seb lhe deu o endereço.

— Vou buscar uma pessoa — explicou ele —, e em seguida seguiremos para o aeroporto O'Hare.

O táxi parou do lado de fora do número 1.532 da Taft Road alguns minutos antes do combinado e, depois de dar uma olhada na casa, o motorista manteve o motor ligado. Seb decidiu ficar esperando até pouco antes das oito horas, não querendo criar mais problemas com Richie do que o necessário. Mas não havia notado dois pares de olhos olhando, ansiosos, pela janela, e logo depois a porta da frente se abriu e uma garotinha veio correndo em sua direção. Sua mãe fechou a porta sem fazer muito barulho e também começou a correr.

Seb se inclinou e rapidamente abriu a porta traseira do táxi para permitir que elas pulassem ao lado dele. Kelly a fechou e gritou:

— Vai, vai, pelo amor de Deus, só vai. — Seus olhos não desgrudaram da porta da frente da casa nem por um segundo. O motorista obedeceu, feliz, ao seu comando.

Quando o carro dobrou a esquina e tomou o rumo do aeroporto, Kelly deu um suspiro profundo de alívio, porém, mas, não conseguiu soltar a filha. Demorou um tempo até que se recuperasse o suficiente para dizer:

— Richie só chegou em casa depois das duas da manhã, e estava tão bêbado que mal parava em pé. Ele caiu na cama e apagou imediatamente. Provavelmente não vai se mexer antes do meio-dia.

— A essa altura, você e Cindy estarão no meio do Atlântico.

— E uma coisa é certa, sr. Clifton, não voltaremos — anunciou, ainda agarrada à filha. — Mal posso esperar para ver Bristol novamente. Cinquenta mil dólares serão mais do que suficientes para comprar um local para morar, encontrar um emprego e colocar Cindy em uma escola decente.

— Não são cinquenta mil — disse Seb calmamente.

Kelly parecia alarmada, sua expressão revelando seu medo ao pensar que poderia ter que voltar para casa de mãos vazias. Seb tirou um envelope da pasta endereçado à srta. Kelly Mellor e entregou a ela.

Ela rasgou o envelope e retirou a carta. Enquanto lia, seus olhos se arregalavam em descrença.

Penitenciária Belmarsh

Londres

12 de maio de 1981

Querida Kelly,

Esta é a primeira carta que lhe escrevo e temo que seja a última. A perspectiva da morte me fez finalmente recobrar a razão. É tarde demais para eu recompensá-la por ser um pai fracassado e desprezível, mas pelo menos me permita a chance de possibilitar que você desfrute de uma vida melhor do que a que levei.

Com isso em mente, decidi deixar todos os meus bens mundanos para você na esperança de que, com o tempo, consiga me perdoar. Eu seria o primeiro a admitir que minha vida não foi irrepreensível, longe disso, mas pelo menos esse pequeno gesto me permitirá deixar este mundo sentindo que fiz algo digno para variar. Se você tem filhos, Kelly, não deixe de dar a eles as oportunidades que lhe neguei.

Sinceramente,

Desmond Mellor (AZ2178)

Testemunhado por Colin Graves, Oficial de Segurança

OBS.: Você pode achar estranho que, ao escrever uma carta para minha filha, eu a tenha assinado com meu nome completo e a testemunha tenha sido um agente penitenciário. É simplesmente para demonstrar que esta carta deve ser considerada minha declaração de última vontade e testamento.

A carta caiu no chão do táxi, mas apenas porque Kelly desmaiara.

20

— Hoje o conselho deve decidir — disse o presidente do conselho — quem levará a Mellor Travel ao século XXI. Duas empresas altamente respeitadas — a Sorkin International e a Thomas Cook — fizeram uma oferta de dois milhões de libras à empresa, mas cabe a nós decidir qual achamos a mais adequada às nossas necessidades atuais. Devo salientar neste momento — continuou Knowles — que escrevi ao sr. Sorkin e ao sr. Brook da Thomas Cook, convidando-os a se dirigirem ao conselho para que possamos avaliar o mérito de ambas as suas ofertas. O sr. Brook não respondeu ao meu convite. Entendam isso como quiserem. — Knowles não acrescentou que, apesar de ter assinado a carta para Brook há uma semana, só a enviara no dia anterior. — O sr. Sorkin, no entanto, não apenas respondeu imediatamente, mas interrompeu sua agenda lotada para estar conosco hoje e, esta manhã, depositou dois milhões de libras em nossa conta como prova de sua intenção.

Knowles sorriu; já contava com a promessa de que mais um milhão seria transferido para sua conta numerada no Pieter & Cie em Genebra, que seria cumprida assim que Conrad Sorkin assumisse o controle da empresa. O que Knowles não sabia era que Sorkin nunca teve a intenção de pagar dois milhões pela empresa. Dentro de algumas horas, ele seria dono de 51% da Mellor Travel, e todos os que estavam sentados em volta da mesa da sala de reuniões ficariam sem emprego, incluindo Knowles, e ele poderia dar adeus ao seu milhão, pois não seria mais o presidente do conselho.

— E assim — continuou Knowles —, gostaria de convidar o sr. Sorkin para se dirigir ao conselho para que eu possa lhe contar como imagina o futuro da Mellor Travel se aceitarmos sua oferta de aquisição.

Sorkin, vestindo um terno cinza-escuro elegantemente cortado, camisa branca e uma gravata listrada de vermelho e amarelo do Marylebone Cricket Club, a qual não tinha o direito de usar, levantou-se de seu lugar no outro extremo da mesa.

— Senhor presidente, posso começar falando um pouco sobre a filosofia da minha empresa. Em primeiro lugar, a Sorkin International acredita nas pessoas e, portanto, nossa prioridade é com os funcionários, desde a senhora que serve o chá ao diretor-executivo. Acredito na lealdade e na continuidade acima de tudo, e posso garantir ao conselho que ninguém atualmente empregado pela Mellor Travel precisa temer ser demitido. Considero-me nada mais do que um guardião da empresa que trabalhará incansavelmente em nome de seus acionistas. Portanto, garanto desde o início que, se a Sorkin International tiver a sorte de assumir a Mellor Travel, poderão esperar uma rápida expansão da força de trabalho, porque pretendo empregar mais funcionários, não menos, e com o tempo espero que a Mellor Travel faça uma oferta pela Thomas Cook e não o contrário. É claro que isso exigirá um grande investimento de capital, o qual posso prometer que ficarei muito feliz em fazer. Mas minha empresa também exigirá uma mão firme e confiável no leme depois das circunstâncias angustiantes dos últimos meses. Para citar Oscar Wilde: "Perder um presidente é lamentável, mas perder dois..."

Knowles ficou satisfeito ao ver um ou dois membros do conselho sorrindo.

— Com isso em mente — continuou Sorkin — acho importante mostrar minha confiança não apenas em seu presidente, mas em todo o conselho. Então, deixe-me dizer para que não pairem dúvidas: se minha empresa for escolhida hoje para assumir a Mellor Travel, eu convidarei Jim Knowles para permanecer como presidente e pedirei a cada um de vocês para continuar no conselho.

Dessa vez, apenas um diretor não sorriu.

— Vamos trabalhar juntos e rapidamente reconstruir esta empresa para a posição que costumava ocupar e, em seguida, nos dedicar a expandir para que a Mellor International seja invejada no setor de viagens em todo o mundo. Deixe-me terminar dizendo que espero que vocês me considerem a pessoa certa para levar a empresa ao próximo século.

Sorkin sentou-se aos gritos de "viva, viva!" e um dos diretores deu até um tapinha em suas costas.

— Senhores — disse Knowles —, como o presidente da Thomas Cook não compareceu, talvez devamos seguir em frente e decidir qual empresa deve assumir a Mellor Travel: a Sorkin International ou a Thomas Cook? Agora pedirei ao secretário que conduza a votação.

O sr. Arkwright levantou-se lentamente e anunciou:

— Os membros do conselho que desejam votar a favor da Sorkin International levantem a...

A porta da sala de reuniões se abriu e três homens e uma mulher entraram na sala.

— O que significa essa invasão? — exigiu Knowles, levantando-se em um salto. — Esta é uma reunião particular do conselho, e vocês não têm o direito de estar aqui.

— Acho que o senhor vai ver que isso não é verdade — disse Arnold Hardcastle, falando primeiro. — Sr. Knowles, como é seu conhecimento, sou o representante legal do Farthings Kaufman e hoje estou acompanhado pelo sr. Sebastian Clifton, diretor-executivo do banco, e pelo sr. Ray Brook, presidente da Thomas Cook, que só recebeu o convite para participar desta reunião nesta manhã.

— E a moça? — questionou Knowles sem tentar esconder seu sarcasmo. — Quem a convidou?

— Ela não recebeu um convite — disse Hardcastle. — Mas vou deixar que a srta. Mellor explique ao conselho por que está aqui.

Knowles caiu de volta em sua cadeira, como se tivesse sido nocauteado por um boxeador peso-pesado.

Sebastian deu um sorriso tranquilizador para Kelly. Por inúmeras horas durante a semana anterior, ele havia instruído e preparado sua protegida para este momento. Ela acabou se mostrando uma aluna sagaz. Sem os vestidos puídos e com a mancha roxa nos olhos já desaparecendo, a jovem mulher diante deles demonstrava a confiança de alguém bem consciente do poder que agora possuía como acionista majoritária da Mellor Travel. Poucos a reconheceriam como a mesma mulher que Sebastian conhecera em Chicago apenas alguns dias antes.

Seb rapidamente descobriu o quanto Kelly era inteligente e, uma vez libertada das correntes que a prendiam ao antigo endereço, percebeu logo o significado de possuir 51% da empresa de seu pai. No dia da reunião do conselho, ela estava mais do que pronta para desempenhar seu papel na recuperação de seu direito de herança.

Conrad Sorkin levantou-se lentamente e não parecia nada intimidado. Mas, por outro lado, Seb suspeitava de que o homem já enfrentara situações bem piores. Ele encarava Kelly fixamente, como se a desafiasse a abrir a boca.

— Sr. Sorkin — disse ela, abrindo um sorriso caloroso —, meu nome é Kelly Mellor e sou filha do falecido Desmond Kevin Mellor, que me deixou em testamento todos os seus bens materiais.

— Srta. Mellor — retrucou Sorkin —, devo salientar que ainda possuo 51% das ações da empresa que comprei legalmente de seu pai.

— Mesmo que isso fosse verdade, sr. Sorkin — continuou Kelly, sem precisar ser encorajada por Seb —, caso eu lhe pague as dez mil libras hoje até o fechamento dos negócios, essas ações serão automaticamente revertidas para mim.

Hardcastle deu um passo à frente, abriu a pasta e tirou o passaporte de sua cliente, o testamento de Mellor e um cheque administrativo no valor de 10 mil libras. Ele os colocou na mesa em frente a Sorkin, que os ignorou.

— Antes do fechamento dos negócios hoje à noite, se me permite repetir suas palavras, srta. Mellor — disse Sorkin. — E, quando os bancos fecharem as portas em doze minutos — continuou ele, olhando para o relógio —, acho que descobrirá que seu cheque não pode ser liberado até segunda de manhã, quando o contrato será considerado nulo e sem efeito, e eu vou ser o dono da Mellor Travel, não você.

— Caso não se incomode em olhar mais atentamente — disse Arnold, aproveitando a deixa —, o senhor verá que não é um simples cheque que estamos lhe apresentando, sr. Sorkin, mas um cheque administrativo; portanto, moeda corrente, o que permite à srta. Mellor, como herdeira de seu pai, reivindicar seu legítimo direito de herança.

Alguns membros do conselho pareciam claramente desconfortáveis.

Sorkin revidou o golpe sem nem pensar.

— Claramente, desconhece, sr. Hardcastle, que já recebi a aprovação do conselho para assumir a empresa, como o sr. Knowles pode confirmar.

— É verdade? — perguntou Seb, virando-se para encarar o presidente. Knowles olhou nervosamente para Sorkin.

— Sim, a votação já foi encerrada, e a Sorkin International agora controla a Mellor Travel.

— Talvez seja hora de sair, sr. Clifton — provocou Sorkin —, antes que faça ainda mais papel de tolo.

Seb estava prestes a protestar, mas sabia que, se o conselho de fato tivesse votado em favor de que a Sorkin International assumisse a empresa, ele teria de respeitar a decisão, e embora Kelly ainda detivesse 51% das ações, uma vez que Sorkin vendesse os ativos, elas não teriam valor.

Arnold guardava os documentos de volta na pasta quando uma voz solitária declarou:

— Nenhum voto foi declarado.

Todos se viraram para olhar um dos diretores que permanecera calado até então. Sebastian lembrou-se de quando Mellor lhe contou, na visita à prisão, que ainda tinha um amigo na empresa.

— Estávamos prestes a votar quando vocês chegaram — disse Andy Dobbs. — E lhe garanto, sr. Clifton, posso ser o único, mas eu teria apoiado a Thomas Cook.

— Eu também — anunciou outro diretor.

Knowles olhou em desespero ao redor da mesa em busca de apoio, mas estava claro que até seus homens minuciosamente selecionados resolveram abandoná-lo.

— Obrigado, senhores — disse Sebastian. — Talvez tenha chegado a hora de se despedir, sr. Sorkin. Ou gostaria que eu colocasse isso em votação?

— Não me amole, seu idiota paternalista — disse Sorkin. — Não sou tão facilmente ameaçado.

— Não estou ameaçando ninguém — disse Seb. — Pelo contrário. Estou tentando ser útil. Como o senhor sem dúvida já sabe, hoje é 12 de junho, o que significa que está neste país há 29 dias. Então, se não tiver partido até a meia-noite de hoje, estará sujeito aos impostos britânicos, o que tenho certeza de que gostaria de evitar.

— Você não me assusta, Clifton. Meus advogados são mais do que capazes de lidar com um ser insignificante como você.

— Talvez. Mas pode ser sensato avisá-los de que achei que era meu dever informar as autoridades fiscais de sua presença em Bristol. Portanto, não fique surpreso se a polícia embarcar no seu iate um minuto depois da meia-noite e apreendê-lo.

— Eles não ousariam.

— Não acho que seja um risco que esteja disposto a correr, pois, pelo que sei, a Scotland Yard abriu um inquérito sobre a morte suspeita de Desmond Mellor, enquanto as autoridades francesas, que recentemente recuperaram um corpo que apareceu na costa de Nice e têm motivos para acreditar que seja de Adrian Sloane, já emitiram um mandado de prisão contra o senhor.

— Eles não serão capazes de me associar a nada disso.

— Possivelmente, não. Mas tenho a sensação de que o sr. Knowles pode preferir ajudar a Interpol em suas investigações. Isso se ele não quiser passar o resto da vida na mesma cela que você.

Knowles, visivelmente pálido, recostou-se na cadeira.

— Eu me preocuparia com minha própria vida, se fosse você, Clifton — ameaçou Sorkin.

— Foi uma ameaça tola de se fazer diante de tantas testemunhas — disse Seb —, especialmente quando um deles é um eminente advogado, que, como pode ver, está anotando cada palavra. — Sorkin olhou para Arnold Hardcastle e ficou em silêncio.

— Francamente, acho que é hora de você, como seu herói Napoleão, bater em rápida retirada.

Os dois homens continuaram se encarando, até que Sorkin jogou o contrato sobre a mesa, pegou o cheque administrativo e estava prestes a sair da sala quando Kelly se antecipou mais uma vez:

— Antes de ir, sr. Sorkin, posso perguntar quanto você estaria disposto a oferecer pelos meus 51% por cento da Mellor Travel?

Todos se viraram para encarar a nova chefe da empresa, e Sebastian não conseguiu esconder sua surpresa. Isso não fazia parte do roteiro muito bem ensaiado. Ela olhava diretamente para Sorkin à espera da resposta.

— Eu estaria disposto a pagar três milhões de libras por suas ações — declarou Sorkin devagar, ciente de que ainda poderia obter um lucro considerável agora que Knowles não receberia seu milhão.

Kelly pareceu considerar sua proposta antes de finalmente dizer:

— Agradeço sua oferta, sr. Sorkin, mas, no cômputo geral, acho que prefiro negociar com o Farthings Kaufman.

Sebastian sorriu para Kelly e suspirou de alívio.

— E como terá que deixar as águas territoriais antes da meia-noite, sr. Sorkin, não o deterei mais.

— Vadia — disse Sorkin quando passou por ela no caminho para fora da sala de reuniões.

O sorriso de Kelly revelou que ela estava lisonjeada com o insulto.

Knowles esperou até Sorkin bater a porta antes de dizer:

— Estávamos prestes a votar, srta. Mellor. Então, posso pedir ao secretário que...

— Isso não será mais necessário — anunciou Kelly, pegando o contrato que Sorkin havia deixado sobre a mesa. — Como agora sou a maior acionista, sou eu quem decidirá o futuro da empresa.

Articulada, eu não teria me expressado melhor, pensou Sebastian.

— Minha primeira decisão como nova proprietária é demiti-lo, sr. Knowles, bem como o restante do conselho. Sugiro que todos saiam imediatamente.

Seb não pôde resistir a um sorriso quando Knowles e o restante do conselho juntaram seus papéis e saíram silenciosamente da sala.

— Muito bem — elogiou Seb, quando o último membro partiu.

— Obrigada, sr. Clifton — agradeceu Kelly. — E permita-me dizer o quanto estou grata por tudo o que o senhor e sua equipe do Farthings Kaufman fizeram para tornar isso possível.

— Foi um prazer.

— Devo perguntar — continuou ela —, como o sr. Sorkin estava disposto a me oferecer três milhões por minhas ações, posso presumir que a Thomas Cook equiparará esse preço?

Mais uma página que não estava no roteiro. Antes que ele pudesse responder, Ray Brook riu e declarou:

— Negócio fechado, minha jovem.

— Obrigada — disse Kelly, que se virou para o advogado do banco e acrescentou: — Deixarei que redija a papelada, sr. Hardcastle, e me avise assim que receber os três milhões.

— Acho que essa é a nossa deixa — disse o presidente da Cook's, incapaz de resistir a um sorriso. Os três homens deixaram a sala de reuniões, fechando a porta ao saírem.

Kelly ficou sentada à cabeceira da mesa por alguns instantes antes de pegar o telefone na sua frente e discar um número que se acostumara a ligar todas as noites pelas últimas duas semanas.

Assim que ouviu a voz familiar do outro lado da linha anunciou:

— Tudo foi como o planejado, Virginia.

LADY VIRGINIA FENWICK

1981-1982

21

— Não sei como agradecer a você — disse Kelly. — Se não tivesse me escrito para avisar que o sr. Clifton estava a caminho, eu nunca saberia que ele não era amigo do meu pai.

— Era o mínimo que eu podia fazer — respondeu Virginia.

— E depois, aquelas intermináveis chamadas a cobrar. Devem ter custado uma fortuna...

— Achei importante que você soubesse a verdade sobre o Farthings e particularmente como Sebastian Clifton tratou seu pai no passado.

— Mas ele sempre me pareceu tão gentil.

— Não é de surpreender quando tantos milhões estão envolvidos. E você deve se lembrar de que a principal preocupação dele sempre foi Thomas Cook, não você.

— E que ideia brilhante sua de descobrir o valor que o sr. Sorkin estava disposto a pagar pelas minhas ações e depois pedir a Thomas Cook que cobrisse a oferta.

— Seu pai não era apenas um amigo íntimo, mas me ensinou bastante sobre negócios ao longo dos anos.

— Mas você não precisava ter me emprestado vinte mil libras até que o negócio fosse concluído.

— Achei que seria de grande ajuda.

— Vai ser mais do que isso, muito mais — disse Kelly. — E pagarei cada centavo que lhe devo.

— Não tenha pressa — disse Virginia, que ainda tinha mais de duzentas mil libras em sua conta corrente e já estava ansiosa por outra sorte inesperada. — Mais importante, Kelly, minha querida, como está a pequena Cindy?

— Nunca a vi tão feliz. Ela está amando a nova escola e já fez vários amigos.

— Como a invejo! Sempre quis um filho, e agora é tarde demais. Talvez você me permita ser uma avó postiça.

— Não consigo pensar em alguém mais apropriado para guiar Cindy em seus anos de formação — disse Kelly, que hesitou por um momento antes de acrescentar —, mas há outra coisa que preciso discutir com você, Virginia, algo que me deixou um tanto culpada.

— Você não tem por que se sentir culpada, minha querida. Pelo contrário, nunca poderei retribuir seu pai por sua gentileza comigo ao longo dos anos.

— E agora devo recompensá-lo por sua gentileza, porque sei que você e meu pai não eram apenas amigos íntimos, mas também parceiros de negócios, e, portanto, tenho que lhe fazer uma pergunta embaraçosa. — Kelly hesitou novamente e dessa vez Virginia não foi em seu socorro. — Qual a porcentagem que ele lhe pagava depois que você fechava um negócio?

Uma pergunta para a qual Virginia estava bem preparada.

— Desmond era um homem generoso — disse ela — e sempre me pagou uma taxa de vinte e cinco mil libras além de dez por cento do valor final, mais todas as despesas incorridas em seu nome. Mas não tem necessidade de você ...

— Lógico que tem. Vou tratá-la da mesma maneira que meu pai, e você será paga integralmente assim que o contrato com a Thomas Cook for concluído.

— Não se preocupe com isso, minha querida — disse Virginia. — Sua amizade é muito mais importante para mim.

Cinco semanas depois, Kelly recebeu um cheque da Thomas Cook no valor de três milhões de libras e imediatamente enviou um cheque à Virginia de 345 mil libras para cobrir o empréstimo, a taxa e os dez por cento dos três milhões.

Virginia não mencionou as despesas a Kelly. Afinal, ela não havia investido muito para encontrar sua presa. Alguns telefonemas e, depois que Kelly voltou à Inglaterra, duas refeições em restaurantes onde ninguém provavelmente as reconheceu. O único custo real foi contratar um detetive particular em Chicago para rastrear a desaparecida Kelly Mellor. Bem, para ser exato, ele primeiro encontrou Cindy Mellor em sua escola, onde entregou duas cartas à mãe da menina quando veio buscar a filha. Depois de ler as cartas, Kelly fez uma ligação a partir de uma cabine telefônica na mesma tarde. Então, quando Giles entrou em contato com Virginia, ela sabia exatamente o que ele realmente estava procurando.

A conta do detetive, no valor de dois mil dólares, foi mais do que restituída pelo Farthings em troca de uma cópia do testamento de Desmond Mellor e um endereço que os levaria à parente mais próxima. Sebastian Clifton também a poupou das despesas de viajar para Chicago, trazendo Kelly Mellor de volta à Inglaterra e preparando-a para o encontro com Sorkin, apenas para acabar tendo que pagar o dobro pelos 51% de Kelly na empresa. Virginia decidiu que poderia se dar ao luxo de ser magnânima em relação às despesas desta vez, confiando que Kelly estava prestes a substituir o pai como sua fonte de renda alternativa.

—————

— Deixe-me tentar entender o que está propondo, Lady Virginia — disse Sir Edward Makepeace. — Você quer que eu procure os advogados de Cyrus T. Grant e diga que, em vez de pagar 100 mil libras por ano pelos próximos nove anos, você estaria disposta a quitar o acordo com um pagamento único de 500 mil libras?

— Sim, como liquidação total e final da dívida.

— Entrarei em contato com Lorde Goodman e avisarei assim que tiver uma resposta sobre sua proposta.

—◈—

Cyrus T. Grant III precisou de um mês para aceitar o acordo na ação contra Virginia por 500 mil libras em liquidação total e final, e somente depois de ser constantemente importunado por Ellie May.

— Como meu avô costumava dizer: "Melhor um tostão no banco do que a promessa de um dote"— lembrou a esposa.

—◈—

Outro mês se passou até que Virginia recebesse uma fatura de Sir Edward Makepeace, no valor de 2.300 libras, que ela pagou no mesmo instante, pois não tinha certeza de quando poderia precisar de seus serviços novamente.

Uma das poucas cartas que abriu durante as semanas seguintes foi a do Coutts, informando que sua conta atual ainda tinha 41 mil libras de crédito. Desmond Mellor estava se mostrando muito mais lucrativo morto do que vivo.

Quando os relógios foram adiantados em uma hora e a temperatura começou a cair, os pensamentos de Virginia se voltaram para as férias de inverno. Estava com dificuldades para decidir entre uma *villa* no sul da França ou a suíte real no hotel Sandy Lane, em Barbados. Talvez deixasse que o jovem que conhecera recentemente em Annabel escolhesse qual preferiria. Ela estava pensando em Alberto quando abriu outra carta que rapidamente apagou qualquer pensamento de férias de sua mente. Depois que se recuperou do choque, Virginia procurou o número do gerente do banco e marcou uma reunião com o sr. Leigh para o dia seguinte.

—⁓—

— Cento e oitenta e cinco mil libras? — protestou Virginia.

— Está correto, minha senhora — disse o sr. Leigh, depois de ler a carta do inspetor de Tributos da Coroa.

— Mas como isso é possível?

— Presumo que esteja familiarizada com o imposto sobre ganhos de capital, minha senhora?

— Conheço de nome, sim, mas nunca fomos apresentados.

— Bem, receio que a senhora esteja prestes a ser — disse Leigh. — O fisco está exigindo 30% do lucro de 230 mil libras que obteve com a venda das obras de Lowry, a comissão de 300 mil e a taxa de 25 mil que lhe foram pagos após a aquisição bem-sucedida da Mellor Travel.

— Mas o fisco não percebe que não tenho 185 mil libras? Gastei quase tudo liquidando minha dívida com Cyrus.

— O inspetor de Tributos da Coroa não se interessa por qualquer problema pessoal que a senhora possa ter — observou o sr. Leigh sem oferecer ajuda. — Eles só se preocupam com seus ganhos, não com o quanto gasta.

— O que acontece se eu não responder à carta deles?

— Se não responder dentro de trinta dias, eles começarão a cobrar uma taxa de juros punitiva até que liquide os impostos devidos.

— E se eu não puder?

— Eles a levarão ao tribunal, declararão sua insolvência e confiscarão todos os seus bens.

— Quem poderia imaginar — disse Virginia. — O contribuinte é pior do que Ellie May Grant.

—⁓—

Virginia conhecia a única pessoa em quem poderia confiar para resolver seu problema com o fisco, embora não mantivessem contato havia vários meses. "Pressões do trabalho" — explicaria ela. Achava que não seria difícil convencer Kelly a investir algumas centenas de milhares em um negócio infalível.

Quando chegou em casa após a reunião com o sr. Leigh, Virginia passou algum tempo procurando a carta que Kelly enviara algumas semanas antes, a qual agora se arrependia de não ter respondido. Ainda assim, pensou, olhando para o endereço no topo do papel de carta, mais um motivo para fazer uma visita surpresa à residência de Little Gables, Lodge Lane em Nailsea, perto de Bristol.

Na manhã seguinte, levantou-se antes do sol, uma ocorrência insólita, mas, a verdade é que Virgínia não conseguiu dormir. Partiu para o oeste do país logo após as nove da manhã e usou o longo percurso para ensaiar seu roteiro sobre uma oportunidade de investimento única na vida, a qual Kelly se arrependeria de não aproveitar.

Ela passou por uma placa para Nailsea pouco antes do meio-dia e parou para perguntar a um senhor idoso o caminho para Lodge Lane. Quando ela parou diante de Little Gables, frustrou-se ao ver uma placa de venda no gramado da frente. Virginia presumiu que Kelly devia estar se mudando para uma casa maior. Ela subiu a entrada da garagem e bateu à porta da frente. Alguns segundos depois, um jovem a recebeu com um sorriso esperançoso.

— Sra. Campion?

— Não, não sou a sra. Campion. Sou Lady Virginia Fenwick.

— Peço desculpas, Lady Fenwick.

— Também não sou Lady Fenwick. Sou filha de um conde, não esposa de um nobre. Pode me chamar de Lady Virginia.

— Lógico — disse ele, pedindo desculpas pela segunda vez. — Como posso ajudá-la, Lady Virginia?

— Você pode começar me dizendo quem é.

— Meu nome é Neil Osborne e sou o corretor responsável pela venda desta propriedade. A senhora estaria interessada?

— Certamente que não. Estou simplesmente visitando minha velha amiga Kelly Mellor. Ela ainda mora aqui?

— Não, ela se mudou logo depois de nos instruir a colocar a casa de volta no mercado.

— Ela se mudou para algum lugar por aqui?

— Perth.

— Na Escócia?

— Não, Austrália.

A notícia silenciou Virginia por um momento e permitiu que o jovem completasse uma segunda frase.

— Tudo o que posso dizer, Lady Virginia, é que Kelly nos instruiu a enviar o produto da venda para uma conta bancária conjunta em Perth.

— Uma conta bancária conjunta?

— Sim, eu só encontrei Barry uma vez, logo depois que eles ficaram noivos. Ele parecia um sujeito bastante gentil — acrescentou Osborne, olhando por cima do ombro de Virginia. — Vocês são o sr. e a sra. Campion? — perguntou a um jovem casal que subia pela entrada de automóveis.

Quando Virginia recebeu uma segunda carta do inspetor de Tributos da Coroa, viu que havia apenas uma pessoa a quem recorrer, embora não fosse alguém que acreditaria em uma história sobre um investimento imperdível.

Ela escolheu um fim de semana em que Freddie Fenwick estaria no colégio interno, e sua cunhada, uma mulher de quem Virginia nunca gostou, e suspeitava de que o sentimento fosse mútuo, estaria visitando uma tia idosa em Dumfries.

Virginia não pegou o "dormidor", um nome inadequado em sua opinião, porque ela nunca conseguia dormir mais do que uma hora enquanto o trem chacoalhava sobre os trilhos. Em vez disso optou por viajar para a Escócia durante o dia, o que lhe daria tempo mais do que suficiente para repassar seu plano e se preparar para alguma pergunta estranha que seu irmão pudesse fazer. Afinal, quando ligou para ele para dizer que gostaria de um conselho e que precisava vê-lo com urgência, ela sabia que ele presumiria que "conselho" era outro nome inadequado, embora reconhecesse que ele poderia considerar 185 mil libras um tanto exorbitante, a menos que ele estivesse disposto a aceitar sua alegação de que...

Archie enviou o carro, se é que se poderia chamar assim um surrado Vauxhall 1975, para buscá-la quando chegasse a Edinburgh Waverley. Milady foi levada para Fenwick Hall acompanhada apenas do cheiro dos labradores e de cartuchos usados sem dirigir-se ao motorista uma única vez.

Enquanto o mordomo acompanhava Lady Virginia até o quarto de hóspedes, ele a informou de que Lorde Fenwick estava caçando, mas era esperado que chegasse a tempo para o jantar. Virginia demorou a desfazer as malas, algo que teria sido feito por uma camareira nos tempos de seu pai. Depois, tomou um banho de imersão em água quente que teve de preparar sozinha. Enquanto se vestia para o jantar, Virginia afiou as garras em preparação para o encontro.

O jantar ocorreu sem alterações, mas eles não discutiram nada de mais importante até depois que o café foi servido e os empregados se recolheram.

— Tenho certeza de que você não veio até aqui somente para ver como está a família, Virginia — provocou Archie depois de servir um conhaque. — Então me diga, qual é o verdadeiro motivo da sua visita?

Virginia largou a xícara de café, respirou fundo e disse:

— Estou pensando seriamente em contestar o testamento de papai. — Depois de sua frase introdutória bem preparada, ficou claro pela expressão no rosto de seu irmão que ele não estava surpreso.

— Por quê? — perguntou o irmão, calmamente.

— Porque papai prometeu deixar a Destilaria Glen Fenwick para mim, além dos lucros anuais de cerca de 100 mil libras, o que me permitiria uma vida confortável pelo resto dos meus dias.

— Mas como bem sabe, Virginia, em seu testamento, papai deixou a destilaria para Freddie, a quem você abandonou há anos, deixando-me com a responsabilidade de criar seu filho.

— Ele não é meu filho, como você bem sabe. Ele não é nada mais do que o filho de meu ex-mordomo com sua esposa. Portanto, não tem absolutamente direito algum sobre os bens de papai.

Virginia olhou para o irmão, esperando para ver como ele reagiria a essa bomba, porém, mais uma vez, nem um leve franzir na testa em sinal de surpresa.

Archie se abaixou e acariciou Wellington, que dormia ao seu lado.

— Não só estou ciente de que Freddie não é seu filho, como o fato me foi confirmado de maneira irrefutável após uma visita da sra. Ellie May Grant, que me contou em detalhes sobre a farsa que você armou quando o noivo dela estava hospedado no Ritz, há alguns anos, e sua alegação subsequente de que estava grávida e que Cyrus era o pai de Freddie.

— Por que aquela mulher veio visitá-lo? — exigiu Virginia, um tanto abalada.

— Para descobrir se eu estava disposto a devolver o dinheiro que você recebeu do marido dela com seu golpe ao longo da última década.

— Você poderia ter oferecido a ela a renda da destilaria até que a dívida fosse liquidada, o que resolveria todos os meus problemas.

— Como você bem sabe, Virginia, a renda não é minha; de modo que não posso dispor de nada. Papai deixou a destilaria para Freddie e estipulou que deveria ser administrada por mim até que o menino completasse seu vigésimo quinto aniversário, quando ela se tornará automaticamente dele.

— Mas agora que sabe que Freddie não é meu filho, certamente apoiará minha alegação de que, em um testamento anterior, a que ambos tivemos acesso, papai deixava a destilaria para mim.

— Mas depois ele mudou de ideia. E só quando a sra. Grant me disse qual era o uísque favorito do marido foi que percebi o significado de papai ter lhe deixado apenas uma garrafa de Maker's Mark para você no testamento, o que sugere que ele também sabia que Freddie não era seu filho.

— Recebi uma cobrança de impostos no valor de 185 mil libras — disparou Virginia — e não tenho como pagar.

— Lamento ouvir isso — respondeu Archie. — Mas, pela minha experiência, o fisco não exigiria 185 mil a não ser que a pessoa em questão tenha obtido um ganho de capital de — ele hesitou por um momento — cerca de meio milhão de libras.

— Gastei cada centavo que ganhei para liquidar a ação de Cyrus e agora não me resta mais nada.

— Bem, eu não tenho essa quantia à minha disposição, Virginia, mesmo que estivesse disposto a ajudá-la. Cada centavo que ganho é investido de volta na propriedade, que aliás quase faliu no ano passado e, como você pode ver, não estamos vivendo exatamente do mesmo jeito. Na verdade, se for forçado a fazer mais cortes, o próximo terá que ser seu subsídio mensal. A ironia é que Freddie se saiu melhor no testamento de papai do que nós.

— Mas tudo isso mudaria se eu conseguisse pôr as mãos na destilaria. — Virginia se inclinou para a frente e olhou esperançosa para o irmão. — Se você me apoiar, Archie, eu estaria disposta a dividi-la meio a meio.

— Sem chance, Virginia. Está bem óbvio que esses foram os desejos de papai e, no mesmo testamento, ele me instruiu a garantir que fossem respeitados. E é exatamente isso que pretendo fazer.

— Mas acho que o sangue fala mais alto do que...

— Manter a palavra? Não, Virginia, e devo adverti-la de que, se fosse imprudente o suficiente para contestar a última vontade de papai e o assunto fosse ao tribunal, não hesitaria em apoiar o direito de Freddie, porque é isso que papai esperaria de mim.

Em sua viagem de volta a Londres, Virginia concluiu que, mais uma vez, teria de entrar em contato com seu primo distante lá na Argentina e com bastante urgência.

—⟶—

Na manhã seguinte, Virginia recebeu a última notificação do inspetor de Tributos da Coroa, que ela rasgou e jogou no cesto de lixo mais próximo. À tarde, debatia-se com a ideia de reservar uma passagem de classe econômica para Buenos Aires e até começou a fazer as malas, pensando nas coisas que sentiria falta se fosse exilada, incluindo a Annabel's, sua amiga Priscilla, Bofie e até o *Daily Mail*. Ela duvidava de que o *Buenos Aires Herald* teria o mesmo charme.

Ela recorreu a Nigel Dempster para descobrir o que seus amigos andavam fazendo. A fotografia de uma mulher de que não gostava tomava conta de sua coluna, embora a notícia de sua morte não abalasse em nada o coração de Virginia.

É com muita tristeza, relatou Dempster, *que soube da morte de Lavinia, duquesa de Hertford, tão admirada por sua beleza, charme e inteligência.* Não foi assim que você a descreveu quando ela estava viva, pensou Virginia. *Sua ausência será sentida com tristeza por seus muitos amigos*, tantos que poderiam ter se juntado a ela para o chá em uma cabine telefônica. Mas por ela ser tão rica e poderosa todo mundo sempre a bajulou. *O funeral será realizado na Catedral de São Albano e contará com a participação da princesa Margaret,*

*uma das mais antigas amigas da duquesa. A duquesa deixa um fi-
lho, Lorde Clarence, duas filhas, Lady Camilla e Lady Alice, e seu
devotado marido, o décimo terceiro Duque de Hertford. O funeral
ocorrerá no sábado.*

Virginia abriu o diário, anotou a data e desfez as malas novamente.

22

Virginia pode ter ficado sem um tostão, mas ninguém que a viu entrar na Catedral de São Albano naquela manhã teria acreditado. Usava um vestido de seda preto com um broche de pérolas que sua avó havia lhe deixado e carregava uma bolsa Hermès preta que ainda não havia sido paga.

Ela entrou pela porta oeste alguns minutos antes do início da missa e viu que a abadia já estava lotada. Olhava ao redor da congregação lotada, ansiosa para não ser relegada a um lugar nos fundos, onde passaria despercebida, quando viu um homem alto e elegante em um fraque carregando um cetro. Ela lhe deu um sorriso caloroso, mas ele claramente não a reconheceu.

— Sou Lady Virginia Fenwick — sussurrou ela. — Uma amiga íntima da família.

— Claro, milady, por favor, me acompanhe.

Virginia o acompanhou pelo corredor, passando por fileiras de enlutados que conheciam seu lugar. Ficou encantada quando o condutor encontrou um lugar para ela na quinta fila, logo atrás da família, o que se encaixava perfeitamente com a primeira parte de seu plano. Enquanto fingia estudar o missal, ela olhou ao redor para ver quem estava sentado nas proximidades. Reconheceu os duques de Norfolk, de Westminster e de Marlborough, junto com vários pares hereditários, todos amigos de seu falecido pai. Ela olhou para trás e viu Bofie Bridgwater sentado várias fileiras atrás dela, mas não correspondeu à sua saudação exagerada.

O órgão tocou para anunciar um desfile de autoridades, que foram levadas tranquilamente pelo corredor pelo condutor-chefe.

O prefeito de Hertford foi seguido pelo xerife e pelo tenente do condado, e todos foram acomodados em seus lugares na terceira fila. Um momento depois, foram seguidos por Lorde Barrington da Zona Portuária de Bristol, ex-líder da Câmara dos Lordes.

Quando Giles passou por Virginia, ela se virou. Não queria que seu ex-marido soubesse que estava lá. Não fazia parte de seu plano bem coreografado. Giles ocupou seu lugar reservado na segunda fila.

Um momento depois, a congregação se levantou quando o caixão, enfeitado com lírios brancos, começou sua lenta passagem pelo corredor em direção à capela-mor. Foi carregado pelos ombros de seis soldados do Primeiro Batalhão da Coldstream Guards, o regimento em que o duque havia servido como major durante a Segunda Guerra Mundial e do qual agora era coronel honorário.

O décimo terceiro duque de Hertford caminhou atrás do caixão e ocupou seu lugar na primeira fila, seguido por seu filho e duas filhas, enquanto o caixão foi colocado em um esquife na capela-mor. A cerimônia foi conduzida pelo bispo de Hertford, cujo elogio fúnebre lembrou aos presentes que pessoa santa era a falecida duquesa, enfatizando seu trabalho incansável como patrona das obras de caridade do dr. Barnardo e presidente da União das Mães. O bispo concluiu expressando suas sinceras condolências ao duque e sua família, acrescentando finalmente que esperava que, com a ajuda do Todo-Poderoso, eles aceitassem sua perda.

Com uma pequena ajuda minha, pensou Virginia.

Quando a cerimônia terminou, Virginia juntou-se a um grupo seleto de pessoas que compareceram ao enterro e, em seguida, mendigou uma carona até o castelo para uma recepção para a qual não fora convidada. Quando chegou, parou aos pés da escada, admirando por um momento a construção jacobiana como se fosse uma potencial compradora.

Durante a missa e o enterro, Virginia permaneceu imóvel, mas, assim que ela entrou no castelo e o mordomo anunciou "Lady Virginia Fenwick", não parou de circular entre os presentes.

— Que gentileza de sua parte se dar ao trabalho de viajar até Hertfordshire, Virginia — disse o duque, curvando-se para beijá-la nas bochechas. — Sei que Lavinia teria gostado.

Não perderia por nada do mundo, ela queria dizer, mas conseguiu se conter e dizer apenas:

— Uma senhora tão querida e gentil. Todos sentiremos muito sua falta.

— Que gentileza sua em dizer isso, Virginia — disse o duque sem soltar-lhe a mão. — Espero que mantenha contato.

Não se preocupe com isso, pensou Virginia.

— Nada me daria maior prazer, Vossa Graça — disse ela, fazendo uma ligeira reverência.

— Sua Graça, o duque de Westminster — anunciou o mordomo. Virginia seguiu para o grande salão, e seus olhos sob o olhar dos alces e javalis no alto das paredes percorreram a sala em busca das três pessoas que ela precisava ver e da única que esperava evitar. Recusou várias ofertas de canapés e vinho, ciente de que seu tempo era limitado e tinha um trabalho a fazer.

Ela parou para conversar com Miles Norfolk, embora fosse apenas um *pit stop* em sua corrida até a bandeira quadriculada. E então ela o viu, encostado na lareira de estilo Adam, conversando com um homem idoso que ela não reconheceu. Virginia deixou Miles e começou a caminhar em direção a ele, e, assim que o senhor se virou para conversar com outro convidado, ela se moveu como um raio até seu alvo.

— Clarence, não sei se lembra de mim.

— Você não é uma mulher fácil de esquecer, Lady Virginia — aventurou-se ele. — Papai sempre fala de você com muito afeto.

— Que gentil da parte dele — disse Virginia. — Ainda está servindo no Regimento da Cavalaria Real?

— Sim, mas infelizmente estou prestes a ser enviado para o exterior. Me sinto um pouco mal por ter de sair do país logo após a morte de minha mãe.

— Mas o duque terá o apoio de suas irmãs.

— Infelizmente, não. Camilla é casada com um criador de ovelhas na Nova Zelândia. Cinquenta mil hectares, dá para acreditar? Eles voltarão a Christchurch dentro de alguns dias.

— Isso é lamentável e deve pôr uma grande responsabilidade nos ombros de Alice.

— Aí que está o problema. Alice recebeu uma oferta de posição sênior na L'Oréal em Nova York. Sei que ela está pensando em recusar, mas papai insiste que ela não deve perder uma oportunidade de ouro como essa.

— Como é típico do seu pai. Mas se você acha que isso pode ajudar, Clarence, ficaria muito feliz em aparecer para visitar seu pai de vez em quando.

— Isso tiraria um peso de minha consciência, Lady Virginia. Mas devo adverti-la, o velho pode ser difícil. Às vezes acho que ele está mais perto dos sete que dos setenta.

— É um desafio que me daria imenso prazer — disse Virginia. — No momento, não tem muita coisa acontecendo na minha vida e sempre gostei da companhia do seu pai. Talvez eu possa lhe escrever de vez em quando e avisar como ele está se saindo.

— Que atencioso de sua parte, Lady Virginia. Só espero que não ache papai um fardo muito grande.

— Que belo discurso, Clarence — declarou um homem corpulento que se juntou a eles. — Sua mãe certamente está orgulhosa.

— Obrigado, tio Percy — disse Clarence, enquanto Virginia se afastava de mansinho para continuar seu ataque triplo. O míssil mudou o curso e seguiu em direção ao seu segundo alvo.

— Parabéns pelo seu novo emprego, Alice, e devo dizer que concordo com seu pai. Você não deve recusar uma oportunidade tão maravilhosa.

— Que gentileza sua em dizer isso — respondeu Alice sem muita certeza de com quem estava falando. — Mas ainda não decidi se devo ou não aceitar a oferta.

— Mas por que não, minha querida? Afinal, você pode nunca mais ter outra chance como essa.

— Suponho que esteja certa. Mas já estou me sentindo culpada por deixar papai sozinho.

— Não precisa se sentir assim, minha querida, acredite em mim. De qualquer forma, haverá amigos mais do que o suficiente para garantir que ele esteja bem ocupado. Então vá lá e mostre a esses ianques do que os britânicos são capazes.

— Sei que é isso que ele quer — disse Alice —, mas simplesmente não consigo suportar a ideia de ele ficar sozinho logo após a morte de minha querida mãe.

— Você não precisa se preocupar com isso — disse Virginia, satisfeita ao ver Giles cumprimentando o duque antes de partir.

Virginia deu um abraço caloroso em Alice antes de sair em busca de sua última presa. Mãe, pai e três filhos pequenos não eram difíceis de localizar, mas dessa vez ela não foi recebida com o mesmo entusiasmo.

— Olá, eu sou ... — começou Virginia.

— Sei exatamente quem é você — interrompeu Lady Camilla, e, antes que Virginia pudesse proferir sua próxima sentença muito bem ensaiada, ela deu as costas e começou a conversar com uma velha amiga de escola sem tentar incluir Virginia na conversa. Virginia rapidamente se despediu antes que alguém notasse a desfeita. Dois em três não era um resultado ruim, principalmente porque o único fracasso vivia do outro lado do mundo. Virginia não tinha mais razão para ficar. Então foi até o duque para se despedir... por enquanto.

— Gostei muito de rever seus filhos maravilhosos — declarou ela. Virginia se perguntava se ele sabia o quão pouco ela os vira nos últimos vinte anos, principalmente por causa do empenho da falecida duquesa em mantê-la longe.

— Tenho certeza de que eles adoraram revê-la — respondeu o duque. — Espero revê-la também em um futuro não muito distante — acrescentou — se não tiver nada melhor para fazer.

— Nada me daria maior prazer. Aguardarei seu contato — disse ela, enquanto uma pequena fila começou a se formar atrás dela.

— Minha família só poderá ficar comigo por mais alguns dias — sussurrou o duque. — Depois que todos seguirem seu caminho, posso lhe telefonar?

— Estou ansiosa por isso, Perry — um nome que apenas a falecida duquesa e os amigos mais íntimos do duque usavam ao se dirigir à Sua Graça, o duque de Hertford.

Assim que Camilla viu Virginia partir, não perdeu tempo para se juntar ao irmão.

— Será que o vi conversando com aquela mulher assustadora, Virginia Fenwick?

— Viu, sim — confirmou Clarence. — Ela parece uma dama bastante simpática e prometeu ficar de olho no papai enquanto estivermos todos fora.

— Aposto que sim. Se há alguma coisa capaz de me impedir de voltar para a Nova Zelândia, é o pensamento daquela mulher colocando suas garras em papai.

— Mas ela não poderia ter sido mais atenciosa.

— Não permita que os seus talentos de atriz o enganem por um momento.

— Por que está tão na defensiva em relação a ela, Camilla, quando tudo que ela quer fazer é ajudar?

— Porque nossa querida mãe sempre teve uma palavra doce para se referir a todos e duas para Lady Virginia Fenwick. Vadia manipuladora.

— Quanto tempo tenho? — perguntou Virginia.

— A Receita não concederá a você mais de noventa dias antes de iniciar o processo, milady — respondeu o gerente do banco.

— Então, quanto tempo eu tenho? — repetiu Virginia.

Leigh virou várias páginas de sua agenda antes de responder.

— O último dia para pagamento, a menos que deseje arcar com juros extorsivos, é 21 de dezembro.

— Obrigada — disse Virginia, antes de deixar o escritório do gerente do banco sem dizer mais uma palavra.

Só lhe restava imaginar quanto tempo levaria até o duque entrar em contato, porque, se ele não ligasse logo, ela teria de passar o Natal em Buenos Aires.

23

Virginia não precisou esperar muito até que o duque ligasse para convidá-la para um primeiro encontro, pois foi assim que ela encarou a noite no Mosimann's. Virginia foi modesta, lisonjeira e sedutora, e o fez se sentir vinte anos mais novo ou pelo menos foi o que ele disse quando a deixou em seu apartamento em Chelsea com um beijo em cada bochecha. Apropriado para um primeiro encontro, pensou Virginia. Ela não convidou seu amante para subir para um café por várias razões, até porque ele notaria que havia apenas ganchos nas paredes onde antes ficavam quadros.

O duque ligou na manhã seguinte e convidou Virginia para um segundo encontro.

— Tenho ingressos para *Noises Off* com Paul Eddington, e pensei que poderíamos jantar depois.

— Que gentileza sua, Perry. Mas, infelizmente, tenho que comparecer a um evento beneficente hoje à noite — respondeu ela, olhando para uma página vazia em sua agenda. — Mas estou livre na quinta-feira à noite.

Depois disso, a sua agenda estaria sempre livre para apenas uma pessoa.

Virginia ficou surpresa com o quanto estava desfrutando de seu papel de companheira, confidente e amiga do duque, e rapidamente se acostumou a um estilo de vida que sempre presumira ser dela por direito. No entanto, tinha de aceitar que o leão estava ávido por sua parte, 185 mil para ser mais exata, e, se ela não pagasse, essa vida idílica seria interrompida de maneira tão abrupta quanto um trem chegando ao fim da linha.

Ela pensou em pedir um empréstimo a Perry para cobrir a dívida dos impostos, mas considerou um pouco cedo demais, e, se ele achasse que essa seria a única razão de seu interesse nele, o relacionamento terminaria tão inesperadamente quanto começara.

Nas semanas seguintes, o duque a cobriu de flores, roupas e até joias, e embora ela pensasse em devolvê-los a algumas das lojas mais elegantes da Bond Street em troca de dinheiro não faria diferença alguma para amortizar a dívida com o fisco. De qualquer forma, seria apenas uma questão de tempo até que o duque descobrisse suas intenções.

No entanto, quando o frio novembro deu lugar ao gélido dezembro, Virginia começou a ficar desesperada e decidiu que não tinha outra escolha a não ser contar a verdade a Perry, quaisquer que fossem as consequências.

Ela escolheu o aniversário de 70 anos de Perry como o dia da revelação durante um jantar de comemoração no Le Gavroche. Ela estava bem preparada, tendo gastado a maior parte de seu subsídio mensal em um presente para Perry que mal conseguiu pagar. A Cartier havia feito um par de abotoaduras de ouro, gravadas com o brasão dos Hertford. Ela precisaria escolher o momento certo para presenteá-lo e depois explicar por que partiria para Buenos Aires no início do ano novo.

Durante a refeição, que consistia principalmente em champanhe *vintage*, o que levou o duque a assumir um tom emotivo e começar a falar sobre "cruzar a linha de chegada", seu eufemismo para a morte.

— Não diga tolices, Perry — repreendeu-o Virginia. — Você tem muitos anos pela frente antes de pensar em algo tão deprimente, especialmente no que depender de mim. E, não se esqueça, prometi a seus filhos que cuidaria de você.

— E você cumpriu com maestria sua parte do acordo, minha querida. Na verdade, não sei como teria sobrevivido sem você — acrescentou, pegando-lhe a mão.

Virginia se acostumara aos pequenos sinais de afeição do duque, até uma mão deslizando por baixo da mesa e terminando em sua coxa. Mas, hoje à noite, a mão permaneceu lá enquanto o maître abria outra garrafa de champanhe. Virginia bebeu pouco nessa noite, pois precisava estar totalmente sóbria ao pedir pela mitigação de sua pena. Ela escolheu esse momento para dar seu presente de aniversário.

Ele o desembrulhou lentamente antes de abrir a caixa de couro.

— Minha querida Virginia, que gentileza sua. Nunca ganhei um presente tão primoroso em toda a minha vida. — Ele se inclinou e a beijou gentilmente nos lábios.

— Estou tão feliz que tenha gostado, Perry. Porque é quase impossível encontrar algo para um homem que tem tudo.

— Nem tudo, minha querida — respondeu, sem soltar-lhe a mão.

Virginia decidiu que nunca haveria um momento melhor para contar a ele sobre seu problema com o fisco.

Perry, há uma coisa que preciso te perguntar.

— Eu sei — respondeu ele. Virginia pareceu surpresa. — Você ia perguntar: sua casa ou a minha?

Virginia riu igual a uma colegial, mas não perdeu o foco, embora de repente percebesse que talvez devesse esperar um pouco mais para contar sobre sua partida iminente, pois poderia haver uma oportunidade ainda melhor de argumentar mais tarde.

O duque levantou a outra mão e, um momento depois, o maître apareceu ao seu lado, carregando uma bandeja de prata na qual havia um único pedaço de papel. Virginia se acostumou a verificar os detalhes de todas as contas antes de permitir que o duque preenchesse um cheque. Não era tão incomum que um restaurante adicionasse um prato extra ou até outra garrafa de vinho depois que um cliente bebesse um pouco a mais.

Foi quando ela abriu a conta e viu o valor de 18,50 que a ideia lhe ocorreu. Mas ela poderia arriscar? Tinha de admitir que uma oportunidade assim embrulhada para presente não era provável que se apresentasse novamente. Ela esperou que o *sommelier* lhe servisse um segundo copo de Taylor antes de declarar:

— A conta está certa, Perry. Devo preencher um cheque enquanto você desfruta do seu porto?

— Boa ideia, querida — disse o duque, pegando seu talão de cheques e entregando a ela. — Não deixe de acrescentar uma gorjeta generosa — pediu enquanto esvaziava a taça. — Foi uma noite memorável.

Virginia escreveu cento e oitenta e cinco mil, movendo a vírgula e adicionando dois zeros. Datou o cheque para de 3 dezembro de 1982 antes de colocá-lo na frente dele. Ele assinou um tanto trôpego, logo abaixo de onde o dedo de Virginia cobria os zeros. Quando ele desapareceu para "gastar um centavo", outro de seus eufemismos típicos, Virginia colocou o cheque na bolsa, pegou seu próprio talão de cheques e preencheu com a soma correta, entregando ao maître pouco antes de Perry voltar.

— É aniversário do duque — explicou ela. — Então hoje é por minha conta.

Marco não comentou que ela havia se esquecido de adicionar a generosa gorjeta sugerida pelo duque.

Uma vez sentados no banco de trás do Rolls-Royce do duque, ele imediatamente se inclinou, pegou Virginia nos braços e a beijou; um beijo de um homem que ansiava por mais.

Logo que o carro parou do lado de fora da casa do duque em Eaton Square, o motorista correu e abriu a porta traseira, dando a Virginia tempo suficiente para arrumar o vestido enquanto o duque abotoava o paletó. Ele levou Virginia até a casa, onde encontraram o mordomo à espera, como se fosse meio-dia, não meia-noite.

— Boa noite, Vossa Graça — disse ele, antes de retirar o casaco do duque. — Gostaria de seu conhaque e charuto de sempre?

— Hoje não, Lomax — respondeu o duque, enquanto pegava Virginia pela mão e a conduzia pela escadaria até um cômodo onde ela nunca havia entrado. O quarto tinha o mesmo tamanho do apartamento dela e era dominado por um dossel antigo de carvalho, adornado com o brasão da família Sempre Vigilante.

Virginia estava prestes a comentar a respeito do retrato do policial pendurado acima da lareira de estilo Adam, quando sentiu o zíper na parte de trás do vestido ser aberto. Ela não tentou impedi-lo de cair no chão e começou a soltar o cinto do duque, enquanto se afastavam cambaleantes em direção à cama. Não conseguia se lembrar da última vez que fizera amor e só esperava que o mesmo acontecesse com o duque.

Ele parecia um adolescente no primeiro encontro, tateando hesitante, claramente precisando de que ela tomasse a iniciativa, o que ela ficou feliz em fazer.

— Esse é o melhor presente de aniversário que eu poderia ter — declarou ele quando seu coração voltou ao normal.

— Eu também — concordou Virginia, mas ele não a ouviu, porque havia adormecido.

Quando Virginia acordou na manhã seguinte, levou alguns instantes para lembrar onde estava. Começou a ponderar as consequências de tudo o que acontecera na noite anterior. Ela já havia decidido não descontar o cheque de 185 mil libras até 23 de dezembro, confiante de que não seria compensado antes do Natal, possivelmente até do Ano-Novo.

No entanto, havia uma chance remota de que alguém ao longo do processo considerasse seu dever alertar o duque sobre uma retirada tão grande. Havia também a possibilidade, embora parecesse improvável para Virginia, de que o cheque não tivesse fundos. Se qualquer uma dessas catástrofes ocorresse, ela estaria a caminho do

Heathrow e não do Castelo Hertford, porque não seria o inspetor de Tributos da Coroa a persegui-la, mas um duque "sempre vigilante", e ela suspeitava de que sua filha Camilla não estivesse muito atrás.

O duque já havia convidado Virginia para passar o Natal em sua propriedade em Hertford. Porém, ela só aceitou quando soube que Camilla e sua família não viriam da Nova Zelândia, pois consideravam duas viagens à Inglaterra dentro de alguns meses uma extravagância desnecessária.

Virginia escrevera para Clarence e Alice regularmente ao longo das últimas semanas para mantê-los atualizados de tudo o que seu pai estava aprontando ou pelo menos a sua versão dos fatos. Nas respostas, os dois deixaram claro como estavam felizes por ela se juntar a eles no Castelo Hertford no Natal. A ideia de que, no último momento, Virginia talvez precisasse fazer uma retirada apressada e passar o Ano-Novo em Buenos Aires com um primo distante não parecia tão atraente.

Quando o duque finalmente acordou, sabia exatamente onde estava. Ele se virou, feliz em ver que Virginia ainda não tinha partido. Ele a abraçou e passou um tempo mais longo fazendo amor uma segunda vez. Ela começou a sentir-se confiante de que não seria apenas um caso de uma noite.

— Por que você não se muda para cá? — sugeriu o duque enquanto Virginia ajeitava sua gravata.

— Não tenho certeza se seria sensato, Perry, principalmente se seus filhos viessem passar o Natal no castelo. Talvez no início do ano novo depois que eles se forem?

— Bem, pelo menos fica comigo até eles chegarem?

Virginia concordou feliz com o pedido dele, mas deixou uma muda de roupa em Eaton Square ciente de que poderia ser mandada embora sem muito aviso prévio. Na manhã em que Clarence pousou em Heathrow, ela relutantemente retornou ao seu pequeno apartamento em Chelsea, onde logo percebeu o quanto sentia falta não apenas de seu novo modo de vida, mas também de Perry.

JESSICA CLIFTON

1982-1984

24

— Estou surpresa que você não tenha previsto essa, papai — disse Jessica enquanto se juntava ao pai no café da manhã.

— E é claro que você previu — disse Sebastian. Jake começou a bater uma colher no cadeirão para chamar a atenção. — E não preciso da sua opinião, rapaz.

— Ele só está se preparando para assumir o cargo de presidente do conselho do Farthings Kaufman.

— Eu esperava poder ser o próximo presidente do conselho.

— Não se Lady Virginia continuar passando a perna em você.

— Você parece se esquecer, mocinha, de que Virginia estava em vantagem. Ela visitava Mellor na prisão regularmente, e agora sabemos que não apenas leu a carta que ele escreveu para a filha, como também entrou em contato com ela muito antes de meu avião pousar em Chicago.

— Mas você teve a chance de assumir o controle da empresa por uma libra antes disso e recusou.

— Na época, se bem me lembro, você foi contra até mesmo que eu visitasse Mellor na prisão, e deixou sua posição muito clara.

— *Touché* — provocou Samantha, pegando a colher que Jake jogara no chão da cozinha.

— Você deveria ter percebido que, se houvesse alguma chance de Virginia ganhar algum dinheiro extra — pressionou Jessica, ignorando a mãe —, não daria para confiar nela.

— E posso perguntar quando você concluiu tudo isso? Será que foi em uma de suas aulas de economia no ensino médio?

— Nem precisaria — disse Samantha, colocando um cesto de torradas sobre a mesa. — Ela vem escutando nossas conversas no café da manhã ao longo dos últimos seis meses. Nada mais é do que observação. Então não morda a isca, Seb.

— Com uma pitada de intuição feminina — insistiu Jessica.

— Bem, caso você não tenha notado, mocinha, a Thomas Cook assumiu o controle da Mellor Travel, e o valor de suas ações continua a aumentar apesar de seus receios.

— Mas eles tiveram que pagar muito mais do que vocês pretendiam originalmente. E o que eu gostaria de saber — continuou Jessica — é o quanto do dinheiro extra acabou no bolso da Virginia.

Sebastian não sabia, embora suspeitasse de que era mais do que o banco recebera, mas ele seguiu o conselho de Samantha e não mordeu a isca.

— Um belo lucro por meia dúzia de visitas à prisão — foram as palavras de despedida de Jessica depois de dar um abraço apertado em Jake.

Samantha sorriu quando a filha saiu da sala. Ela havia dito a Seb, logo após o nascimento de Jake, que estava ansiosa com a reação de Jessica com o recém-chegado, depois de ser o centro das atenções por tanto tempo. Mas acabou sendo o oposto, porque Jake imediatamente se tornou o centro da vida de Jessica. Ela adorava ficar de babá sempre que os pais queriam sair à noite, e nos fins de semana ela o levava para passear no parque St. James em seu carrinho antes de colocá-lo na cama. As governantas idosas murmuravam sobre eles, sem saber se Jessica era uma irmã mais velha atenciosa ou uma jovem mãe solteira.

Jessica se estabeleceu rapidamente em seu país adotivo, depois de finalmente conseguir fazer os pais recobrarem o juízo, e agora ela se alegrava não apenas com a felicidade deles, mas com a alegria de ter um irmão mais novo. Ela adorava sua nova família. O pai, que era tolerante, gentil e divertido; o avô, que era sábio, atencioso e inspirador; e a avó, que a imprensa frequentemente apelidava de "Boadiceia de Bristol", o que fez Jessica concluir que Boadiceia devia ter sido uma grande mulher.

No entanto, a adaptação na nova escola não tinha sido tão fácil. Enquanto algumas das meninas a chamavam de ianque, outras a descreviam, de forma menos generosa, como um bicho-pau. Jessica concluiu que a Máfia e a Ku Klux Klan combinadas poderiam ter aprendido muito sobre intimidação com as alunas da St. Paul's Girls' School e, no final de seu primeiro ano, ela só tinha uma amiga íntima, Claire Taylor, que compartilhava a maior parte de seus interesses, incluindo garotos.

Durante seu último ano na St. Paul's, Jessica ficava na média da turma, superada regularmente por Claire em todas as disciplinas, exceto em artes, onde permanecia insuperável. Enquanto a maioria dos colegas de classe estava ansiosa por conseguir uma vaga na universidade, ninguém duvidava para onde Jessica iria.

Jessica confidenciou a Claire o medo de que, se lhe oferecessem um lugar na Slade, ela poderia descobrir que Avril Perkins, a segunda melhor aluna em artes, estava certa quando comentou na entrevista de Jessica que ela era apenas um peixe grande em um lago pequeno que estava prestes a ser lançado no oceano, onde, sem dúvida, desapareceria sem deixar vestígios.

Claire lhe sugeriu que ignorasse Avril, que não passava de uma pessoa detestável, mas Jessica continuou em seu último período na St. Paul's se perguntando se a garota não teria razão.

Quando a diretora anunciou seu nome na cerimônia de premiação como vencedora da bolsa de Gainsborough para a Slade School of Fine Art, Jessica parecia ser a única pessoa surpresa no salão. Na verdade, teve a mesma alegria ao ver Claire conseguir uma vaga para estudar Inglês na University College quanto com seu próprio sucesso. No entanto, não ficou satisfeita ao saber que Avril Perkins se juntaria a ela na Slade.

— O presidente pediu para chamá-lo, senhor Clifton.

Sebastian parou de assinar cartas e olhou para a secretária do chefe parada na porta.

— Ele não estava em Copenhague?

— Chegou no primeiro voo hoje de manhã — respondeu Angela — e pediu para vê-lo assim que entrou em seu escritório.

— Parece sério — disse Seb, erguendo uma sobrancelha, mas sem obter uma resposta.

— Tudo o que posso lhe dizer, sr. Clifton, é que ele liberou a agenda pelo resto da manhã.

— Talvez ele pretenda me demitir — disse Seb, esperando provocar uma indiscrição por parte de Angela.

— Acho que não, porque isso geralmente leva apenas alguns minutos.

— Nenhum palpite? — sussurrou Sebastian quando deixaram a sala de Seb e caminharam juntos pelo corredor.

— Tudo o que estou disposta a dizer — revelou Angela — é que não se pode ignorar o fato de Bishara ter viajado para Copenhague seis vezes no último mês. Talvez o senhor esteja prestes a descobrir o porquê — acrescentou ela antes de bater à porta do presidente.

— Ele assumiu o controle da Lego ou da Carlsberg? — disse Seb quando Angela abriu a porta e se afastou para permitir que ele entrasse.

— Bom dia, presidente — cumprimentou Seb. Mas não conseguia decifrar se a expressão de esfinge no rosto de Hakim Bishara era um bom ou mau sinal.

— Bom dia, Sebastian. — Primeira pista, pensou Seb. O presidente só o chamava de Sebastian quando estava prestes a discutir algo sério. — Sente-se. — Segunda pista, isso não seria uma reunião rápida. — Sebastian, queria que você fosse o primeiro a saber que me casei no sábado.

Seb considerou meia dúzia de possíveis razões para o presidente querer vê-lo, mas o casamento não estava entre elas, e dizer que ele foi pego de surpresa teria sido um eufemismo. Por um momento não conseguiu pensar no que dizer. Hakim recostou-se na cadeira e desfrutou da experiência incomum de ver seu diretor-executivo em silêncio.

— Conheço a dama em questão? — conseguiu finalmente dizer.

— Não, mas já a viu de longe.

Sebastian decidiu participar do jogo.

— Em Londres?

— Sim.

— No centro financeiro?

— Sim — repetiu Hakim —, mas está seguindo a pista errada.

— Ela é banqueira?

— Não. É arquiteta paisagista.

— Então ela deve ter trabalhado em um de nossos projetos — sugeriu Seb.

— Sim e não.

— Ela foi a favor ou contra nós?

— Nem contra nem a favor — disse Hakim. — Eu a descreveria como neutra, mas não útil.

Outro longo silêncio se seguiu antes de Sebastian dizer:

— Ah, meu Deus, é a mulher que ofereceu as provas em seu julgamento. Senhora... senhora

— Bergström.

— Mas ela foi a testemunha principal da acusação e certamente não ajudou em nossa causa. Lembro-me de todos lamentando o fato de o sr. Carman ter conseguido encontrá-la.

— Todos, exceto eu — afirmou Hakim. — Passei inúmeras noites na prisão me lamentando por não ter falado com ela quando nos sentamos lado a lado naquele voo de volta de Lagos. Poucos dias depois de minha libertação, voei para Copenhague.

— Nunca imaginei você como do tipo romântico, Hakim, e desconfio de que a maioria de nossos colegas do centro financeiro concordaria comigo. Posso perguntar o que o sr. Bergström tinha a dizer sobre sua proposta de aquisição?

— Eu não teria embarcado no avião se houvesse um sr. Bergström.

Barry Hammond levou apenas alguns dias para descobrir que o marido de Kristina morrera de um ataque cardíaco aos 52 anos.

— Deixe-me adivinhar, ele era banqueiro.

— Chefe da divisão de empréstimos do Royal Bank of Copenhagen.

— Eles quase faliram há alguns anos.

— Sob o comando dele, receio — disse Hakim calmamente.

— Então a sra. Bergström...

— Sra. Bishara.

— Vai se mudar para Londres?

— Não imediatamente. Ela tem dois filhos que ainda estão na escola e não quer que suas rotinas lá sejam interrompidas. Então tive que fazer um acordo.

— No que você costuma ser muito bom.

— Não quando o assunto é pessoal. Algo que eu sempre o avisei. Planejamos morar em Copenhagen pelos próximos dois anos até que Inge e Aksel estejam na universidade. Depois disso, Kristina concordou em vir para a Inglaterra.

— Enquanto isso, você estará praticamente morando em um avião.

— Sem chance. Kristina deixou bem evidente que não precisa de um segundo marido se for para também morrer de ataque cardíaco. É por isso que eu precisava conversar com você, Sebastian. Quero que você assuma o cargo de presidente do conselho.

Dessa vez, a supressa de Seb provocou um silêncio ainda mais longo, do qual Hakim novamente se aproveitou.

— Pretendo convocar uma reunião do conselho no início da próxima semana para que possa informar aos diretores minha decisão. Vou propor que me substitua como presidente do conselho, enquanto eu me torno presidente do banco. Tudo que você precisa decidir é quem será seu diretor-executivo.

Seb não precisou de muito tempo para decidir, mas esperou ouvir a opinião de Hakim.

— Suponho que você queira que Victor Kaufman ocupe seu lugar — adiantou-se Hakim. — Afinal, ele é um dos seus amigos mais antigos e possui 25% das ações do banco.

— Isso não o qualifica como encarregado das operações diárias de uma grande instituição financeira. Estamos administrando um banco, Hakim, não um clube esportivo local.

— Isso significa que você tem outro candidato em mente?

— John Ashley seria minha primeira escolha — declarou Seb sem hesitar.

— Mas ele está no banco há apenas alguns anos. Mal se acomodou na cadeira.

— Mas tem um currículo impressionante — lembrou Seb. — Manchester Grammar School, London School of Economics e uma bolsa de estudos para Harvard. E não vamos esquecer o quanto tivemos que pagar a ele para evitar que nos trocasse pelo Chase Manhattan. Quanto tempo acha que levará até que um de nossos rivais lhe faça uma oferta irrecusável? Mais cedo do que imaginamos, seria meu palpite, especialmente se Victor acabar como diretor-executivo do Farthings. Não. Se você quer que eu seja presidente do conselho, Hakim, a nomeação de John Ashley para esse cargo é minha condição.

— Parabéns — disse Jessica.

— O que é um presidente do conselho? — quis saber Jake.

— Alguém que está no comando de tudo e de todos, como a diretora da escola.

— Nunca pensei nisso dessa maneira — admitiu Sebastian enquanto Samantha ria.

Jessica deu a volta na mesa e deu um abraço no pai.

— Parabéns — repetiu.

— Hakim parece jovem demais para se aposentar — disse Samantha quando cortava o ovo de Jake.

— Concordo — disse Seb —, mas ele se apaixonou.

— Eu não sabia que se você fosse o presidente do conselho de um banco e se apaixonasse precisaria se demitir.

— Não é obrigatório — respondeu Seb, rindo —, mas os bancos geralmente preferem que seu presidente resida no mesmo país, e a dama em questão mora em Copenhague.

— Por que ela não vem morar na Inglaterra? — perguntou Jessica.

— Kristina Bergström é uma arquiteta paisagista de muito sucesso conhecida internacionalmente, mas tem dois filhos do primeiro casamento e não quer se mudar enquanto eles ainda estão na escola.

— Mas como Hakim ocupará seu tempo, já que ele tem a energia de dez homens?

— Ele planeja abrir uma nova filial do Farthings em Copenhague, e a empresa de Kristina será sua primeira cliente. Ela já concordou que, assim que as crianças forem para a universidade, montará um escritório em Londres.

— E quando Hakim voltar, ele retomará o cargo de presidente do conselho?

— Não. Ele não poderia ter deixado sua posição mais clara. Em 1º de setembro, ele se tornará presidente do Farthings Kaufman, e eu assumirei o cargo de presidente do conselho, tendo John Ashley como diretor-executivo.

— Você já contou a Victor? — perguntou Samantha.

— Não, vou vê-lo às dez e pretendo fazer exatamente isso.

— Gostaria de ser uma mosca para assistir a essa reunião — confessou Samantha. — Já conheceu a srta. Bergström?

— Não, só a vi no banco das testemunhas quando depôs no julgamento de Hakim. Como ele estava sob custódia na época, deve ter sido amor à primeira vista.

— Os homens geralmente se apaixonam à primeira vista — declarou Jessica, que permanecera em silêncio até então. — As mulheres raramente...

— Tenho certeza de que ambos lhe agradecemos, Jessica, sua considerável percepção de assuntos do amor — disse Seb — bem como sua compreensão da macroeconomia.

— Não é minha opinião — disse Jessica —, mas de D. H. Lawrence. É uma citação de *O Amante de Lady Chatterley*, que, embora não fosse um dos textos obrigatórios de Inglês da St. Paul's, Claire achou que eu deveria ler de qualquer maneira.

Sebastian e Samantha se entreolharam.

— Talvez este seja um bom momento — anunciou Jessica — para lhes dizer que estou planejando me mudar.

— Não, não, não — disse Jake.

Embora Seb pudesse até concordar com o filho, não interrompeu a filha.

— Claire e eu encontramos um pequeno apartamento perto da Gower Street a apenas 800 metros da Slade.

— Parece ideal — comentou Samantha. — Quando pretende nos deixar?

— Dentro de quinze dias. Se estiver tudo bem para você, papai.

— Claro que está tudo bem — disse Samantha.

— Não, não, não — repetiu Jake, apontando a colher para Jessica.

— Não aponte, Jake — corrigiu a mãe.

25

— A aula de desenho com modelo vivo de hoje foi cancelada — anunciou o professor Howard. Um lamento ecoou pela sala quando ele acrescentou: — Nosso modelo faltou mais uma vez.

Os doze estudantes estavam começando a recolher seus equipamentos quando um jovem que Jessica nunca vira se levantou de seu assento, entrou no meio da sala, tirou a roupa e sentou-se na plataforma. Depois de uma salva de palmas, os alunos do primeiro ano voltaram para seus cavaletes e começaram a trabalhar.

Paulo Reinaldo foi o primeiro homem que Jessica viu nu, e ela não conseguia tirar os olhos dele. Parece um deus grego, pensou ela. Bem, um deus brasileiro. Ela esboçou com o carvão um contorno de seu corpo com alguns movimentos rápidos, um exercício que tomaria consideravelmente mais tempo de seus colegas e sem os mesmos resultados. Em seguida, ela se concentrou na cabeça, que começou a capturar com mais detalhes: cabelos compridos e encaracolados pelos quais desejaria passar as mãos. Seus olhos percorreram o corpo do jovem e ela começou a desejar ser escultora. Seu torso formava ondas e suas pernas pareciam ter sido feitas para correr uma maratona. Ela tentou se concentrar quando seu tutor olhou por cima de seu ombro.

— Você conseguiu captá-lo — disse o professor Howard. — Muito impressionante. Mas preciso que pense na sombra e na perspectiva, e nunca esqueça que menos é mais. Você já viu os desenhos que Bonnard fez da esposa saindo da banheira?

— Não.

— Você encontrará excelentes exemplos na biblioteca da academia. Eles são a prova, se é que se faz necessária, de que, se quiser saber o quanto um artista é talentoso, deve estudar seus desenhos preliminares antes mesmo de considerar suas obras-primas. A propósito, tente não deixar tão óbvio o quanto gosta do modelo.

Durante a semana seguinte, Jessica não encontrou Paulo novamente. Nunca foi visto na biblioteca e parecia não assistir às aulas. Após as observações do professor Howard, ela não tentou descobrir mais sobre ele com seus colegas. Mas, sempre que o nome dele surgia, ela parava de falar e começava a ouvir.

— Ele é filho de um industrial brasileiro — revelou uma aluna do segundo ano. — O pai dele queria que ele viesse a Londres para aperfeiçoar o inglês, entre outras coisas.

— Acho que ele só pretende ficar por alguns anos, depois deve voltar ao Rio de Janeiro e abrir uma boate — completou outra, enquanto uma terceira disse, um tanto irritada:

— Ele só vem às aulas com modelo vivo para encontrar sua próxima vítima.

— Você parece bem informada — concluiu Avril Perkins.

— Deveria estar, dormi com ele meia dúzia de vezes antes que me dispensasse — confessou a garota casualmente. — É assim que ele passa a maior parte do tempo, exceto as noites.

— O que ele faz à noite? — perguntou Jessica, incapaz de permanecer em silêncio por mais tempo.

— Faz um estudo detalhado das boates inglesas em vez das aquarelas inglesas. Ele afirma que essa é a verdadeira razão de estar aqui. Mas ele me disse que planeja dormir com todas as alunas da Slade até o final de seu primeiro ano.

— Todas riram, exceto Jessica, que esperava ser sua próxima vítima.

Quando Jessica chegou para a aula de desenho de modelo vivo na quinta-feira seguinte, duas outras meninas já estavam sentadas em ambos os lados de Paulo. Uma delas era Avril Perkins. Jessica sentou-se em frente ao jovem, do outro lado do semicírculo de estudantes, tentando se concentrar na modelo, uma mulher de meia-idade que parecia entediada e indiferente, ao contrário de Avril.

Seus olhos finalmente se voltaram para Paulo e descobriram que ele só precisava de uma das mãos para desenhar, enquanto a outra descansava na coxa de Avril.

Quando o professor Howard sugeriu um intervalo no meio da manhã, Jessica esperou que Avril saísse para caminhar pelo círculo de desenhos, fingindo estudar os esforços de seus colegas. O de Paulo não era ruim, era horrível. Ela se perguntou como ele poderia ter conseguido uma vaga na Slade.

— Não é ruim — comentou Jessica enquanto continuava a olhar para o desenho.

— Concordo — disse Paulo. — É horrível, e você sabe disso porque é muito melhor do que qualquer um de nós.

Ele estava flertando ou realmente acreditava no que acabara de dizer? Jessica não se importou.

— Gostaria de beber alguma coisa hoje à noite? — perguntou ele.

— Sim, por favor — disse ela, arrependendo-se imediatamente do "por favor".

— Vou buscá-la por volta das dez e podemos ir para a balada.

Jessica não mencionou que, naquele horário, ela estava normalmente na cama lendo, não dançando em discotecas.

Ela correu para casa logo após a última aula e passou mais de uma hora decidindo o que vestiria para "perder a virgindade", buscando constantemente a opinião de Claire. Ela terminou com uma saia curta de couro rosa, de Claire, uma blusa com estampa de oncinha, dela, meias estampadas em preto e salto alto dourados.

— Pareço uma prostituta! — concluiu Jessica quando se olhou no espelho.

— Vai por mim — disse Claire —, se espera finalmente transar, essa é a roupa perfeita.

Jessica cedeu ao maior conhecimento de Claire sobre o assunto.

Quando Paulo apareceu no apartamento trinta minutos atrasado (evidentemente isso também estava na moda), aconteceriam duas coisas para as quais Jessica não estava preparada. Alguém poderia ser tão bonito e ainda possuir uma Ferrari?

— Diga a ele que estou livre amanhã à noite — sussurrou Claire quando eles deixaram o apartamento.

A terceira surpresa foi o quão charmoso e sofisticado Paulo era. Ele não a atacou imediatamente, como suas colegas afirmaram que faria. Na verdade, ele não poderia ter sido mais atencioso. Até abriu a porta do carro para ela e, a caminho de West End, conversou sobre o impacto que ela estava causando na Slade. Ela já estava se arrependendo de sua escolha de roupas e tentava a todo momento abaixar a bainha da saia.

Quando ele estacionou a Ferrari na frente da Annabel's, um porteiro pegou as chaves e levou o carro. Desceram as escadas até uma boate mal iluminada, onde rapidamente ficou nítido que Paulo era um frequentador regular, quando o maître deu um passo à frente e o cumprimentou pelo nome antes de guiá-los para uma discreta mesa de canto.

Depois de escolherem dois pratos do maior cardápio que Jessica já vira — era quase um livro —, Paulo parecia ansioso por descobrir tudo sobre ela. Embora Jessica não tenha tocado no assunto, ele estava ciente de quem eram os avós dela e disse que sempre guardava o último volume de William Warwick para a longa viagem de volta ao Rio.

No momento em que terminou a refeição, Paulo acendeu um cigarro e ofereceu-lhe um. Jessica recusou, mas antes deu uma tragada no dele. Não tinha gosto de qualquer cigarro que ela já havia fumado. Depois do café, ele a levou para a pista de dança lotada, onde a meia--luz foi substituída pela luz negra. Ela rapidamente percebeu que, ao contrário do desenho, dançar era uma habilidade que Paulo dominava e, também, notou que várias outras mulheres pararam de prestar atenção nos próprios parceiros. No entanto, apenas quando Chaka Khan foi substituída por Lionel Richie, com "Hello", foi que as mãos de Paulo deslizaram abaixo da cintura de Jessica. Ela não fez nenhuma tentativa de resistir.

O primeiro beijo deles foi um pouco desajeitado, mas, depois do segundo, tudo o que ela queria fazer era ir para casa com ele, embora já tivesse aceitado que provavelmente não estaria mais em seu cardápio na noite seguinte. Eles não deixaram o Annabel's até pouco mais de uma da manhã, e, quando voltaram ao carro, Jessica ficou impressionada com a capacidade de Paulo de pilotar uma Ferrari com uma das mãos, enquanto a outra subia pela coxa dela coberta pelas meias. O carro nunca saiu da primeira marcha.

A noite continuou a trazer surpresas. Seu apartamento em Mayfair era moderno e elegante, cheio de fotos e antiguidades que ela gostaria de passar mais tempo admirando, se ele não tivesse a pegado pela mão e a levado direto para o quarto, onde foi recebida pela maior cama que já vira. A colcha de seda preta já estava aberta.

Paulo a abraçou e Jessica descobriu outra de suas habilidades, despir uma mulher enquanto a beija.

— Você é tão linda — disse ele, depois que a blusa e a saia de Jessica foram habilmente tiradas. Ela teria respondido, mas ele já estava de joelhos, beijando-a de novo, desta vez nas coxas, não nos lábios. Eles caíram na cama e, quando ela abriu os olhos, ele já estava nu. Como conseguiu isso?, perguntou-se Jessica. Ela se deitou e esperou o que Claire havia dito que aconteceria em seguida. Quando Paulo a penetrou, ela quis gritar, não de prazer, mas de dor. Alguns momentos depois, ele saiu de cima dela, recostou-se ao seu lado na cama e murmurou: — Você foi fantástica — o que a fez pensar se poderia acreditar em alguma coisa que ele sussurrara para ela naquela noite.

Ela esperou que ele a abraçasse e lhe dissesse mais algumas mentiras, mas, em vez disso, ele lhe deu as costas e, em instantes, adormeceu.

Jessica esperou até ouvir uma respiração profunda antes de sair de baixo do lençol, andar na ponta dos pés até o banheiro e não acender a luz até fechar a porta. Ela demorou um pouco para se recompor, percebendo que ainda estava usando as meias pretas. Claire sem dúvida explicaria o significado disso quando chegasse em casa. Ela voltou para o quarto, imaginando se na verdade ele não estava bem acordado e esperando que ela voltasse para casa. Ela pegou as roupas que recolhera do chão e se vestiu rapidamente, saiu do quarto e fechou a porta silenciosamente atrás dela.

Jessica nem parou para admirar as pinturas, pois mal podia esperar para sair do apartamento, temendo que Paulo acordasse e desejasse que ela repetisse toda a terrível experiência. Ela caminhou na ponta dos pés pelo corredor e pegou o elevador para o térreo.

— Gostaria de um táxi, senhorita? — perguntou o porteiro com educação. Ele claramente não ficou surpreso ao ver uma jovem mulher com pouca roupa aparecendo no saguão às três da manhã.

— Não, obrigada — recusou Jessica, dando uma última olhada na Ferrari antes de tirar o salto alto e partir para a longa caminhada de volta ao seu pequeno apartamento.

26

Ninguém ficou mais surpreso do que Jessica quando Paulo a convidou para sair em um segundo encontro. Presumiu que ele já teria seguido para a próxima vítima, mas, então, lembrou-se da garota que alegou ter dormido com ele meia dúzia de vezes antes de ele dispensá-la.

Jessica disse a Claire que gostava de passear na Ferrari, jantar no Annabel's e experimentar os melhores champanhes Premier Cru, e até admitiu à amiga que gostava da companhia de Paulo, e lhe agradeceu por resolver seu problema de "donzela intocada", mesmo que ela não tivesse ficado impressionada com a experiência.

— Melhora com o tempo — assegurou Claire —, e vamos ser sinceras. Nem todas somos levadas para um belo restaurante por um deus brasileiro antes de perdermos a virgindade. Tenho certeza de que você se lembra da minha experiência atrás do pavilhão da escola com Brian, jogador do time de segunda divisão de críquete? — acrescentou. — Poderia ter sido mais agradável se ele ao menos tivesse retirado as caneleiras.

A única coisa que mudou no segundo encontro foi a boate. O Annabel's foi substituído pela Tramp, e Jessica se sentiu muito mais relaxada misturando-se com uma multidão mais jovem. Ela e Paulo voltaram para o apartamento por volta das duas da manhã e, dessa vez, Jessica não partiu assim que ele adormeceu.

Ela foi acordada de manhã com os beijos suaves de Paulo em seus seios, e ele continuou a abraçá-la por muito tempo depois que fizeram amor. Quando ela olhou o relógio na mesa de cabeceira, gritou:

— Socorro! — pulando da cama e indo tomar um banho quente.

Paulo claramente não era adepto do café da manhã. Então ela lhe deu um beijo e o deixou na cama. Durante sua aula de natureza-morta, Jessica descobriu que não conseguia se concentrar, pois não parava de pensar em Paulo. Estaria se apaixonando?

O professor Howard franziu o cenho quando olhou com mais atenção para o desenho de uma tigela de laranjas e até verificou se era mesmo Jessica em frente ao cavalete. Embora o desenho ainda fosse superior ao dos colegas, seu tutor continuou a demonstrar descontentamento.

Durante a semana, Jessica visitou outras três casas noturnas, onde Paulo era recebido como frequentador assíduo. Nas semanas seguintes, ela começou a ter vontade de fumar a marca favorita de cigarros de Paulo, que não pareciam vir em um maço, e a desfrutar dos brandy alexanders que sempre brotavam momentos depois de consumirem a segunda garrafa de vinho.

Com o passar dos meses, Jessica começou a aparecer cada vez mais tarde na Slade, ocasionalmente perdendo aulas e palestras e depois dias inteiros. Ela nem se deu conta de que estava abandonando seu antigo mundo e tornando-se parte do mundo de Paulo.

Quando a primeira carta chegou perto do fim do semestre, deveria ter sido um alerta, mas Paulo a convenceu a ignorá-la.

— Recebi três delas no meu primeiro semestre — confessou ele. — Depois de um tempo eles simplesmente param de enviá-las.

Jessica decidiu que, uma vez que Paulo se entediasse com ela, o que temia que não demorasse muito, já que já haviam passado de meia dúzia de encontros de praxe, ela retornaria ao mundo real, embora estivesse começando a se perguntar se isso agora seria possível. O caso quase terminou depois que ela adormeceu em uma palestra sobre a arte da aquarela inglesa. Quando acordou, os outros alunos já estavam deixando o auditório. Ela decidira então que, em vez de voltar para seu apartamento, iria direto para o de Paulo.

Ela pegou um ônibus para Knightsbridge e depois correu até Lancelot Place. O porteiro abriu a porta com uma das mãos e a saudou com a outra enquanto ela entrava no elevador. Quando chegou ao quarto andar, bateu levemente na porta do apartamento de Paulo, que foi aberta por sua empregada brasileira. A mulher parecia prestes a lhe dizer algo, mas Jessica passou por ela e seguiu até o quarto. Ela começou a arrancar suas roupas, deixando-as em uma trilha no chão atrás dela, mas quando entrou no quarto ficou paralisada. Paulo estava na cama, fumando haxixe com Avril Perkins.

Jessica sabia que o certo a fazer era dar meia-volta, sair e nunca mais olhar para trás, mas, em vez disso, se viu caminhando lentamente em direção a eles. Paulo sorriu quando ela se esgueirou na cama. Ele empurrou Avril para o lado, pegou Jessica nos braços e tirou a única peça de roupa que ela ainda estava vestindo.

A carta seguinte que Jessica recebeu da Slade foi assinada pelo diretor e tinha as palavras "segundo aviso" sublinhadas e em negrito.

O sr. Knight salientava que ela havia perdido as últimas seis aulas de desenho e também não comparecera a nenhuma aula por mais de um mês. Se isso continuasse, ele escreveu, o conselho teria de considerar cancelar sua bolsa de estudos. Quando Paulo colocou fogo na carta, Jessica começou a rir.

Durante o semestre seguinte, Jessica começou a dormir no apartamento de Paulo durante o dia e passava a maior parte de sua vida acordada acompanhando-o em boates. Nas raras ocasiões em que ela e Paulo entraram na Slade, poucas pessoas os reconheceram. Ela se acostumou a uma série de garotas diferentes indo e vindo durante o dia, mas era a única que passava a noite com ele.

A terceira carta, que o professor Howard entregou pessoalmente a Jessica em uma das raras ocasiões em que a jovem acordara a tempo de assistir a uma aula matinal de desenho, não pôde ser ignorada.

O diretor a informou de que, ao ser flagrada fumando maconha nas dependências da faculdade, sua bolsa havia sido cancelada e seria concedida a outro aluno. Ele acrescentou que ela poderia permanecer como aluna por enquanto, mas apenas se assistisse às aulas e seu rendimento melhorasse bastante.

O professor Howard a avisou de que, se ainda esperava se formar e conquistar uma vaga na Royal Academy para um mestrado, teria que construir um portfólio de trabalho para os examinadores avaliarem, e o tempo estava passando.

Quando voltou para casa naquela tarde, Jessica não mostrou a carta a Claire, que raramente perdia um dia de aula, e tinha um namorado fixo chamado Darren, que considerava uma ida ao Pizza Express uma ameaça.

Sempre que visitava seus pais ou avós, o que estava se tornando cada vez menos frequente, Jessica se certificava de estar sobriamente vestida e nunca fumava ou bebia na presença deles.

Ela não fez menção ao seu amante ou à vida dupla que levava e ficou aliviada por Paulo nunca ter sugerido que gostaria de conhecer a família dela. Sempre que seus pais tocavam no assunto da Royal Academy, ela os assegurava de que o professor Howard estava encantado com seu progresso e continuava confiante de que a academia lhe ofereceria uma vaga no ano seguinte.

No início de seu segundo ano na faculdade de artes, Jessica levava duas vidas. Nenhuma delas no mundo real. Isso poderia ter continuado se ela não tivesse esbarrado com Lady Virginia Fenwick.

Jessica estava de pé no bar do Annabel's quando se virou no mesmo momento em que uma senhora idosa de costas para ela derramou um pouco de champanhe em sua manga.

— Em que os jovens estão se tornando? — disse Virginia quando Jessica nem se deu ao trabalho de se desculpar.

— E não são apenas os jovens — comentou o duque. — Um daqueles novos pares vitalícios que Thatcher acaba de nomear teve a coragem de me chamar pelo meu primeiro nome.

— Onde vamos parar, Perry? — horrorizou-se Virginia quando o maître os conduziu até a mesa de costume. — Marco, você por acaso sabe quem é essa moça no bar?

— O nome dela é Jessica Clifton, milady.

— É mesmo? E o jovem com que ela está?

— Sr. Paulo Reinaldo, um de nossos clientes regulares.

Nos minutos seguintes, Virginia deu apenas respostas monossilábicas a qualquer coisa que o duque dissesse. Só tinha olhos para uma mesa do outro lado do salão.

Finalmente, ela se levantou, dizendo ao duque que precisava ir ao banheiro, depois chamou Marco de lado e passou-lhe uma nota de dez libras. Como Lady Virginia não era conhecida por sua generosidade, Marco supôs que isso não poderia ser por serviços prestados, mas por serviços prestes a serem prestados. Quando ela retornou ao duque e sugeriu que era hora de irem para casa, sabia tudo do que precisava saber sobre Paulo Reinaldo e a única coisa que precisava saber sobre Jessica Clifton.

Quando Paulo levou Jessica à Annabel's para comemorar seu aniversário de 19 anos, nenhum deles notou o casal de idosos sentados a uma das mesas no canto.

Virginia e o duque costumavam deixar o clube por volta das onze, mas não esta noite. Na verdade, o duque começou a cochilar depois de um terceiro Courvoisier após ter sugerido em mais de uma ocasião que talvez devessem voltar para casa.

— Ainda não, querido — continuava dizendo Virginia, sem mais explicação.

No momento em que Paulo pediu a conta, Virginia saiu rapidamente de seu assento e atravessou até a cabine telefônica privada, discretamente localizada no corredor. Ela já dispunha de um número de telefone e o nome de um oficial que haviam lhe assegurado que estaria de plantão. Ela discou o número devagar, e o telefone foi atendido quase que imediatamente.

— Inspetor-chefe Mullins.

— Inspetor-chefe, meu nome é Lady Virginia Fenwick e desejo relatar um incidente de direção perigosa. Acho que o motorista deve estar bêbado, porque quase bateu em nosso Rolls-Royce quando nos ultrapassou pela esquerda.

— Pode descrever o carro, senhora?

— Era uma Ferrari amarela e tenho quase certeza de que o motorista não era inglês.

— Por acaso a senhora não teria anotado a placa?

Virginia verificou um pedaço de papel na mão.

— A786 CLC.

E onde ocorreu o incidente?

— Meu motorista estava dirigindo pela Berkeley Square quando a Ferrari virou à direita na Piccadilly e partiu em direção a Chelsea.

— Obrigado, milady. Investigarei imediatamente.

Virginia desligou o telefone assim que Paulo e Jessica passavam por ela no corredor. Permaneceu nas sombras enquanto o jovem casal subia as escadas e saía na Berkeley Square. Um porteiro de libré entregou a Paulo a chave do carro em troca de uma nota de cinco libras. Paulo saltou para o banco do motorista, colocou a alavanca de câmbio na primeira marcha e acelerou como se estivesse na *pole position* no grid de largada em Monte Carlo. Ele só andou algumas centenas de metros quando viu um carro da polícia no retrovisor.

— Se livre deles — provocou Jessica. — É só uma lata velha.

Paulo engatou a terceira e começou a desviar do tráfego lento. Jessica gritava obscenidades e torcia por ele até que ouviu a sirene. Ao olhar para trás, viu o tráfego se afastando para permitir que o carro da polícia passasse.

Paulo olhou no retrovisor quando o semáforo à sua frente ficou vermelho. Avançou o sinal, virou à direita e quase bateu em um ônibus enquanto descia a Piccadilly. Quando chegou a Hyde Park Corner, dois carros de polícia os perseguiam, e Jessica, agarrada ao painel, desejava que nunca o tivesse encorajado.

O carro deu uma guinada na Hyde Park Corner e seguiu para a Brompton Road, cruzou um sinal vermelho e viu um terceiro carro da polícia vindo em sua direção. Pisou no freio e derrapou até parar, mas era tarde demais para evitar a colisão.

Jessica não passou o décimo nono aniversário nos braços de seu amante em seu apartamento de luxo em Knightsbridge, mas sozinha em um colchão fino de espuma manchado de urina na cela número três da delegacia de Savile Row.

27

Samantha foi acordada pouco antes das sete da manhã seguinte por um telefonema do inspetor-chefe Mullins. Ela não precisou acordar Seb, que estava no banheiro se barbeando. Quando ouviu a voz ansiosa da esposa, largou a navalha e voltou rapidamente para o quarto. Ele não conseguia se lembrar da última vez que vira Sam chorando.

Um táxi parou em frente à delegacia de Savile Row logo após as 7h30. Sebastian e Sam desembarcaram e foram recebidos por flashes e gritos dos repórteres em busca de respostas, o que fez Seb se lembrar de quando Hakim estava em julgamento no Old Bailey. O que ele não conseguia entender era quem poderia ter alertado a imprensa àquela hora da manhã.

— Sua filha é viciada em drogas? — gritou um.

— Ela estava dirigindo? — perguntou outro.

— Ela participou de uma orgia? — quis saber outro.

Seb lembrou a regra de ouro de Giles ao enfrentar um bando de repórteres abutres: se você não tem nada a dizer, não diga nada.

Dentro da delegacia, Seb deu seu nome ao sargento de plantão na recepção.

— Leve o sr. e a sra. Clifton até a cela número três — instruiu o sargento a um jovem policial — e eu avisarei ao inspetor-chefe que eles chegaram.

O policial os conduziu por um corredor e desceu alguns degraus íngremes até o porão. Ele inseriu uma chave grande em uma porta pesada e a abriu, depois se afastou para permitir que os dois entrassem na cela.

Sebastian olhou para a garota desgrenhada encolhida no canto da cama, o rosto manchado de rímel por causa do choro. Levou alguns momentos para se dar conta de que era sua filha. Samantha atravessou a cela rapidamente, sentou-se ao lado de Jessica e a abraçou.

— Está tudo bem, minha querida, nós dois estamos aqui.

Embora Jessica já estivesse sóbria, o cheiro de álcool e maconha ainda persistia em seu hálito. Alguns momentos depois, o oficial responsável pelo caso se juntou a eles, apresentou-se como inspetor-chefe Mullins e explicou por que a filha deles havia passado a noite detida. Em seguida, perguntou se algum deles conhecia um sr. Paulo Reinaldo.

— Não — disseram os dois sem hesitar.

— Sua filha estava na companhia do sr. Reinaldo quando o prendemos esta madrugada. Já o acusamos de dirigir embriagado e posse de 85 gramas de maconha.

Seb tentou manter a calma.

— E minha filha, inspetor-chefe, também foi acusada?

— Não, senhor, embora estivesse bêbada no momento da prisão e suspeitássemos de ter fumado maconha e depois ter agredido um policial não faremos acusações. — Ele fez uma pausa. — Desta vez.

— Fico muito agradecida — disse Samantha.

— Onde está o jovem? — quis saber Sebastian.

— Ele será apresentado ao juiz na Bow Street ainda esta manhã.

— Minha filha está livre, inspetor-chefe? — perguntou Samantha calmamente.

— Sim, sra. Clifton. Sinto muito pela imprensa. Alguém deve tê-los avisado, mas posso garantir que não fomos nós.

Seb pegou Jessica gentilmente pelo braço e a conduziu para fora da cela, subiu uma escada bastante íngreme e saiu da delegacia na Savile Row, onde foram novamente recebidos por flashes e perguntas aos berros. Ele acomodou a esposa e a filha no banco traseiro de um táxi, entrou, fechou a porta e disse ao taxista para partir.

Jessica sentou-se encolhida entre os pais e não levantou a cabeça nem depois que o táxi dobrou a esquina e a imprensa sumiu de vista.

Quando chegaram em Lennox Gardens, foram recebidos por outro grupo de fotógrafos e jornalistas. As mesmas perguntas e o mesmo silêncio em resposta. Uma vez que estavam em segurança, Seb acompanhou Jessica até a sala de estar, e, antes que ela tivesse a chance de se sentar, ele exigiu a verdade, e nada menos.

— E não nos poupe, porque não tenho dúvida de que leremos todos os detalhes obscuros no *Evening Standard* de mais tarde.

A jovem confiante que deixou a Annabel's depois de comemorar seu aniversário foi substituída por uma gaguejante e chorosa garota de 19 anos, que respondeu às perguntas com uma voz trêmula e hesitante que nenhum dos pais já ouvira. Entre os silêncios constrangidos, Jessica descreveu como conheceu Paulo e se apaixonou por seu charme, sofisticação e, acima de tudo, admitiu, o fluxo interminável de dinheiro. Embora ela tenha contado tudo aos pais, nunca culpou seu amante e até perguntou se poderia vê-lo mais uma vez.

— Com que intuito? — perguntou Sebastian.

— Para me despedir. — Ela hesitou. — E para agradecer.

— Não acho que seria sensato enquanto a imprensa estiver seguindo todos seus passos esperando que você faça exatamente isso. Mas, se quiser escrever uma carta para ele, me certificarei de que ele a receba.

— Obrigada.

— Jessie, você precisa encarar o fato de ter nos decepcionado terrivelmente. No entanto, uma coisa é certa, não ganharemos nada remoendo isso. Agora já passou, e só você pode decidir o que quer fazer sobre seu futuro.

Jessica olhou para os pais, mas permaneceu calada.

— Na minha opinião, você tem duas opções — disse Seb. — Pode voltar para casa e descobrir que é possível recolher os cacos e se refazer ou pode sair e voltar para sua outra vida.

— Sinto muito — disse Jessica com lágrimas escorrendo pelo rosto. — Sei que o que fiz foi imperdoável. Não quero voltar e prometo que farei tudo o que puder para recompensá-los, se me derem outra chance.

— É claro que daremos — declarou Samantha —, mas não posso falar pela Slade.

Sebastian saiu do apartamento algumas horas depois para pegar um exemplar do *Evening Standard*. A manchete gritava para ele de um pôster muito antes de ele chegar ao jornaleiro:

NETA DA SECRETÁRIA DE SAÚDE ENVOLVIDA EM ESCÂNDALO DE DROGAS

Ele leu o artigo enquanto caminhava lentamente de volta para casa. Incluía quase todos os detalhes que Jessie já lhe havia oferecido voluntariamente. Uma noite passada em uma cela de delegacia, champanhe, maconha, duas garrafas de um vinho caro seguidas por brandy alexanders consumidos no Annabel's em Mayfair. Uma perseguição policial que terminou com uma Ferrari de 100 mil libras colidindo de frente com um carro de polícia e até a sugestão de quatro na mesma cama.

O sr. Paulo Reinaldo fez jus apenas a uma menção passageira, mas o repórter estava muito mais interessado em garantir que a baronesa Emma Clifton, representante do Ministro da Saúde, Sir Harry Clifton, autor popular e ativista de direitos civis, Lorde Barrington, ex-líder da Câmara dos Lordes, e Sebastian Clifton, presidente do conselho de um importante banco da cidade, recebessem uma menção, apesar de estarem todos dormindo profundamente no momento em que Jessica Clifton foi presa.

Sebastian soltou um suspiro profundo. Só lhe restava esperar que sua amada filha fosse capaz de relegar os acontecimentos a título de experiência e, com o tempo, não apenas se recuperar completamente, mas também se fortalecer. Só quando chegou ao último parágrafo percebeu que isso não seria possível.

Virginia também comprou uma edição inicial do *Evening Standard*, e não conseguia parar de sorrir enquanto lia a matéria "exclusiva" palavra por palavra. Dez libras bem gastas, pensou consigo mesma. Sua única decepção foi que Paulo Reinaldo se declarou culpado e recebeu uma multa de 500 libras depois de garantir ao juiz que voltaria para o Brasil nos próximos dias.

No entanto, o sorriso reapareceu no rosto de Virginia quando chegou ao último parágrafo do artigo. Gerald Knight, diretor da Slade School of Fine Art, declarou ao repórter que não teve escolha a não ser expulsar o sr. Reinaldo e a srta. Jessica Clifton da faculdade. Ele acrescentou que o fez com relutância no caso da srta. Clifton, por se tratar de uma aluna extremamente talentosa.

— É um grande prazer finalmente conhecê-la, dra. Barrington. Há muito tempo sou seu admirador.

— É muita gentileza sua, Sir James, mas não fazia ideia de que sequer ouvira falar de mim.

— A senhorita lecionou para minha esposa Helen quando ela estava em Cambridge — disse Sir James quando se sentaram ao lado da lareira.

— Qual o nome de solteira dela, Sir James?

— Helen Prentice. Nós nos conhecemos quando eu estava cursando Direito na Trinity.

— Ah, sim, me lembro de Helen. Ela tocava violoncelo na orquestra da universidade. Ela ainda toca?

— Somente nos fins de semana quando ninguém está ouvindo. — Os dois riram.

— Bem, mande minhas recomendações a ela.

— Certamente, dra. Barrington. Mas confesso que nenhum de nós conseguiu descobrir por que desejava me ver, a menos que esteja em uma das suas conhecidas campanhas de arrecadação de fundos. Nesse caso, devo lembrá-la de que a British Petroleum aumentou recentemente sua concessão anual para o fundo de bolsas da Newnham College.

Grace sorriu.

— Está assumindo a função errada, Sir James. Não vim para ver o presidente da BP, mas o reitor da Slade School of Fine Art.

— Ainda não compreendi o motivo da visita.

— Tente não pensar em mim como uma Barrington, mas como parente de vários Cliftons, e uma em particular, minha sobrinha-neta Jessica, em nome de quem vim lhe fazer um apelo.

O comportamento caloroso e descontraído de Sir James Neville foi rapidamente substituído por uma expressão sisuda.

— Ainda que a senhora fosse Portia, receio que suas súplicas cairiam em ouvidos moucos, dra. Barrington. O conselho decidiu por unanimidade pela expulsão da srta. Clifton da Slade. Ela não apenas estava bêbada e possivelmente sob a influência de drogas quando foi presa, como também agrediu um policial enquanto estava sob custódia. Pessoalmente, acho que ela teve muita sorte de não ter sido acusada e até mesmo condenada à prisão.

— Mas essa é a questão, Sir James. Ela não foi acusada nem condenada.

— O jovem que estava dirigindo o carro, se bem me lembro, foi acusado, recebeu uma multa pesada e foi deportado.

— Um indivíduo mais velho e muito mais sofisticado, por quem Jessica infelizmente estava apaixonada.

— Pode ser o caso, dra. Barrington. Mas a senhora também bem sabe que a bolsa da srta. Clifton foi rescindida no início deste ano depois que ela foi pega fumando maconha nas instalações da faculdade?

— Sim, Sir James. Jessica me contou tudo o que aconteceu ao longo do ano, e posso garantir que ela se arrepende profundamente de suas ações, mas, se o senhor restabelecer a bolsa, ela não o decepcionará pela segunda vez.

— E quem nos garante isso?

— Eu.

Sir James hesitou antes de dizer:

— Receio que esteja fora de cogitação, dra. Barrington. E a srta. Clifton também mencionou que só participou de três palestras e sete aulas no último semestre e, que durante esse período, seu trabalho foi de excelente para inaceitável?

— Sim, ela mencionou.

— E que quando seu supervisor, o professor Howard, levantou o assunto, ela lhe disse, e peço desculpas pelo meu linguajar, para ir se danar?

— E você nunca recorreu a esse tipo de vocabulário, Sir James?

— Não ao falar com meu tutor, e duvido de que sua sobrinha já tenha recorrido a esse linguajar na sua frente, dra. Barrington, ou de qualquer outro membro de sua família.

— Então o senhor nunca conheceu um aluno que se rebelasse contra o que pessoas como nós consideraríamos um comportamento aceitável? Afinal, o senhor tem um filho e duas filhas. — Sir James se calou por um momento, o que permitiu a Grace continuar. — Tive o privilégio de ensinar muitas jovens talentosas ao longo dos anos, mas raramente encontrei uma tão talentosa quanto minha sobrinha-neta.

— Talento não é desculpa para desrespeitar as regras da faculdade enquanto se espera de todos os demais que se comportem adequadamente, como o diretor claramente explicou em seu relatório sobre essa situação infeliz.

— Nesse mesmo relatório, Sir James, o professor Howard dirigiu-se ao conselho em nome de Jessica e, se bem me lembro de suas palavras, ele disse que ela possuía um talento raro que deveria ser nutrido, não reprimido.

— O conselho analisou as palavras do professor Howard com muito cuidado antes de tomarmos nossa decisão e receio que a publicidade resultante não nos tenha deixado escolha a não ser...

— A publicidade resultante, Sir James, não foi gerada por causa de Jessica, mas de minha irmã Emma, meu cunhado Harry e até de meu irmão, Giles Barrington.

— Possivelmente, dra. Barrington, mas o privilégio de ser criado em uma família tão notável traz uma responsabilidade adicional.

— Então, se Jessica tivesse sido filha de uma mãe solteira, cujo pai a abandonara, toda a sua atitude poderia ter sido diferente?

Sir James se levantou da cadeira visivelmente irritado.

— Peço desculpas, dra. Barrington, mas não vejo sentido em prolongar essa discussão. O conselho tomou sua decisão e eu não tenho autoridade para derrubá-la.

— Embora não me sinta à vontade para corrigi-lo, Sir James — disse Grace, sem se levantar da cadeira —, mas acho que descobrirá, se verificar cuidadosamente os estatutos da Slade, que o artigo 73b permite que faça exatamente isso.

— Não me recordo do artigo 73b — disse Sir James, afundando na cadeira —, mas sinto que a senhora está prestes a refrescar minha memória.

— É prerrogativa do reitor — disse Grace calmamente — anular uma decisão do conselho se acreditar que houve circunstâncias atenuantes que não tinham sido levadas em consideração na época.

— Como quais, por exemplo? — quis saber Sir James, mal conseguindo disfarçar sua irritação.

— Talvez seja hora de lembrá-lo de outro aluno que não tinha os mesmos privilégios que Jessica Clifton. Um jovem que, quando era estudante de graduação em Cambridge, pegou a moto de seu tutor sem permissão e, no meio da noite, resolveu sair em uma aventura. Quando foi detido pela polícia por excesso de velocidade, alegou que tinha a permissão do proprietário.

— Isso foi apenas uma brincadeira inofensiva.

— E quando foi levado à presença do juiz na manhã seguinte não foi acusado, mas lhe disseram para devolver a moto ao proprietário e pedir desculpas. E, felizmente, porque o jovem não era filho de membros do governo, o incidente nem sequer conseguiu um parágrafo no *Cambridge Evening News*.

— Esse é um golpe baixo, dra. Barrington.

— Tenho que concordar — disse Grace. — Mas acho que vale a pena mencionar que o jovem em questão se formou com um diploma de primeira classe e depois se tornou presidente da BP, reitor da Slade School of Art e cavaleiro do reino.

Sir James baixou a cabeça.

— Peço desculpas por recorrer a essas táticas, Sir James, e só espero que me perdoe quando Dame Jessica Clifton for nomeada presidente da Royal Academy.

— Diga-me, vovô — disse Jessica —, você já fez papel de trouxa?

— Você quer dizer esta semana ou semana passada? — perguntou Harry.

— Estou falando sério. Quero dizer, quando você era jovem.

— Faz muito tempo, eu nem me lembro mais — brincou Harry. Jessica permaneceu em silêncio enquanto esperava que ele respondesse sua pergunta.

— Que tal ser preso por assassinato? — perguntou Harry finalmente. — Isso conta?

— Mas você era inocente e foi um erro terrível.

— O juiz parecia não pensar assim, porque me sentenciou a quatro anos de prisão e, se bem me lembro, você só passou uma noite presa. — Jessica franziu a testa e não respondeu. — E houve o tempo em que desobedeci às ordens e aconselhei um general alemão a depor as armas e se render, quando tudo que eu tinha à minha disposição era uma pistola e um cabo irlandês.

— E os americanos o condecoraram por essa ação.

— Mas esse é o ponto, Jessie. Muitas vezes, na guerra, você é aclamado herói por algo que se fizesse em tempos de paz acabaria preso e possivelmente morto.

— Você acha que meu pai um dia vai me perdoar?

— Não há razão para que não o faça. Ele fez algo muito pior na sua idade, e foi por isso que sua mãe o deixou e voltou para os Estados Unidos.

— Ela me disse que eles se separaram.

— É verdade, mas o que ela não lhe contou foi o porquê. E eles têm que agradecer-lhe por uni-los novamente.

— E a quem eu devo agradecer?

— A sua tia-avó Grace, se está me perguntando quem lhe permitiu voltar à Slade em setembro.

— Presumi que tinha sido você ou a vovó a intervir.

— Não. Embora ele não vá gostar de eu ter lhe contado, Grace uniu forças com o professor Howard, provando que, quando duas pessoas trabalham juntas, elas podem se tornar um exército.

— Como posso agradecer-lhes?

— Provando que eles estavam certos. O que me leva a perguntar como está indo seu trabalho.

— Não sei, é a resposta honesta. Você consegue saber como está ficando um de seus livros?

— Não. No final, deixo que os críticos e o público decidam.

— Então acho que será o mesmo para mim. Estaria disposto a oferecer uma opinião honesta sobre meu último trabalho?

— Eu poderia tentar — disse Harry, esperando que não precisasse fingir.

— Então não há melhor hora do que agora — sugeriu Jessica, agarrando-o pela mão e levando-o para fora da biblioteca. — Foi muita gentileza sua permitir que eu viesse passar as férias e ver se conseguia me recuperar — acrescentou ela enquanto subiam as escadas.

— E você conseguiu?

— É exatamente aquilo que espero que você me diga — respondeu Jessica enquanto abria a porta da sala de jogos e se afastava.

Harry entrou timidamente e olhou fileiras e fileiras de esboços espalhados pelo chão. Eles não foram o suficiente para prepará-lo para a enorme tela que estava em um cavalete no centro da sala. Ele olhou para uma pintura de Manor House que pensava conhecer tão bem. O gramado, o jardim de rosas, o lago, a imponência, os vastos carvalhos que direcionavam seus olhos ao horizonte. Todas as cores pareciam fora de lugar, mas juntas...

Quando Jessica não aguentou mais, perguntou:

— Bem, diga alguma coisa, vovô.

— Só espero que meu último livro seja pelo menos metade tão bom quanto seu desenho.

28

— Mas é uma tradição familiar — insistiu Emma.

— Não poderíamos ter um ano de folga? — zombou Sebastian.

— Claro que não. Prometi ao seu bisavô que a família sempre passaria o Natal junta e, na véspera de Ano-Novo, contaríamos uns aos outros nossas promessas de ano novo. Então, quem gostaria de começar este ano?

— Meu pai era ainda pior — disse Samantha. — Ele nos fazia escrever nossas promessas, e um ano depois tínhamos que as ler para lembrar a todos tudo que prometemos em vão.

— Sempre gostei do seu pai — declarou Emma. — Então por que você não começa?

— A essa altura, no próximo ano — disse Samantha —, terei um emprego.

— Mas você já tem um emprego — retrucou Emma. — Está criando o próximo presidente do Farthings Kaufman.

— Acho que não — ponderou Seb, olhando para o filho, que estava pousando uma maquete de Concorde no chão. Acho que ele planeja ser piloto de testes.

— Então ele terá que se tornar presidente da British Airways — brincou Emma.

— Talvez ele não queira ser presidente de nada — sugeriu Grace.

— Se pudesse escolher, Sam — questionou Harry —, em que gostaria de trabalhar?

— Candidatei-me a um cargo no Instituto Courtauld no departamento de pesquisa. O horário é flexível, e agora que Jake está indo para a creche seria o ideal.

— Para os membros mais práticos de nossa família — disse Sebastian — pode ser interessante saber que contratar uma babá custará mais do que Sam pode esperar ganhar como pesquisadora no Courtauld.

— Uma distribuição sensata da riqueza — ponderou Grace. — Duas pessoas, cada uma fazendo o trabalho que deseja, e ambas sendo recompensadas de acordo.

— Qual é a sua promessa de ano novo, tia Grace? — perguntou Sebastian.

— Decidi me aposentar antecipadamente e deixarei a universidade ao término do ano acadêmico.

— Venha se juntar a nós na Câmara dos Lordes — disse Giles. — Seu conhecimento e bom senso podem nos ser de grande ajuda.

— Obrigada — agradeceu Grace —, porém, dois Barrington na Câmara Alta são suficientes. De qualquer forma, assim como Samantha, também estou procurando outro emprego.

— Pode-se saber em quê? — perguntou Harry.

— Candidatei-me a um posto de ensino em uma escola para alunos carentes, na esperança de poder ajudar algumas meninas brilhantes, que podem nem considerar isso possível, a entrar em Cambridge.

— Por que não os meninos? — exigiu Giles.

— Já existem muitos deles em Cambridge.

— Assim você nos deixa envergonhados, tia Grace — confessou Sebastian.

— O que você planejou para este ano, Seb? — quis saber ela. — Além de ganhar mais e mais dinheiro?

— Vamos torcer para que esteja certa, porque francamente é isso que meus clientes, e você é um deles, esperam que eu faça.

— *Touché* — provocou Emma.

— Sua vez, Jessica — pediu Grace. — Espero que você planeje fazer algo mais valioso do que presidir um banco.

Ninguém precisava se esforçar para lembrar da promessa de Jessica há um ano: *ser digna da confiança que minha tia-avó depositou em mim e aproveitar ao máximo minha segunda chance.*

— Estou determinada a ganhar uma bolsa de estudos para a Royal Academy.

— Bravo! — elogiou Emma.

— Não me parece suficiente — retrucou Grace. — Todos sabemos que você conseguirá isso. Eleve seus padrões, mocinha.

Jessica hesitou por um momento antes de dizer:

— Ganharei o Founder's Prize.

— Agora, sim — comentou Grace. — E todos estaremos presentes quando receber o prêmio.

— Sua vez, mamãe — pediu Sebastian, tirando a filha da berlinda.

— Vou entrar em uma academia e perder três quilos.

— Mas essa foi sua promessa no ano passado!

— Eu sei — reconheceu Emma — e agora preciso perder seis.

— Eu também — admitiu Giles —, mas ao contrário de Emma, pelo menos, consegui cumprir minha promessa do ano passado.

— Qual foi? — perguntou Harry.

— Jurei que voltaria à bancada principal e receberia uma pasta ministerial desafiadora agora que Michael Foot finalmente renunciou e abriu caminho para alguém que realmente pretende se mudar para o Número 10.

— Qual pasta ministerial o sr. Kinnock pediu que conduzisse no Gabinete Sombra? — perguntou Grace.

Giles não conteve o sorriso.

— Ah, não — resmungou Emma — você não ousaria! Presumo que tenha recusado?

— Não pude resistir — retrucou Giles. — Portanto, minha promessa de ano novo é frustrar, assediar e causar o maior número de problemas possível ao governo e, em particular, ao ministro da Saúde.

— Você é um rato! — desdenhou Emma.

— Na verdade, irmãzinha, sou o apanhador de ratos.

— Intervalo! — pediu Harry, rindo. — Antes de vocês começarem a discutir, quem é o próximo?

— Freddie, talvez? — sugeriu Karin.

Tinha sido o primeiro Natal de Freddie em Manor House, e Jessica tratou de mimá-lo, enquanto Jake parecia nunca se afastar mais do que alguns passos de seu novo amigo.

— Minha promessa de ano novo — começou Freddie — será a mesma deste e de todos os anos até que eu consiga cumpri-la. — Freddie não pretendia, mas prendeu a atenção de todos. — Vou marcar cem corridas no Lord's como meu pai.

Giles desviou o olhar, não desejando envergonhar o garoto.

— E, depois que fizer isso, o que vem depois? — perguntou Harry quando viu seu velho amigo à beira das lágrimas.

— Marcar duzentas, sir Harry — disse Freddie sem hesitar.

— Não será difícil descobrir o que você desejará no ano seguinte, depois de conseguir isso — brincou Grace.

Todos riram.

— Agora é a sua vez, Karin — disse Emma.

— Decidi correr a Maratona de Londres e arrecadar dinheiro para os imigrantes que queiram ir para a universidade.

— Qual a distância de uma maratona? — perguntou Samantha.

— Quarenta e dois quilômetros.

— Antes você do que eu. Mas pode contar com cinco libras por quilômetro de minha parte.

— Muita generosidade sua, Sam — agradeceu Karin.

— De minha parte também — emendou Sebastian.

— Pode contar comigo — acrescentou Giles.

— Obrigada, mas não — retrucou Karin, pegando um caderninho de notas. — Já tenho a doação de Samantha de cinco libras por quilômetro e espero que o restante de vocês contribua na mesma proporção de sua renda.

— Socorro — reclamou Sebastian.

— Você será o último da lista — declarou Karin, sorrindo para Seb antes de consultar seu caderninho. — Grace vai contribuir com trinta e cinco libras por quilômetro; Emma e Harry, com cinquenta libras cada; e Giles, cem. E Sebastian, como presidente do conselho do banco, anotei mil libras por quilômetro. Tudo isso totaliza — conclui, consultando mais uma vez suas anotações — quarenta e sete mil oitocentas e oitenta libras.

— Posso me candidatar como estudante de artes imigrante do novo mundo que não sabe ao certo quem são seus pais e que, infelizmente, perdeu sua bolsa de estudos? — Todo mundo riu. — Mas falando sério, Freddie, Jake e eu gostaríamos de doar dez libras por quilômetro.

— Mas isso lhe custaria mil duzentas e sessenta libras — contestou o pai. — Então preciso perguntar, tenho que perguntar, como a senhorita pretende pagar?

— O banco exigirá que um retrato de seu novo presidente seja pendurado na sala de reuniões — disse Jessica. — Adivinha com quem eles irão encomendá-lo e qual será seu valor?

Harry sorriu, satisfeito por sua neta ter recuperado sua irreverência e senso de humor.

— Tenho direito a uma opinião? — perguntou Seb.

— Claro que não — respondeu Jessica. — Caso contrário, qual seria o sentido de ser pai?

— Bravo, Karin! — emendou Grace. — Estamos orgulhosos.

— Alto lá — disse Seb. — Haverá uma subcláusula nesse contrato. Nenhum centavo será pago se Karin não terminar a maratona.

— É justo — concordou Karin. — Muito obrigada a todos.

— Quem falta? — perguntou Emma.

Todos voltaram a atenção para Harry, que não resistiu a fazê-los esperar por mais alguns momentos.

— Era uma vez uma senhora notável que, pouco antes de morrer, escreveu uma carta ao filho, sugerindo que talvez tivesse chegado a hora de ele escrever aquele romance sobre o qual tantas vezes lhe falara. — Ele fez uma pausa. — Bem, mãe — disse ele, olhando para o céu —, chegou a hora. Não tenho mais desculpas para não atender seu desejo, pois acabei de concluir o livro final da série William Warwick.

— A não ser, é claro, que seu editor malvado — sugeriu Emma, entusiasmada com o tema — oferecesse ao suscetível autor um adiantamento ainda maior, ao qual ele ache impossível resistir.

— Fico feliz em lhe dizer que não será possível — declarou Harry.

— Por quê? — perguntou Seb.

Acabei de enviar o manuscrito final para Aaron Guinzburg, e ele está prestes a descobrir que matei William Warwick.

Todos ficaram boquiabertos, exceto Giles, que disparou:

— Isso não impediu Sir Arthur Conan Doyle de trazer Sherlock Holmes de volta à vida depois que seus fiéis leitores pensaram que Moriarty o jogara de um penhasco.

— O mesmo pensamento passou pela minha cabeça — completou Harry. — Então terminei o livro com o funeral de William Warwick, e sua esposa e filhos de pé ao lado da sepultura observando seu caixão ser baixado na sepultura. Pelo que me lembro, apenas uma pessoa ressuscitou dos mortos.

A declaração foi suficiente para silenciar até Giles.

— Você pode nos contar alguma coisa sobre o próximo romance? — perguntou Karin, que, como todo mundo, era a primeira vez que ouvia falar da morte de William Warwick.

Mais uma vez, Harry esperou até obter a atenção de todos, incluindo Jake.

— Será ambientado em um dos Estados satélites russos, provavelmente na Ucrânia. O primeiro capítulo começa no subúrbio de Kiev, onde mãe, pai e filho jantam juntos.

— Um menino ou uma menina? — perguntou Jessica.

— Menino.

— De que idade?

— Ainda não decidi. Quinze, talvez dezesseis. Tudo o que sei com certeza é que a família está comemorando o aniversário do garoto e, durante a refeição, que não é exatamente um banquete, o leitor descobrirá os problemas que eles enfrentam vivendo sob um regime opressivo quando o pai, um líder sindical, é considerado um agitador, um dissidente, alguém que se atreve a desafiar a autoridade do Estado.

— Se ele tivesse nascido neste país — ponderou Giles —, teria sido o líder da oposição.

— Mas em seu próprio país — continuou Harry — ele é tratado como um fora da lei, um criminoso comum.

— O que acontece depois? — quis saber Jessica.

— O garoto está prestes a abrir seu único presente quando um caminhão do exército freia bruscamente do lado de fora da casa, e uma dúzia de soldados arromba a porta, arrasta o pai para a rua e atira nele na frente da esposa e do filho.

— Você matou o herói logo, no primeiro capítulo? — perguntou Emma, incrédula.

— A história é sobre o menino — disse Grace —, não o pai.

— E a mãe — emendou Harry —, porque ela é uma mulher inteligente e engenhosa que já descobriu que, se não fugir do país, não demorará muito para que seu filho rebelde busque vingança e acabe inevitavelmente sofrendo o mesmo destino do pai.

— Para onde eles escapam? — exigiu Jessica.

— A mãe não consegue se decidir entre os Estados Unidos e a Inglaterra.

— Como eles decidem? — perguntou Karin.

— Jogando cara ou coroa.

O restante da família não tirava os olhos do narrador.

— E qual é a reviravolta da trama? — perguntou Seb.

— Acompanhamos o desenrolar dos acontecimentos na vida de mãe e filho, capítulo a capítulo. No Capítulo Um, eles fogem para os Estados Unidos. No Dois, para a Inglaterra. Então o leitor tem duas histórias paralelas e muito diferentes acontecendo ao mesmo tempo.

— Uau — disse Jessica. — Mas depois, o que acontece?

— Eu gostaria de saber — confessou Harry. — Mas minha promessa de ano novo é descobrir.

29

— Faltam dez minutos — anunciou uma voz no alto-falante. Karin continuou se aquecendo correndo sem sair do lugar, tentando entrar no que os corredores experientes chamavam de "zona". Ela treinou horas, correu a meia maratona, mas de repente se sentiu muito sozinha na linha de largada.

— Cinco minutos — anunciou a voz.

Karin checou o cronômetro, um presente recente de Giles. Zerado. Saía o mais perto possível do pelotão da frente, Freddie havia lhe dito. Por que adicionar tempo ou distância desnecessários à corrida? — Karin nunca considerou a maratona uma corrida; ela só esperava terminar em menos de quatro horas. Agora, esperava apenas terminar.

— Um minuto — ecoou a voz.

Karin estava a cerca de onze fileiras da largada, mas, como havia mais de 8 mil corredores, ela considerou perto o suficiente da linha de frente.

— Dez, nove, oito, sete, seis, cinco, quatro, três, dois, um! — gritaram os corredores em uníssono, seguidos pelo som ensurdecedor de uma buzina. Karen disparou o cronômetro e partiu arrastada por um mar de corredores entusiasmados.

Cada quilômetro estava marcado com uma grossa linha azul que se estendia pela estrada, e Karin completou o primeiro quilômetro em menos de cinco minutos. Quando estabeleceu um ritmo constante, ela conseguiu perceber as multidões alinhadas em ambos os lados do percurso, algumas aplaudindo, algumas batendo palmas, enquanto outras apenas encaravam com descrença a massa humana, de todas as formas e tamanhos, que passava em velocidades diferentes.

Sua mente começou a divagar. Ela pensou em Giles, que a levara a um pequeno agrupamento de tendas mais cedo naquela manhã para se inscrever, e que agora estaria lá em algum lugar parado no frio, esperando que ela aparecesse entre os demais derrotados. Seus pensamentos se voltaram para sua recente visita à Câmara dos Lordes para ouvir a representante da pasta da Saúde responder às perguntas na caixa de despacho. Emma se saíra bem e, na opinião de Giles, rapidamente ganhou confiança. Quando Karin ultrapassou a marca da metade da prova, também esperava ter conquistado a mesma confiança, embora reconhecesse que o vencedor já deveria estar cruzando a linha de chegada.

Giles os avisara de que era improvável que Karin concluísse o percurso em menos de quatro horas. Portanto, toda a família acordou cedo naquela manhã para garantir que encontrassem um local onde ela conseguiria vê-los. Na noite anterior, Freddie estava ajoelhado no chão, preparando um cartaz que esperava que fizesse Karin rir quando passasse por eles.

Depois que Giles voltou à Smith Square após deixar a esposa na tenda de inscrições de A-D em Greenwich Park, levou seu pequeno grupo de apoiadores até a parte dos fundos do prédio do Tesouro e encontrou um lugar na primeira fila atrás das barreiras na Praça do Parlamento em frente à estátua de Winston Churchill.

Karin agora estava se aproximando do que era conhecido por todos os maratonistas como o muro. Geralmente surgia lá por volta dos km 27 a 32, e ela ouvira falar tantas vezes sobre a tentação de se convencer de que, se desistisse, ninguém notaria. Todo mundo notaria. Poderiam não comentar nada, mas Sebastian foi categórico quando disse que não doaria um centavo a menos que ela cruzasse a linha de chegada. Acordo é acordo, ele a lembrara. Mas ela parecia estar indo cada vez mais devagar, e não ajudou muito quando avistou uma placa de sinalização de 50 km por hora à sua frente.

Mas alguma coisa, possivelmente o medo do fracasso, a manteve em movimento, e ela fingiu não perceber quando foi superada por uma pessoa vestida de caixa de correio e, alguns minutos depois, por uma pessoa montando um camelo. Continue, continue, continue, dizia a si mesma. Pare, pare, pare, suas pernas insistiam. Quando ela ultrapassou a marca de 30 quilômetros, a multidão aplaudiu alto, não por ela, mas por alguém fantasiado de lagarta que agora a ultrapassava.

Quando Karin avistou a Torre de Londres a distância, começou a acreditar que conseguiria. Ela verificou o relógio: 3 horas e 32 minutos. Ainda seria possível concluir o percurso em menos de quatro horas?

Quando cruzou a Embankment e passou pelo Big Ben, irromperam gritos altos e prolongados. Ela olhou e notou Giles, Harry e Emma acenando freneticamente. Jessica não parou de desenhar, enquanto Freddie segurava um cartaz que dizia:

CONTINUE FIRME, ACHO QUE
ESTÁ EM TERCEIRO LUGAR!

Karin conseguiu, de alguma forma, levantar um braço para retribuir o aceno, mas, quando entrou na Mall, mal conseguia colocar um pé na frente do outro. Faltando 400 metros, ela percebeu as arquibancadas lotadas dos dois lados da avenida, a multidão aplaudindo mais alto do que nunca e uma equipe de televisão da BBC que a filmava ao mesmo tempo que corria de costas mais rápido do que ela para a frente.

Ela olhou para cima e viu o relógio digital acima da linha de chegada correndo implacavelmente. Três horas e 57 minutos, e de repente ela começou a prestar atenção nos segundos, 31, 32, 33... Com um último esforço hercúleo, tentou acelerar. Quando finalmente cruzou a linha, Karin levantou os braços como se fosse uma campeã olímpica. Depois de mais alguns passos desabou no chão.

Um instante depois, um oficial de corrida, vestindo um colete da Cruz Vermelha, estava ajoelhado ao seu lado com uma garrafa de água em uma das mãos e uma brilhante capa prateada na outra.

— Tente continuar caminhando — disse ele, colocando uma medalha em seu pescoço.

Karin começou a andar devagar, muito devagar, mas seu ânimo se elevou quando viu Freddie correndo em sua direção, de braços estendidos, seguido por Giles apenas alguns passos atrás.

— Parabéns! — gritou Freddie, mesmo antes de alcançá-la. Três horas, 59 minutos e 11 segundos. Tenho certeza de que melhorará o tempo no ano que vem.

— Não haverá um ano que vem — admitiu Karin com muita determinação. — Nem que Sebastian me ofereça um milhão de libras.

LADY VIRGINIA FENWICK

1983 – 1986

30

Virginia havia se mudado de seu apartamento em Chelsea para a casa do Duque em Eaton Square no dia seguinte ao que o motorista levou Clarence e Alice a Heathrow para seguirem seu caminho; ele voou para o leste; ela, para o oeste.

Embora ainda um pouco apreensiva, Virginia ficou cada vez mais confiante de que conseguira se safar, até que viajaram juntos para o campo a fim de passar um fim de semana prolongado no Castelo Hertford.

Quando o duque estava fora praticando tiro, o sr. Moxton, o administrador da propriedade, entregou a Virginia um bilhete manuscrito solicitando uma reunião particular.

— Peço desculpas por tocar no assunto — disse ele depois que Virginia o chamou para se juntar a ela na sala de estar —, mas posso perguntar se as 185 mil libras que o duque lhe deu foram um presente ou um empréstimo?

— Faz alguma diferença? — perguntou Virginia bruscamente.

— Só para efeitos fiscais, minha senhora.

— O que seria mais conveniente? — perguntou ela em um tom mais suave.

— Um empréstimo — disse Moxton, que Virginia não sugeriu que se sentasse —, porque então não há implicações fiscais. Se fosse um presente, a senhora precisaria pagar cerca de cem mil libras de impostos.

— E não queremos isso, não é mesmo? — disse Virginia. — Mas quando eu deveria pagar o empréstimo?

— Digamos, em cinco anos? E então, é lógico, o prazo pode ser prorrogado.

— É lógico.

— No entanto, na improvável possibilidade de que Sua Graça faleça antes disso, a senhora seria responsável pela devolução do valor integral.

— Então terei que fazer tudo o que estiver ao meu alcance para garantir que Sua Graça viva por pelo menos mais cinco anos.

— Acho que seria o melhor para todos, milady — disse Moxton, sem saber se deveria rir. — Posso perguntar também se é provável que haja mais empréstimos desse tipo em um futuro próximo?

— Certamente que não, Moxton. Foi um caso pontual, e sei que o duque prefere que o assunto não seja mencionado novamente.

— Claro, milady. Vou elaborar o documento de empréstimo necessário para a senhora assinar e tudo estará resolvido.

À medida que as semanas se passavam, e depois os meses, aumentava a confiança de Virginia de que o duque não sabia do que ela e Moxton haviam combinado, mas, mesmo que soubesse, certamente nunca tocaria no assunto. Quando chegou a hora de celebrar o septuagésimo primeiro aniversário do duque, Virginia estava pronta para passar à próxima fase de seu plano.

Se 1983 tivesse sido um ano bissexto, o problema poderia ter se resolvido. Mas não era, e Virginia não estava disposta a esperar.

Ela estava morando em Eaton Square com o duque havia quase um ano e, terminado o período oficial de luto, seu próximo objetivo era simplesmente tornar-se Sua Graça a Duquesa de Hertford. Havia apenas um obstáculo em seu caminho: o duque, que parecia bastante satisfeito com o arranjo atual, e nunca havia cogitado sobre o casamento. Essa situação precisava mudar. Mas como?

Virginia considerou suas opções. Poderia sair de Eaton Square e voltar para Chelsea, deixando que Perry sentisse falta de sua companhia e, mais importante, do sexo, que não era mais tão regular quanto antes, e esperar que fosse o suficiente. No entanto, com apenas duas mil libras por mês de subsídio do irmão para sobreviver, Virginia temia ceder muito antes dele. Ela poderia pedi-lo em casamento, mas não saberia lidar com a humilhação de ser rejeitada. Ou poderia simplesmente deixá-lo, algo que não suportava nem pensar.

No momento em que discutiu o problema durante o almoço com Bofie Bridgwater e Priscilla Bingham, foi Bofie quem encontrou uma solução simples que indubitavelmente forçaria o duque a tomar uma decisão de uma maneira ou de outra.

— Mas o tiro pode sair pela culatra — ponderou Virginia —, e então eu voltaria para a rua da amargura.

— Pode ser — admitiu Bofie. — Mas, francamente, não tem muitas opções, minha cara, a menos que esteja satisfeita em ir levando até a hora de comparecer ao funeral do duque como uma velha amiga.

— Não, eu lhe garanto que isso não está em meus planos. Se eu permitir que isso aconteça, Lady Camilla Hertford viria atrás de mim com todas as armas, exigindo que o empréstimo de 185 mil libras seja pago integralmente. Não, se é para arriscar tudo em uma só jogada, terá que ser antes do Natal.

— Por que o Natal é tão importante? — perguntou Priscilla.

— Porque Camilla pretende vir da Nova Zelândia e já escreveu para Perry avisando-o de que, se "aquela mulher" estiver entre os convidados, nem ela, nem o marido, nem os netos de Perry, que ele tanto adora, embarcarão no avião.

— Ela detesta você tanto assim?

— Mais do que a falecida mãe, se é que isso é possível. Então, se vamos fazer algo a respeito, o tempo não está do meu lado.

— Então é melhor eu dar logo esse telefonema — anunciou Bofie.

— *Daily Mail*.
— Gostaria de falar com Nigel Dempster.
— Quem quer falar?

— Lorde Bridgwater.

— Bofie, que bom falar com você — disse a próxima voz na linha.

— O que conta de novo?

— Recebi uma ligação de William Hickey do *Express*, Nigel. É claro que me recusei a falar com eles.

— Sou grato por isso, Bofie.

— Bem, se a história tiver que vir a público, prefiro que seja na sua coluna.

— Manda brasa.

Dempster anotou cada palavra que Bofie tinha a dizer e ficou um tanto surpreso, pois sempre descrevera Lorde Bridgwater em sua coluna como um "solteiro convicto". Mas não havia dúvida de que essa notícia exclusiva vinha diretamente da fonte.

Assim que o *Daily Mail* pousou em seu capacho na manhã seguinte, Virginia correu para pegá-lo. Ela ignorou a manchete da primeira página: "Divórcio?" — acima de uma foto de Rod e Alana Stewart, e rapidamente folheou o jornal até a coluna de Dempster e se deparou com a manchete "CASAMENTO?" — acima de uma foto não muito lisonjeira da Lady Virginia Fenwick em Monte Carlo com Bofie.

Enquanto Virginia lia a matéria central de Dempster, arrependeu-se de ter deixado tudo nas mãos de Bofie. *Um amigo íntimo da família (código para a pessoa citada na história) me contou que Lorde Bridgwater espera em breve anunciar seu noivado com Lady Virginia Fenwick, a única filha do falecido Earl Fenwick. Isso pode ser uma surpresa para meus leitores regulares, porque, na semana passada, Lady Virginia foi vista de braço dado com o Duque de Hertford. Fique ligado.*

Virginia leu o artigo uma segunda vez, temendo que Bofie tivesse exagerado na dose, porque não era preciso ler as entrelinhas para perceber que Dempster não acreditava em uma só palavra da história.

Ela tinha que ligar para Perry e lhe dizer que tudo aquilo não passava de uma bobagem. Afinal, todo mundo sabia que Bofie era gay.

Depois de várias xícaras de café e algumas tentativas frustradas, Virginia finalmente pegou o telefone e discou para o número da casa de Perry em Eaton Square e logo que ouviu uma batida à porta da frente.

— Residência do Duque de Hertford — anunciou uma voz do outro lado da linha que ela reconheceu imediatamente.

— É Lady Virginia, Lomax. Será que eu poderia falar com...

As batidas à porta continuaram.

— Receio que Sua Graça não esteja em casa, milady — respondeu o mordomo.

— Sabe a que horas ele volta?

— Não, milady. Ele saiu às pressas esta manhã e não deixou instruções. A senhora deseja deixar recado?

— Não, obrigada — disse Virginia, desligando o telefone. As batidas persistiram como o martelar de um cobrador de aluguel que sabia que havia alguém em casa.

Ela caminhou atordoada até a porta, imaginando que Perry devia ter partido para o campo sem ela pela primeira vez em mais de um ano. Ela precisava de tempo para pensar, mas primeiro precisava se livrar de quem estivesse na porta.

Abriu a porta e estava prestes a soltar os cachorros no intruso e se deparou com Perry, ajoelhado.

— Não me diga que estou muito atrasado, minha querida — disse ele, olhando para ela com um ar desamparado.

— Claro que não, Perry, mas levante-se.

— Não até você dizer que se casa comigo.

— Claro que sim, meu querido. Já disse a Bofie que você é o único homem na minha vida, mas ele não aceita um *não* como resposta — retrucou ela enquanto ajudava o duque a se levantar.

— Não quero esperar mais, minha querida — declarou ele. — Já posso ver a linha de chegada. Então é melhor darmos o próximo passo o quanto antes.

— Entendo exatamente como se sente — disse Virginia —, mas não acha que deveria conversar com seus filhos antes de tomar uma decisão tão importante?

— Certamente que não. Os pais não pedem permissão aos filhos para se casarem. De qualquer forma, tenho certeza de que eles ficarão encantados.

Três semanas depois, graças a uma dica de um amigo da família, Nigel Dempster imprimiu uma fotografia exclusiva do Duque e da Duquesa de Hertford saindo do Cartório de Registros de Chelsea na chuva. *E o feliz casal*, escreveu Dempster, *desfrutará a lua de mel na propriedade do duque perto de Cortona e planeja voltar ao Castelo Hertford para passar o Natal com a família.*

31

O Natal dos Hertford foi tão gelado dentro quanto fora do castelo. Até Clarence e Alice estavam claramente consternados pelo pai ter se casado sem informá-los, enquanto Camilla não deixava dúvida a ninguém — fosse família ou empregados — sobre como se sentia em relação à usurpadora.

Sempre que Virginia entrava em um cômodo, Camilla saía com o marido e os dois filhos atrás dela. No entanto, Virginia ainda tinha uma vantagem sobre o restante da família: havia um aposento onde nenhum deles podia entrar e onde ela tinha domínio completo durante oito de cada 24 horas.

Enquanto Virginia manipulava o marido à noite, ela se concentrava em Clarence e Alice durante o dia, aceitando que Camilla estava fora de seu alcance, embora não tivesse desistido completamente do marido e dos filhos.

Sempre que algum membro da família a visse com o duque, Virginia se certificaria de parecer carinhosa, solícita e genuinamente devotada a ele, cuidando de todas as suas necessidades. No final da primeira semana, um pouco do gelo começou a derreter e, para sua alegria, na véspera de Natal, Clarence e Alice acompanharam o casal em sua caminhada matinal pelo campo. Eles ficaram surpresos ao descobrir o interesse de Virginia pela manutenção da propriedade.

— Afinal — observou ela a Clarence —, quando você finalmente deixar o exército, precisamos garantir que tenha um empreendimento florescente para assumir, e não um patrimônio moribundo.

— Então vou precisar encontrar uma esposa tão consciente quanto você, Virginia — respondeu ele.

Um já foi, faltam dois.

Alice foi a próxima da fila. Quando ela abriu o presente de Natal e encontrou o mais recente romance de Graham Greene, *O décimo homem*, perguntou:

— Como você sabia que ele é meu autor favorito?

— É o meu também — disse Virginia, que havia lido rapidamente três romances de Greene depois que viu um exemplar bastante manuseado na mesa de cabeceira de Alice. — Não estou surpresa em descobrir que temos isso em comum, e, embora *Fim de caso* seja excelente, *O condenado* ainda é o meu favorito.

— Isso não me surpreende — provocou Camilla. — Afinal, você e Pinkie Brown têm muito em comum.

Alice franziu o cenho, embora tenha ficado nítido que o duque não tinha ideia do que estavam falando. Dois já foram, só falta um.

Quando os netos abriram os presentes de Natal, gritaram de alegria. Um relógio Star Trek para Tristan e uma boneca Barbie para Kitty que Virginia havia comprado logo depois que descobriu que Camilla se recusara a comprá-los, preferindo o *Dicionário Conciso Oxford* e um kit de costura.

O presente de Camilla tinha sido o mais difícil de todos, até que Virginia se deparou com uma fotografia dela ainda menina tocando flauta na orquestra da escola, e a cozinheira lhe dissera que ouvira que sua senhoria estava pensando em voltar a tocar o instrumento. Afinal, deve-se ter bastante tempo livre quando a cidade mais próxima fica a mais de 160 quilômetros de distância.

Quando Camilla abriu o presente e viu o instrumento novo em folha, ficou sem palavras. Virginia considerou que seu subsídio mensal havia sido bem gasto. E esse fato se confirmou quando Tristan foi até ela e lhe disse:

— Obrigado, vovó — e lhe deu um beijo.

No final da segunda semana, Clarence e Alice haviam concordado que o pai era um homem afortunado por ter encontrado tal joia e, embora Camilla não concordasse com os irmãos, ela não mais se retirava do cômodo sempre que Virginia entrava.

No dia da partida da família, Virginia organizou lanches cuidadosamente embalados e limonada para as crianças levarem no avião, e, antes que subissem no carro à espera, todos lhe deram um beijo de despedida, exceto Camilla, que lhe apertou a mão. Enquanto o Rolls-Royce conduzido por um motorista seguia pela longa estrada em direção a Heathrow, Virginia não parou de acenar até o carro sumir de vista.

— Que triunfo absoluto para você — elogiou o duque enquanto voltavam para o castelo. — Você foi magnífica, minha querida. Acho que no final até Camilla estava começando a ceder.

— Obrigada, Perry — agradeceu Virginia, enganchando o braço no dele. — Mas entendo os sentimentos de Camilla. Afinal, eu me sentiria da mesma maneira se alguém tentasse tomar o lugar da minha mãe.

— Você tem um coração muito generoso, Virginia. Mas temo que exista um assunto que Camilla comentou comigo que não posso mais adiar discutir com você.

Virginia congelou. Como Camilla descobrira sobre o empréstimo se havia combinado que Moxton viajasse para o feriado de Natal no dia anterior à chegada da família e não retornasse até o dia seguinte à partida?

— Sinto muito ter que tocar em um assunto tão doloroso — relutou o duque —, mas estou ficando velho e tenho que considerar o futuro, e o seu em particular, minha querida.

Virginia nem tentou contestar; esse era um assunto que a preocupava. Desmond Mellor também lhe ensinara que sempre que espera conseguir um bom negócio é melhor esperar até que o outro lado faça a oferta inicial.

— A velha linha de chegada e tudo isso — acrescentou o duque. — Então, decidi elaborar um codicilo para ser acrescentado ao meu testamento para que você não tenha com o que se preocupar depois que eu partir.

— Minha única preocupação — comentou Virginia — é que, depois que você se for, ficarei sozinha. Sei que é egoísta de minha parte, Perry, mas se pudesse morreria antes de você. Não consigo suportar a ideia de ter que viver sem você. — Ela até conseguiu derramar uma lágrima.

— Como tive tanta sorte? — alegrou-se o duque.

— Fui eu quem teve sorte — ronronou Virginia.

— Antes de ligar para meu advogado e colocar meu plano em prática, minha querida, quero que pense um pouco no que posso deixar para você. É claro que terá uma casa dentro da propriedade e um subsídio de cinco mil libras por mês, mas, se houver algo mais que gostaria, me diga.

— É muito gentil de sua parte, Perry. Não consigo pensar em nada no momento. Talvez apenas uma pequena recordação sua.

A verdade é que Virginia já havia pensado muito no assunto, pois fazia parte de seu plano de aposentadoria. Ela não conseguia esquecer que já havia perdido dois testamentos e não pretendia perder um terceiro.

No entanto, ela precisava fazer mais algumas pesquisas antes de informar a Perry qual seria a pequena recordação que tinha em mente. Ela conhecia exatamente a pessoa perfeita para aconselhá-la sobre o assunto, mas não podia convidá-la para ir ao castelo enquanto o duque estivesse em casa. De qualquer forma, esse problema seria resolvido em algumas semanas, quando Perry fosse a Londres para sua reunião regimental anual, um evento que nunca perdeu, porque, como coronel honorário do regimento, era seu dever presidir o jantar.

32

Virginia se juntou a Perry no curto trajeto até a estação local.

— Gostaria de ir com você — declarou, enquanto caminhavam juntos para a plataforma.

— Não vejo motivo, querida, pois só ficarei na cidade por uma noite e voltarei amanhã à tarde.

— Quando me encontrará de pé na plataforma à sua espera.

— Não precisa se preocupar — pediu ele quando o trem parou.

— Quero estar aqui quando você voltar — disse ela quando o duque subiu em um vagão da primeira classe.

— Gentileza sua, minha querida.

— Adeus — gritou Virginia, acenando quando o trem partiu em sua jornada para Londres. Ela rapidamente saiu da estação em busca de outro homem.

— Você é Poltimore? — perguntou ela a um jovem parado na calçada e parecendo um pouco perdido. Seu cabelo loiro quase chegava aos ombros e ele usava um casaco de lona e carregava uma pequena mala.

— Sim, Vossa Graça — respondeu ele, fazendo uma ligeira reverência. — Não esperava que a senhora viesse me buscar.

— Foi um prazer — disse Virginia, quando o motorista abriu a porta traseira do carro para eles.

No caminho de volta ao castelo, Virginia explicou por que havia convidado um historiador de arte da Sotheby's para ver a coleção Hertford.

— Há algum tempo o duque se preocupa que possa ter se esquecido de incluir alguma obra de valor no seguro. Mantemos um inventário completo, é claro, mas como meu marido não se interessa muito pelas heranças de família, pensei que seria sensato atualizá-lo. Afinal, estamos ficando velhos.

— Estou ansioso para ver a coleção — respondeu Poltimore. — É sempre especial ver uma coleção que não foi vista pelo público. Conheço, é claro, o *Policial* do Castelo Hertford e a peça de Turner da Praça de São Marcos, mas mal posso esperar para descobrir que outros tesouros vocês têm.

Eu também, pensou Virginia, mas não interrompeu o discurso entusiasmado do jovem.

— Não foi preciso muita pesquisa para descobrir que foi o terceiro duque que viajou extensivamente pelo continente durante o século XVIII — continuou Poltimore —, o responsável por reunir uma coleção tão refinada.

— Mas não pode ter sido ele quem comprou o Turner ou o *Policial* — declarou Virginia.

— Não, esse foi o sétimo duque. Foi ele também quem encomendou o retrato de Catherine, a Duquesa de Hertford, a Gainsborough.

— Você o encontrará pendurado no corredor — indicou Virginia, que já havia estudado o inventário detalhadamente antes de chegar à conclusão de que o duque nunca concordaria em abrir mão de nenhuma das heranças da família Hertford. No entanto, ela esperava que, nos últimos trezentos anos, algo pudesse ter escapado à atenção deles.

Ao chegar de volta ao castelo, Virginia não perdeu tempo, levou o representante da Sotheby's direto para a biblioteca, onde lhe apresentou três grossos volumes encadernados em couro intitulados *A Coleção Hertford*.

— Vou deixar você continuar seu trabalho, sr. Poltimore. Fique à vontade para andar pela casa, lembrando que seu principal objetivo é tentar encontrar qualquer coisa que possamos ter deixado de fora do inventário.

— Mal posso esperar — confessou Poltimore ao abrir o primeiro volume.

Quando se virou para ir embora, Virginia disse:

— Nós nos vestimos para o jantar, sr. Poltimore, que será servido pontualmente às oito.

— Consegui verificar quase tudo o que está listado no inventário — disse Poltimore, tomando um copo de xerez antes do jantar —, e posso confirmar que tudo parece estar em ordem. No entanto, acho que as avaliações atuais para fins de seguro estão bem abaixo do valor real da coleção.

— Isso não me surpreende — declarou Virginia. — Duvido que muitos da aristocracia pudessem se dar ao luxo de garantir seus bens pelo seu valor real. Lembro-me de meu pai uma vez me dizendo que, se os retratos da família fossem vendidos, ele não poderia mais comprá-los. Você encontrou algo importante que não foi contabilizado?

— Até agora, nada. Mas não tive a chance de verificar os dois andares superiores, o que farei amanhã logo pela manhã.

— Lá ficam principalmente os alojamentos dos empregados — respondeu Virginia, tentando mascarar sua decepção. — Acho que você não encontrará nada que valha a pena lá em cima. Mas já que está aqui não custa nada olhar.

Um gongo soou e ela levou seu convidado até a sala de jantar.

— Onde está o sr. Poltimore, Lomax? — perguntou Virginia ao mordomo quando desceu para tomar seu café na manhã seguinte.

— Ele tomou o café da manhã mais cedo, Vossa Graça, e quando o vi pela última vez estava no último andar tomando nota das fotos penduradas no patamar da escada.

Virginia se retirou para a biblioteca depois do café da manhã e começou a checar o inventário, imaginando se poderia haver alguma obra-prima menor à qual o duque não fosse particularmente apegado e estivesse disposto a abrir mão. No entanto, quando examinou as avaliações revisadas de Poltimore, não havia nada que lhe permitisse continuar vivendo no estilo que considerava digno de uma duquesa. Ela só teria de garantir que seu subsídio mensal fosse aumentado de 5 mil para 10 mil libras para que ela não passasse fome. Seu humor não melhorou quando Poltimore lhe informou durante o almoço que não havia encontrado nada de real significado nos dois últimos andares.

— Não é de surpreender, tendo em vista que são as dependências dos empregados — respondeu Virginia.

— Mas me deparei com um desenho de Tiepolo e uma aquarela de Sir William Russell Flint que deveriam ser adicionados ao inventário.

— Estou muito agradecida — respondeu Virginia. — Só espero que você não sinta que sua visita foi uma perda de tempo.

— De maneira alguma, Vossa Graça. Foi uma experiência muito agradável e, se o duque considerasse vender alguma peça de sua coleção, teríamos muita honra em representá-lo.

— Não consigo imaginar as circunstâncias em que isso aconteceria — declarou Virginia —, mas, se surgirem, entrarei em contato imediatamente.

— Obrigado. Ainda tenho tempo — disse ele, olhando o relógio — para verificar o porão antes de partir.

— Não consigo imaginar o que você poderia encontrar lá embaixo — comentou Virginia —, além de algumas panelas e frigideiras antigas e um antigo fogão Aga que venho dizendo ao duque que deveria ter sido substituído anos atrás.

Poltimore riu respeitosamente antes de terminar seu último pedaço de torta de pão e manteiga.

— O carro estará pronto para levá-lo à estação às 14h40 — informou Virginia —, o que lhe dará tempo de sobra para pegar o trem das 15h05 de volta a Londres.

Virginia estava conversando com o jardineiro sobre o plantio de um novo canteiro de fúcsias quando olhou para cima e viu Poltimore correndo em sua direção. Ela esperou que ele recuperasse o fôlego até que conseguisse dizer:

— Acho que encontrei algo bastante notável, mas precisarei verificar com o chefe do nosso departamento chinês antes de ter certeza.

— Departamento chinês?

— Quase não os notei, escondidos em um canto do corredor da escada perto da despensa.

— Notou o quê? — perguntou Virginia, tentando não demonstrar sua impaciência.

— Dois grandes vasos azuis e brancos. Verifiquei as marcas na base e acho que podem ser da Dinastia Ming.

Virginia manteve o tom casual.

— E são valiosos o suficiente para serem adicionados ao inventário?

— Sem dúvida, se forem originais. Um par semelhante, mas muito menor do que o seu, foi leiloado em Nova York há alguns anos, e o preço final foi superior a um milhão de dólares. Tirei algumas fotografias — continuou Poltimore —, em particular das marcas distintivas na base, que mostrarei ao nosso especialista chinês assim que voltar para Bond Street. Escreverei para informá-la de seu parecer.

— Prefiro que me telefone — orientou Virginia. — Não gostaria de criar expectativas no duque e depois descobrir que era um alarme falso.

— Ligo para a senhora amanhã — prometeu Poltimore.

— Bom, então está resolvido — disse Virginia, quando um lacaio apareceu carregando uma mala que acomodou no porta-malas do carro.

— Agora devo me despedir, Vossa Graça.

— Ainda não, sr. Poltimore — disse Virginia, que se juntou a ele no banco traseiro. Ela esperou até que estivessem na metade do caminho para sussurrar: — Se o duque decidisse vender os vasos, como o senhor recomendaria que ele fizesse isso?

— Se nosso especialista confirmar que são da Dinastia Ming, nós a aconselharemos sobre qual venda seria a mais apropriada para uma peça de tamanha importância histórica.

— Se possível, gostaria de vendê-los com o mínimo de alarde e o máximo de discrição.

— Claro, Vossa Graça — respondeu Poltimore. — Mas devo salientar que, se o nome Hertford for associado aos vasos, seria de esperar que eles obtivessem um preço muito mais alto. Tenho certeza de que a senhora está ciente de que duas coisas realmente importam quando uma descoberta dessa importância é levada a leilão: proveniência e quando a peça apareceu pela última vez no mercado. Então, se vocês puderem agregar o nome Hertford a trezentos anos de história, francamente, seria o sonho da vida de um leiloeiro.

— Sim, entendo que isso faria diferença — ponderou Virginia —, mas, por motivos pessoais, o duque pode preferir o anonimato.

— É claro, seja qual for seu desejo, iremos atendê-lo — respondeu Poltimore enquanto o carro estacionava do lado de fora da estação.

O motorista abriu a porta para permitir que a duquesa saísse.

— Aguardo ansiosa sua resposta, sr. Poltimore — disse ela quando o trem parou na estação.

— Ligo para a senhora assim que tiver notícias, e qualquer que seja sua decisão tenha certeza de que a Sotheby's terá orgulho em atendê-la com máxima discrição. — Ele fez um leve aceno de cabeça antes de subir no vagão.

Virginia não voltou para o carro, atravessou a passarela para a plataforma número dois e só teve que esperar alguns minutos antes que o trem de Londres chegasse. Quando acenou para o duque, ele a recompensou com um enorme sorriso.

— Que bom que você veio me receber, minha querida — disse ele, curvando-se para beijá-la.

— Não seja bobo, Perry, eu mal podia esperar para vê-lo.

— Aconteceu algo interessante durante minha ausência? — perguntou o duque enquanto entregava o bilhete ao chefe da estação.

— Plantei um canteiro de fúcsias, que devem florescer na primavera, mas, francamente, estou mais interessada em ouvir tudo o que aconteceu no seu jantar regimental.

Poltimore honrou sua palavra e telefonou na tarde seguinte para informar a Virginia que o sr. Li Wong, especialista em arte chinesa da Sotheby's, estudara as fotografias dos vasos e, em particular, as marcações distintivas em suas bases, e estava bastante confiante de que as peças eram da Dinastia Ming. No entanto, ele ressaltou que precisaria examiná-las pessoalmente antes que pudesse dar seu parecer.

Li Wong visitou o castelo duas semanas depois, quando o duque foi consultar seu médico na Harley Street para seu checape anual. Ele não precisou passar a noite, pois alguns minutos foram suficientes para convencê-lo de que os dois vasos eram obras-primas que inflamariam o interesse global entre os principais colecionadores de obras chinesas. Ele também foi capaz de adicionar um documento corroborativo.

Depois de passar um dia no Museu Britânico, ele encontrara uma referência que sugeria que o quarto duque de Hertford havia liderado uma missão diplomática em Pequim em algum momento do início do século XIX, em nome de Sua Majestade, e os dois vasos provavelmente foram um presente do imperador Jiaqing para celebrar a ocasião. Li Wong lembrou à duquesa, mais de uma vez, que essa evidência histórica agregaria um valor considerável às peças. Dois vasos Ming presenteados por um imperador a um duque que representava um rei fariam o mundo dos leilões vibrar.

Li Wong ficou claramente desapontado quando Virginia lhe disse que, se o duque decidisse vender os vasos, seria muito improvável que quisesse que o mundo soubesse que estava vendendo uma herança de família.

— Talvez Sua Graça concorde com a simples nomenclatura "de propriedade de um nobre"? — sugeriu o especialista chinês.

— Um meio-termo muito satisfatório — concordou a duquesa, que não acompanhou o sr. Li Wong à estação, já que ele estaria em segurança em Londres muito antes de o duque embarcar no trem de volta para Hertford.

Quando Virginia bateu à porta do escritório do duque, trouxe de volta memórias de quando era convocada pelo pai para receber um sermão sobre suas deficiências. Mas hoje, não. Ela estava prestes a ser informada dos detalhes do testamento de Perry.

Durante o café da manhã, ele pediu que ela se juntasse a ele no escritório por volta das onze, após sua reunião com o advogado da família, marcada para as dez, para discutir o conteúdo de seu testamento e, em particular, a redação do codicilo proposto. Ele lembrou a Virginia que ela ainda não lhe informara se havia algo de que gostaria ter particularmente como recordação.

Ao entrar no escritório do marido, Perry e o advogado imediatamente se levantaram de seus lugares e permaneceram em pé até que ela se sentasse entre eles.

— Chegou no momento exato — disse Perry —, porque acabei de concordar com a redação do novo codicilo que lhe diz respeito e que o sr. Blatchford anexará ao meu testamento.

Virginia inclinou a cabeça.

— Receio, sr. Blatchford — revelou o duque —, que minha esposa ache essa experiência um pouco angustiante, mas consegui convencê-la de que é preciso lidar com essas questões se não quisermos que o fisco se torne seu herdeiro. — Blatchford assentiu sabiamente. — Poderia fazer a gentileza de explicar à duquesa os detalhes do codicilo para que nunca mais tenhamos de tocar neste assunto novamente.

— Certamente, Vossa Graça — respondeu o advogado idoso, cuja morte parecia mais iminente do que a de Perry. — Com a morte do duque — continuou ele —, a senhora receberá uma casa dentro da propriedade, bem como empregados suficientes para ajudá-la. Também receberá uma quantia mensal de cinco mil libras.

— Isso basta, minha querida? — interrompeu o duque.

— É mais do que suficiente, querido — respondeu Virginia calmamente. — Não esqueça que meu querido irmão ainda me fornece um subsídio mensal que nunca consigo gastar.

— Entendo — continuou Blatchford. — O duque pediu que a senhora escolhesse alguma recordação pessoal para se lembrar dele. Já se decidiu o que pode ser?

Passou algum tempo antes que Virginia erguesse a cabeça e dissesse:

— Perry tem uma bengala que me faria recordar dele sempre que eu passeasse à noite pelo jardim.

— Certamente você gostaria de algo um pouco mais substancial do que isso, minha querida?

— Não, isso será suficiente, querido. — Virginia ficou quieta por um tempo antes de acrescentar: — Embora eu confesse que há alguns vasos velhos acumulando poeira lá no porão que sempre admirei, mas apenas se achar que pode se desfazer deles. — Virginia prendeu a respiração.

— Não há menção deles no inventário da família — declarou Blatchford. — Então, com sua permissão, Vossa Graça, acrescentarei a bengala e o par de vasos ao codicilo e o senhor poderá verificar a versão final.

— Sim, sim — concordou o duque, que não havia estado no porão desde que era menino.

— Obrigada, Perry — derreteu-se Virginia —, é muito generoso de sua parte. Já que está aqui, sr. Blatchford, posso pedir sua orientação sobre outro assunto?

— Claro, Vossa Graça.

— Talvez eu também devesse pensar em fazer um testamento.

— Decisão muito sábia, se me permite opinar, Vossa Graça. Ficarei feliz em elaborá-lo para a senhora. Talvez eu possa marcar uma consulta para vê-la em outra ocasião?

— Isso não será necessário, sr. Blatchford. Pretendo deixar tudo que possuo para meu amado marido.

33

Vinte minutos depois, uma ambulância com uma sirene alta parou diante dos portões do castelo.

Dois enfermeiros, sob a orientação de Virginia, a seguiram rapidamente até o quarto do duque. Eles o ergueram gentilmente para a maca e depois desceram lentamente as escadas. Ela segurou a mão de Perry e ele conseguiu dar um sorriso frágil enquanto o levavam para a ambulância.

Virginia embarcou e se sentou no banco ao lado do marido sem soltar sua mão enquanto a ambulância acelerava pelo campo. Depois de mais vinte minutos, chegaram ao hospital local.

Um médico, duas enfermeiras e três auxiliares os aguardavam. A maca foi apoiada em um carrinho que foi conduzido pelas portas abertas para uma sala privativa que havia sido preparada às pressas.

Os três médicos que o examinaram chegaram à mesma conclusão: um leve ataque cardíaco. Apesar do diagnóstico, o mais experiente deles insistiu que o duque permanecesse no hospital para novos exames.

Virginia visitava Perry no hospital todas as manhãs e, embora ele lhe dissesse repetidamente que estava pronto para outra, os médicos não concordaram em liberá-lo até que estivessem convencidos de que havia se recuperado completamente, e Virginia deixou claro, na reunião com a enfermeira-chefe, que ele deve seguir à risca as ordens médicas.

No dia seguinte, telefonou para cada um dos filhos do duque repetindo o diagnóstico dos médicos de um leve ataque cardíaco, e, contanto que ele praticasse exercícios e tomasse cuidado com sua dieta, não havia razão para acreditar que não viveria por muitos anos. Virginia enfatizou que a equipe não achava necessário que eles voltassem para casa e esperava ver a todos no Natal.

Uma dieta à base de melancia, peixe cozido e saladas verdes sem molhos não melhorou o temperamento do duque e, quando ele finalmente teve alta após uma semana, a enfermeira-chefe entregou a Virginia uma lista de itens permitidos e proibidos: nada de açúcar, carboidratos, frituras e não mais do que uma taça de vinho no jantar — que não deve vir acompanhada de uma dose de conhaque ou um charuto. Tão importante quanto, explicou ela, era que ele deveria passear ao ar livre pelo menos uma hora por dia. A enfermeira-chefe deu a Virginia uma cópia da dieta recomendada pelo hospital, que ela prometeu passar à cozinheira assim que chegassem em casa.

A cozinheira nunca viu a folha de dieta recomendada pelo hospital e permitiu que o duque começasse o dia como sempre, com uma tigela de mingau e açúcar mascavo, seguido de ovos fritos, salsichas, duas fatias de bacon e feijão (seu favorito), tudo regado a muito molho HP. Como acompanhamento, torradas de pão de sal com manteiga e geleia e café fervendo com duas colheres de açúcar. Ele então se recolhia ao seu escritório para ler o *Times*, onde um maço de Silk Cut fora deixado no braço da cadeira. Por volta das onze e meia, o mordomo trazia para ele uma caneca de chocolate quente e uma fatia de bolo para o caso de ele sentir um pouco de fome, o que o fazia aguentar até o almoço.

O almoço consistia em peixe, exatamente como a enfermeira-chefe recomendara. No entanto, não era cozido, mas empanado e frito, com uma tigela grande de batatas fritas como acompanhamento. Pudim de chocolate — a enfermeira não mencionara chocolate — raramente era recusado pelo duque, seguido por mais café e seu primeiro charuto do dia.

Virginia o deixava tirar uma sesta à tarde antes de acordá-lo para uma longa caminhada pela propriedade para que ele pudesse abrir o apetite para a próxima refeição. Depois de se trocar para o jantar, o duque desfrutaria de um xerez, talvez dois, antes de ir para a sala de jantar, onde Virginia demonstrava particular interesse pela seleção de vinhos que acompanhariam a refeição. A cozinheira sabia muito bem que para o duque não havia nada melhor do que um contrafilé malpassado com batatas assadas e todos os acompanhamentos a que tinha direito. A cozinheira achava que não era nada mais do que seu dever manter Sua Graça feliz, e ele sempre repetia todos os pratos.

Depois do jantar, o mordomo servia uma taça de conhaque e cortava o charuto Havana do duque antes de acendê-lo. Quando, por fim, se recolhiam para o quarto, Virginia fazia tudo ao seu alcance para atrapalhar o sono do duque e, embora raramente conseguisse, ele sempre adormecia exausto.

Virginia manteve sua rotina rigorosamente, atendendo ao menor capricho do marido, embora parecesse a qualquer espectador ser atenciosa, cuidadosa e dedicada. Ela não fez nenhum comentário quando ele não conseguia mais fechar o último botão da calça ou cochilava durante longos períodos durante a tarde e dizia a qualquer um que perguntasse: "Nunca o vi mais saudável, e não me surpreenderia se vivesse até os cem", embora isso não fosse exatamente o que ela tinha em mente.

***

Virginia passou um tempo considerável se preparando para o aniversário de 72 anos de Perry. Uma ocasião especial na qual o duque deveria ter permissão, apenas dessa vez, para satisfazer a todos seus desejos, foi como ela descreveu a data para todos.

Depois de tomar um café da manhã saudável, Perry saiu para caçar faisões com seus amigos, carregando sua espingarda Purdey favorita debaixo do braço e um cantil de uísque no bolso de trás da calça. Ele estava em boa forma naquela manhã e abateu 21 aves antes de retornar ao castelo, exausto.

Seu ânimo foi revigorado pela visão de galinhas-d'angola, salsichas, cebolas, batatas fritas e um jarro de um espesso molho. Poderia um homem querer mais?, perguntou a seus companheiros. Eles concordaram convictos e levantaram continuamente as taças para brindar à sua saúde. O último deles só partiu ao anoitecer, quando então o duque caiu no sono.

— Você cuida tão bem de mim, minha querida — disse ele quando Virginia o acordou a tempo de se trocar para o jantar. — Sou um homem de muita sorte.

— Bem, é uma ocasião especial, querido — comentou Virginia, entregando-lhe o presente de aniversário. Seus olhos brilharam quando ele arrancou o papel de embrulho e viu uma caixa de charutos Romeo y Julieta.

— Os favoritos de Churchill — declarou ele.

— E ele viveu até os noventa anos — lembrou Virginia.

Durante o jantar, o duque parecia um pouco cansado. No entanto, conseguiu terminar seu manjar antes de desfrutar de uma dose de conhaque e do primeiro charuto de Churchill. Quando finalmente subiram as escadas logo após a meia-noite, ele teve que se agarrar ao corrimão enquanto lutava para subir cada degrau com o outro braço firmemente apoiado nos ombros de Virginia.

Quando finalmente chegaram ao quarto, ele só conseguiu dar mais alguns passos antes de desabar na cama. Virginia começou a despi-lo lentamente, mas ele adormeceu antes que ela tirasse os sapatos dele.

Quando ela se despiu e se juntou a ele na cama, o duque roncava pacificamente. Virginia nunca o vira tão satisfeito. Ela apagou a luz.

Quando Virginia acordou na manhã seguinte, virou-se e encontrou o duque ainda com um sorriso no rosto. Ela abriu as cortinas, voltou para a cabeceira e deu uma olhada mais de perto. Achou que ele parecia um pouco pálido. Verificou o pulso, mas nem sinal. Ela se sentou aos pés da cama e ponderou cuidadosamente o que deveria fazer a seguir.

Primeiro, ela removeu quaisquer sinais do charuto e do conhaque, substituindo-os por uma tigela de cereal e uma jarra de água com uma fatia de limão. Abriu a janela para permitir a entrada de um pouco de ar fresco e, depois de verificar o quarto pela segunda vez, sentou-se à penteadeira, checou a maquiagem e se recompôs.

Virginia aguardou um pouco, respirou fundo e soltou um grito agudo. Ela então correu para a porta e, pela primeira vez desde que se casara com Perry, saiu do quarto vestindo um robe. Ela correu pela larga escadaria e, assim que avistou Lomax, ordenou com a voz embargada:

— Chame uma ambulância. O duque teve outro ataque cardíaco.

O mordomo imediatamente pegou o telefone no corredor.

O dr. Ainsley chegou trinta minutos depois, quando Virginia já havia se vestido e o aguardava no corredor. Ela o acompanhou até o quarto. Não demorou muito para que ele informasse à duquesa viúva o que ela já sabia.

Virginia caiu em prantos e ninguém foi capaz de consolá-la. No entanto, conseguiu enviar telegramas para Clarence, Alice e Camilla, depois de ordenar ao mordomo que movesse os dois vasos azuis e brancos do corredor dos criados e os colocasse no quarto do duque. Lomax ficou intrigado com o pedido e, mais tarde, naquela noite, confidenciou à governanta:

— A coitada está fora de si.

O motorista ficou ainda mais intrigado quando recebeu instruções para levar os vasos a Londres e deixá-los na Sotheby's antes de seguir para Heathrow para pegar Clarence e levá-lo de volta ao Castelo Hertford.

A duquesa viúva usava preto, cor essa que lhe caía muito bem, e durante um café da manhã leve leu o obituário do duque no *Times*, que era extenso em elogios e muito breve ao citar as realizações. No entanto, houve uma frase que trouxe um sorriso ao seu rosto:

O décimo terceiro Duque de Hertford morreu pacificamente durante o sono.

34

Virginia havia pensado bastante em como deveria se comportar nos dias seguintes. Depois que a família seguisse a vida após o funeral, pretenderia fazer algumas mudanças radicais no Castelo Hertford.

O décimo quarto duque foi o primeiro membro da família a chegar, e Virginia estava em pé no alto da escada esperando para cumprimentá-lo. Enquanto ele subia os degraus, ela fez uma singela reverência para reconhecer a nova ordem.

— Virginia, que ocasião triste para todos nós — disse Clarence. — Mas, ao menos, me conforta saber que você esteve do lado dele até o fim.

— É muita gentileza sua, Clarence. Que bênção saber que meu querido Perry não sofreu quando faleceu.

— Sim, fiquei aliviado ao saber que papai morreu pacificamente em seu sono. Devemos ser gratos pelas pequenas misericórdias.

— Espero que não demore muito para me juntar a ele — desejou Virginia —, porque, como a rainha Vitória, lamentarei meu querido marido até o dia em que morrer. — O mordomo e dois criados apareceram e começaram a descarregar o carro. — Eu o acomodei em seu antigo quarto, por enquanto — informou Virginia. — Mas é claro que vou me mudar para a residência de viúva, assim que meu querido Perry for enterrado.

— Não há pressa — declarou Clarence. — Voltarei ao meu regimento depois do funeral e, de qualquer forma, teremos que contar com você para administrar as coisas em minha ausência.

— Ficarei feliz em ajudar no que puder. Por que não discutimos o que você tem em mente depois que desfizer as malas e comer alguma coisa?

O duque chegou alguns minutos atrasado para o almoço e pediu desculpas, explicando que muitas pessoas ligaram solicitando vê-lo com urgência.

Virginia ficou imaginando quem havia telefonado, mas conseguiu se conter e dizer apenas:

— Pensei que deveríamos realizar o funeral na quinta-feira, mas apenas se você aprovar.

— Fico feliz em atender seus desejos — concordou o duque. — Talvez você também possa pensar sobre a cerimônia e sugerir quem devemos convidar para a recepção depois?

— Já comecei a trabalhar em uma lista. Eu a entregarei a você mais tarde.

— Obrigado, Virginia. Eu sabia que podia contar com você. Tenho algumas reuniões para participar hoje à tarde. Então espero que esteja em casa quando Alice chegar.

— É claro. E quando você espera Camilla e a família dela?

— Ainda esta noite, mas como estarei no escritório de papai...

— Seu escritório — corrigiu Virginia calmamente.

— Pode demorar um pouco para me acostumar com isso. Você faria a gentileza de me avisar quando Alice chegar?

Virginia estava trabalhando na lista de convidados que desejava que comparecessem à recepção privada após o funeral, bem como aqueles que não queria, quando um táxi parou do lado de fora do castelo e Alice desembarcou. Mais uma vez, Virginia tomou seu lugar no topo da escada.

— Oh, minha pobre Virginia — foram as primeiras palavras de Alice quando a cumprimentou. — Como você está?

— Nada bem. Mas todos têm sido tão gentis e compreensivos, o que tem sido um grande conforto.

— Ah, lógico que sim — disse Alice. — Afinal, você era o porto seguro e a alma gêmea de papai.

— É muita gentileza sua dizer isso — disse Virginia, enquanto conduzia Alice pelas escadas até o quarto de hóspedes que escolhera para ela. — Avisarei Clarence de sua chegada.

Ela desceu as escadas e entrou no escritório do duque sem bater e encontrou Clarence absorto em uma conversa com o sr. Moxton, o administrador da propriedade. Os dois homens imediatamente se levantaram quando ela entrou.

— Você me pediu para avisá-lo quando Alice chegasse. Eu a acomodei no quarto Carlyle. Espero que possa se juntar a nós para o chá em cerca de meia hora.

— Isso pode não ser possível — informou o duque com um breve aceno de cabeça, claramente não satisfeito por ter sido interrompido, o que Virginia achou um tanto desconcertante. Ela saiu calada e se recolheu à sala de estar, onde Montgomery, o velho labrador de Perry, sentou-se e começou a abanar o rabo. Ela se sentou perto da porta aberta, o que lhe permitiria observar as idas e vindas no corredor do lado de fora. Pretendia conversar com Clarence sobre a substituição de Moxton em um futuro não muito distante.

A próxima pessoa a entrar no escritório do duque foi o mordomo, que só saiu depois de quarenta minutos. Em seguida, ele desapareceu para o porão e retornou alguns minutos depois, acompanhado pela cozinheira, que Virginia não conseguia se lembrar de já ter visto no térreo.

Mais vinte minutos se passaram antes que a cozinheira reaparecesse e corresse de volta escada abaixo. Virginia só podia imaginar o que levara tanto tempo, a menos que estivessem discutindo o cardápio da recepção, uma responsabilidade que presumira que o duque deixaria aos seus cuidados.

Virginia foi distraída por uma batida forte à porta da frente, mas, antes que pudesse atender, Lomax apareceu e abriu a porta.

— Boa tarde, dr. Ainsley — cumprimentou o mordomo. — Sua Graça está a sua espera.

Quando atravessaram o corredor, Moxton saiu do escritório, apertou a mão do dr. Ainsley e rapidamente saiu da casa. Embora ele não pudesse ter deixado de notar Virginia parada na porta da sala de estar, não fez nenhuma tentativa de tomar ciência de sua presença. Ela se livraria dele assim que o duque voltasse ao seu regimento.

Virginia ficou satisfeita ao ver Alice descendo as escadas e saiu correndo da sala de estar para se juntar a ela.

— Vamos ver seu irmão? — disse ela, sem esperar por uma resposta. — Sei que ele está ansioso para vê-la — acrescentou ao abrir a porta do escritório e entrar sem bater. Mais uma vez os dois homens se levantaram.

— Alice acabou de descer e eu me lembrei de que desejava vê-la imediatamente.

— É claro — disse Clarence, abraçando a irmã. — É maravilhoso ver você, minha querida.

— Pensei que pudéssemos tomar chá juntos na sala de estar.

— É muita gentileza de sua parte, Virginia — disse Clarence —, mas gostaria de alguns momentos a sós com minha irmã, se não se importa. — Alice pareceu surpresa com o tom de voz austero do irmão, e Virginia hesitou por um momento.

— Sim, lógico — disse finalmente antes de se retirar para a sala de estar. Desta vez, Montgomery nem levantou a cabeça.

O dr. Ainsley saiu do escritório vinte minutos depois e também partiu sem fazer nenhum esforço para prestar homenagem à viúva enlutada. Virginia esperou pacientemente que o duque a chamasse ao escritório, mas o chamado não veio. Quando uma criada, cujo nome ela nunca conseguia se lembrar, começou a acender as luzes por toda a casa, decidiu que era hora de trocar de roupa para o jantar. Tinha acabado de sair do banho quando ouviu um carro descendo a estrada. Foi até a janela espiar e viu Camilla e a família sendo recebidas por Clarence. Vestiu-se rapidamente e, quando abriu a porta do quarto minutos depois, viu o mordomo e as duas crianças indo em direção à suíte de canto, que não havia sido destinada a elas.

— Onde está sua mãe? — perguntou Virginia.

As crianças se viraram, mas foi Lomax quem respondeu. — Sua Graça pediu a Lady Camilla e seu marido que se juntassem a ele no escritório e solicitou que não fossem perturbados.

Virginia fechou a porta atrás de si. Nunca vira Lomax se dirigir a ela de maneira tão casual. Ela tentou se concentrar em sua maquiagem, mas não pôde deixar de se perguntar o que eles estavam discutindo no antigo escritório do duque. Presumiu que tudo seria revelado durante o jantar.

Meia hora depois, Virginia desceu lentamente a ampla escada, atravessou o corredor e entrou na sala de estar, que estava vazia. Ela se sentou e esperou, mas ninguém se juntou a ela. Quando o gongo soou às oito horas, ela caminhou até a sala de jantar e se deparou com a mesa posta para uma pessoa.

— Onde está o restante da família? — exigiu ela quando Lomax apareceu carregando uma pequena terrina de sopa.

— Sua Graça, Lady Camilla e Lady Alice estão jantando na biblioteca — disse ele sem mais explicações.

Virginia estremeceu, embora o fogo crepitasse na lareira.

— E as crianças?

— Elas já comeram e, como estavam cansadas após a longa viagem, foram direto para a cama.

Um mau pressentimento tomou conta de Virginia, que tentou se convencer de que não havia com o que se preocupar, mas sem muita convicção. Ela esperou até o relógio no corredor bater nove horas antes de sair da sala de jantar e subir lentamente as escadas para o quarto. Ela se despiu e foi para a cama, mas não dormiu. Nunca se sentiu tão sozinha.

Virginia ficou aliviada quando Clarence e Alice se juntaram a ela para o desjejum na manhã seguinte. No entanto, a conversa foi artificial e formal, como se ela fosse uma estranha em sua própria casa.

— Estou quase acabando a ordem da cerimônia — anunciou Virginia — e pensei que talvez...

— Não precisa perder seu tempo — interrompeu Clarence. — Tenho uma reunião com o bispo às dez e ele me disse que combinou todos os detalhes da cerimônia com meu pai há algum tempo.

— E ele concorda comigo que na quinta-feira...

— Não — interrompeu Clarence com a mesma firmeza. — Ele recomenda a sexta-feira, o que será mais conveniente para os amigos de meu pai que virão de Londres.

Virginia hesitou antes de perguntar:

— E a lista de convidados, gostaria de ver minhas sugestões?

— Fechamos a lista final ontem à noite — disse Alice. — Mas, se você quiser adicionar um ou dois nomes, me avise.

— Há o que eu possa fazer para ajudar? — perguntou Virginia, tentando não parecer desesperada.

— Não, obrigado — respondeu Clarence. — Você já fez o bastante. — Ele dobrou o guardanapo e se levantou de seu lugar. — Por favor, me deem licença. Não quero me atrasar para o encontro com o bispo. — Ele saiu sem dizer uma só palavra.

— E eu tenho que me apressar — disse Alice. — Tenho muito que fazer para que tudo esteja pronto até sexta-feira.

Depois do café da manhã, Virginia passeou pelos jardins enquanto tentava entender o que havia causado uma mudança repentina de atitude. Ela se sentiu consolada pelo fato de ainda possuir a casa de viúva, cinco mil libras por mês, e dois vasos Ming que o sr. Li Wong confirmou valerem pelo menos um milhão. O sorriso dela desapareceu quando viu Camilla e o marido saindo do escritório do gerente da propriedade.

Virginia almoçou sozinha e decidiu ir à cidade comprar roupas novas, pois pretendia se desfazer das roupas de viúva assim que todos partissem. Quando voltou ao castelo naquela noite, havia uma luz saindo por baixo da porta do escritório, e ela pensou ter ouvido a voz estridente de Camilla.

Virginia jantou sozinha em seu quarto, e um pensamento rondava insistentemente sua mente. Ela estava começando a desejar que Perry ainda estivesse vivo.

A Catedral de São Albano já estava lotada quando Virginia entrou. O condutor-chefe acompanhou a duquesa viúva pelo corredor até um lugar na segunda fila. Ela não se sentiu capaz de protestar enquanto mil olhos a fitavam.

Ao soar das primeiras badaladas das onze horas no relógio da catedral, o órgão tocou e a congregação se levantou como uma só. O caixão, envolto em adornos e honrarias, atravessou lentamente o corredor, apoiado nos ombros de seis soldados da infantaria de elite do Exército britânico, seguidos pela família imediata. Depois de colocado no esquife da capela-mor, o duque, suas duas irmãs e os netos ocuparam seus lugares na primeira fila. Nenhum deles olhou para trás.

A cerimônia foi apenas um borrão para a Virginia, que ainda estava tentando descobrir por que eles pretendiam enviá-la para Coventry. Durante o sepultamento, realizado nos jardins da catedral, ela só foi autorizada a dar um passo à frente e lançar uma pá de terra no caixão antes de voltar à fila. Depois que a família e alguns amigos íntimos deixaram o cemitério, ela teve que mendigar uma carona de volta ao castelo com Percy, o tio do duque, que aceitou sua explicação de que devia ter havido um engano, mas também todos estavam sob muita pressão.

Durante a recepção, Virginia se misturou com os convidados, muitos dos quais foram gentis e ofereceram palavras de empatia, enquanto outros viravam as costas assim que ela se aproximava. No entanto, a maior desfeita só se deu após a partida do último hóspede, quando Clarence lhe dirigiu a palavra pela primeira vez naquele dia.

— Enquanto você estava na cerimônia — informou ele — todos os seus pertences foram embalados e transferidos para a casa de viúva. Um carro está a sua espera para levá-la até lá imediatamente. Haverá uma reunião de família em meu escritório às onze da manhã de amanhã, da qual espero que participe. Há alguns assuntos que desejo discutir com você — acrescentou, fazendo Virginia se recordar de seu pai.

Sem dizer mais nada, o duque caminhou até a porta da frente, abriu-a e esperou Virginia sair, para que ela pudesse começar seu primeiro dia de banimento.

35

Virginia acordou cedo na manhã seguinte e demorou-se inspecionando a casa, que era bem ampla para uma só pessoa. Sua equipe de empregados consistia em um auxiliar de mordomo, uma arrumadeira e uma cozinheira, nem mais nem menos do que Perry havia especificado no testamento.

Às dez para as onze chegou um carro para levá-la ao castelo, que apenas alguns dias atrás era seu único domínio.

A porta da frente do castelo se abriu assim que o carro parou, e depois de um "bom-dia, Sua Graça", o mordomo a acompanhou até o antigo escritório do marido. Lomax bateu suavemente à porta, abriu-a e ficou de lado para permitir que a duquesa-viúva entrasse.

— Bom dia — disse Clarence, levantando-se de seu lugar atrás da mesa. Ele esperou até Virginia se acomodar na única cadeira disponível. Ela sorriu para as irmãs dele, mas elas não retribuíram a gentileza. — Obrigado por vir — começou Clarence, como se ela tivesse alguma escolha. — Achamos que seria útil lhe informar o que planejamos para o amanhã.

Virginia achava que ele queria dizer "seu amanhã".

— Muito atencioso de sua parte — disse ela.

— Pretendo retornar ao regimento daqui a alguns dias e não voltarei antes do Natal. Alice voltará para Nova York na segunda-feira.

— Então quem administrará a propriedade? — perguntou Virginia, esperando que finalmente tivessem recuperado a razão.

— Confiei a responsabilidade a Shane e Camilla. Devo acrescentar com as bênçãos de meu pai, pois ele sabia que eu sempre quis ser soldado e nunca tive aptidão para fazendeiro. Shane, Camilla e as crianças vão morar no castelo, atendendo a outro desejo de meu pai.

— Que sensato da sua parte — disse Virginia. — Espero que me permita ajudá-los, pelo menos durante a transição?

— Isso não será necessário — interveio Camilla, falando pela primeira vez. — Recebemos uma boa oferta por nossa fazenda na Nova Zelândia, e meu marido voltará para finalizar a venda e tratar de quaisquer outros assuntos pessoais que precisem ser finalizados e depois voltará para assumir a administração da propriedade. Com a ajuda do sr. Moxton, manterei as coisas funcionando até que ele volte.

— É só que eu pensei...

— Não precisa — disse Camilla. — Nós pensamos em tudo.

— Receio, Virginia, que há outra questão que preciso tratar com você — declarou Clarence. Virginia se mexeu inquieta em seu assento. — Moxton trouxe ao meu conhecimento que meu pai, sem que eu soubesse, lhe concedeu um empréstimo de 185 mil libras. Felizmente, Moxton teve o bom senso de formalizar o acordo — disse Clarence, voltando-se para a terceira página de um documento que Virginia se lembrava de ter assinado. De repente, ela desejou ter dedicado um pouco mais de tempo lendo as duas primeiras páginas.

— O empréstimo foi concedido por um período de cinco anos com uma taxa de juros compostos de cinco por cento. Se meu pai morresse antes disso, o valor total deveria ser pago em vinte e oito dias. Consultei meu contador e ele me escreveu para avisar — ele voltou a atenção para uma carta sobre a mesa — que, com os juros acumulados, sua dívida perfaz um montante de exatas 209.145 libras para com a propriedade atualmente. Então, tenho que lhe perguntar, Virginia, se você tem recursos suficientes para arcar com esse valor.

— Mas Perry me disse que se ele morresse antes de mim, e eu me lembro de suas palavras exatas, o placar seria zerado.

— Você tem alguma prova disso? — perguntou Camilla.

— Não. Mas ele me deu a sua palavra, que certamente deve ser suficiente.

— Não estamos questionando a palavra de meu pai — disse Camilla —, mas a sua.

— E se ele deu sua palavra — disse Clarence —, certamente não comunicou a Moxton esse acordo. Não há nenhuma menção no contrato original, que também foi assinado por meu pai. Clarence virou o documento para que Virginia pudesse ver uma assinatura que reconhecia muito bem.

— Vou ter que consultar meus advogados — gaguejou Virginia, incapaz de pensar em outra coisa para dizer.

— Já consultamos o nosso — revelou Alice —, e o sr. Blatchford confirmou que não há menção no testamento de papai de tal presente, apenas um subsídio de cinco mil libras por mês, uma bengala de sarça e dois vasos de porcelana.

Virginia reprimiu um sorriso.

— Se você não puder pagar o empréstimo — continuou Clarence —, nosso contador propõe um acordo que espero que considere aceitável — ele voltou a olhar a carta. — Se retivermos seu subsídio mensal de cinco mil libras, o valor total será pago em aproximadamente quatro anos, momento em que seu subsídio será restaurado.

— No entanto, caso você morra em algum momento durante os próximos quatro anos — interrompeu Camilla —, posso lhe garantir que "o placar será zerado".

Virginia permaneceu em silêncio por algum tempo antes de deixar escapar:

— Mas como conseguirei sobreviver enquanto isso?

— Meu pai me disse, em mais de uma ocasião — recordou Clarence —, que seu irmão lhe concede um generoso subsídio mensal que você disse que nunca conseguia gastar, por isso presumi...

— Ele interrompeu os pagamentos no dia em que me casei com seu pai.

— Então devemos esperar que, uma vez que ele esteja familiarizado com suas circunstâncias atuais, esteja disposto a restaurá-lo. Caso contrário, você terá que contar com os substanciais bens, que também mencionou ao meu pai. Obviamente, se puder pagar o valor total do empréstimo em vinte e oito dias, o problema todo estará resolvido.

Virginia abaixou a cabeça e começou a chorar, mas quando finalmente olhou para cima teve a certeza de que nenhum deles se comovera.

— Talvez essa seja uma boa oportunidade para discutirmos alguns assuntos domésticos — disse Camilla. — Como meu irmão explicou, meu marido assumirá a administração da propriedade, e nossa família morará aqui no castelo. Clarence e Alice voltarão de tempos em tempos, mas, na ausência de meu irmão, serei a senhora do Castelo Hertford. — Camilla esperou que suas palavras fossem absorvidas antes de continuar. — Quero deixar claro para que não haja mal-entendidos, que você não será bem-vinda aqui a qualquer momento e isso inclui o Natal ou outros feriados. Também não deve entrar em contato com nenhum dos meus filhos ou qualquer serviçal do castelo. Deixei meus desejos bem claros para o sr. Lomax.

Virginia olhou para Clarence e depois para Alice, mas era óbvio que a decisão era da família como um todo.

— A menos que você tenha algo a perguntar sobre seus arranjos futuros — encerrou Clarence —, não temos mais nada a discutir com você.

Virginia se levantou de seu lugar e saiu da sala com a maior dignidade possível. Caminhou lentamente pelo corredor até a porta da frente, onde o mordomo a esperava com a porta aberta. Ele nem lhe dirigiu a palavra quando ela saiu do castelo pela última vez. Tudo o que Virginia ouviu foi a porta se fechando atrás dela.

A porta do carro já estava aberta para que ela pudesse ser levada de volta à casa da viúva. Assim que chegou lá, foi direto para o escritório, pegou o telefone e discou um número de Londres, e foi atendida pela primeira voz amigável que ouvira naquele dia.

— Que prazer em falar com a senhora, Vossa Graça. Como eu posso ser útil?

— Preciso marcar um horário para vê-lo o mais rápido possível, sr. Poltimore, porque mudei de ideia.

36

— Não tenho dúvida — respondeu Poltimore — de que tomou uma sábia decisão. Mas posso perguntar o que a fez mudar de ideia?

— Meu falecido marido não gostaria que alguém pensasse que estava se desfazendo de heranças da família.

— E o novo duque? — perguntou Poltimore. — O que ele acha?

— Francamente, Clarence não saberia a diferença entre um Ming e um Tupperware.

Poltimore não sabia ao certo se devia rir e simplesmente disse:

— Antes de concordar em permitir que os vasos sejam leiloados, a senhora pode ficar satisfeita em saber que recebi uma oferta de setecentas mil libras por eles de um negociante de artes particular em Chicago, e estou confiante de que posso fazê-lo ir além de um milhão. E talvez o negócio possa ser feito sem que ninguém saiba.

— Mas é certo que um negociante revenderá meus vasos para um de seus clientes, não?

— Sim, e certamente com um lucro considerável. Por isso estou confiante de que os vasos conseguirão um preço muito mais alto em um leilão.

— Mas deve haver uma chance remota de que, se os vasos forem leiloados, o mesmo revendedor possa adquiri-los por menos de um milhão.

— É muito improvável, Vossa Graça, dada a importância das peças. E, apesar dessa possibilidade, ainda considero um risco que vale a pena correr, porque já abordei alguns dos principais colecionadores no ramo e todos mostraram um interesse considerável, incluindo o diretor do Museu Nacional da China em Pequim.

— Você me convenceu — disse Virginia. — Então, o que devo fazer a seguir?

— Depois de assinar um formulário de liberação, a senhora pode deixar o resto conosco. Estamos com tempo suficiente para incluí-los no leilão de outono, que é sempre um dos mais populares do ano, e já sugeri que exibíssemos os vasos da família Hertford na capa do catálogo. Tenha certeza de que nossos clientes não terão dúvida de quão importante consideramos essas peças.

— Posso mencionar algo na mais estrita confiança, sr. Poltimore?

— Claro, Vossa Graça.

— Estou muito interessada em que haja o mínimo de publicidade antes do leilão, mas o máximo possível depois.

— Isso não deve ser um problema, especialmente porque correspondentes de todos os jornais do país estarão presentes no leilão. E, se os vasos alcançarem o valor que prevemos, despertará um interesse considerável na imprensa. Então a senhora pode ter certeza de que, na manhã seguinte, todos estarão cientes de seu triunfo.

— Não estou interessada em todos — disse Virginia —, apenas em um membro de uma certa família.

— Uma vadia com um verniz de ouro — disse Virginia.

— Tão mal assim? — perguntou Priscilla Bingham depois que os pratos de sobremesa foram retirados.

— É ainda pior. Ela tem ares e a graça de uma duquesa, mas não passa da esposa de um criador de ovelhas lá dos confins do mundo.

— E você disse que ela é a segunda filha?

— Isso mesmo. Mas se comporta como se fosse a senhora absoluta do Castelo Hertford.

— Mas tudo isso não mudaria se o duque se casasse e decidisse reaver seu legítimo lugar na família?

— Acho improvável. Clarence é casado com o exército e espera ser o próximo coronel do regimento.

— Como o pai.

— Ele não se parece nada com o pai — respondeu Virginia. — Se Perry ainda estivesse vivo, nunca teria permitido que eles me humilhassem dessa maneira. Mas pretendo rir por último. — Ela tirou da bolsa o catálogo do leilão e o entregou à amiga.

— Esses são os dois vasos sobre os quais me contou? — perguntou Priscilla, olhando com admiração para a capa.

— Exatamente. E você verá quanto vou ganhar se examinar o lote 43.

Priscilla folheou as páginas e, quando chegou ao lote 43, dois vasos Ming, de cerca de 1462, seus olhos se fixaram no valor estimado. Ela abriu a boca, mas as palavras não saíram.

— Quanta generosidade do duque — finalmente ela conseguiu dizer.

— Ele não tinha ideia de quanto valiam — comentou Virginia. — Caso contrário, nunca teria me dado.

— Mas certamente a família descobrirá muito antes da venda.

— Duvido. Clarence está incomunicável em algum lugar de Bornéu, Alice está em Nova York vendendo perfume, e Camilla nunca sai do castelo, a menos que precise.

— Mas pensei que gostaria que eles descobrissem?

— Só depois da venda, quando já terei descontado o cheque.

— Mas e se nem depois ficarem sabendo?

— O sr. Poltimore, que está conduzindo o leilão, me disse que já recebeu ligações de vários dos principais negociantes de artes, de modo que podemos esperar uma extensa cobertura na imprensa na manhã seguinte. Será quando eles descobrirem, e a essa altura já será tarde demais, porque já terei depositado o dinheiro. Espero que possa ir ao leilão na próxima quinta-feira à noite, Priscilla, e depois se juntar a mim para jantarmos no Annabel's para comemorar. Até reservei a mesa favorita de Perry. Será como nos velhos tempos.

— Velhos tempos — repetiu Priscilla quando um garçom apareceu e serviu café. — O que me faz lembrar, soube notícias do seu ex depois do seu pequeno golpe na Mellor Travel?

— Se está se referindo a Giles, ele me enviou um cartão de Natal pela primeira vez em anos, mas não retribuí a gentileza.

— Soube que ele voltou para a bancada principal.

— Sim, ele foi colocado lá para enfrentar a irmã. Mas está tão fraco que acredito que sempre a deixe levar a melhor — acrescentou Virginia, tomando um gole de café.

— E agora ela é uma baronesa.

— Ela é um par vitalício — retrucou. — De qualquer forma, ela só conseguiu seu lugar nos Lordes porque apoiou Margaret Thatcher quando ela se candidatou à liderança do Partido Conservador. É quase motivo suficiente para fazer alguém pensar em votar no Partido Trabalhista.

— Para ser justa, Virginia, a imprensa parece concordar que ela está fazendo um bom trabalho como representante da pasta da Saúde.

— Seria melhor gastar seu tempo se preocupando com a saúde de sua própria família. Bebidas, drogas, orgias, agressão à polícia e a neta dela indo presa.

— Foi só por uma noite — lembrou Priscilla. — E ela voltou à Slade no semestre seguinte.

— Alguém devia ter uma bela carta na manga para tornar isso possível — declarou Virginia.

— Provavelmente seu ex-marido — sugeriu Priscilla. — Ele pode estar na oposição, mas desconfio de que ainda tenha muita influência.

— E o seu marido? — quis saber Virginia, mudando de assunto. — Espero que esteja tudo bem com ele — acrescentou, esperando ouvir o contrário.

— Ele ainda está produzindo cem mil potes de pasta de peixe por semana, o que me permite viver como uma duquesa, mesmo sem ser.

— E seu filho ainda está fazendo Relações Públicas para o Farthings Kaufman? — perguntou Virginia, ignorando a alfinetada.

— Sim, está. Na verdade, Clive espera que não demore muito para que peçam a ele que faça parte da diretoria.

— Deve ajudar o fato de Robert ser um velho amigo do presidente do conselho.

— E como está seu filho? — perguntou Priscilla, disputando golpe a golpe.

— Freddie não é meu filho, como você bem sabe, Priscilla. E quando soube pela última vez, ele havia fugido da escola, o que resolveria todos os meus problemas, mas infelizmente voltou alguns dias depois.

— Mas então quem cuida dele durante as férias?

— Meu irmão Archie, que vive da renda da destilaria da família que papai me prometera.

— Você não se saiu tão mal, duquesa — disse Priscilla, olhando para o catálogo da Sotheby's.

— Você pode até ter razão, mas garantirei que serei eu quem rirá por último — provocou Virginia quando um garçom apareceu ao seu lado sem saber a quem deveria apresentar a conta. Embora tivesse convidado Priscilla para o almoço, Virginia tinha plena consciência de que se passasse um cheque voltaria sem fundos. Mas tudo isso estava prestes a mudar.

— A próxima será por minha conta — sugeriu Virginia. — Annabel's na quinta à noite? — acrescentou, desviando o olhar.

———

Quando Priscilla Bingham voltou para sua casa nos Boltons, deixou o catálogo da Sotheby's na mesa do salão.

— Que magníficos — comentou Bob quando viu a capa. — Você está considerando fazer uma oferta por eles?

— Boa ideia — respondeu Priscila —, mas você teria de vender muito mais pasta de peixe antes que pudéssemos cogitar comprá-los.

— Então por que está interessada?

— Eles pertencem à Virginia, e ela está precisando colocá-los à venda porque a família Hertford encontrou uma maneira de passá-la para trás com seu subsídio mensal.

320

— Eu gostaria de ouvir o lado da história dos Hertford antes de fazer um julgamento sobre isso — ponderou Bob, enquanto folheava o catálogo procurando o lote 43. Ele deu um assobio quando leu o valor estimado. — Estou surpreso que a família esteja disposta a vendê-los.

— Não estava. O duque os deixou para Virginia no testamento sem ter a menor ideia de quanto valiam.

Bob apertou os lábios, mas não disse nada.

— A propósito — emendou Priscilla —, ainda vamos ao teatro hoje à noite?

— Sim — respondeu Bob. — Temos entradas para *O Fantasma da Ópera*, e a cortina sobe às sete e meia.

— Então ainda tenho tempo para me trocar — disse Priscilla, já subindo as escadas.

Bob esperou que ela desaparecesse no quarto antes de pegar o catálogo e entrar no escritório. Assim que se sentou à mesa, voltou a atenção para o lote 43 e estudou a procedência dos dois vasos. E então começou a entender por que eram considerados tão importantes. Ele abriu a gaveta de baixo da mesa, pegou um grande envelope marrom e enfiou o catálogo dentro. Escreveu em letras maiúsculas:

AO DUQUE DE HERTFORD

CASTELO HERTFORD

HERTFORDSHIRE

Bob o depositou na caixa de correio na esquina e voltou para casa antes de Priscilla sair do banho.

37

— Vendido! Por cento e vinte mil libras — disse Poltimore, batendo o martelo com um baque. — Lote 39 — continuou ele, voltando-se para a página seguinte do catálogo. — Uma tigela de casamento de jade branco do período Qianlong. Devo abrir os lances em dez mil libras?

Poltimore olhou para cima e viu a duquesa-viúva de Hertford entrando no recinto, acompanhada por outra dama que não reconheceu. Elas foram conduzidas ao corredor central por um assistente e, embora o salão estivesse lotado, foram conduzidas a dois assentos na parte da frente, cujas placas de reservado foram rapidamente retiradas para dar lugar às duas senhoras.

Virginia apreciou o burburinho que se criou ao seu redor, provocado por sua chegada. Embora a venda tivesse começado às dezenove horas, Poltimore a avisou de que não havia necessidade de comparecer antes das 19h45, pois ele previa que o lote 43 não seria leiloado antes das 20h15, possivelmente 20h30.

Ela e Priscilla estavam sentadas na quinta fila, ocupando os lugares que Poltimore garantira que eram os melhores do salão, não muito diferentes dos assentos dos teatros de West End. Como Virginia não tinha interesse na tigela de casamento de jade do período Qianlong, tentou captar o que estava acontecendo ao seu redor e esperava que não fosse muito óbvio que essa era a primeira vez que participava de um grande leilão.

— É tão emocionante — confessou ela, enquanto segurava a mão de Priscilla, admirando os homens vestindo smokings, obviamente preparados para outro evento depois do leilão, enquanto outros usavam ternos elegantes e gravatas coloridas. Mas eram as mulheres que mais a fascinavam, vestidas com suas roupas de grife e com os acessórios mais recentes. Para elas, a ocasião era mais um desfile de moda do que um leilão, cada uma tentando superar a outra, como se fosse a noite de estreia de uma nova peça de teatro. Priscilla havia lhe dito que às vezes o preço final era decidido por essas mulheres, que muitas vezes tinham planos de garantir que um item em particular fosse para casa com elas naquela noite, enquanto alguns homens faziam lances cada vez mais altos simplesmente para impressionar a mulher que os acompanhava — e às vezes até uma que não os acompanhava.

O salão era grande e quadrado, e Virginia não conseguia ver sequer um assento vazio. Ela calculou que deveria haver cerca de quatrocentos clientes em potencial em uma sala abarrotada de colecionadores e negociantes de artes, além de meros curiosos. De fato, várias pessoas foram obrigadas a ficar de pé no fundo da sala.

Diretamente à sua frente estava o sr. Poltimore, em um palco semicircular elevado que lhe oferecia uma visão perfeita de suas vítimas. Atrás do tablado havia outro grupo menor de funcionários seniores, especialistas em suas próprias áreas, de prontidão para ajudar e aconselhar o leiloeiro, enquanto outros tomavam nota do comprador e do preço final. À direita de Poltimore, separados por um cordão, havia um grupo de homens e mulheres, blocos de anotações e canetas a postos que Virginia supôs serem jornalistas.

— Vendida! Por vinte e duas mil libras — anunciou Poltimore. — Lote 40, uma importante estátua de madeira entalhada, decorada e policromada de um Luohan sentado, de cerca de 1400. Tenho uma oferta inicial de cem mil libras.

A venda estava claramente esquentando, e Virginia ficou encantada quando o Luohan foi vendido por 240 mil libras; quarenta mil acima de seu valor estimado.

— Lote 41, uma rara peça de leão em jade verde-acinzentada.

Virginia não tinha interesse no leão, que estava sendo exibido por um assistente para que todos vissem. Ela olhou para a direita e notou pela primeira vez uma mesa comprida, levemente elevada, sobre a qual havia uma dúzia de telefones brancos, cada um deles ocupado por um membro da Sotheby's. Poltimore havia explicado a Virginia que eles representavam clientes no exterior ou aqueles que simplesmente não queriam ser vistos no salão de leilão embora às vezes estivessem sentados discretamente na plateia. Três funcionários estavam ao telefone, mãos em concha, sussurrando discretamente para seus clientes, enquanto os outros nove telefones estavam ociosos porque, como ela, os clientes não se mostravam interessados no pequeno leão de jade. Virginia se perguntou quantos telefones tocariam quando Poltimore abrisse os lances para o lote 43.

— Lote 42. Um vaso Yuhuchunping extremamente raro, esmaltado, floral em fundo amarelo imperial. Tenho uma oferta inicial de cem mil libras.

Virginia podia sentir seu coração batendo, ciente de que o próximo lote a ser anunciado seria o par de vasos Ming. Quando o martelo anunciou a venda do lote 42 por 260 mil libras, um burburinho de agitação varreu a sala. Poltimore olhou para a duquesa e lhe deu um sorriso afável quando dois assistentes colocaram os magníficos vasos em um estande separado de cada lado do leiloeiro.

— Lote número 43. Um magnífico par de vasos da dinastia Ming, de cerca de 1462, presente do imperador Jiaqing ao quarto Duque de Hertford no início do século XIX. Esses vasos estão em perfeitas condições e são de propriedade de uma nobre inglesa. — Virginia sorriu enquanto os jornalistas rabiscavam em seus bloquinhos. — Tenho uma oferta inicial — um silêncio jamais visto pairou sobre a sala — de trezentas mil libras. — O silêncio foi substituído por um suspiro de espanto, quando Poltimore se recostou casualmente e olhou ao redor da sala. — Tenho trezentos e cinquenta?

Para Virginia pareceu uma eternidade, embora só alguns segundos tenham se passado até que Poltimore continuasse:

— Obrigado, senhor — apontando para um comprador sentado perto do fundo da sala. Virginia queria olhar em volta, mas de alguma forma conseguiu se conter.

— Quatrocentos mil — anunciou Poltimore, voltando a atenção para a longa fila de telefones à esquerda, onde oito funcionários mantinham seus clientes informados sobre o andamento da venda.

— Quatrocentos mil — repetiu ele, quando uma jovem elegantemente vestida em um dos telefones levantou a mão, enquanto continuava a conversar com seu cliente. — Cliente ao telefone oferecendo quatrocentos mil — disse Poltimore, imediatamente voltando a atenção para o cavalheiro no fundo da sala. — Quatrocentos e cinquenta mil — murmurou, antes de retornar aos telefones. A mão da jovem levantou-se imediatamente. Poltimore assentiu. — Eu tenho quinhentos mil — declarou ele, voltando ao homem nos fundos da sala, que balançou a cabeça. — Será que tenho quinhentos e cinquenta — pediu Poltimore, os olhos mais uma vez percorrendo todo o salão. — Quinhentos e cinquenta mil libras — repetiu. Virginia estava começando a desejar ter aceitado a oferta do revendedor em Chicago até Poltimore anunciar: — Quinhentos e cinquenta. — Seu tom de voz aumentou. — Tenho um novo comprador. — Ele olhou para o diretor do Museu Nacional da China.

Quando olhou novamente para os telefones, a mão da jovem já estava levantada.

— Seiscentos mil — anunciou ele, antes de voltar a atenção para o diretor, que conversava animadamente com o homem sentado à sua direita, até que finalmente olhou para cima e acenou para Poltimore.

— Seiscentos e cinquenta mil — disse Poltimore, com os olhos voltados para a jovem ao telefone. Desta vez, a resposta dela demorou um pouco mais, mas por fim ele viu alguém levantar a mão. — Setecentas mil libras — exigiu Poltimore, ciente de que este seria um recorde mundial de uma peça chinesa vendida em leilão.

Os jornalistas rabiscavam com mais ímpeto do que nunca, cientes de que seus leitores apreciavam ler sobre recordes mundiais.

— Setecentos mil — sussurrou Poltimore em tom reverente, tentando seduzir o diretor, mas sem a intenção de apressá-lo, ao mesmo tempo continuando a conversa com sua colega. — Setecentos mil? —

ofereceu ele, como se fosse uma merreca. Uma agitação no fundo da sala chamou sua atenção. Ele tentou ignorá-la, mas se distraiu com duas pessoas abrindo caminho entre a multidão enquanto o diretor do museu levantou a mão.

— Tenho setecentos mil — anunciou Poltimore, olhando na direção dos telefones, mas sem conseguir mais ignorar o homem e a mulher que caminhavam pelo corredor em sua direção. Uma tentativa inútil, ele poderia lhes ter dito, já que todos os lugares estavam ocupados.

— Setecentos e cinquenta mil — sugeriu ao diretor, assumindo que a dupla retornaria ao fundo da sala, mas eles não se detiveram.

— Tenho setecentos e cinquenta mil — declarou Poltimore, que, após outro aceno do diretor, se voltou para a jovem ao telefone. Ele tentou não perder a concentração, presumindo que um segurança aparecesse e, educadamente, escoltasse o enfadonho casal.

Poltimore olhava esperançosamente para a mulher ao telefone quando uma voz impositiva anunciou firmemente:

— Tenho em mãos uma ordem judicial para impedir a venda dos vasos Ming dos Hertford.

O homem entregou um documento datilografado a Poltimore, no instante em que a jovem ao telefone levantou a mão.

— Tenho oitocentos mil — disse Poltimore, quase num sussurro, quando um homem elegantemente vestido se afastou do pequeno grupo de especialistas atrás da tribuna, pegou o documento, removeu o lacre vermelho e estudou o conteúdo.

— Oitocentos e cinquenta mil? — sugeriu Poltimore, quando alguns dos presentes sentados na primeira fila começaram comentar entre si sobre o que acabaram de ouvir. Quando o telefone sem fio que se propagou por toda a plateia ao diretor, quase todos na sala, exceto Virginia, estavam conversando. Ela simplesmente encarava em silêncio o homem e a mulher de pé ao lado da tribuna.

— Mark — chamou uma voz atrás de Poltimore.

Ele se virou, inclinou-se e ouviu atentamente o conselho de um advogado interno da Sotheby's, depois assentiu, levantou-se com o corpo bem ereto e anunciou com o máximo de seriedade possível:

— Senhoras e senhores, lamento ter de informar que o lote número 43 foi retirado da venda. — Suas palavras foram recebidas com suspiros de descrença e um barulhento burburinho.

— Lote 44 — anunciou Poltimore sem perder o ritmo. — Uma tigela esmaltada preta com efeito manchado da dinastia Song... — mas ninguém dava a mínima para a dinastia Song.

Os jornalistas de canetas em punho tentavam desesperadamente escapar do local reservado e descobrir por que o Lote 43 havia sido retirado, cientes de que um artigo que esperavam render algumas colunas da seção de artes, agora ganharia a primeira página. Infelizmente para eles, os especialistas da Sotheby's pareciam mais mandarins chineses, lábios selados e sem dar o menor indício de que estariam dispostos a falar.

Um grupo de fotógrafos conseguiu sair e rapidamente cercou a duquesa. Quando os flashes foram acionados, ela se voltou para Priscilla em busca de consolo, mas sua amiga não estava mais lá. Lady Virginia se virou e deu de cara com Lady Camilla; duas rainhas em um tabuleiro de xadrez. Uma delas estava prestes a ser derrubada, enquanto a outra, uma mulher que nunca deixava o castelo a menos que houvesse necessidade, ofereceu à adversária um sorriso sereno e sussurrou:

— Xeque-mate.

38

— A cláusula dos aristocratas.

— Não faço ideia do que está falando — disse Virginia, olhando do outro lado da mesa para seu advogado.

— É uma cláusula bastante comum — informou Sir Edward —, frequentemente inserida como uma salvaguarda em testamentos de membros de famílias ricas para proteger seus ativos de geração em geração.

— Mas meu marido deixou os vasos para mim — protestou Virginia.

— Sim, é verdade. Mas somente, e cito a respectiva cláusula em seu testamento, como um presente para ser desfrutado durante sua vida, e depois voltarão a fazer parte do patrimônio do atual duque.

— Mas eles foram considerados sem valor — argumentou Virginia. — Afinal, estavam abandonados no porão há gerações.

— Pode ser que sim, Vossa Graça, mas essa cláusula dos aristocratas em particular estipula que será aplicada a qualquer presente cujo valor estimado seja superior a dez mil libras.

— Ainda não consigo entender — disse Virginia, parecendo ainda mais irritada do que antes.

— Vou me explicar melhor. Uma cláusula desse tipo é frequentemente inserida para garantir que os bens da aristocracia não sejam desintegrados por mulheres que não pertencem à linhagem. O exemplo mais comum é quando um membro da família é divorciado e a ex-esposa tenta reivindicar joias valiosas, obras de arte ou até propriedades. Por exemplo, no seu caso particular, você pode morar na casa da viúva, na propriedade de Hertfordshire, pelo resto de sua vida. No entanto, o título dessa propriedade permanece em nome do duque e, com sua morte, a casa retornará automaticamente para a propriedade da família.

— E isso também se aplica aos meus dois vasos?

— Receio que sim — disse o idoso causídico —, porque, sem dúvida, valem mais de dez mil libras.

— Caso eu tivesse aceitado a venda particular — desabafou Virginia com tristeza —, sem o conhecimento do duque, ninguém ficaria sabendo.

— Se esse fosse o caso — disse Sir Edward —, a senhora estaria cometendo um crime, pois seria presumido que sabia o verdadeiro valor dos vasos.

— Mas eles nunca teriam descoberto se... — argumentou Virginia, quase como se estivesse falando sozinha. — Mas como descobriram?

— Uma pergunta justa — observou Sir Edward —, e de fato perguntei aos representantes legais dos Hertford por que eles não a alertaram sobre a referida cláusula no testamento do falecido duque assim que souberam que a venda estava em andamento. Se o tivessem feito, teria evitado qualquer constrangimento desnecessário para ambos os lados, sem mencionar as infelizes manchetes sensacionalistas na imprensa nacional no dia seguinte.

— E por que não me alertaram?

— Parece que alguém enviou à família uma cópia do catálogo da Sotheby's, o que não despertou interesse na época, pois nenhum deles reconheceu os vasos ainda que estivessem expostos na capa.

— Mas como descobriram? — repetiu Virginia.

— Certamente foi o sobrinho do duque, Tristan, quem deu o alarme. Aparentemente, ele tem o hábito de visitar a cozinha durante as férias escolares. Ele pensou ter reconhecido os vasos na capa do catálogo e disse à mãe onde os vira pela última vez. Lady Camilla entrou em contato com o advogado da família, sr. Blatchford, que não perdeu tempo em obter uma ordem judicial para impedir a venda. Depois disso, pegaram o próximo trem para Londres e chegaram, nas palavras do sr. Blatchford, no último minuto.

— O que teria acontecido se eles tivessem chegado depois que a venda fosse finalizada?

— Isso teria causado à família um dilema interessante. Ao duque restariam duas opções. Ele poderia ter permitido a venda e coletado o dinheiro ou processado a senhora pela restituição do valor total. Nesse caso, devo dizer que, em minha opinião, um juiz não teria escolha a não ser decidir em favor dos Hertford, e poderia até encaminhar o caso aos procuradores da Coroa para decidirem se a senhora cometeu ou não um crime.

— Mas eu não sabia da cláusula dos aristocratas — protestou Virginia.

— O desconhecimento da lei não é uma defesa aceitável — argumentou Sir Edward com firmeza. — E, de qualquer forma, desconfio de que um juiz acharia difícil acreditar que a senhora não escolheu os vasos com o maior cuidado e que sabia muito bem quanto valiam. Devo avisar que essa também é a opinião do sr. Blatchford.

— Então os vasos terão que ser devolvidos ao duque?

— Ironicamente, não. Os Hertford também devem respeitar a letra da lei, bem como o espírito do testamento de seu falecido marido, de modo que os vasos devem ser enviados de volta para a senhora para que desfrute pelo resto de sua vida. No entanto, o senhor Blatchford me informou que, se os devolver dentro de vinte e oito dias, a família não tomará outras medidas legais, o que considero generoso dadas as atuais circunstâncias.

— Mas por que eles querem os vasos agora, quando os terão de volta de qualquer jeito com o tempo?

— Eu sugeriria que a possibilidade de arrecadarem um milhão de libras poderia ser a resposta para essa pergunta, Vossa Graça. Pelo que sei, o sr. Poltimore já entrou em contato com o duque e o informou de que ele tem um comprador particular em Chicago.

— Aquele homem não tem moral?

— No entanto, eu ainda a aconselharia a devolvê-los em 19 de outubro se não quiser enfrentar outro longo e dispendioso processo judicial.

— Obviamente, vou seguir o seu conselho, Sir Edward — disse Virginia, aceitando que não tinha escolha. — Por favor, assegure ao sr. Blatchford que devolverei os vasos a Clarence em 19 de outubro.

Um acordo foi firmado entre Sir Edward e Blatchford que estipulava que os dois vasos da Dinastia Ming seriam devolvidos ao décimo quarto Duque de Hertford em sua casa na Eaton Square até o dia 19 de outubro. Em troca, Clarence assinou um acordo juridicamente vinculante de que nenhuma outra ação seria tomada contra Virginia, a Duquesa-Viúva de Hertford, e ele também concordou em arcar com os custos legais da transação.

Virginia teve um longo almoço líquido com Bofie Bridgwater no Mark's Club em 19 de outubro e só voltou para sua casa em Chelsea por volta das quatro horas, quando as luzes da praça já estavam acesas.

Ela se sentou sozinha na sala de estar de seu pequeno apartamento e olhou os dois vasos. Embora ela os possuísse por apenas alguns meses, a cada dia, entendia mais por que eles eram considerados obras-primas. Tinha de admitir, mesmo que fosse só para si mesma, que sentiria falta deles. No entanto, a ideia de outra batalha legal e os honorários exorbitantes de Sir Edward a catapultaram de volta ao mundo real.

Foi Bofie quem chamou atenção, logo depois de abrirem a segunda garrafa de Merlot, para o significado das palavras "até o dia", e Virginia sorriu ao pensar que poderia se divertir um pouco à custa de Clarence.

Depois de um jantar leve, ela preparou um banho de banheira se deitou em meio à espuma, pensando bastante no que deveria vestir para a ocasião, pois obviamente seria uma apresentação de noite de encerramento. Optou pelo preto, uma cor de que seu falecido marido sempre gostou, principalmente depois de acompanhá-la de volta à Eaton Square após uma noite no Annabel's.

Virginia não se apressou, ciente de que seu timing tinha que ser perfeito antes que o espetáculo chegasse ao fim. Às 23h40, ela saiu do apartamento e chamou um táxi. Explicou ao motorista que precisaria de ajuda para colocar dois vasos grandes sobre o banco. O taxista não poderia ter sido mais amável e depois que Virginia se acomodou no banco de trás perguntou:

— Para onde, senhora?

— Número 32 da Eaton Square. Poderia dirigir bem devagar, por favor? Não quero que os vasos sejam danificados.

— Sim, senhora.

Virginia estava sentada na beirada do banco, as mãos segurando firmemente na borda de cada vaso enquanto o taxista dirigia a curta distância de Chelsea até a Eaton Square sem sair da primeira marcha.

Quando o táxi finalmente parou em frente ao número 32, as lembranças de seu tempo com Perry voltaram à tona, lembrando a Virginia mais uma vez o quanto sentia sua falta. O motorista desceu e abriu a porta de trás para ela.

— Faria a gentileza de colocar os vasos no último degrau? — pediu ela ao sair do táxi. Ela esperou até que o motorista atendesse seu pedido antes de acrescentar: — Se puder esperar, demorarei apenas alguns instantes. Então poderia me levar de volta para casa.

— Sim, senhora.

Virginia olhou para o relógio: nove para a meia-noite. Ela cumprira sua parte no acordo. Apertou a campainha e esperou até ver uma luz acender no terceiro andar. Alguns momentos depois, um rosto familiar apareceu na janela. Ela sorriu para Clarence, que abriu a janela e olhou para ela.

— É você, Virginia? — perguntou ele, tentando não parecer exasperado.

— Sim, meu querido. Vim só devolver os vasos. Ela olhou para o relógio. — Como pode ver, faltam sete minutos para a meia-noite. Por isso estou cumprindo os termos do acordo. — Uma segunda luz se acendeu e Camilla se inclinou para fora de outra janela e disse:

— Já não era sem tempo.

Virginia sorriu docemente para a enteada. Ela estava prestes a voltar para o táxi, mas parou por um momento para dar uma última olhada nos dois vasos. Então se abaixou e, com toda a força que pôde reunir, levantou um deles bem acima da cabeça como um levantador de peso olímpico. Depois de segurá-lo lá por um momento, deixou que escorregasse de seus dedos. O primoroso tesouro nacional de quinhentos anos rolou pelos degraus de pedra antes de finalmente se despedaçar.

As luzes começaram a acender por toda a casa, e as palavras "vadia de merda" estavam entre as opiniões mais contidas de Camilla.

E, em preparação para o *grand finale*, Virginia deu um passo à frente como que para receber os aplausos depois do descerrar das cortinas. Pegou o segundo vaso e, assim como o primeiro, levantou-o bem acima da cabeça. E ouviu a porta se abrir atrás dela.

— Por favor, não! — gritou Clarence, dando um salto com os braços estendidos, mas Virginia já havia soltado o vaso e, se é que possível, a segunda obra-prima chinesa insubstituível se partiu em mais pedaços do que a primeira.

Virginia desceu os degraus devagar, percorrendo cuidadosamente um mosaico de porcelana quebrada em tons de azul e branco, antes de embarcar no táxi que a aguardava.

Quando o motorista começou a viagem de volta a Chelsea, olhou pelo espelho retrovisor e viu sua passageira com um sorriso estampado no rosto. Virginia não olhou sequer uma vez para trás para inspecionar a carnificina, porque dessa vez ela lera muito bem cada cláusula do acordo, e não havia menção de em que condições os dois vasos Ming deveriam ser entregues "até" 19 de outubro.

Quando o táxi saiu da Eaton Square, o relógio de uma igreja próxima anunciou a meia-noite.

SEBASTIAN CLIFTON

1984-1986

39

— Pediu para me ver, presidente?

— Você pode esperar um momento, Victor, enquanto assino esse cheque? Na verdade, pode ser o segundo signatário.

— Para quem é?

— Karin Barrington, depois do triunfo na maratona de Londres.

— Muito justo — disse Victor, pegando sua caneta e assinando com um floreio. — Um feito fantástico. Eu não faria isso em uma semana, que dirá em quatro horas.

— Eu nem me atrevo a tentar — disse Seb. — Mas não foi por isso que pedi para vê-lo. — Seu tom mudou, uma vez dispensada a conversa-fiada em que os ingleses gostavam de se enveredar antes de chegar ao assunto. — Preciso que você mostre a que veio e assuma mais responsabilidade.

Victor sorriu, quase como se soubesse o que o presidente estava prestes a sugerir.

— Quero que você se torne vice-presidente do conselho e meu braço direito.

Victor não tentou esconder sua decepção. Seb não ficou surpreso, mas esperava que o amigo mudasse de ideia, se não imediatamente, pelo menos em longo prazo.

— Então, quem será seu diretor-executivo?

— Pretendo oferecer o cargo a John Ashley.

— Mas ele só está no banco há alguns anos, e há rumores de que o Barclay's está prestes a convidá-lo para chefiar o escritório no Oriente Médio.

— Também ouvi esses rumores que só me convenceram ainda mais de que não podemos perdê-lo.

— Então ofereça a ele a vice-presidência do conselho — sugeriu Victor, elevando o tom de voz. Sebastian não conseguiu pensar em uma resposta convincente. — Não que exista muito sentido — continuou Victor —, porque você sabe muito bem que ele veria esse cargo como nada mais que uma vitrine e, com razão, o recusaria.

— Não é assim que vejo — respondeu Seb. — Considero minha decisão não só como uma promoção, mas como um anúncio de que você é meu sucessor natural.

— Que baboseira! Você esqueceu que temos a mesma idade? Não, se você fizer de Ashley o diretor-executivo, todos presumirão que você decidiu que ele é seu sucessor natural, não eu.

— Mas você ainda estaria encarregado do câmbio, que é um dos departamentos mais lucrativos do banco.

— E que se reporta diretamente ao diretor-executivo, caso tenha esquecido.

— Então deixarei por escrito que, no futuro, você se reportará diretamente a mim.

— Isso não passa de um cala-boca, e todo mundo saberá. Não, se você acha que mereço ser diretor-executivo, não me deixou outra opção a não ser pedir demissão.

— Essa é a última coisa que eu quero — disse Sebastian enquanto seu velho amigo juntava seus papéis e saía da sala sem dizer mais nada.

Victor fechou a porta silenciosamente atrás dele.

— Mas que maravilha — disse Seb.

— Você adia isso há anos — reclamou Karin depois de ler a carta.

— Mas tenho mais de sessenta anos — protestou Giles.

— É o Castelo contra a Vila — lembrou ela —, não a Inglaterra contra as Índias Ocidentais. De qualquer forma, você sempre me diz o quanto desejava que eu tivesse visto sua rebatida especial.

— No meu auge, não na minha decrepitude.

— E você deu sua palavra a Freddie — continuou Karin, ignorando o desabafo. Giles não conseguiu pensar em uma resposta adequada.

— E vamos ser sinceros: se eu posso correr uma maratona, você certamente pode comparecer a uma partida de críquete da Vila. — Palavras que finalmente silenciaram o marido.

Giles leu a carta mais uma vez e resmungou ao sentar-se à mesa. Pegou uma folha de papel da bandeja, removeu a parte superior da caneta e começou a escrever.

Caro Freddie,
Eu adoraria fazer parte da sua equipe...

— Eles não são magníficos? — perguntou o jovem enquanto admirava os sete desenhos que haviam recebido o Prêmio do Fundador.

— Você acha? — perguntou a jovem.

— Sim! É uma ideia tão inteligente escolher as sete idades da mulher como tema.

— Ah, eu senti falta disso — disse ela, olhando-o mais de perto. As roupas do jovem sugeriam que ele não se olhara no espelho antes de sair para o trabalho naquela manhã. Nada combinava. Um elegante paletó de Harris Tweed com uma camisa azul, gravata verde, calça cinza e sapatos marrons. Mas ele demonstrava um entusiasmo contagiante pelo trabalho da artista.

— Como você pode ver — disse ele, cheio de empolgação —, a artista escolheu como tema uma mulher correndo uma maratona e descreveu as sete etapas da corrida. O primeiro desenho mostra a linha de partida, quando ela está se aquecendo, apreensiva, mas alerta. No seguinte — disse, apontando para o segundo desenho —, ela alcançou a marca de oito quilômetros e ainda está bem confiante. Mas quando atingiu os 16 quilômetros — observou ele, passando para o terceiro desenho —, vê-se que está começando a sentir o baque.

— E o quarto? — perguntou ela, olhando com mais cuidado o desenho que a artista havia descrito como "o muro".

— Basta olhar para a expressão no rosto da corredora para não ter dúvida de que ela está começando a se perguntar se será capaz de terminar o percurso. — Ela assentiu. — E o quinto mostra que ela está por um fio quando passa pelo que eu suponho ser a família dela torcendo. Ela consegue levantar o braço para acenar, mas, mesmo ao levantá-lo, com uma única linha delicada, a artista não deixa dúvida de que esforço supremo deve ter sido. — Apontando para o sexto desenho, ele continuou efusivamente: — Aqui a vemos cruzando a linha de chegada, braços erguidos em triunfo. E então, momentos depois, no desenho final ela cai no chão, exausta, tendo se esforçado ao máximo, e é recompensada com uma medalha pendurada em seu pescoço. Observe que a artista adicionou o amarelo e o verde da fita, a única dica de cor nos sete desenhos. Genial.

— Você deve ser um artista.

— Bem que eu gostaria — disse ele, dando-lhe um sorriso caloroso. — O mais próximo que cheguei foi quando ganhei um prêmio de artes na escola e decidi me candidatar a uma vaga na Slade, mas fui recusado.

— Existem outras faculdades de artes.

— Sim, e eu me inscrevi na maioria delas. Goldsmiths, Chelsea, Manchester. Até viajei a Glasgow para uma entrevista, mas sempre com o mesmo resultado.

— Sinto muito.

— Não se preocupe, porque finalmente perguntei a um membro de uma das bancadas de entrevistas por que continuavam me rejeitando.

— E o que eles disseram?

— Seus resultados no nível A foram impressionantes o suficiente — disse o jovem, segurando as lapelas do paletó e parecendo vinte anos mais velho — e você é notavelmente apaixonado pelo tema e tem muita energia e entusiasmo, mas, infelizmente, falta algo. "O que seria?", perguntei. "Talento", respondeu ele.

— Nossa, que horror!

— Na verdade, não. Apenas realista. Ele continuou perguntando se já havia pensado em lecionar, o que só acrescentava sal à ferida, porque me lembraram as palavras de George Bernard Shaw: "Quem sabe, faz; quem não sabe, ensina." Então fui embora e pensei sobre isso, e percebi que ele estava certo.

— Então você virou professor?

— Isso mesmo. Leciono História da Arte na King's e agora estou ensinando em uma escola primária em Peckham, onde pelo menos acho que posso dizer que sou um artista melhor do que meus alunos. Bem, pelo menos melhor do que a maioria deles — acrescentou com um sorriso.

Ela riu.

— Então, o que o traz de volta à Slade?

— Visito a maioria das exposições estudantis na esperança de encontrar alguém com talento real, cujo trabalho possa adicionar à minha coleção. Ao longo dos anos, adquiri um Craigie Aitchison, um Mary Fedden e até um pequeno desenho a lápis de Hockney, mas adoraria adicionar esses sete desenhos à minha coleção.

— O que está esperando?

— Não tive coragem de perguntar o preço, ainda mais que a artista acaba de ganhar o Prêmio do Fundador. Tenho certeza de que não poderei pagar por eles.

— Quanto acha que eles valem?

— Não sei, mas daria tudo o que tenho para possuí-los.

— Quanto você tem?

— Quando cheguei meu saldo bancário pela última vez, pouco mais de trezentas libras.

— Então está com sorte, porque acho que o preço dos desenhos é de 250 libras.

— Vamos descobrir se você está certa antes que alguém as leve. A propósito — acrescentou quando se viraram para o balcão de vendas —, meu nome é Richard Langley, mas meus amigos me chamam de Rick.

— Oi — disse ela enquanto eles apertavam as mãos. — Meu nome é Jessica Clifton, mas meus amigos me chamam de Jessie.

40

— Se você puxar a blusa para baixo — disse Karin —, ninguém notará que não consegue fechar o último botão.

— Faz vinte anos que não jogo — lembrou Giles, encolhendo a barriga em uma última tentativa de fechar o botão da calça de críquete emprestada por Archie Fenwick.

Karin começou a rir quando o botão pulou e caiu a seus pés.

— Tenho certeza de que se sairá bem, querido. Lembre-se de não correr atrás da bola, pois pode acabar em desastre. — Giles estava prestes a retaliar quando ouviu uma batida à porta.

— Entre — disse ele, colocando rapidamente o seu pé sobre o botão rebelde.

A porta se abriu e Freddie entrou todo vestido de branco.

— Desculpe incomodá-lo, senhor, mas houve uma mudança de planos.

Giles pareceu aliviado, pois presumiu que estava prestes a ser dispensado.

— O mordomo, nosso capitão, cancelou no último minuto, estiramento no tendão. Como já jogou pelo time de Oxford contra Cambridge, pensei que seria a escolha óbvia para substituí-lo.

— Mas eu nem conheço os outros jogadores da equipe — protestou Giles.

— Não se preocupe. Vou mantê-lo informado. Eu faria o trabalho sozinho, mas não tenho certeza de como montar a estratégia. Consegue ficar pronto para o cara ou coroa em cerca de dez minutos? Desculpe incomodá-la, Lady Barrington — disse ele antes de sair apressado.

— Acha que algum dia ele vai me chamar de Karin? — perguntou ela depois que a porta se fechou.

— Um passo de cada vez — disse Giles.

Quando Giles viu pela primeira vez o grande campo oval encravado como uma pedra preciosa nos jardins do castelo, duvidou de haver cenário mais idílico para um jogo de críquete. Uma floresta densa acidentada recobria as colinas que rodeavam alguns hectares de planície verdejante que Deus nitidamente pretendia que fosse um campo de críquete, mesmo que apenas por algumas semanas por ano.

Freddie apresentou Giles a Hamish Munro, policial local e capitão do time da Vila. Aos 40 anos, parecia em boa forma e certamente não tivera problemas para abotoar a calça.

Os dois capitães caminharam juntos até o *pitch* pouco antes das duas horas. Giles cumpriu uma rotina que não fazia havia anos. Inspirou profundamente antes de olhar para o céu. Um dia quente para os padrões escoceses; algumas nuvens dispersas adornavam um horizonte azul, não chovia e, felizmente, não havia indícios de chuva. Ele inspecionou o *pitch* — uma superfície esverdeada, boa para arremessadores rápidos — e, finalmente, olhou para a multidão. Muito maior do que ele esperava para um *derby* local. Cerca de duas centenas de espectadores estavam espalhados pela corda da fronteira, esperando o início da batalha.

Giles apertou a mão do capitão do time adversário.

— Cara ou coroa, sr. Munro? — perguntou antes de lançar uma moeda de uma libra no ar.

— Cara — declarou Munro, e os dois se curvaram para conferir a moeda quando caiu no chão.

— A escolha é sua, senhor — disse Giles, encarando a rainha.

— Vamos bater — disse Munro sem hesitar, e voltou rapidamente ao pavilhão para informar sua equipe. Poucos minutos depois, um sinal tocou e dois árbitros vestindo longos casacos brancos emergiram do vestiário e seguiram lentamente até o campo. Archie Fenwick e o reverendo Sandy McDonald estavam lá para garantir um jogo limpo.

Alguns momentos depois, Giles conduziu seu grupo de guerreiros praticamente desconhecidos até o *pitch*. Ele estabeleceu um campo de ataque, com o conselho sussurrado de Freddie, e depois jogou a bola para Hector Brice, segundo lacaio do castelo, que já se preparava em sua posição a mais ou menos vinte metros dos *stumps*.

Os rebatedores de abertura do Vila entraram em campo, girando os braços e se aquecendo com ar de indiferença. O primeiro batedor, o carteiro local, indicou as posições dos defensores e, assim que assumiu sua posição, o reverendo anunciou o início do jogo.

O Vila conseguiu um avanço rápido com seus primeiros rebatedores, marcando 32 *runs* antes de acertar o primeiro *wicket* na vez de Ben Atkins, administrador da fazenda — depois que a defesa agarrou a bola no ar com precisão. Hector foi o próximo, marcando dois *wickets* rápidos e depois de quinze *overs* o jogo estava em 64 por 3. A dupla formada pelo dono da taberna, Finn Reedie e Hamish Munro, começava a se consolidar no jogo quando Freddie sugeriu que Giles tentasse arremessar. Uma convocação que o capitão não havia cogitado. Mesmo em sua juventude, Giles raramente era designado para arremessar.

Seu primeiro *over* foi até onze, e incluiu dois *wides*. Ele estava prestes a sair, mas Freddie não quis nem saber. O segundo *over* de Giles foi a sete, mas pelo menos não houve *wides* e, para sua surpresa, no terceiro, ele conseguiu um *wicket* importante contra o dono da taverna. Houve uma alegação de que a bola foi defendida com o corpo para que não atingisse o *wicket*, a que o décimo Conde de Fenwick respondeu eliminando o rebatedor. Giles achou que tinha havido certo favorecimento, assim como Reedie.

— Me pareceu mais que a bola passaria bem longe — murmurou o dono da taverna quando passou pelo conde.

Cento e dezesseis por quatro. O primeiro lacaio continuou arremessando bolas com efeito de um lado do *pitch*, enquanto Giles tentava manter arremessos uniformes do outro lado. O Vila fez um intervalo para o chá às 16h30, tendo marcado 237 por 8, o que Hamish Munro sentiu que era suficiente para vencer a partida, já que fez questão de anunciar.

O chá foi realizado em uma grande tenda. Sanduíches de ovo e agrião, enroladinhos de salsicha, tortas de geleia e scones cobertos com creme azedo, acompanhados de xícaras de chá e ice tea de limão. Freddie não comeu nada, preocupado em escrever a ordem de rebatidas para o time do Castelo no placar. Giles olhou por cima do ombro e ficou horrorizado ao ver seu nome no topo da lista.

— Você tem certeza de que devo ser o primeiro rebatedor?

— Absoluta, senhor. Afinal, era sempre o primeiro a rebater para o Oxford e para o MCC.

Enquanto Giles vestia as caneleiras, desejou não ter comido tantos scones. Alguns momentos depois, ele e Ben Atkins foram para o campo. Giles assumiu sua posição e se preparou para o arremesso. Depois, olhou ao redor do campo, exibindo um ar de confiança que desmentia seus verdadeiros sentimentos. Ele se acalmou e esperou o primeiro arremesso de Ross Walker, o açougueiro local. A bola zuniu no ar e atingiu Giles com força nas caneleiras, bem na frente do *stump* do meio.

— *Howzat!* — gritou o açougueiro, saltando no ar, confiante de que o arremessador seria eliminado por usar o corpo para evitar que a bola acertasse o *wicket*.

Que humilhação, pensou Giles, enquanto se preparava para retornar ao vestiário eliminado logo na primeira rebatida.

— Não eliminado — respondeu o décimo conde de Fenwick sem nem ficar corado.

O arremessador não escondeu seu espanto e começou a esfregar a bola furiosamente na calça antes de se preparar para o próximo arremesso. Atacou e lançou um míssil contra Giles pela segunda vez. Giles se lançou para a frente, e a bola acertou a borda externa do taco, errando o *stump* por centímetros antes de passar pelos dois defensores em direção ao limite do campo. Giles, por um triz, conseguiu marcar os primeiros quatro *runs* para sua equipe, e o açougueiro parecia ainda mais irritado. A bola seguinte passou bem longe do *wicket*, e de alguma forma Giles sobreviveu aos arremessos restantes.

O administrador da fazenda revelou-se um rebatedor competente, embora pontuasse lentamente, e os dois haviam marcado 28 *runs* antes que Atkins fosse eliminado quando sua rebatida foi apanhada diretamente pela defesa, depois de uma bola mais lenta do açougueiro. O próximo rebatedor a se juntar a Giles era um peão, que, apesar dos arremessos toscos, conseguiu marcar 30 pontos em pouco tempo até ser eliminado depois de um arremesso apanhado antes de cruzar a linha do campo. Setenta e nove por dois. O peão então foi substituído pelo chefe dos jardineiros, que claramente jogava apenas uma vez por ano. Setenta e nove por três.

Mais três *wickets* derrubados durante a meia hora seguinte, mas, de alguma forma, Giles se manteve firme e, com 136 por 6, Freddie veio se juntar a ele na *crease*, recebido por aplausos calorosos.

— Ainda precisamos de mais cem pontos — disse Giles, olhando para o placar. — Mas temos tempo mais que suficiente. Então seja paciente e tente apenas marcar as bolas soltas. Reedie e Walker estão cansados. Então espere o momento certo e não entregue seu *wicket*.

Depois que Freddie assumiu sua posição, seguiu à risca as instruções do capitão. Logo ficou claro para Giles que o garoto havia sido bem treinado em sua escola preparatória e, felizmente, tinha um talento natural, chamado no meio de "um olho" para o jogo. Juntos, eles passaram a marca dos 200 e receberam aplausos entusiasmados de parte dos espectadores, que estavam começando a acreditar que o time do Castelo poderia vencer o *derby* local pela primeira vez em anos.

Giles sentiu-se igualmente confiante enquanto rebateu uma bola sobre o *cover*, na lateral do *pitch*, até a linha externa do campo, o que o levou de volta aos anos 1970. Alguns *overs* depois, o açougueiro voltou ao arremesso, não exibindo mais aquela sua arrogância. Ele correu até o *wicket* e lançou a bola com toda força que possuía. Giles avançou, julgou mal o ritmo e ouviu o som inconfundível de madeira caindo atrás dele. Desta vez, o árbitro não seria capaz de ajudá-lo. Giles voltou para o vestiário sob estrondosos aplausos, tendo marcado 74 pontos. Mas, como explicou a Karin, sentado na grama ao lado dela e removendo as caneleiras, eles ainda precisavam de 28 *runs* para vencer com apenas três *wickets* restantes.

Freddie então tinha um novo parceiro de rebatidas, o motorista do conde, um homem que raramente saía da primeira marcha. Ele estava ciente dos antecedentes do motorista e fez tudo o que estava ao seu alcance para permanecer rebatendo para que o parceiro permanecesse na posição de não rebatedor. Freddie conseguiu manter o placar, aumentando até o motorista dar um passo para trás em uma bola quicando em sua direção e derrubar o próprio *wicket*. Ele voltou para o vestiário sem esperar a ordem do árbitro.

Quatorze *runs* ainda eram necessários para a vitória quando o segundo jardineiro (de meio período) entrou para se juntar a Freddie no *pitch*. Ele sobreviveu ao primeiro arremesso do açougueiro, mas apenas porque não conseguiu acertar o taco na bola. Não teve tanta sorte com a última bola do *over*, que lançou diretamente nas mãos do capitão do time da Vila no *mid-off*. O time na defesa pulou de alegria, ciente de que só precisavam de mais um *wicket* para vencer a partida e manter o troféu.

Não poderiam ter ficado mais satisfeitos quando Hector Brice caminhou para assumir sua posição para enfrentar a última bola do *over*. Todos se lembravam de quanto tempo ele durou no ano anterior.

— Faça o que fizer, não marque só um *run*. — Foi a única instrução de Freddie.

Mas o capitão do time da Vila, uma velha águia muito astuta, montou um campo que tornava tentador marcar um *run*. Seus guerreiros mal podiam esperar que o lacaio retornasse rapidamente à linha de fogo. O açougueiro arremessou o míssil em Hector, mas de alguma forma o segundo lacaio conseguiu acertar o taco na bola, e ele a observou sair pingando na direção da *short leg* oposta. Hector queria marcar um *run*, mas Freddie permaneceu resolutamente em seu lugar.

Freddie ficou muito feliz em enfrentar o habilidoso lançador do time da Vila no penúltimo *over* da partida e marcou quatro *runs* na primeira bola, dois na terceira e um na quinta. Hector só precisava sobreviver a mais uma bola, deixando Freddie enfrentar o açougueiro no *over* final. A última bola do *over* foi lenta e em linha reta e bateu em Hector, mas acabou passando por cima dos *stumps* antes de terminar nas luvas do apanhador. Um suspiro de alívio veio daqueles sentados nas espreguiçadeiras enquanto gemidos surgiram dos partidários do time da Vila.

— Último *over*, declarou o reverendo.

Giles verificou o placar.

— São necessários mais sete, e a vitória é nossa —, disse ele, mas Karin não respondeu, porque estava com as mãos na cabeça, incapaz de observar o que estava acontecendo no campo.

O açougueiro encerou a bola esfarrapada em sua calça manchada de vermelho enquanto se preparava para o esforço final. Ele correu e lançou a bomba em Freddie, que a rebateu para trás acertando o primeiro *slip*, que a derrubou.

— Mão de alface — foram as únicas palavras que o açougueiro murmurou que podiam ser proferidas na frente do reverendo.

Freddie agora tinha apenas cinco bolas para marcar os sete *runs* necessários para a vitória.

— Relaxe — sussurrou Giles. — É provável que haja uma bola solta que você possa lançar bem longe. Apenas fique calmo e se concentre.

A segunda bola atingiu a lateral externa do taco e acertou o terceiro homem, marcando dois pontos. Faltavam cinco, mas restavam apenas quatro bolas. A terceira podia ser considerada um *wide*, facilitando a tarefa, mas o reverendo manteve as mãos nos bolsos.

Freddie rebateu a quarta bola com confiança para o *mid-on*, pensou em marcar um *run*, mas decidiu que não podia arriscar deixando que o lacaio ficasse com a responsabilidade de marcar os *runs* da vitória. Ele bateu seu taco nervosamente na *crease* à espera da quinta bola, sem tirar os olhos do açougueiro, que avançava ameaçadoramente em sua direção. O arremesso foi rápido, mas um pouquinho curto, o que permitiu a Freddie se inclinar para trás e lançá-la para o alto sobre o *square-leg*, onde aterrissou centímetros antes da corda e depois cruzou a linha, marcando quatro pontos. Os torcedores do time do Castelo aplaudiram ainda mais alto, mas depois ficaram em silêncio, aguardando o último arremesso.

Todos os quatro resultados eram possíveis: vitória, derrota, empate e inconclusivo.

Freddie não precisou olhar para o placar para saber que precisava de um *run* para o empate e dois para vencer a bola final. Ele olhou ao redor do campo antes de se posicionar. O açougueiro olhou para ele antes de correr pela última vez, lançando a bola com cada grama de força que possuía. Foi um arremesso curto novamente, e Freddie se adiantou confiante, com a intenção de acertar a bola com firmeza para além dos covers, mas a bola foi mais rápida do que previra e passou pelo seu taco, batendo na proteção das costas.

Todo o time da Vila e metade dos espectadores saltaram e gritaram:

— *Howzat!*

Freddie olhou esperançosamente para o reverendo, que hesitou apenas por um momento antes de levantar o dedo.

O garoto, de cabeça baixa, começou a longa caminhada de volta ao vestiário, aplaudido por todo o público. Marcara 87 pontos, mas o time do Castelo havia perdido a partida.

— Como o críquete pode ser cruel — lamentou Karin.

— Mas molda o caráter — declarou Giles —, e tenho a sensação de que essa foi uma partida de que o jovem Freddie nunca esquecerá.

Freddie desapareceu no vestiário e se jogou em um banco no canto mais distante, a cabeça ainda inclinada, indiferente aos gritos de "Belo jogo, rapaz", "Que falta de sorte, senhor" e "Um empenho fantástico, meu garoto", porque tudo que ele ouvia eram os gritos vindos da sala ao lado, incentivados pelas canecas de cerveja extraídas do barril fornecido pelo dono da taverna.

Giles se juntou a Freddie no vestiário e se sentou no banco ao lado do jovem desolado.

— Ainda há um dever a ser cumprido — disse Giles, no momento em que Freddie finalmente olhou para cima. — Precisamos ir até a sala ao lado e parabenizar o capitão do time da Vila por sua vitória.

Freddie hesitou por um momento antes de se levantar e seguir Giles. Quando entraram no vestiário dos adversários, o time da Vila ficou em silêncio. Freddie foi até o policial e apertou sua mão calorosamente.

— Uma vitória magnífica, sr. Munro. Teremos que nos esforçar mais no próximo ano.

Mais tarde naquela noite, enquanto Giles e Hamish Munro desfrutavam de uma dose do licor local no Fenwick Arms, o capitão do time da Vila comentou:

— Seu filho fez uma partida notável. Times muito melhores do que o nosso sofrerão em suas mãos, e desconfio que em um futuro não muito distante.

— Ele não é meu filho — declarou Giles. — Mas eu gostaria que fosse.

41

— Você sabia que Jessica tem um novo namorado? — disse Samantha.

Sebastian sempre reservava a mesma mesa de canto no Le Caprice, onde sua conversa não podia ser ouvida e ele tinha uma boa visão dos outros clientes. Sempre achava divertido que os longos espelhos de vidro presos aos quatro pilares no centro do salão lhe permitissem observar outros clientes enquanto eles não podiam vê-lo.

Ele não tinha interesse nas estrelas de cinema que mal reconhecia, ou nos políticos que esperavam ser reconhecidos, ou mesmo na princesa Diana, a quem todos reconheciam. Seu único interesse era observar outros banqueiros e empresários para ver com quem estavam jantando. Negócios de seu interesse frequentemente eram fechados durante um jantar.

— Para quem você está olhando? — perguntou Samantha depois que ele não respondeu.

— Victor — sussurrou ele.

Sam olhou em volta, mas não conseguiu encontrar o melhor amigo de Seb.

— Você é um mexeriqueiro — disse ela depois de terminar o café.

— E tem mais, eles não conseguem me ver — disse Seb.

— Eles? Ele está jantando com a Ruth?

— A menos que ela tenha perdido alguns centímetros na cintura e os colocado no peito.

— Comporte-se, Seb. Ela provavelmente é uma cliente.

— Não, acho que o cliente é ele.

— Você herdou a imaginação vívida de seu pai. Provavelmente não é nada demais.

— Você é a única pessoa no restaurante que acredita nisso.

— Agora você me deixou intrigada — disse Sam. Ela se virou mais uma vez, mas ainda não conseguia ver Victor. — Repito, você é um mexeriqueiro.

— E se eu estiver certo — disse Seb, ignorando as críticas da esposa — temos um problema.

— Certamente quem tem um problema é o Victor, não você.

— Possivelmente. Mas eu prefiro sair daqui sem ser visto — disse ele, sacando a carteira.

— Como você planeja fazer isso?

— Esperando o momento oportuno.

— Você vai causar algum tipo de distração? — provocou.

— Nada tão dramático quanto isso. Vamos esperar até um deles ir ao banheiro. Se for Victor, poderemos passar despercebidos. Se for a mulher, sairemos discretamente, sem que ele pense que o vimos.

— Mas se ele nos cumprimentar você saberá que não é nada demais — comentou Sam.

— Isso seria um alívio.

— Você é muito bom nisso — retrucou Sam. — Seria experiência?

— Não exatamente. Mas você pode ler um enredo semelhante em um dos romances do meu pai, quando William Warwick percebe que a testemunha de um assassinato deve ter mentido e precisa sair de um restaurante sem ser percebido se quiser provar.

— E se nenhum deles for ao banheiro?

— Podemos ficar presos aqui por muito tempo. Vou pedir a conta — disse Seb, levantando a mão — para o caso de termos de fugir. — E sinto muito, Sam, mas você perguntou algo antes de eu me distrair?

— Sim, perguntei se você sabia que Jessica tem um novo namorado.

— O que a fez pensar que sim? — indagou Seb, enquanto verificava a conta antes de entregar seu cartão de crédito.

— Ela nunca se importava com a aparência.

— Isso não é requisito para uma estudante de artes? Ela sempre me pareceu se vestir em um bazar de caridade, e não posso dizer que notei alguma mudança.

— Isso é porque você não a vê à noite, quando ela deixa de ser uma estudante de artes e se torna uma jovem mulher, e muito bonita; você ficaria surpreso.

— Filha de peixe... — elogiou Seb, pegando a mão da esposa. — Vamos apenas torcer para que o novo escolhido seja melhor do que o playboy brasileiro, porque acho que a Slade não seria tão compreensiva uma segunda vez — disse ele ao assinar o recibo de crédito.

— Não acho que será um problema dessa vez. Quando ele veio buscá-la, estava dirigindo um Polo, não uma Ferrari.

— E você ainda tem coragem de me chamar de mexeriqueiro? Então, quando terei a chance de conhecê-lo?

— Pode demorar um pouco, porque até agora ela não admitiu que está namorando. No entanto, estou planejando...

— Prepare-se. Ela está vindo em nossa direção.

Seb e Sam continuaram conversando quando uma jovem alta e elegante passou por sua mesa.

— Bem, gostei do estilo dela — comentou Sam.

— O que quer dizer?

— Os homens são todos iguais. Só olham para as pernas, a silhueta e o rosto de uma mulher, como se estivessem expostas em um açougue.

— E o que as mulheres olham? — perguntou Seb na defensiva.

— A primeira coisa que notei foi o vestido dela, simples e elegante, e definitivamente não está fora de moda. Sua bolsa era estilosa, sem gritar que é de grife, e os sapatos combinavam perfeitamente. Então, eu odeio desiludi-lo, Seb, mas, como dizemos nos Estados Unidos, essa é uma dama elegante.

— Então o que ela está fazendo com Victor?

— Não faço ideia. Mas, como a maioria dos homens, quando vê um amigo com uma mulher bonita, imediatamente presume o pior.

— Ainda acho que seria melhor passarmos despercebidos.

— Prefiro ir cumprimentar Victor, mas se você...

— É que não lhe contei tudo. Victor e eu não estamos exatamente numa boa no momento. Darei todos os detalhes assim que estivermos no carro.

Seb levantou-se e percorreu uma rota tortuosa pelo restaurante, evitando a mesa de Victor. Quando o maître abriu a porta da frente para Samantha, Seb lhe deu uma nota de cinco libras.

— Então, o que preciso saber? — perguntou Sam, assim que entrou no carro ao lado do marido.

— Victor está bravo porque eu não o nomeei diretor-executivo.

— Lamento ouvir isso — observou Sam —, mas entendo como ele se sentiu.

— Quem você nomeou como diretor-executivo?

— John Ashley — respondeu Seb, quando entrou na Piccadilly e se juntou ao trânsito noturno.

— Por quê?

— Porque ele é o homem certo para o trabalho.

— Mas Victor sempre foi um amigo bom e leal, principalmente quando você estava deprimido.

— Eu sei, mas esse não é um motivo suficientemente bom para nomear alguém diretor-executivo de um grande banco. Convidei-o para ser meu vice-presidente, mas ele se sentiu ofendido e pediu demissão.

— É compreensível — retrucou Sam. — Então, o que você está fazendo para mantê-lo no conselho?

— Hakim veio de Copenhague para tentar fazê-lo mudar de ideia.

— E conseguiu? — quis saber Sam quando Seb parou no sinal vermelho.

Giles saía apressado para um compromisso quando notou Archie Fenwick do lado de fora de seu escritório. Não diminuiu a velocidade.

— Se for sobre os subsídios de grãos propostos pelo governo, Archie, você poderia marcar uma hora? Já estou atrasado para uma reunião com o Líder da Bancada.

— Não, não é — disse Archie. — Vim da Escócia hoje de manhã na esperança de que você tenha tempo para discutir um assunto pessoal.

— O que Giles sabia que significava Freddie.

— Lógico — disse Giles, que continuava em seu escritório e disse à secretária: — Certifique-se de que eu não seja incomodado enquanto estiver com Lorde Fenwick. — Ele fechou a porta atrás de si. — Posso lhe servir um uísque, Archie? Tenho até seu preferido — disse ele segurando uma garrafa de Glen Fenwick. — Freddie me deu no Natal.

— Não, obrigado. Embora não deva ser uma surpresa para você que é sobre Freddie que quero lhe falar — começou Archie, sentando-se do outro lado da mesa. — Mas sabendo o quanto está ocupado tentarei não tomar muito do seu tempo.

— Se quisesse discutir os problemas enfrentados pelo setor agrícola escocês, eu poderia lhe oferecer cinco minutos. Mas se é sobre Freddie não tenha pressa.

— Obrigado. Mas vou direto ao ponto. O diretor de Freddie me ligou ontem à noite para dizer que o garoto não passou no exame de admissão para a Fettes.

— Mas quando vi seu último boletim de fim de semestre, achei que conseguiria até uma bolsa de estudos.

— O diretor também — disse Archie —, e foi por isso que ele pediu os exames. E ficou evidente que ele não fez nenhum esforço para passar.

— Mas por quê? Fettes é uma das melhores faculdades da Escócia.

— Da Escócia, talvez seja a resposta para sua pergunta — ponderou Archie —, porque ele fez um exame semelhante para Westminster uma semana depois e ficou entre os seis primeiros.

— Acho que não precisamos pedir um parecer de Freud para entender a questão — concluiu Giles. — Então, tudo que preciso saber é se optou pelo internato ou por ser um aluno externo.

— Ele assinalou a opção de aluno externo.

— É uma viagem longa de ida e volta a Fenwick Hall todos os dias, e, como Westminster está a poucos passos da porta da minha casa, acho que ele pode estar tentando nos dizer alguma coisa. — Archie assentiu.

— De qualquer forma, ele já até escolheu seu quarto — acrescentou quando o telefone em sua mesa começou a tocar.

Giles atendeu e ouviu por um momento antes de dizer:

— Desculpe, senhor, surgiu um imprevisto, mas estarei aí logo. — Giles desligou o telefone e continuou: — Por que você não vem jantar conosco na Smith Square hoje à noite para discutirmos os detalhes.

— Não sei como lhe agradecer — disse Archie.

— Eu é quem devia lhe agradecer. — Giles levantou-se e foi em direção à porta. — É a única notícia boa que recebi o dia todo. Vejo você por volta das oito.

— Alguma esperança de discutir o subsídio de grãos proposto pelo governo em algum momento? — perguntou Archie, mas Giles não respondeu, pois saiu apressado do escritório.

— Qual o preço *spot* da Cunard hoje de manhã? — perguntou Seb.

— Quatro vírgula doze libras. Subiu dois pence ontem — respondeu John Ashley.

— Uma boa notícia em todos os sentidos.

— Você acha que sua mãe se arrepende de ter vendido a Barrington's?

— Todo dia. Mas, infelizmente, ela está tão sobrecarregada no Departamento de Saúde que não tem muito tempo para pensar nisso.

— E Giles?

— Sei que ele é extremamente grato pela maneira como você lida com o portfólio da família, porque isso lhe permite se dedicar ao seu primeiro amor.

— Brigar com sua mãe?

— Por aí.

— E sua tia Grace?

— Ela acha que você é um capitalista vil ou pelo menos é assim que ela me descreve você. Então não acredito que ela o considere melhor do que isso.

— Mas eu a tornei multimilionária — protestou Ashley.

— É verdade, mas isso não a impedirá de corrigir a lição de casa de seus alunos hoje à noite mordiscando um sanduíche de queijo.

Mas, em nome dela, John, meus parabéns. Mais alguma coisa que precisamos discutir?

— Sim, lamento dizer que sim, senhor presidente, e não tenho muita certeza de como lidar com isso. — Ashley abriu uma pasta identificada como confidencial e vasculhou alguns papéis. Seb ficou surpreso ao ver que um homem que jogara na primeira fila dos Harlequins, e nunca hesitou em enfrentar qualquer membro do conselho, agora estava claramente envergonhado.

— Desembuche, John.

— Uma srta. Candice Lombardo abriu recentemente uma conta no banco, e seu garantidor é o vice-presidente.

— Então esse é o nome dela — disse Seb.

— Você a conhece?

— Digamos que esbarrei com ela. Então qual é o problema?

— Ontem, ela fez uma retirada de cinco mil libras, sem ter um centavo na conta, para comprar um casaco de visom na Harrods.

— Por que você compensou o cheque?

— Porque Victor foi o garantidor do cheque especial e eu não tenho autoridade para impedir a transação sem consultá-lo.

— Cedric Hardcastle vai revirar no túmulo — disse Seb, olhando para o retrato do presidente fundador do banco. — Ele gostava de dizer nunca diga nunca, a menos que seja solicitado a assinar uma garantia pessoal.

— Devo conversar com Victor?

Seb recostou-se e pensou na sugestão por alguns instantes. Hakim conseguiu convencer Victor a permanecer no conselho e até a assumir o cargo de vice-presidente. Então a última coisa que Seb precisava era lhe dar um motivo para mudar de ideia.

— Não faça nada — concluiu finalmente. — Mas me mantenha informado se a srta. Lombardo descontar mais algum cheque.

Ashley assentiu, mas não anotou nada em sua pasta.

— Pensei que também gostaria de saber — continuou ele — que a conta de sua filha está com um saque a descoberto de £104,60. Não é um valor alto, eu sei, mas você me pediu para informá-lo, e acompanhar...

— De fato eu lhe pedi — observou Seb. — Mas, para ser justo, John, acabei de pagar mil libras a ela por sete de seus desenhos.

Ashley abriu uma segunda pasta e verificou outro extrato bancário. — Ela não apresentou esse cheque, presidente. Na verdade, o seu único depósito recente foi de duzentas e cinquenta libras de um Richard Langley.

— O nome não me é familiar — observou Seb. — Mas me mantenha informado. Ashley franziu a testa. — O que essa careta quer dizer?

— Pensando bem, prefiro lidar com o presidente da Cunard a encarar sua filha.

42

Os quatro estavam sentados na sala visivelmente desconfortáveis.

— Prazer em conhecê-lo, finalmente — disse Samantha, servindo uma xícara de chá a Richard.

— O prazer é todo meu, sra. Clifton — disse o jovem sentado nervosamente à sua frente.

— Como vocês se conheceram? — perguntou Seb.

— Nós nos esbarramos na exposição do Prêmio do Fundador na Slade — disse Jessica.

— Visito todas as mostras de arte da faculdade — explicou Richard — na esperança de encontrar um novo talento antes que ele seja contratado por um representante do West End e, então, eu não possa mais comprar seus trabalhos.

— Muito precavido — disse Samantha, oferecendo um sanduíche de pepino a seu convidado.

— Conseguiu algum trabalho que valesse a pena recentemente? — perguntou Sebastian.

— Um tesouro — disse Richard —, uma verdadeira preciosidade. Um conjunto de notáveis desenhos em linha de uma artista desconhecida, intitulado *As Sete Idades da Mulher*, vencedor do Prêmio do Fundador. Não pude acreditar na minha sorte quando soube o preço.

— Me perdoe a indiscrição — disse Seb —, mas estou surpreso que consiga pagar mil libras em obras de arte com o salário de professor.

— Não paguei mil libras, senhor, apenas duzentas e cinquenta, e só restou em minha conta o suficiente para levar a artista para jantar.

— Mas eu pensei... — Seb não completou a frase. Ele decidiu mudar de rumo quando notou que Samantha o encarava e o olhar constrangido de Jessica. — Estou disposto a lhe oferecer duas mil libras por esses desenhos. Assim, poderá levar a artista para jantar regularmente.

— Eles não estão à venda — disse Richard — e nunca estarão.

— Três mil?

— Não, obrigado, senhor.

— Talvez possamos chegar a um acordo, Richard. Se algum dia desistir de minha filha, me venderá os desenhos por duas mil libras.

— Sebastian! — repreendeu Samantha. — Richard é amigo de Jessica, não seu cliente, e, de qualquer forma, estamos fora do horário bancário.

— Não há a menor chance, senhor — disse Richard. — Não pretendo me separar de sua filha nem dos desenhos.

— Não se pode ganhar todas, papai — retrucou Jessica com um sorriso.

— Mas se Jessie se separar de você — disse Seb, como se estivesse tentando fechar um negócio de um milhão de libras —, reconsideraria minha oferta?

— Esqueça, papai. Sem chances. Você perdeu os desenhos e está prestes a perder a sua filha, porque estou planejando ir morar com Richard — disse ela, pegando a mão do namorado.

Sebastian estava pronto para sugerir que talvez... quando Samantha interveio.

— Que notícia maravilhosa! Onde vão morar?

— Tenho um apartamento em Peckham — explicou Richard —, bem perto de meu trabalho.

— Mas estamos procurando algo maior — disse Jessica.

— Para alugar ou comprar? — perguntou Seb. — Porque nas atuais condições do mercado eu recomendaria...

— Eu recomendaria — interrompeu Samantha — que a decisão cabe a eles.

— É muito mais sensato comprar — continuou Seb, ignorando a esposa. — E você com os meus dois mil teria o suficiente para pagar o sinal.

— É melhor ignorá-lo — recomendou Samantha.

— É o que sempre faço — disse Jessica, levantando-se. — Preciso correr, papai. Estamos indo para o Instituto de Artes Contemporâneas para ver uma exposição de cerâmica que Richard acha promissora.

— E ainda consigo pagar — acrescentou Richard. — Mas, se o senhor tem dois mil para investir, recomendo...

Samantha riu, mas Richard parecia já se arrepender do comentário.

— Tchau, papai — despediu-se Jessica. Ela se abaixou, beijou o pai na testa e enfiou um envelope no bolso interno do paletó dele, esperando que Richard não notasse.

Richard estendeu a mão e disse:

— Até logo, senhor. Foi um prazer conhecê-lo.

— Até logo, Richard. Espero que gostem da exposição.

— Obrigado, senhor — respondeu Richard, enquanto Samantha os acompanhava até a porta.

Enquanto Seb esperava que ela voltasse, tirou o envelope do bolso, abriu e retirou seu próprio cheque de mil libras. Era a primeira vez que perdia um negócio para quem pagou menos.

— Acho que eu poderia ter lidado melhor com a situação — sugeriu Seb quando Samantha voltou à sala de estar.

— Isso é um eufemismo, mesmo para os padrões britânicos. Mas estou mais interessada em saber o que achou de Richard.

— Parece um bom rapaz. Mas ninguém nunca será bom o suficiente para Jessie. — Ele fez uma pausa antes de acrescentar: — Estou pensando no que dar a ela como presente de 21 anos. Talvez eu deva comprar uma casa para ela?

— Essa é a última coisa que você vai fazer.

— Por que não?

— Porque isso simplesmente servirá para mostrar a Richard que ele não tem dinheiro e só o fará se sentir em dívida com você. De qualquer forma, Jessica é tão teimosa quanto você. Ela recusaria a oferta, assim como suas duas mil libras.

Seb entregou o cheque a Samantha, o que a fez rir ainda mais alto, antes de sugerir:

— Talvez devêssemos simplesmente deixar que vivam as próprias vidas. Podemos até nos surpreender com o desempenho deles sem a gente.

— Mas eu só quis dizer...

— Eu sei o que você quis dizer, meu querido, mas receio que sua filha levou a melhor nessa — disse ela quando o telefone começou a tocar.

— Ah, tenho a sensação de que é o Richard querendo saber se eu estaria disposto a aumentar minha oferta para quatro mil.

— É mais provável que seja sua mãe. Eu disse a ela que íamos conhecer o novo namorado de Jessica. Então ela deve estar curiosa para saber o que achamos — respondeu Samantha, atendendo ao telefone.

— Boa noite, sra. Clifton. É John Ashley.

— Olá, John. O banco pegou fogo?

— Ainda não, mas preciso falar com Seb com bastante urgência.

— O banco pegou fogo — provocou Samantha, entregando o telefone para o marido.

— Vai sonhando... John, em que posso ajudá-lo?

— Desculpe incomodá-lo tão tarde, presidente, mas você me pediu para alertá-lo se a srta. Lombardo apresentasse mais algum cheque.

— Quanto desta vez?

— Trinta e duas mil libras.

— Trinta e duas mil libras? — repetiu Seb. — Segure o pagamento por enquanto e se Victor não aparecer amanhã terei que falar com nosso setor jurídico. E, John, vá para casa. Como minha esposa nunca se cansa de repetir, estamos fora do horário bancário. Então não há mais nada que você possa fazer sobre isso hoje à noite.

— Algum problema, querido? — perguntou Samantha, parecendo genuinamente preocupada.

— Receio que sim. Você se lembra daquela mulher que vimos jantando com Victor no Caprice? — explicou Seb, pegando o telefone de volta e começando a discar.

— Como eu poderia esquecer?

— Bem, acho que ela é uma bela vigarista.

— Você está ligando para Victor?

— Arnold Hardcastle.

— É tão grave assim?

— É.

———

— Oi, Jessie! Estou feliz que tenha vindo — disse ele, dando-lhe um abraço.

— Eu não perderia por nada, Grayson.

— Parabéns pelo Prêmio do Fundador, aposto que não demorará muito para que uma galeria do West End exiba seu trabalho — elogiou ela.

— Deus a ouça — respondeu Jessica quando a artista se virou para conversar com outro aluno.

— O que você acha, de verdade? — sussurrou Richard, enquanto passeavam pela galeria.

— É uma ótima mostra, mas não tenho certeza quanto ao urso de pelúcia.

— Não estava falando do urso de pelúcia. Como acha que foi a reunião com seus pais?

— Como eu lhe disse, mamãe o achou muito boa-pinta. "Você é uma garota de sorte", foram suas palavras exatas.

— Não sei se causei uma boa impressão em seu pai.

— Você não precisa se preocupar com papai — disse Jessica enquanto observava um vaso magnífico. — Quando mamãe começar a fazer sua mágica, ele mudará de ideia.

— Espero que sim, porque não demorará muito para que tenhamos de contar a ele.

O presidente, o diretor-executivo e o advogado interno do banco estavam sentados em torno de uma mesa oval no escritório de Sebastian às oito horas da manhã seguinte.

— Algum sinal de Victor? — foi a primeira pergunta de Seb.

— Ninguém o vê desde sexta à noite — informou John Ashley. — Ele disse à secretária que estava viajando a negócios, mas voltaria a tempo para a reunião do conselho.

— Mas a reunião só será daqui a dez dias — ponderou Seb. — Carol não tem ideia de onde ele está?

— Não, e ele não deixou um telefone para contato.

— Isso não é do feitio de Victor — observou Seb.

— Carol me disse que ele nunca fez isso antes.

— Essa história está cada vez mais estranha.

— Você acha que está na hora de chamar Barry Hammond? — sugeriu Ashley.

— Tenho certeza de que ele não demorará muito para localizar Victor e ainda descobrir tudo do que precisamos saber sobre a tal srta. Candice Lombardo.

— Não, não podemos ter um detetive particular investigando o vice-presidente do banco — disse Seb. — Fui claro?

— Sim, presidente. Mas a srta. Lombardo apresentou mais um cheque ontem para compensação imediata — informou Ashley enquanto abria a pasta cada vez mais espessa.

— Quanto desta vez? — perguntou Arnold.

— Quarenta e dois mil — informou Ashley.

— Você tem alguma ideia de para que foi o cheque?

— Não, presidente — respondeu Ashley.

Seb estudou o extrato de uma conta que nunca teve saldo positivo e estava prestes a pronunciar uma única palavra para que sua equipe interna soubesse exatamente como ele se sentia, mas pensou melhor.

— Qual é a nossa posição jurídica? — perguntou, voltando-se para o advogado interno do banco.

— Se a conta estiver com saldo positivo ou se o garantidor for suficiente para o montante devido, não temos escolha a não ser compensar o cheque no prazo de 48 horas.

— Então, vamos torcer para que Victor volte logo ou pelo menos entre em contato conosco nos próximos dias.

— Não temos pista alguma? — perguntou Arnold. — Ligações telefônicas, cartões de crédito, contas de hotéis, passagens aéreas, qualquer coisa?

— Nada até agora — admitiu Ashley. — Deu instruções à secretária dele para me ligar assim que tiver notícias dele, mas não tenho esperanças, porque tenho a sensação de que, se encontrarmos Victor, a srta. Lombardo não estará muito longe.

— Tem uma pessoa que pode saber onde ele está — sugeriu Arnold.

— Quem? — indagou Seb.

— A esposa dele.

— Não, de jeito algum — disse Seb. — Ruth é a última pessoa que quero entrar em contato em qualquer circunstância.

— Nesse caso, presidente — concluiu Arnold —, não temos escolha a não ser compensar o último cheque em 48 horas. A menos que você queira que eu informe a questão ao Banco da Inglaterra e pergunte se podemos suspender novos pagamentos até Victor voltar.

— Não. Permitir que o banco central lave nossa roupa suja em público seria pior do que contar a Ruth. Pague o cheque e vamos torcer para que a srta. Lombardo não apresente outro antes que Victor apareça.

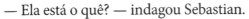

— Ela está o quê? — indagou Sebastian.

— Grávida — repetiu Samantha.

— Eu vou matar aquele sujeito.

— Você não fará nada disso. Na verdade, da próxima vez que vir Richard vai parabenizá-lo.

— Parabenizá-lo?

— Sim, e deixe muito claro o quanto está feliz com a notícia.

— Por que diabos eu faria isso?

— Porque a alternativa é insuportável até de imaginar. Perder sua filha e nunca mais poder ver seu neto. Caso tenha se esquecido, já passou por algo semelhante antes, e eu não preciso passar por isso novamente.

— Eles vão se casar? — perguntou Sebastian, tentando mudar o foco.

— Não perguntei.

— Por que não?

— Porque não é da minha conta. De qualquer forma, tenho certeza de que seremos informados quando eles estiverem prontos.

— Você está calma demais, dadas as circunstâncias.

— Lógico que estou. Estou ansiosa para ser avó.

— Ai, meu Deus — indignou-se Seb. — Eu vou ser avô.

— E pensar que o *Financial Times* o descreveu como uma das mentes mais brilhantes do centro financeiro!

Sebastian sorriu, pegou a esposa nos braços.

— Às vezes me esqueço, minha querida, de como tive sorte de ter casado com você. Ele acendeu a luz do lado da cama e sentou-se. — Devemos ligar para minha mãe e avisá-la de que ela está prestes a se tornar bisavó?

— Ela já sabe.

— Então eu fui o último a saber?

— Desculpe. Eu precisava conseguir o maior apoio possível antes que você soubesse.

— Esta não foi minha semana — desabafou Seb, apagando a luz.

— Descobri para o que eram as quarenta e duas mil libras, presidente — disse Ashley.

— Sou todo ouvidos — respondeu Seb.

— Refere-se ao pagamento de um sinal em um imóvel em South Parade que costumava abrigar um serviço de acompanhantes.

— Isso é tudo de que eu precisava. Qual a companhia imobiliária?

— Savills.

— Bom, pelo menos conhecemos o presidente.

— Já falei com o sr. Vaughan. Ele me disse que depositará um cheque da srta. Lombardo para a liquidação total e final da propriedade mais tarde e me lembrou educadamente de que, se a venda não for concluída, a srta. Lombardo perderá o depósito.

— Vamos torcer para que Victor esteja de volta a tempo da reunião do conselho. Caso contrário, no final da próxima semana, ela provavelmente será a nova proprietária do Playboy Club.

43

— O que significa a palavra "austero"? — perguntou Freddie, erguendo os olhos de suas aulas preparatórias.

— Alguém muito severo com opiniões rígidas — respondeu Karin.

— Como conhece tão bem nosso idioma, Karin, se cresceu na Alemanha?

— Sempre gostei de idiomas quando estava na escola. Então, quando entrei para a universidade, estudei Línguas Modernas e me tornei intérprete. Foi assim que conheci Giles.

— Você já pensou no que vai estudar quando for para a universidade? — perguntou Giles, erguendo os olhos do jornal da noite.

— PFC — respondeu Freddie.

— Eu conheço política e economia — argumentou Karin —, mas nunca ouvi falar de PFC.

— Política, Filosofia e Críquete. É um curso de graduação muito popular em Oxford.

— Sim, mas não para pessoas austeras — retrucou Giles —, e desconfio que se procurar a palavra no *Novo Dicionário Oxford* descobrirá que houve um acréscimo no verbete com o nome de Margaret Thatcher como principal exemplo.

— Não ligue para ele — disse Karin. — Ele usa qualquer desculpa para criticar a primeira-ministra.

— Mas a imprensa parece achar que ela está fazendo um bom trabalho — comentou Freddie.

— Bom demais para meu gosto — admitiu Giles. — E, a bem da verdade, estivemos muito próximos de derrubá-la até os argentinos invadirem as Ilhas Falkland, mas, desde então, embora as balas ainda a atinjam de todas as direções, como James Bond, ela sempre parece se esquivar no momento certo.

— E a subsecretária de Saúde? — quis saber Freddie. — Ela vai ter que se abaixar agora que você voltou à bancada principal?

— As balas estão prestes a atingi-la — respondeu Giles com certo prazer.

— Comporte-se, Giles. Você está falando da sua irmã, não do inimigo.

— Ela é pior que inimiga. Não se esqueça de que Emma é discípula da bem-aventurada Margaret de Grantham. Mas quando ela apresentar a última lei do SNS do governo à Câmara Alta pretendo derrubá-la cláusula por cláusula, até que ela considere a renúncia um alívio abençoado.

— Eu teria cuidado se fosse você, Giles — avisou Karin. — Desconfio de que, após atuar como diretora de um grande hospital, Emma deva estar mais bem informada sobre o serviço de Saúde do que você.

— Ah, mas você esquece que o debate não ocorrerá na sala de reuniões de um hospital, e sim na tribuna da Câmara dos Lordes, onde eu sou macaco velho.

— Talvez seja sensato prestar atenção ao aviso de Grace — comentou Karin —, de que Emma pode acabar em vantagem, porque, ao contrário da maioria dos políticos, ela já esteve na linha de frente.

— Acho que você é uma conservadora enrustida — disse Giles.

— Lógico que não — disse Karin. — Já me assumi anos atrás e foi Emma quem me converteu.

— Traidora!

— De forma alguma. Eu me apaixonei por você, não pelo Partido Trabalhista.

— Na alegria e na tristeza.

— Neste caso específico, na tristeza.

— Sinto muito interromper vocês, eu só queria saber o significado da palavra "austero".

— Ignore o Giles — provocou Karin. — Ele sempre fica assim antes de um grande debate, principalmente quando a irmã está envolvida.

— Posso ir assistir? — perguntou Freddie.

— Depende de qual lado apoiará — observou Giles.

— O lado que me convencer que tem a melhor política.

— Ora que original — disse Karin.

— Talvez agora não seja uma boa hora para dizer que entrei para os Jovens Conservadores — disse Freddie.

— Você fez o quê? — perguntou Giles, recostando-se e agarrando-se à lareira.

— Mas o pior ainda está por vir.

— Como isso pode piorar?

— Acabamos de realizar uma eleição simulada na escola e eu fui o candidato dos Conservadores.

— Qual foi o resultado? — exigiu Giles.

— Você não vai querer saber.

— Ele não apenas teve uma vitória esmagadora — disse Karin — como agora quer seguir seus passos e se tornar um membro do Parlamento. Pena que ele não estará do seu lado da câmara.

Seguiu-se um silêncio que poucos representantes do governo conseguiram impor ao Honorável Lorde Barrington da Zona Portuária de Bristol.

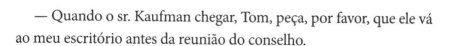

— Quando o sr. Kaufman chegar, Tom, peça, por favor, que ele vá ao meu escritório antes da reunião do conselho.

— Imediatamente, senhor — disse o porteiro enquanto saudava o presidente.

Seb atravessou rapidamente o saguão até os elevadores. Embora ainda não fossem oito horas, quando saiu no último andar, John Ashley e Arnold Hardcastle já estavam à sua espera no corredor.

— Bom dia, senhores — disse Seb, passando por eles e entrando em sua sala. — Por favor, sentem-se. Pensei em discutirmos algumas estratégias antes de Victor chegar, supondo que ele apareça. Vamos começar por você, John. Alguma novidade?

Ashley abriu uma pasta que a cada dia parecia ficar mais espessa.

— O cheque de 320 mil foi apresentado. Entretanto, o sr. Vaughan concordou que não precisamos liberá-lo imediatamente, pois ainda estamos no período de compensação.

— É muita consideração da parte dele — disse Seb —, mas a bem da verdade temos sido um cliente confiável há muitos anos. O que acha que devemos fazer, John, se Victor não aparecer?

— Ligaremos para Barry Hammond e o instruiremos a encontrar Victor onde quer que esteja, porque não tenho dúvida de que a garota estará com ele.

— É uma alternativa arriscada — sugeriu Arnold.

— Na minha opinião, os riscos são menores do que permitir que ela sugue até a alma de Victor — opinou John.

— Uma metáfora infeliz — disse Seb, olhando o relógio. — Está quase na hora, e nada.

Houve uma batida suave à porta e os três olharam em expectativa. A porta se abriu e Rachel entrou no escritório do presidente.

— Alguns dos diretores já chegaram e estão esperando pelo senhor na sala de reuniões — disse a secretária ao entregar uma cópia da pauta a Seb.

— O sr. Kaufman está entre eles, Rachel?

— Não, presidente, ainda não o vi hoje.

— Então sugiro que nos juntemos aos nossos colegas — orientou Seb depois de olhar a pauta. — Proponho que não falemos nada sobre a srta. Lombardo até termos a oportunidade de conversar com Victor em particular.

— Concordo — disseram o CEO e o consultor jurídico do banco em uníssono. Os três homens se levantaram em silêncio, saíram do escritório do presidente e foram para a sala de reuniões, onde se juntaram a seus colegas.

— Bom dia, Giles — cumprimentou Seb, que não chamara o tio pelo primeiro nome até se tornar presidente do conselho. — Devo presumir que você e minha mãe não estão mais se falando, agora que a lei do SNS foi aprovada em primeira pauta?

— Exatamente, presidente. As únicas palavras que trocaremos agora serão pela via caixa de despachos.

Seb sorriu, mas não conseguia tirar os olhos da porta. Os outros diretores tomaram seus lugares ao redor da mesa da sala de reuniões, mas a cadeira do outro lado da sala continuava desocupada. Como sua mãe, Seb acreditava em iniciar as reuniões do conselho pontualmente. Ele olhou o relógio: um minuto para as nove. Então, sentou-se à cabeceira da mesa e deu início à reunião.

— Bom dia, senhores. Vou pedir ao secretário que leia a ata da última reunião.

O sr. Whitford levantou-se do seu lugar à direita do presidente e leu a ata como se estivesse fazendo a liturgia da Palavra na igreja local.

Seb tentou se concentrar, mas continuou olhando na direção da porta, embora não tivesse esperança, pois Victor nunca se atrasara para uma reunião do conselho. Quando Whitford se sentou, Seb se esqueceu de perguntar a seus colegas diretores se tinham alguma dúvida. Ele simplesmente murmurou:

— Item número um — e estava prestes a chamar o diretor-executivo para apresentar seu relatório mensal quando a porta da sala de reuniões foi aberta e um confuso vice-presidente entrou apressado.

Antes mesmo de ele se sentar, Victor se adiantou.

— Peço desculpas, presidente. Meu voo atrasou por causa do nevoeiro. Devemos ter sobrevoado este edifício uma dezena de vezes antes de conseguirmos pousar.

— Não tem problema, Victor — disse Seb calmamente. — Você perdeu a leitura da ata da última reunião e eu estava prestes a passar para o item número um: os novos regulamentos bancários do governo. John?

Ashley abriu um arquivo e olhou para as inúmeras notas que preparara e o resumo que estava prestes a compartilhar com seus colegas.

— Parece que agora os banqueiros — começou ele — estão classificados ao lado de agentes imobiliários e membros do Parlamento como os integrantes menos confiáveis da comunidade.

— Então tudo o que tenho a fazer é me tornar um corretor de imóveis — brincou Giles — e terei conseguido me enquadrar nas três categorias.

— E qual a consequência disso? — disse Seb depois que as risadas cessaram.

— Podemos esperar um exame mais aprofundado nos procedimentos rotineiros do banco e inspeções muito mais severas por parte dos órgãos reguladores, além de uma série de novos regulamentos. Geoffrey Howe está determinado a mostrar que veio para colocar ordem no centro financeiro.

— Governos conservadores sempre fazem isso, mas em geral se esquecem de tudo isso depois de algumas palavras cuidadosamente escolhidas pelo chanceler do Tesouro no banquete do prefeito.

Seb deixou sua mente vagar novamente quando os diretores começaram a expressar suas opiniões previsíveis. Giles era a única exceção, que até hoje ele nunca conseguia desvendar. Ele voltou ao mundo real quando percebeu que seus colegas diretores estavam olhando para ele.

— Item número dois? — sugeriu o secretário do conselho.

— Item número dois — anunciou Seb. — Lorde Barrington acaba de voltar de Roma, e acredito que ele tenha algumas notícias interessantes para compartilhar conosco. Giles?

Giles informou o conselho sobre sua recente visita à Cidade Eterna, onde se reuniu com Menegatti, presidente do Banco Cassaldi, com o objetivo de que as duas instituições formem uma parceria de longo prazo. Seu relatório foi seguido de uma discussão entre os diretores, que Seb resumiu com a recomendação de que Giles, acompanhado de uma equipe seleta, levasse as discussões para a próxima etapa e descobrisse se conseguiam chegar a uma proposta substancial de fusão a que ambos os presidentes se sentissem capazes de recomendar a seus conselhos.

— Parabéns, Giles — cumprimentou Seb. — Aguardamos ansiosamente seu próximo relatório. Talvez agora devamos passar para o item número três. — Mas sua mente começou a vagar novamente, contemplando o único item que estaria em pauta na reunião particular que teria mais tarde com seu vice-presidente. Embora tivesse de admitir que Victor parecia muito mais calmo do que ele.

Seb ficou aliviado quando o secretário do conselho finalmente perguntou:

— Mais algum assunto?

— Sim — anunciou Victor, do outro lado da mesa. Seb levantou uma sobrancelha. — Alguns de meus colegas podem estar imaginando onde estive nos últimos dez dias, e sinto que devo uma explicação a **todos vocês.** — Três dos diretores deixaram bem claro que concordavam com suas palavras.

— Quando me tornei vice-presidente — continuou Victor —, uma das responsabilidades que me foram atribuídas pelo presidente foi examinar como o banco lidava com as suas doações de caridade. Devo dizer que presumi que isso não seria tarefa tão complicada. No entanto, eu não poderia estar mais errado. Rapidamente descobri que o banco simplesmente não tem uma política e que, pelos padrões de nossos concorrentes, não somos apenas considerados negligentes neste sentido, mas, com o perdão da palavra, mesquinhos. Eu não teria percebido o quanto se Lady Barrington não tivesse me abordado para pedir o apoio do banco quando correu a maratona. Quando ela me mostrou sua lista de patrocinadores, me senti envergonhado. Ela levantou mais dinheiro com o Barclays, o NatWest e com a dra. Grace Barrington do que com o Farthings Kaufman. Isso também me levou a me interessar mais na caridade que ela estava apoiando.

O vice-presidente havia conquistado a atenção de todo o conselho.

— A instituição de caridade em questão envia missões para a África, onde seu distinto cirurgião cardíaco, dr. Magdi Yacoub, opera crianças pequenas que, de outra forma, não teriam esperança de sobreviver.

— O que exatamente é uma missão? — perguntou Whitford, que anotara cada palavra do vice-presidente.

— Uma missão compreende cinco pessoas: um cirurgião, um médico, duas enfermeiras e um gerente, que prestam seus serviços gratuitamente, muitas vezes sacrificando as suas férias para realizar esse trabalho vital. Lady Barrington sugeriu que eu conhecesse a srta. Candice Lombardo, que é membro ativo do conselho da instituição de caridade. Então a convidei para jantar comigo. Victor sorriu para o presidente.

— De onde conheço esse nome? — perguntou o secretário.

— A srta. Lombardo — respondeu Clive Bingham — foi eleita a mulher mais atraente do planeta pelos leitores da revista GQ e, se podemos acreditar nos tabloides, ela está tendo um caso com Omar Sharif.

— Não faço ideia se isso é verdade — disse Victor. — Tudo o que posso dizer é que, quando jantamos, ficou nítido o quanto ela estava comprometida com a causa. A srta. Lombardo me convidou para acompanhá-la em uma viagem ao Egito para testemunhar em primeira mão o trabalho que o dr. Yacoub e sua equipe estavam realizando naquele país. Foi lá que estive nos últimos dez dias, presidente. E confesso que passei muito do meu tempo desmaiando ou passando mal.

— O vice-presidente desmaiou? — indagou Clive, incrédulo.

— Em mais de uma ocasião. Posso garantir que ver de perto uma criança pequena com o peito aberto não é para os fracos de coração. Quando entrei no avião para voltar para casa, estava decidido a fazer mais, muito mais. Como resultado dessa viagem, recomendarei ao conselho que assumamos o papel de banqueiros da instituição de caridade sem custos. Já concordei em me tornar seu tesoureiro honorário.

— Para usar suas palavras, é de fato muito mais — declarou Seb. — O que mais o banco pode fazer para ajudar?

— Nós poderíamos começar fazendo uma contribuição substancial para a caridade de Marsden para que eles possam continuar seu trabalho sem ter que viver com um orçamento tão apertado.

— Você tem um montante em mente? — perguntou Giles.

— Meio milhão por ano nos próximos cinco anos. — Houve um ou dois suspiros ao redor da mesa antes de Victor continuar: — Sei que o conselho ficará satisfeito em saber que essa contribuição é passível de enquadramento para uma dedução de impostos de 40%.

— Como você acha que nossos acionistas reagirão ao saber que doaremos uma quantia tão alta à caridade? — questionou John Ashley.

— Se o sr. Kaufman apresentasse a proposta na assembleia geral de acionistas — sugeriu Seb —, acredito que diriam que isso não é suficiente.

Um ou dois membros do conselho concordaram, mas outros sorriram.

— Mas ainda teríamos de explicar como o dinheiro está sendo gasto — disse o secretário. — Afinal, isso não seria mais do que nosso dever fiduciário.

— Concordo — respondeu Victor —, e se eu puder falar com nossos acionistas sobre o assunto na assembleia geral tenho certeza de que não precisarei lembrá-los de que recentemente o banco ganhou mais de onze milhões de libras na aquisição da Harrods pelo sr. Al Fayed. No entanto, devo confessar que, sem a aprovação do conselho, fiz um adiantamento em uma propriedade em South Parade, atrás do Royal Marsden, para que a instituição possa estabelecer sua sede perto do hospital. Consegui adquiri-la a um preço imbatível, porque o local já havia sido usado por uma agência de acompanhantes.

— Por que você não notificou a compra com antecedência? — perguntou Seb. — Uma ligação seria suficiente para que nossos diretores-executivos pudessem discutir sua proposta antes da reunião de hoje do conselho. Em vez disso, você parece ter nos apresentado um fato consumado.

— Peço desculpas, presidente, mas não mencionei que a princesa Diana, amiga do dr. Yacoub, também estava em viagem ao Egito, e fomos solicitados pela sua equipe de segurança a não revelar nossa localização ou os nomes de outras pessoas na viagem.

— Muito sensato — disse Giles. — Não queremos que a informação chegue ao IRA.

— E presumi — continuou Victor, olhando diretamente para Seb — que, se surgisse uma emergência real, vocês não hesitariam em ligar para minha esposa, a única pessoa que sabia exatamente onde eu estava.

Três dos diretores assentiram em concordância.

— Finalmente — disse Victor —, sei que todos ficarão satisfeitos ao saber que o professor Yacoub fará uma conferência de imprensa em Marsden na próxima quinta-feira para anunciar que a princesa Diana concordou em ser patrocinadora da instituição de caridade.

— Bravo — cumprimentou Clive. — Isso será fantástico para a imagem do banco.

— Esse não é meu único propósito em querer apoiar uma causa que vale a pena — continuou Victor bruscamente.

— Possivelmente, não — disse Arnold —, mas, enquanto o chanceler ainda estiver se debatendo com a questão, não fará mal algum.

— Talvez você deva escrever uma proposta para nossa avaliação na reunião do conselho do próximo mês — pediu Seb — e a distribuir com antecedência suficiente para que possamos analisá-la cuidadosamente.

— Escrevi um resumo geral enquanto sobrevoava a cidade hoje de manhã, presidente, e assim que terminar enviarei cópias a todos os membros do conselho.

Vários diretores assentiram com a cabeça enquanto Victor fechava a pasta à sua frente.

— Obrigado — concluiu Seb. — Agora, só precisamos decidir a data da próxima reunião.

As agendas foram consultadas e, uma vez que a data foi acordada, Seb deu a reunião por encerrada.

— Poderia dispor de alguns minutos, Victor? — perguntou ele, enquanto reunia seus papéis.

— Claro, presidente. — Victor seguiu Seb para fora da sala, pelo corredor, até o escritório do presidente. Ele estava prestes a fechar a porta atrás de si quando percebeu que John Ashley e Arnold Hardcastle seguiam logo atrás.

Quando os quatro estavam sentados ao redor da mesa oval, Seb começou timidamente.

— Alguns de nós ficamos bastante preocupados, Victor, quando durante sua ausência três cheques foram apresentados para liberação por uma srta. Lombardo, de quem Arnold, John e eu nunca tínhamos ouvido falar.

— Nunca ouviu falar! — surpreendeu-se Victor. — Em que planeta vocês vivem?

Quando nenhum deles tentou se defender, a ficha caiu.

— Ah — disse ele, parecendo um jogador de pôquer prestes a mostrar um *straight flush* —, então todos vocês presumiram...

— Bem, você deve tentar ver da nossa perspectiva — defendeu-se Arnold.

— E para ser justo — disse Victor — suponho que a srta. Lombardo não seja capa do *Financial Times* com frequência.

Os outros três diretores começaram a rir.

— Confesso que não tive a aprovação do conselho para comprar o imóvel e, com medo de perdê-lo enquanto ainda estava a um preço tão baixo, permiti que a srta. Lombardo abrisse uma conta, da qual fui garantidor.

— Mas isso não explica as cinco mil libras que ela pagou por um casaco de visom da Harrods — disse John Ashley, um pouco tímido.

— Um presente de aniversário para Ruth que eu não queria que ela soubesse. A propósito, é por isso que você estava tentando entrar em contato comigo?

— Certamente que não. Só queríamos que você soubesse que Giles pode ter conseguido um excelente negócio em Roma antes que lesse sobre isso na imprensa — dissimulou Seb.

— Boa tentativa — provocou Victor. — Mas eu já te conheço há muito tempo, Seb, para cair nessa. Vou falar o que faremos. Não voltarei a mencionar o assunto, desde que você endosse minha proposta de apoiar a doação para a causa na próxima reunião do conselho.

— Isso me parece chantagem.

— Sim, acredito que é.

— Eu deveria ter escutado minha esposa desde o início — murmurou Seb.

— Teria sido muito sábio, dadas as circunstâncias — disse Victor. — Não estava planejando mencionar que Samantha piscou para mim quando você estava tentando sua ridícula fuga do Caprice.

HARRY E EMMA CLIFTON

1986-1989

44

Quando Harry acordou, tentou se lembrar de um sonho que parecia não ter terminado. Ele era mais uma vez o capitão da equipe de críquete da Inglaterra prestes a marcar o run da vitória contra a Austrália no Lord's? Não. Pelo que conseguia se lembrar, estava correndo atrás de um ônibus que sempre continuava alguns metros à sua frente. Ele se perguntou o que Freud teria concluído disso. Harry questionou a teoria de que os sonhos duram apenas alguns instantes. Como os cientistas poderiam ter certeza disso?

Ele piscou, virou-se e olhou para os números verdes fluorescentes no relógio de cabeceira: 05:07. Tempo mais do que suficiente para repassar o capítulo de abertura em sua mente antes de se levantar.

A primeira manhã antes de começar um novo livro era sempre o momento em que Harry se perguntava por quê. Por que não voltar a dormir em vez de retomar uma rotina que levaria pelo menos um ano e poderia terminar em fracasso? Afinal, ele já havia ultrapassado aquela idade em que a maioria das pessoas recebia seu relógio de ouro e se aposentava para aproveitar os anos de crepúsculo, como as companhias de seguros gostam de descrevê-los. E Deus sabe que ele não precisava do dinheiro. Mas se a escolha era repousar sobre os louros ou embarcar em uma nova aventura não parecia uma decisão difícil. Disciplinado, era como Emma o descrevia; obcecado, era a explicação simples de Sebastian.

Durante a hora seguinte, Harry ficou imóvel, de olhos fechados, enquanto repassava o primeiro capítulo. Embora estivesse pensando na trama havia mais de um ano, ele sabia que assim que a caneta começasse a se mover pela página, a história poderia se desenrolar de uma maneira que não teria previsto em apenas algumas horas.

Ele já havia pensado e descartado várias linhas de abertura, e achou que finalmente havia se decidido por uma, mas isso poderia ser facilmente alterado em um rascunho posterior. Se esperava capturar a imaginação dos leitores e transportá-los para outro mundo, sabia que tinha de chamar a atenção no parágrafo inicial e, certamente, até o final da primeira página.

Harry devorara biografias de outros autores para descobrir como trabalhavam, e a única coisa que todos pareciam ter em comum era a crença de que não havia substituto para o trabalho duro. Alguns mapeavam todo o enredo antes mesmo de pegar a caneta ou começar a digitar na máquina de escrever. Outros, depois de concluir o primeiro capítulo, faziam um esboço detalhado do restante do livro. Harry já se achava sortudo se soubesse o primeiro parágrafo, o que dirá o primeiro capítulo, porque quando pegava a caneta às seis horas todas as manhãs não fazia ideia de onde ela o levaria. Por isso os irlandeses diziam que ele não era escritor, mas um bardo.

Uma coisa que teria de ser decidida antes que partisse em sua mais nova jornada eram os nomes dos personagens principais. Harry já sabia que a abertura se passaria na cozinha de uma pequena casa na periferia de Kiev, onde um menino de quinze anos, talvez dezesseis, comemorava seu aniversário com os pais. O garoto precisava de um nome que pudesse ser abreviado, para que, quando os leitores acompanhassem as duas histórias paralelas, o nome por si só lhes mostrasse imediatamente se estavam em Nova York ou Londres. Harry considerou algumas opções: Joseph/Joe — muito associado a um ditador do mal; Maxim/Max — mais apropriado para um general; Nicholai/Nick — real demais, e finalmente decidiu por Alexander/Sasha.

O sobrenome da família precisava ser fácil de ler para que os leitores não passassem metade do tempo tentando lembrar quem era quem; problema que Harry enfrentara ao ler *Guerra e Paz*, mesmo o tendo lido em russo. Pensou em Kravec, Dzyuba, Belenski, mas acabou escolhendo Karpenko.

Como o pai seria brutalmente assassinado pela polícia secreta no capítulo inicial, o nome da mãe era mais importante. Precisava ser feminino, mas forte o suficiente para que o leitor acreditasse que seria capaz de criar um filho sozinha, apesar de todas as probabilidades contra. Afinal, ela estava destinada a moldar o caráter do herói do livro. Harry escolheu Dimitri para o nome do pai e Elena para o da mãe — digno, mas forte. Ele então voltou a pensar na linha de abertura.

Às 5h40, ele jogou o edredom, lançou as pernas para fora da cama e colocou os pés firmemente no tapete. Então pronunciou as palavras que dizia em voz alta todas as manhãs antes de partir para a biblioteca:

— "Por favor, permita-me conseguir novamente." — Estava dolorosamente consciente de que contar histórias era uma dádiva que não devia ser menosprezada como certa. Rezou para que, como seu herói, Dickens, morresse no meio de uma frase.

Ele caminhou até o banheiro, tirou o pijama, tomou um banho frio e depois vestiu uma camiseta, calças de moletom, meias esportivas e um suéter do time de futebol da Bristol Grammar School. Ele sempre colocava suas roupas em uma cadeira antes de ir para a cama e sempre as vestia na mesma ordem.

Harry finalmente calçou um par de chinelos de couro bem gastos, saiu do quarto e desceu as escadas, murmurando para si mesmo: "Lentamente, concentre-se, lentamente, concentre-se."

Quando entrou na biblioteca, caminhou até a grande mesa de carvalho em frente a uma *bay window* com vista para o gramado. Sentou-se na cadeira de espaldar alto de couro vermelho com botões e verificou o relógio de mesa à sua frente. Nunca começava a escrever antes das 5h55.

Olhando para a direita, viu um punhado de fotografias emolduradas de Emma jogando squash, Sebastian e Samantha de férias em Amsterdã, Jake tentando marcar um gol, e Lucy, a mais recente integrante da família, nos braços de sua mãe, que o fazia lembrar de que agora era um bisavô. Do outro lado da mesa havia sete canetas esferográficas que seriam substituídas em uma semana. À sua frente, um bloco A4 de 32 linhas que ele esperava preencher com 2.500 a 3 mil palavras até o final do dia, o que significa que o primeiro rascunho do primeiro capítulo teria sido concluído.

Ele tirou a tampa da caneta e a colocou na mesa ao lado dele, olhou para uma folha de papel em branco e começou a escrever.

Ela estava esperando há mais de uma hora, e ninguém havia falado com ela.

Emma seguia uma rotina tão disciplinada e exigente quanto a do marido, mesmo que fosse completamente diferente. Especialmente por não ser senhora de seu tempo. Quando Margaret Thatcher venceu o segundo mandato, promoveu Emma a ministra da Saúde em reconhecimento à contribuição que fizera durante o primeiro mandato.

Como Harry, Emma costumava lembrar as palavras de Maisie, que ela deveria se esforçar para ser lembrada por algo mais do que apenas ser a primeira mulher a se tornar presidente de uma companhia de capital aberto. Quando aceitou o desafio, não percebeu que o cargo a colocaria contra o próprio irmão, a quem Neil Kinnock havia escolhido astutamente como sua contraparte no Gabinete Sombra. Não ajudou quando até o *Daily Telegraph* referiu-se a Giles como um dos políticos mais formidáveis da época e, possivelmente, o melhor orador de ambas as Câmaras.

Se pretendia derrotá-lo no plenário da Câmara, sabia que não seria com uma resposta espirituosa ou com frases de efeito. Teria que confiar em armas mais contundentes: domínio completo de informações e uma compreensão dos detalhes que convenceriam seus colegas a se juntarem ao lobby "A Favor" quando chegasse a hora da votação.

A rotina matinal de Emma também começou às seis horas e, às sete, já estava em sua mesa na Alexander Fleming House, assinando cartas que haviam sido preparadas no dia anterior por um funcionário. A diferença entre ela e muitos de seus colegas parlamentares era que ela lia todas as cartas e não hesitava em acrescentar emendas se discordasse do roteiro proposto ou sentisse que um ponto crucial havia sido esquecido.

Por volta das oito da manhã, Pauline Perry, sua principal secretária particular, chegaria para informar Emma sobre os compromissos do dia; o discurso que faria no Royal College of Surgeons naquela noite, que precisava de um ajuste aqui e ali antes que pudesse ser divulgado à imprensa.

Às 8h55, ela caminharia pelo corredor e se juntaria ao secretário de Saúde para a "religiosa" reunião matinal junto com todos os outros servidores do departamento. Eles passariam uma hora discutindo as políticas governamentais para se certificarem de que todos sabiam como proceder. Uma observação casual recebida por um jornalista mais atento poderia facilmente acabar em uma matéria de primeira página em um jornal de circulação nacional no dia seguinte.

Emma ainda estava extremamente irritada por causa da manchete MINISTRA APOIA BORDÉIS, depois de declarar em um momento de descuido: "Tenho total compaixão pela situação das mulheres que são forçadas à prostituição". Sua opinião sobre a questão não mudara, mas desde então aprendeu a expressar seus pontos de vista com mais cautela."

O principal tópico de discussão naquela manhã foi o projeto de lei proposto sobre o futuro do SNS e o papel que cada um deles desempenharia na supervisão de qualquer legislação relativa a ele nas duas Câmaras. O representante da pasta apresentaria o projeto na Câmara dos Comuns, enquanto Emma lideraria o governo na Câmara. Ela sabia que esse seria seu maior desafio até agora, especialmente porque seu irmão estaria, em suas próprias palavras, à sua espera.

Às onze da manhã, seria conduzida de carro pela ponte de Westminster até o Gabinete para participar de uma reunião que avaliaria as implicações financeiras para o governo de cumprir as promessas feitas pelo partido no manifesto da última eleição. Alguns de seus colegas teriam de fazer sacrifícios quanto a seus projetos de estimação, e cada ministro sabia que apenas prometer cortar custos em seu departamento sendo mais eficiente não seria suficiente. O público já não aguentava mais ouvir falar da economia de clipes de papel.

O almoço seria com Lars van Hassel, ministro da Saúde holandês, na privacidade de seu escritório, sem outros funcionários presentes. Um homem pomposo e arrogante que era brilhante e sabia disso. Emma sabia que aprenderia mais em uma hora desfrutando de um sanduíche e uma taça de vinho com Lars do que com a maioria de seus colegas ao longo de um mês.

À tarde, seria a vez de seu departamento responder às perguntas dos Lordes e, embora seu irmão desse um golpe ocasional, nenhum sangue foi derramado. Mas então Emma sabia que ele estava guardando sua artilharia pesada para quando o projeto de lei do SNS chegasse à Câmara.

As perguntas foram seguidas de uma reunião com Bertie Denham, o líder da Bancada, para tratar dos membros que apesar de ocuparem assentos do governo manifestaram preocupações quando o livro branco sobre a lei foi publicado pela primeira vez. Algumas genuínas, outras, mal informadas, enquanto outros que juraram uma lealdade eterna ao partido desde que recebessem um pariato se lhes fosse oferecido de repente descobriram que tinham as próprias opiniões se isso resultasse em uma cobertura favorável na imprensa nacional.

Emma e o líder da Bancada discutiram quais deles poderiam ser intimidados, persuadidos ou bajulados e, em um ou dois casos, subornados com a promessa de um lugar em uma delegação parlamentar em alguma terra exótica perto do dia da votação. Bertie avisara que os números estavam muito apertados.

Emma deixaria o escritório do líder da Bancada e retornaria ao ministério para ser atualizada sobre quaisquer problemas que surgissem durante o dia. Norman Berkinshaw, secretário-geral do Royal College of Nursing — Emma não pôde evitar questionar quanto tempo levaria até que uma mulher ocupasse esse cargo —, estava exigindo um aumento salarial de 14% para seus membros. Ela concordou com uma reunião, quando destacaria que, se o governo cedesse às suas reivindicações, quebraria o SNS. Mas sabia muito bem que suas palavras cairiam em ouvidos surdos.

Às 18h30 — mas a essa altura ela provavelmente estaria atrasada —, Emma participaria de um coquetel no Carlton Club em St. James', onde apertaria as mãos de correligionários e ouviria atentamente suas opiniões sobre como o governo deveria ser administrado sem tirar o sorriso do rosto. Depois, seguiria para a Royal College of Surgeons com tempo suficiente para repassar seu discurso no carro, emendando-o, editando-o e, por fim, sublinhando as palavras-chave que precisavam ser enfatizadas.

Ao contrário de Harry, Emma precisava estar em sua melhor forma à noite por mais exausta que se sentisse. Uma vez lera que Margaret Thatcher dormia apenas quatro horas por noite e estava sempre em sua mesa às cinco horas da manhã, escrevendo notas para ministros, presidentes de distritos eleitorais, funcionários públicos e velhos amigos. Ela nunca esqueceu um aniversário, uma data comemorativa ou, como Emma havia experimentado recentemente, um cartão de felicitações pelo nascimento de uma bisneta.

"Nunca se esqueça", acrescentou a primeira-ministra como pós--escrito, "de que sua dedicação e trabalho duro só trarão benefícios à geração de Lucy."

Emma chegou em casa na Smith Square logo depois da meia-noite. Ela teria telefonado para Harry, mas não queria acordá-lo, ciente de que acordaria às seis da manhã para trabalhar no capítulo dois. Ela foi até o escritório para abrir outra caixa vermelha, entregue enquanto jantava com o presidente do Royal College of Surgeons. Ela se sentou e começou a trabalhar no primeiro rascunho de um discurso que sabia que poderia definir toda sua carreira política.

— Milordes, é um privilégio apresentar à Câmara, para vossa consideração, a segunda leitura do projeto de lei do SNS do governo. Permitam-me começar dizendo...

45

— Por que isso agora? — perguntou Emma ao saírem de casa para a caminhada de fim de tarde em Chew Magna.

— Você sabe que eu fiz meu checape anual recentemente — respondeu Harry. — Então, recebi os resultados esta manhã.

— Tudo em ordem, espero — comentou Emma, tentando não parecer ansiosa.

— Tudo. Parece que me saí bem em todos, exceto um, e, embora tenha parado de correr, o dr. Richards está satisfeito de eu continuar caminhando por uma hora todas as manhãs.

— Eu só queria poder dizer o mesmo — disse Emma.

— A secretária que cuida de sua agenda garantiria que isso nunca fosse possível. Mas pelo menos você tenta compensar no fim de semana.

— Você disse todos, menos um — observou Emma enquanto caminhavam pela entrada em direção à rua principal.

— Ele disse que meu nível de fosfatase alcalina está subindo e, embora ele não ache que seja motivo real de preocupação, acredita que não faria mal algum obter uma segunda opinião.

— Concordo com ele. Afinal, hoje em dia é possível fazer uma cirurgia ou quimioterapia e voltar ao normal em duas ou três semanas.

— Só preciso de mais um ano.

— Como assim? — indignou-se Emma, parando.

— Até então eu devo ter terminado *Cara ou Coroa* e cumprido os prazos do meu contrato.

— Mas, conhecendo você, meu querido, você terá então mais meia dúzia de ideias fervilhando na cabeça. Posso perguntar como está indo o livro?

— Todo autor acredita que seu trabalho mais recente é sua melhor obra, e não sou exceção. Mas só é possível ter uma ideia ao ler as críticas ou, como diz Aaron Guinzburg, três semanas depois, quando descobre se as vendas ainda estão aumentando depois que a publicidade inicial passa e só podemos contar com o boca a boca.

— Que se dane Aaron Guinzburg. O que você acha? — pressionou Emma.

— É o melhor que já escrevi — confessou Harry, batendo no peito com bravata para depois acrescentar: — Quem sabe? Mas, por outro lado, você consegue ser realista sobre o andamento do seu discurso?

— Só posso ter certeza de uma coisa. Meus colegas me dirão como me saí assim que eu me sentar. Eles não vão esperar três semanas para me dizer.

— Tem mais alguma coisa que eu possa fazer para ajudar?

— Você pode se apossar de uma cópia do discurso de Giles para que eu descubra de antemão o que terei de enfrentar.

— Converse com Karin. Tenho certeza de que ela conseguiria uma cópia.

— Foi exatamente o que Seb sugeriu, e eu disse a ele que, se Giles descobrisse, eu não seria a única pessoa com quem ele deixaria de falar.

— O discurso de Giles — disse Harry — será com a eloquência de Falstaff, com muitas ideias grandiosas, a maioria delas impraticáveis e certamente inacessíveis, com algumas ideias realmente boas que você poderá roubar e possivelmente até implementar antes da próxima eleição.

— Você é um velhinho ardiloso, Harry Clifton. Seria um político formidável.

— Eu teria sido um político terrível. Para começar, não tenho certeza de qual partido apoio. Geralmente é o da oposição. E a simples ideia de ter que me expor à imprensa ou ainda pior, para o eleitorado já seria suficiente para me transformar em um eremita.

— Que terrível segredo você está escondendo? — zombou Emma enquanto caminhavam em direção à vila.

— Tudo o que estou disposto a admitir é que pretendo continuar escrevendo até não aguentar mais e, francamente, já existem políticos demais nesta família. De qualquer forma, como uma típica política, você não respondeu à minha pergunta. Como está seu discurso?

— Bom, mas receio que esteja tedioso e técnico demais para a ocasião. Acho que tratei da maioria das dúvidas de meus colegas, mesmo que algumas ainda não tenham sido resolvidas. Francamente, o discurso precisa de uma grande ideia que mantenha Giles em seu lugar, e eu espero que você encontre um tempo para lê-lo e me dê sua opinião sincera.

— Lógico que sim. Embora eu desconfie de que Giles esteja tão ansioso quanto você e louco e para colocar as mãos em uma cópia do seu discurso. Então, eu não ficaria muito preocupado.

— Posso pedir outro favor?

— Qualquer coisa, minha querida.

— Me prometa que vai procurar um especialista; caso contrário, eu vou me preocupar — pediu Emma enquanto se abraçavam.

— Eu prometo — disse Harry, enquanto passavam pela igreja paroquial e desciam por um passeio público que os levaria de volta pelos prados até Manor House. — Mas, em troca, espero algo de você.

— Isso parece bastante ameaçador.

— Eu dormiria mais tranquilo se ambos atualizássemos nossos testamentos.

— Por que isso agora?

— Mera constatação de que completarei 70 anos no próximo ano e terei atingido a expectativa de vida média, e agora temos uma bisneta. Seria irresponsável da nossa parte não garantir que nossos negócios estejam em ordem.

— Que mórbido, Harry.

— Pode ser, mas não devemos evitar esse assunto. O problema não é o meu testamento, porque, além de algumas doações para instituições de caridade e velhos amigos, deixei tudo para você, o que, segundo Seb, é o mais sensato a se fazer e, ao mesmo tempo, vantajoso em termos fiscais. O verdadeiro problema segundo ele é o seu testamento.

— A menos que eu morra antes de você, querido, e aí todos seus cuidados planos...

— Isso é improvável, porque, como pode verificar, atuários, assim como agenciadores de apostas, geralmente acertam as probabilidades. É assim que eles ganham a vida. As companhias de seguros atualmente trabalham com a presunção de que as mulheres sobrevivem aos maridos em sete anos. O homem mediano vive até os 74 anos, enquanto as esposas, até os 81.

— Não há nada de mediano em você, Harry Clifton, e, de qualquer forma, já planejei morrer cerca de duas semanas depois de você.

— Por que quinze dias?

— Não quero que o vigário encontre a casa desarrumada.

Harry não conseguia parar de sorrir.

— Vamos falar sério por um momento, minha querida. Vamos supor que somos medianos. Como sou um ano mais velho, você deve sobreviver a mim por oito anos.

— Malditas estatísticas.

— Portanto, acho que está na hora de você atualizar seu testamento, deixando tudo para as crianças, a fim de minimizar o imposto sucessório, que ainda é de 40%, apesar das promessas da sra. Thatcher.

— Você pensou seriamente sobre isso, não é, Harry?

— A perspectiva de um câncer é um alerta que não deve ser ignorado. De qualquer forma, li as letras miúdas da apólice do seguro de vida e não encontrei qualquer referência à imortalidade.

— Espero que não tenhamos essa conversa com muita frequência.

— Uma vez por ano deve ser suficiente. Mas ficarei mais feliz quando souber que seu testamento está em ordem.

— Já deixei Manor House para Sebastian, e a maioria das minhas joias para Samantha, Jessica e Lucy.

— E Jake?

— Não acho que ele ficaria bem usando um colar de pérolas. De qualquer forma, sinto que ele herdou todas as piores características do pai e acabará sendo multimilionário.

Harry pegou a mão da esposa quando voltaram para casa.

— Passando para assuntos mais agradáveis — disse ele. — Onde você gostaria de passar as férias de verão este ano?

— Em uma pequena ilha no oceano Índico, onde nenhum dos meus colegas possa me encontrar.

———

— Não vemos Harry e Emma há semanas — comentou Karin. — Por que não os convidamos para almoçar no domingo?

— Não tenho a menor intenção de confraternizar com o inimigo — resmungou Giles, puxando as lapelas do roupão — até que a votação final seja feita e os Conservadores sejam derrotados.

— Pelo amor de Deus, Giles. Ela é sua irmã.

— Quanto a isso, só tenho a palavra de meus pais como prova.

— Então, quando posso esperar vê-los novamente?

— Não até a derradeira batalha.

— O que quer dizer com isso?

— Você acha, por um momento, que Wellington consideraria jantar com Napoleão na noite anterior a Waterloo?

— Poderia ter sido muito melhor para todos os envolvidos se ele tivesse jantado — disse Karin.

Giles riu.

— Acho que Napoleão teria concordado com você.

— Quanto tempo mais temos que esperar antes de descobrirmos qual de vocês será exilado em Santa Helena?

— Não muito. Uma data provisória para o debate foi reservada no calendário parlamentar para quinta-feira da próxima semana.

— Posso perguntar como está indo seu discurso?

— É o melhor que já escrevi. Acho que posso dizer com segurança que será recebido com o farfalhar de papéis e aplausos prolongados e arrebatadores. — Giles fez uma pausa. — Na verdade, não tenho ideia, minha querida. Tudo o que posso dizer é que nunca trabalhei tanto em um discurso.

— Mesmo que vença esse debate, você realmente tem alguma chance de derrotar o governo enquanto ele contar com uma maioria fixa na Câmara?

— Uma chance muito real se os membros dos partidos menores e os Liberais se juntarem a nós no lobby, mas será uma votação apertada. Também identifiquei uma dezena de Conservadores nada satisfeitos com o projeto com o qual ainda estão hesitantes. Se eu conseguir convencer alguns deles a mudar de lado ou simplesmente se abster, será pau a pau.

— Mas certamente os líderes de Bancada Conservadora farão horas extras para persuadir, ameaçar e até subornar possíveis rebeldes?

— Isso não é tão fácil de acontecer na Câmara do Lordes, onde os líderes não têm muitos cargos a oferecer, promoções para sugerir ou honrarias para atrair jovens políticos ambiciosos. Já eu posso apelar para sua vaidade, alegando que são homens de consciência independentes e corajosos que colocam o bem da nação à frente do que é bom para o partido.

— E as mulheres? — quis saber Karin.

— São muito mais fáceis de subornar.

— Você é um canalha, Giles Barrington.

— Eu sei, minha querida, mas você tem que entender que ser um canalha é simplesmente parte do trabalho de um político.

— Se você ganhar a votação — questionou Karin, parecendo séria pela primeira vez —, isso significaria que Emma teria de renunciar?

— No amor e na guerra vale tudo.

— Espero que você tenha clichês melhores do que esse em seu discurso.

— Traidora — rosnou Giles, então calçou os chinelos, entrou no banheiro e ligou a água quente. Ele olhou no espelho, que rapidamente começou a embaçar e declarou: — Como a ministra pode fingir entender a situação de uma jovem mãe em Darlington, Doncaster ou Durham?

— Qual você acha melhor? — perguntou, com a voz normal.

— Darlington — disse Karin. — É improvável que Emma já tenha estado lá.

— Ou as dificuldades sofridas por um mineiro de South Wales, que passa metade da vida em um poço, ou um lavrador das Highlands, que começa a trabalhar às quatro da manhã. Pois essas são as mesmas pessoas que dependem do hospital local quando ficam doentes, e acabarão descobrindo que ele foi fechado pelos decentes e atenciosos Conservadores, que não estão interessados em salvar vidas, mas em poupar centavos.

— Para que possam construir um hospital maior e mais bem equipado do outro lado da rua? — sugeriu Karin.

— Como pode a Honorável Senhora começar a entender... — continuou Giles, ignorando a interrupção da esposa.

— Quanto tempo pretende ficar aí, Giles?

— Pare de me atrapalhar, mulher. Acabei de começar o epílogo.

— E eu preciso usar o banheiro agora.

Giles saiu do banheiro.

— E você ousa me acusar de táticas desleais — disse ele, brandindo seu pincel de barbear para ela.

Karin não respondeu, mas encarou o marido com metade do rosto barbeado e se retirou para o banheiro.

Giles pegou a última versão de seu discurso na mesa ao lado da cama e substituiu Durham por Darlington.

— E como a Honorável Senhora pode esperar entender... — ele se inclinou e riscou a palavra "esperar", substituindo-a por "começar a", quando a porta do banheiro se abriu.

— A ministra de Estado pode muito bem responder ao nobre lorde que ela entende profundamente, pois teve o privilégio de ser diretora de um dos maiores hospitais do SNS no país por sete anos.

— De que lado você está? — exigiu Giles.

— Não vou me decidir até ouvir os dois lados da discussão — informou Karin. — Porque, até agora, só ouvi um lado várias vezes.

— Amar, honrar e obedecer — disse Giles, voltando ao banheiro para terminar de se barbear.

— Não prometi obedecer — respondeu Karin, pouco antes de a porta ser fechada.

Karin sentou-se na beirada da cama e começou a ler o discurso de Giles. Tinha que admitir que não era tão ruim assim. A porta do banheiro se abriu e um Giles totalmente barbeado reapareceu.

— É hora de discutir assuntos mais prementes — anunciou. — Para onde viajaremos de férias este ano? Talvez devêssemos alguns dias no sul da França. Poderíamos ficar em La Colombe d'Or, visitar o museu de Matisse, dirigir ao longo da costa de Corniche e até passar um fim de semana em Monte Carlo.

— Berlim.

— Berlim? — repetiu Giles, sentando-se ao lado dela na cama.

— Sim — disse Karin com um ar sério. — Tenho a sensação de que não demorará muito para que o odioso muro finalmente caia. Milhares de compatriotas, homens e mulheres, estão reunidos do lado ocidental em protesto silencioso todos os dias, e eu gostaria de me juntar a eles.

— E você deveria participar — anunciou Giles, colocando um braço em volta do ombro dela. — Vou ligar para Walter Scheel assim que chegar ao escritório. Se alguém souber o que está acontecendo nos bastidores, será ele.

— Onde será que Emma pretende passar as férias este ano? — ponderou Karin, retornando ao banheiro.

Giles esperou que a porta se fechasse antes de dizer baixinho:

— Na ilha de Santa Helena, no que depender de mim.

46

— Devo confessar, sir Harry, que nunca li nenhum de seus livros — admitiu o especialista da Harley Street, enquanto observava seu paciente do outro lado da mesa. — Meu colega, senhor Lever, é um fã ardoroso. Ele ficou desapontado ao saber que optou por realizar uma cirurgia em vez de fazer quimioterapia, que é seu campo de especialização. Posso começar perguntando se esse ainda é o caso?

— Certamente, dr. Kirby. Conversei bastante sobre isso com meu médico de família, dr. Richards e minha esposa, e ambos são da opinião de que devo optar pela cirurgia.

— Então minha próxima pergunta — disse Kirby —, e acho que já sei a resposta, é se prefere a cirurgia pela rede particular ou pelo SNS?

— Nessa decisão em particular — disse Harry — não tive muitas opções. Se sua esposa administrasse um hospital do SNS por sete anos e se tornasse ministra da Saúde, tenho a sensação de que preferir um hospital particular constituiria motivo para divórcio.

— Então, tudo o que precisamos discutir é o momento. Estudei os resultados dos seus exames e concordo com seu médico de família que, enquanto o PSA permanecer em torno de 4 a 6%, não há necessidade de pressa. Mas, como tem aumentado constantemente ano a ano, pode ser prudente não adiar a cirurgia por muito tempo. Com isso em mente, gostaria de agendá-la para algum momento nos próximos seis meses. Assim ainda teremos o bônus de que ninguém poderá sugerir que você pulou a fila por causa de suas relações pessoais.

— Francamente, para mim seria perfeito. Acabei de completar o primeiro rascunho do meu último romance e pretendo entregar o manuscrito aos meus editores pouco antes do Natal.

— Então, problema resolvido — concluiu Kirby, que começou a folhear as páginas de um grande calendário de mesa. — Que tal 11 de janeiro às dez horas? E sugiro que você libere sua agenda pelas três semanas seguintes.

Harry fez uma anotação em sua agenda, colocou três asteriscos no topo da página e riscou o restante do mês.

— A maior parte de meu atendimento para o SNS é realizada no Guy's ou no St. Thomas — continuou Kirby. — Presumo que, como o St. Thomas fica muito mais perto de sua casa, seria mais conveniente para você e sua esposa.

— De fato, obrigado.

— Agora, há uma pequena complicação que surgiu desde sua última consulta com o dr. Richards. — Kirby girou a cadeira e encarou uma tela na parede. — Se observar este raios X —, disse ele, apontando um fino raio de luz para a tela —, verá que as células cancerígenas estão atualmente confinadas a uma pequena área. No entanto, se olhar com mais cuidado — acrescentou, ampliando a imagem —, verá que algumas das danadinhas estão tentando escapar. Pretendo remover todas elas antes que se espalhem para outras partes do seu corpo, onde poderão causar muito mais danos. Embora tenhamos desenvolvido recentemente uma cura para o câncer de próstata, o mesmo não pode ser dito para os ossos ou o fígado, que é para onde essas criaturinhas estão caminhando.

Harry assentiu.

— Acredito que agora, Sir Harry, você queira fazer algumas perguntas.

— Quanto tempo levará a operação e com que rapidez vou me recuperar?

— A cirurgia geralmente leva de três a quatro horas, e depois espera-se que enfrente uma quinzena bastante desagradável, mas o paciente médio consegue voltar ao normal após três semanas no máximo. Você ficará com pouco mais de meia dúzia de pequenas cicatrizes na barriga que desaparecerão rapidamente, e espero que esteja de volta ao trabalho dentro de um mês.

— Isso é reconfortante — disse Harry. Ele hesitou antes de perguntar timidamente: — Quantas vezes já realizou essa cirurgia?

— Mais de mil. Então acho que já peguei o jeito — respondeu Kirby. — Quantos livros já escreveu?

— *Touché* — reconheceu Harry, levantando-se para cumprimentar o cirurgião. — Obrigado. Estou ansioso para revê-lo em janeiro.

— Ninguém gosta de me rever — admitiu Kirby. — Mas, no seu caso, considero um privilégio ter sido escolhido como seu cirurgião. Posso não ter lido seus livros, mas eu tinha acabado de começar meu primeiro emprego como residente no UCH quando você fez seu discurso no Comitê do Prêmio Nobel em Estocolmo em nome de Anatoly Babakov. — Ele tirou uma caneta de um bolso interno, segurou-a no ar e disse: — A caneta é mais poderosa do que a espada.

— Estou lisonjeado e horrorizado da mesma forma — disse Harry.

— Horrorizado? — perguntou Kirby com um olhar de surpresa no rosto.

— Lisonjeado que se lembre do meu discurso, mas horrorizado que fosse um jovem residente na época. Sou tão velho assim?

— Claro que não — amenizou Kirby. — E depois da cirurgia ficará bem por mais vinte anos.

～━

— O que você acha? — sussurrou Emma.

— Não vou fingir que seria minha primeira escolha para a participação de Jessie no concurso da medalha de ouro da Royal Academy School — admitiu Richard.

— Nem a minha. E pensar que ela poderia ter inscrito um de seus retratos tradicionais, o que certamente lhe daria uma chance de ganhar.

— Mas este é um retrato, mamãe — disse Sebastian.

— Seb, é um preservativo gigante — sussurrou Emma.

— É verdade, mas você precisa olhar mais de perto para perceber seu real significado.

— Sim, devo confessar que não consegui captar seu verdadeiro significado — admitiu Emma. — Talvez você possa ter a gentileza de me explicar.

— É a opinião de Jessie sobre a humanidade — disse Samantha, vindo em socorro de Seb. — Dentro do preservativo há um retrato do homem moderno.

— Mas é um ...

— Sim — interrompeu Harry, incapaz de resistir por mais tempo. — É um pênis ereto no lugar do cérebro do homem.

— E suas orelhas — disse Emma.

— Muito bem, mamãe, estou feliz que você tenha conseguido perceber isso.

— Mas olhe mais atentamente para os olhos — disse Samantha — e verá duas imagens de mulheres nuas.

— Sim, eu vi, mas por que a língua do homem está para fora?

— Não consigo imaginar, mãe — disse Seb.

— Mas por três mil libras — continuou Emma, ainda não convencida — quem vai querer comprar?

— Eu pretendo comprá-la — anunciou Seb.

— É muito leal de sua parte, meu querido, mas onde diabos vai pendurá-lo?

— No hall do banco para que todos possam ver.

— Sebastian, é um preservativo gigante!

— É verdade, mãe, e desconfio que um ou dois de nossos clientes mais esclarecidos possam até reconhecê-lo como tal.

— E certamente você deve conseguir me explicar o título — provocou Emma. *A Cada Sete Segundos?*

Sebastian foi salvo quando um homem de aparência distinta apareceu ao lado deles.

— Boa noite, ministra — cumprimentou o homem, dirigindo-se a Emma. — Permita-me dizer o quanto estou encantado em recebê-los na Royal Academy.

— Obrigada, Sir Hugh. Não perderíamos por nada.

— Existe uma razão específica para interromper sua agenda lotada para se juntar a nós?

— Minha neta — disse Emma, apontando para *A Cada Sete Segundos*, incapaz de esconder seu constrangimento.

— A senhora deve estar muito orgulhosa — observou o ex-presidente da Royal Academy.

— Muito íntegro da parte dela nunca ter mencionado os seus distintos avós.

— Desconfio de que um pai banqueiro e uma avó política conservadora não sejam algo que os jovens gostem de compartilhar com seus amigos. Mas duvido de que ela lhe tenha dito que temos duas de suas aquarelas penduradas em nossa casa de campo.

— Estou lisonjeado — disse Sir Hugh. — Mas confesso que gostaria de ter nascido com o talento da sua neta.

— É muita gentileza sua dizer isso, mas posso pedir sua opinião sincera sobre o último trabalho de Jessica?

O ex-presidente da Royal Academy observou longamente *A Cada Sete Segundos*, antes de emitir seu parecer.

— Original, inovador. Expande os limites da imaginação. Diria que há uma influência de Marcel Duchamp.

— Concordo, Sir Hugh — comentou Sebastian —, e é exatamente por isso que vou comprar o quadro.

— Receio que já tenha sido vendido.

— Alguém realmente o comprou? — espantou-se Emma.

— Sim, um negociante de artes americano comprou assim que a exposição foi aberta, e vários outros clientes, como você, ficaram desapontados ao descobrir que ele já havia sido vendido.

Emma ficou sem palavras.

— Por favor, me deem licença, porque é hora de anunciar o vencedor da medalha de ouro deste ano. — Sir Hugh fez uma ligeira reverência antes de deixá-los e caminhar até o palco no outro extremo da sala.

Emma ainda estava sem palavras quando alguns fotógrafos começaram a fotografá-la ao lado do quadro. Um jornalista virou uma página do seu bloco de notas e disse:

— Posso perguntar à ministra o que achou do retrato de sua neta?

— Original, inovador. Expande os limites da imaginação. Diria que há uma influência de Marcel Duchamp.

— Obrigado, ministra — agradeceu o jornalista, tomando nota das palavras antes de sair apressado.

— Você não é apenas descarada, mamãe, mas sua audácia expande os limites da imaginação. Aposto que você nunca ouviu falar de Duchamp.

— Sejamos justos — disse Harry —, sua mãe nunca se comportou assim antes de se tornar política.

Houve um toque suave no microfone, e todos se viraram para o palco.

— Boa noite, senhoras e senhores. Meu nome é Hugh Casson e gostaria de lhes dar as boas-vindas à exposição da Royal Academy School. Como presidente do comitê de prêmios, agora tenho o privilégio de anunciar o vencedor da medalha de ouro deste ano. Normalmente, inicio meu discurso dizendo o quanto foi uma decisão difícil para os juízes e a falta de sorte dos segundos colocados, mas não nesta ocasião, porque o comitê foi unânime em conceder a medalha de ouro deste ano a ...

— Deve estar tão orgulhosa de sua neta — disse a secretária quando se juntou à ministra em seu escritório na manhã seguinte. — Ela estará entre figuras tão ilustres.

— Sim, li os detalhes nos jornais desta manhã e todas as diferentes interpretações da pintura, mas me diga, Pauline, o que você achou dela?

— Original, inovador, expande os limites da imaginação.

— Era tudo do que eu precisava — comentou Emma sem tentar esconder o sarcasmo.

— Mas tenho certeza de que não preciso lembrá-la de que é um preservativo gigante o que o *Sun* exibiu em destaque na primeira página.

— E esse preservativo teve mais atenção do que toda a campanha de relações públicas do governo para o sexo seguro, que, como tenho certeza de que se lembra, ministra, a senhora lançou no ano passado.

— Bem, tudo que consegui foi uma manchete bizarra quando disse que esperava que a campanha fosse penetrante — admitiu Emma com um sorriso. — Mais alguma coisa, Pauline?

— Acabei de ler a versão mais recente do seu discurso para o debate da próxima quinta-feira, ministra.

— E você caiu no sono?

— Achei um pouco prosaico.

— Uma maneira educada de dizer que está tedioso.

— Bem, digamos que uma injeção de humor não faria mal algum.

— Especialmente porque o humor é o forte do meu irmão.

— Acho que pode fazer uma boa diferença se a imprensa estiver certa ao sugerir que será uma disputa acirrada.

— Não podemos confiar nos fatos para convencer os indecisos?

— Eu não contaria com isso, ministra. E acho que deveria saber que a primeira-ministra perguntou quais são nossos planos se perdermos a votação.

— Ela perguntou? Então é melhor eu revisar o discurso mais uma vez neste fim de semana. A ironia é que, se meu irmão não fosse meu adversário nesta disputa, pediria a ele que acrescentasse seu toque espirituoso.

— Tenho certeza de que ele gostaria disso — comentou Pauline —, mas sem dúvida foi por isso que Kinnock o colocou nesta função, para início de conversa.

— Nada sutil — retrucou Emma. — Mais alguma coisa?

— Sim, ministra, eu gostaria de discutir um assunto pessoal com a senhora.

— Parece algo sério, Pauline, mas, sim, é claro.

— A senhora tem acompanhado as últimas pesquisas divulgadas nos Estados Unidos em relação ao DNA?

— Infelizmente, não — confessou Emma. — Minhas caixas vermelhas me proporcionam leitura suficiente.

— Achei que o avanço mais recente no campo poderia lhe interessar.

— Por quê? — perguntou Emma, genuinamente intrigada.

— Os cientistas agora são capazes de provar de forma conclusiva se duas pessoas têm algum parentesco.

— Como você sabia? — quis saber Emma, calmamente.

— Quando alguém é nomeado ministro da Coroa, preparamos uma pasta para que, se a imprensa nos contatar sobre algum evento do passado, estejamos ao menos prevenidos.

— E a imprensa já questionou alguma coisa?

— Não. Porém eu estava na escola na ocasião do julgamento na Câmara dos Lordes, que decidiu se seu irmão ou Harry Clifton era o primogênito e, portanto, o legítimo herdeiro do título e das propriedades dos Barrington. Todos nós, na Berkhamsted High, achamos tudo muito romântico na época e ficamos encantados quando os lordes decidiram em favor de seu irmão, possibilitando que a senhora se casasse com o homem que amava.

— E agora eu finalmente poderia descobrir se o julgamento dos Lordes estava correto — disse Emma. — Me dê um pouco de tempo para pensar nisso, porque certamente não estaria disposta a seguir em frente sem as bênçãos de Harry.

— Claro, ministra.

— Em uma nota mais leve, Pauline, você disse que me mantinha uma pasta.

— Isso significa que você tem uma pasta sobre todos os outros ministros?

— Certamente que sim. No entanto, isso não significa que eu estaria disposta a divulgar qual dos seus colegas é travesti, foi pego fumando maconha no Palácio de Buckingham e qual Lorde da Lei gosta de se vestir como policial e fazer patrulhas noturnas.

— Só uma pergunta, Pauline. Há algum deles entre os indecisos?

— Infelizmente não, ministra.

47

Embora a maioria dos Lordes já tivesse decidido como votaria muito antes que a Câmara se reunisse para o debate crucial, Emma e Giles aceitaram que o destino do projeto agora estava nas mãos de mais ou menos uma dúzia de colegas que ainda precisavam ser persuadidos para um lado ou para o outro.

Emma levantou-se cedo naquela manhã e repetiu seu discurso antes de partir para seu gabinete. Ela ensaiou em voz alta vários parágrafos--chave, tendo apenas Harry como público, e, embora ele tenha feito excelentes sugestões, ela aceitou com relutância que a responsabilidade do governo não lhe permitia a liberdade de hipérboles retóricas que Giles tanto apreciava na oposição. Mas o único objetivo dele era atrapalhar o governo na hora da votação. O dela era governar.

Quando Emma chegou ao seu escritório na Alexander Fleming House, ficou satisfeita ao descobrir que sua agenda estava livre para que pudesse se concentrar na única coisa em sua mente. Assim como uma atleta inquieta se preparando para uma final olímpica, como ela passaria as horas anteriores à corrida poderia muito bem decidir o resultado. No entanto, na política não há medalha para o segundo colocado.

Ao longo da última semana, ela tentara antecipar quaisquer perguntas embaraçosas que pudessem surgir durante o debate para que nada pudesse pegá-la de surpresa. O marechal de campo Montgomery provaria estar certo? Nove décimos de uma batalha são vencidos na preparação muito antes do primeiro tiro ser disparado.

Emma estava tremendo quando subiu no carro ministerial para ser conduzida através do rio até o Palácio de Westminster. Ao chegar, ela se retirou para sua sala, acompanhada de um sanduíche de presunto e um café preto. Ela repassou seu discurso mais uma vez, acrescentando pequenas alterações, antes de seguir para a Câmara.

Quando o Big Ben soou duas vezes, o Lorde Orador tomou seu lugar na tribuna para que pudesse abrir os trabalhos.

O reverendo bispo de Worcester levantou-se da bancada dos bispos para realizar a oração pela reunião da Câmara. Worcester, como seus colegas, estava bem ciente da importância do debate de hoje e do fato de que, embora houvesse mais de mil pares hereditários que detinham o direito de comparecer aos procedimentos, além de seiscentos pares vitalícios, a Câmara só comportava cerca de quinhentas pessoas. Por isso não foi surpresa que os bancos já estivessem lotados.

As perguntas do ministro do Interior foram as primeiras na ordem dos trabalhos, mas poucos colegas estavam interessados nas respostas, e um burburinho suave de conversas pairou na Câmara à espera do evento principal.

Giles fez sua entrada quase no final das perguntas e foi recebido calorosamente por seus colegas como um boxeador peso-pesado antes de subir no ringue. Ele se sentou no único lugar restante na bancada principal da oposição.

Emma apareceu alguns minutos depois, e foi recebida com igual entusiasmo enquanto caminhava pela bancada principal do governo antes de se sentar ao lado do líder da Câmara.

Quando as perguntas terminaram, o Lorde Orador indicou que a principal pauta do dia teria início. Lorde Belstead levantou-se devagar do seu lugar, colocou seu discurso sobre a caixa de despacho e, com toda a confiança de um homem que ocupara vários cargos de Estado, fez seu discurso de abertura em nome do governo.

Assim que concluiu suas observações iniciais, Lorde Cledwyn, igualmente familiarizado com o ambiente, levantou-se para responder dos bancos da oposição.

Seguiu-se uma série de discursos das bancadas de trás, que Emma e Giles, como o restante da Câmara, ouviram com diferentes graus de interesse. Todos, visivelmente, aguardavam ansiosos para ouvir as contribuições do Honorável Lorde Barrington, da Zona Portuária de Bristol, que faria a argumentação final em nome da oposição, e da Honorável Baronesa Clifton, de Chew Magna, que defenderia o governo.

Nem Emma nem Giles deixaram a Câmara por um momento sequer durante o debate, ambos postergando a pausa para o jantar enquanto continuavam a ouvir as contribuições de seus colegas, fazendo anotações ocasionais quando um ponto específico era bem discutido.

Embora tenham surgido lacunas nos bancos vermelhos entre as sete e as nove horas, Emma e Giles sabiam que os assentos estariam lotados muito antes que a cortina do segundo ato fosse descerrada. Apenas a última apresentação de John Gielgud no West End em *Best of Friends* poderia garantir uma casa tão lotada.

Quando o último orador se levantou para dar sua contribuição das bancadas de trás, o único assento vazio era o trono, que só era ocupado pela monarca quando fazia o discurso da rainha na abertura do Parlamento. Os degraus abaixo do trono e os corredores entre os bancos vermelhos estavam cheios de Lordes que não conseguiram garantir um assento. Atrás do cancelo da Câmara, no extremo oposto, estavam vários membros da Câmara dos Comuns, incluindo o secretário de Saúde, que prometera à primeira-ministra que tudo havia sido feito para garantir que o projeto fosse aprovado e o governo pudesse avançar com seu austero programa legislativo para o qual o tempo estava se esgotando rapidamente. Mas, pelo olhar dos rostos dos membros da Câmara, eles também se mostravam inseguros quanto ao resultado.

Emma olhou para a Galeria dos Ilustres Desconhecidos e viu seus familiares sentados na primeira fila, mas eles também eram da família de Giles, e suspeitava de que estavam igualmente divididos. Harry, Sebastian e Samantha inquestionavelmente a apoiavam, porém, Karin, Grace e Freddie apoiariam Giles, deixando Jessica com o voto de minerva. Emma sentiu que eles apenas espelhavam os sentimentos de seus colegas.

Quando Lorde Samuels, eminente ex-presidente do Royal College of Physicians, sentou-se depois de proferir o último discurso das bancadas, um burburinho de expectativa se espalhou pela Câmara.

Se Giles estava nervoso quando se levantou, não deixava transparecer. Ele agarrou com firmeza as laterais da caixa de despacho e esperou que se restabelecesse o silêncio antes de iniciar seu discurso.

— Milordes, estou diante dos senhores esta noite dolorosamente consciente de que o destino do Serviço Nacional de Saúde está em nossas mãos. Gostaria de estar exagerando, mas temo ser a mais pura verdade. Porque hoje à noite, milordes, os senhores, e só os senhores, decidirão se esse terrível projeto de lei — disse, agitando o documento acima da cabeça — se tornará lei ou simplesmente uma relíquia para aqueles interessados nas notas de rodapé da história.

"Não preciso lembrar os senhores de que foi o Partido Trabalhista, sob o comando de Clem Attlee, que não apenas fundou o SNS, mas também defende sua existência desde então. Sempre que este país sofre as agruras de uma administração conservadora, tem sido responsabilidade do Partido Trabalhista garantir que o SNS sobreviva aos incessantes ataques dos infiéis que tentam derrubar seus portões sagrados."

Uma estrondosa aclamação irrompeu atrás dele, o que permitiu que Giles virasse uma página de seu discurso e verificasse a próxima frase.

— Milordes, tenho vergonha de admitir — continuou ele com um suspiro exagerado — que o mais novo desses infiéis é membro de minha própria família, a Baronesa Clifton de Chew Magna.

Os dois lados da Casa se uniram na gargalhada, enquanto Emma desejou que tivesse sido agraciada com o talento de mudar o tom de seu discurso de sério para bem-humorado em questão de minutos e, ao mesmo tempo, conseguir arrebatar a Câmara.

Giles passou os vinte minutos seguintes desmantelando o projeto, cláusula por cláusula, concentrando-se particularmente nos pontos a respeito dos quais os Conservadores indecisos haviam expressado preocupação. À Emma só restou reconhecer a habilidade com que seu irmão elogiou as contribuições dignas de estadistas dos poucos Conservadores que permaneciam indecisos antes de acrescentar:

— Só podemos esperar que esses homens e mulheres de consciência demonstrem a mesma coragem e independência de espírito quando chegar a hora de entrar no lobby de votação e, no último momento, não deixem de lado suas verdadeiras crenças, escondendo-se atrás de falsas máscaras de lealdade ao partido.

Mesmo para os padrões de Giles, foi um desempenho formidável. Colegas e opositores aguardavam ansiosos enquanto ele continuava, como Merlin, a lançar seu feitiço sobre uma Câmara hipnotizada. Emma sabia que teria de quebrar esse feitiço e arrastar seus colegas de volta ao mundo real se pretendia vencer a votação.

— Permitam-me concluir, milordes — disse Giles, quase num sussurro —, lembrando o poder que detêm em suas mãos hoje à noite. Os senhores receberam a única oportunidade de rejeitar essa lei defeituosa e impostora, que, caso se tornasse lei, significaria o fim do Serviço Nacional de Saúde como o conhecemos e mancharia a memória de seu passado glorioso e nos relegaria a apenas recordar os bons velhos tempos. — Ele se inclinou sobre a caixa de despacho e olhou lentamente de cima a baixo da bancada principal do governo antes de dizer: — Este projeto de lei prova apenas uma coisa, milordes: os dinossauros não estão apenas no Museu de História Natural. — Ele esperou que o riso diminuísse antes de abaixar o tom de voz e continuar: — Aqueles dos senhores que, como eu, estudaram essa lei palavra por palavra, perceberão que uma palavra está conspicuamente ausente. Por mais que eu procure, meus senhores, em nenhum lugar consegui encontrar a palavra "compaixão". Mas por que isso deveria ser uma surpresa, quando a ministra adversária, que em breve apresentará este projeto, negou-se pessoalmente a conceder às enfermeiras, trabalhadoras incansáveis, um salário digno?

Gritos de "Vergonha" irromperam das bancadas da oposição, enquanto Giles olhava fixamente para a irmã.

— E os senhores não precisam ler nas entrelinhas para entender que o objetivo real do governo neste projeto de lei é substituir a palavra "Nacional" por "Privado", porque sua primeira prioridade é servir aqueles que podem se dar ao luxo de ficar doentes, deixando o restante de nossos cidadãos incapazes de arcar com os custos da saúde. Essa é, e sempre foi, a filosofia dominante deste governo.

"Milordes" — prosseguiu Giles, com a voz em um crescendo —, "convido os senhores a votarem decisivamente contra essa lei injusta para que esses mesmos cidadãos possam continuar desfrutando da segurança de um serviço de saúde verdadeiramente nacional, porque acredito que, quando se trata de nossa saúde, todos homens — ele fez uma pausa e olhou para a irmã diante da caixa de despacho — e mulheres nascem iguais."

"Milordes, não peço, imploro, façam com que suas opiniões sejam claramente ouvidas por nossos compatriotas ao votarem hoje à noite e rejeitem cabalmente esta lei."

Ele sentou-se sob o som de retumbantes aplausos e o farfalhar de papéis atrás dele, e um silêncio sepulcral nas bancadas do governo. Quando os aplausos finalmente cessaram, Emma levantou-se lentamente do assento, colocou o discurso na caixa de despacho e agarrou firmemente as laterais na esperança de que ninguém visse o quanto estava nervosa.

— Meus senhores — começou ela com a voz levemente trêmula —, seria tolice da minha parte não reconhecer a performance de meu nobre parente, Lorde Barrington, mas não passa disso, uma performance, porque desconfio de que ao lerem suas palavras no Hansard amanhã verão que seu discurso foi rico em retórica, mas pobre em conteúdo e desprovido de fatos.

Alguns "viva, viva!" abafados foram ouvidos de seus colegas sentados atrás dela, enquanto os membros do lado oposto permaneceram em silêncio.

— Passei sete anos de minha vida administrando um grande hospital do SNS. Então não preciso provar que estou tão preocupada com o futuro do Serviço Nacional de Saúde quanto qualquer um sentado nas bancadas da oposição. No entanto, apesar de toda a paixão demonstrada pelo nobre senhor, a verdade é que, no final, alguém precisa pagar a fatura e equilibrar as contas. O SNS precisa ser financiado com dinheiro real e pago com os impostos de pessoas reais.

Emma ficou satisfeita ao ver algumas cabeças assentindo. O discurso de Giles foi bem recebido, mas era sua responsabilidade explicar os detalhes da legislação proposta. Ela conduziu os Lordes pela essência da lei, cláusula por cláusula, mas não conseguiu acender a chama da paixão que seu irmão havia inflamado com tanto sucesso.

Ao virar outra página, ela se deu conta do que seu avô, Lorde Harvey, certa vez descreveu como "perder a atenção do plenário", no momento em que os membros ficam apáticos e começam a conversar entre si. Muito mais crítico do que zombarias ou gritos de "Vergonha".

Ela olhou para cima e viu um colega idoso cochilando, e quando, momentos depois, ele começou a roncar, os membros sentados de cada lado dele não tentaram acordá-lo, pois obviamente compreendiam o desconforto do colega. Emma percebeu que o tempo estava se esgotando e em breve a Câmara seria solicitada a se dividir e os votos seriam contados. Ela virou outra página.

— E agora gostaria de reconhecer o valoroso trabalho da espinha dorsal do SNS, nossas magníficas enfermeiras, que...

Giles se levantou para interromper a ministra e, ao fazê-lo, pisou em terreno inimigo. Emma imediatamente cedeu a palavra, permitindo que seu irmão comandasse a caixa de despacho.

— Sou grato à nobre senhora por ceder a palavra, mas devo perguntar: se ela considera que as enfermeiras fazem um trabalho tão magnífico, por que recebem apenas um aumento salarial de 3%? — Convencido de que Emma agora estava derrotada, ele se sentou sob gritos retumbantes de "viva, viva!".

Emma retomou seu lugar na caixa de despacho.

— O nobre senhor, se bem me lembro de suas palavras, exigiu um aumento de 14% para as enfermeiras. — Giles assentiu vigorosamente.

— Então, devo lhe perguntar de onde espera que o governo encontre o dinheiro extra para pagar esse aumento?

Giles rapidamente se levantou pronto para dar o golpe de nocaute.

— Isso poderia começar com a cobrança de impostos para os contribuintes de maior poder aquisitivo, que podem pagar um pouco mais para ajudar os menos afortunados. — Ele sentou-se sob aplausos ainda mais altos, enquanto Emma esperava pacientemente na caixa de despacho.

— Fico feliz que o nobre senhor tenha admitido que isso seria um começo — disse ela, pegando uma pasta vermelha que um funcionário do Tesouro lhe entregara naquela manhã —, porque o começo é tudo o que seria. Se ele está pedindo a esta casa que acredite que o Partido Trabalhista é capaz de cobrir um aumento de 14% nos salários das enfermeiras, simplesmente aumentando os impostos para quem ganha 40 mil libras por ano ou mais, permitam-me esclarecer que isso exigiria um aumento de 93% na alíquota em relação ao ano anterior. E, confesso — acrescentou ela, pegando emprestado o tipo de sarcasmo do irmão —, não sabia que uma alíquota de 93% fazia parte da política do Partido Trabalhista, porque não a encontrei no manifesto que li palavra por palavra.

Emma podia ouvir as risadas atrás dela, ainda que conseguisse ver seus colegas apontando os dedos para o irmão e repetindo:

— Noventa e três por cento, noventa e três por cento.

Como Giles, ela esperou o silêncio se restabelecer antes de acrescentar:

— Talvez o nobre colega diga à casa que outras ideias ele tem para cobrir os custos extras? — Giles permaneceu sentado.

— Posso sugerir uma ou duas maneiras de angariar os fundos necessários que o ajudariam a atingir sua meta de 14%?

Emma reconquistou a atenção da casa. Ela virou uma página do memorando do Tesouro dentro da pasta vermelha.

— Para começar, eu poderia cancelar os três novos hospitais planejados para Strathclyde, Newcastle e Coventry. Isso resolveria o problema. E, lembrem-se, eu precisaria fechar outros três hospitais no próximo ano. Mas não estou disposta a fazer esse sacrifício. Talvez devesse examinar os orçamentos de outros departamentos e ver o que meus colegas têm a oferecer.

Ela virou outra página.

— Poderíamos reduzir nossos planos para novas universidades ou cancelar o aumento de 3% da aposentadoria por idade. Isso resolveria o problema. Ou poderíamos reduzir nossas forças armadas desativando um regimento. Não, não, não poderíamos fazer isso — disse ela com desdém —, não depois que o nobre senhor falou tão apaixonadamente contra quaisquer cortes no orçamento das Forças Armadas há apenas um mês.

Giles afundou ainda mais em seu assento.

— E lembrando o distinto histórico do nobre senhor em outro cargo, como ministro das Relações Exteriores, talvez pudéssemos fechar meia dúzia de nossas embaixadas. Isso deve resolver. Poderíamos até deixá-lo decidir quais. Washington? Paris? Moscou, talvez? Pequim? Tóquio? Sou obrigada a perguntar, será que essa é outra política do Partido Trabalhista que eles se esqueceram de mencionar em seu manifesto?

De repente, as bancadas vibraram entre risadas e aplausos.

— Não, prezado Lorde Orador — continuou Emma assim que a casa ficou em silêncio novamente —, a verdade é que palavras são baratas, mas a ação custa caro e é dever de um governo responsável considerar as prioridades e garantir o equilíbrio das contas. Essa promessa constava do manifesto do Partido Conservador e não peço desculpas por isso.

Emma sabia que só tinha mais alguns minutos, e a aclamação de seus entusiasmados colegas consumia seu tempo.

— Portanto, devo dizer ao plenário que considero a educação, as aposentadorias, a defesa e nosso papel nas questões mundiais tão importantes quanto meu próprio departamento. Mas posso garantir aos senhores que, quando se trata do meu próprio departamento, lutei com unhas e dentes com o Tesouro para manter esses três novos hospitais no orçamento — ela fez uma pausa, levantou a voz e disse: — Hoje de manhã, o chanceler do Tesouro concordou que as enfermeiras recebam um aumento de 6% nos salários.

As bancadas atrás dela explodiram em aplausos prolongados.

Emma abandonou as páginas finais de seu discurso e, olhando diretamente para o irmão, prosseguiu:

— Nada disso, no entanto, será possível se optarem por seguir o nobre colega até o lobby "do Contra" hoje à noite e votar para rejeitar esta lei. Se sou, como ele sugere, um infiel atacando os portões sagrados do Serviço Nacional de Saúde, devo dizer a ele que minha intenção é abrir esses portões para permitir que todos os pacientes entrem. Sim, milordes, acesso gratuito à saúde para citar seu herói Clem Attlee. E é por isso, meus senhores, que não hesito em pedir que os senhores se juntem a mim no mundo real e apoiem este projeto para que, quando eu voltar ao meu departamento amanhã de manhã, possa começar a fazer as mudanças necessárias que assegurarão o futuro do Serviço Nacional de Saúde e não o deixará definhar no passado, com meu nobre parente, Lorde Barrington, que provavelmente ainda se lembrará com carinho dos bons velhos tempos. Eu, meus senhores, contarei aos meus netos e à minha bisneta sobre os bons e novos dias. Mas isso só será possível se os senhores apoiarem este projeto e se juntarem a mim no lobby "A Favor" hoje à noite. Meus senhores, eu lhes imploro que o aprovem para segunda votação.

Emma sentou-se sob os aplausos mais eloquentes da noite, enquanto Giles se encolheu no assento, ciente de que não deveria ter se arriscado, mas simplesmente fingir que estava entediado e permitir que Emma cavasse sua própria sepultura. Ela olhou para o irmão do outro lado do plenário, que levantou a mão, tocou a testa e murmurou "touché". Muito louvável de fato. Mas ambos estavam cientes de que os votos ainda precisavam ser contados.

Quando o sino da divisão tocou, os membros começaram a se encaminhar para os corredores que escolheram. Emma entrou no lobby

"A Favor", onde viu um ou dois indecisos depositando seu voto. Mas seria o suficiente?

Depois que ela deu seu nome ao tesoureiro sentado à sua mesa alta, assinalando o nome de cada membro, ela voltou ao seu assento na bancada principal e juntou-se à conversa casual que sempre toma conta de ambos os lados do plenário enquanto os membros esperam que os líderes de bancada retornem e profiram o veredicto da Câmara.

Um silêncio pairou sobre o local quando os quatro cavalheiros fizeram fila e marcharam lentamente em direção à mesa no centro da Câmara.

O líder da bancada ergueu um cartão e, depois de checar os números, declarou:

— A Favor, à esquerda, 422. — Emma prendeu a respiração. — Contra, à direita, 411. Venceram os "A Favor". A lei foi aprovada.

As bancas atrás de Emma irromperam em comemoração. Ao sair da Câmara, ela se viu cercada por apoiadores dizendo que nunca duvidavam de que venceria. Ela sorriu e agradeceu.

Quando finalmente conseguiu se afastar e se juntar a Harry e ao restante da família no hall dos visitantes, ficou feliz em encontrar Giles abrindo uma garrafa de champanhe. Ele encheu a taça dela e ergueu a sua.

— A Emma — anunciou ele —, que não apenas venceu a discussão, mas também a batalha, como nossa mãe previu que ela faria.

Depois que o restante da família partiu, Harry, Giles, Emma, Karin e Freddie, que desfrutava de sua primeira taça de champanhe, voltaram lentamente para sua casa na Smith Square. Emma se deitou na cama exausta, mas uma mistura inebriante de adrenalina e sucesso a impossibilitou de dormir.

Na manhã seguinte, Emma acordou às seis, seu cruel relógio interno ignorando o desejo de continuar dormindo.

Depois de tomar banho e se vestir, desceu correndo as escadas, ansiosa para ler os relatos sobre o debate nos jornais enquanto saboreava uma xícara de chá e talvez até uma segunda fatia de torrada e geleia. Os jornais já estavam sobre a mesa de jantar. Ela leu a manchete do *Times* e despencou na cadeira mais próxima, com a cabeça nas mãos. Essa nunca tinha sido sua intenção.

LORDE BARRINGTON RENUNCIA APÓS DERROTA
HUMILHANTE NA CÂMARA DOS LORDES

Emma sabia que "renuncia" era um mero eufemismo parlamentar para "demitido".

48

FIM

Harry largou a caneta, deu um salto e gritou "Aleluia!", que era o que sempre fazia quando escrevia essa palavra. Ele se sentou, olhou para o teto e disse:

— Obrigado. — Outro ritual cumprido.

De manhã, ele enviaria cópias do manuscrito para três pessoas para que pudessem ler *Cara ou Coroa* pela primeira vez. Então ele sofreria sua neurose anual enquanto esperava ouvir as opiniões deles. Mas, assim como ele, cada um tinha um ritual próprio.

A primeira pessoa era Aaron Guinzburg, seu editor americano, que deixaria seu escritório e voltaria para casa assim que o manuscrito chegasse em sua mesa, depois de passar instruções claras de que ele não deveria ser incomodado até que tivesse virado a última página. Então, ligaria para Harry, às vezes até esquecendo que horas eram na Inglaterra. Muitas vezes sua opinião deveria ser desconsiderada, porque era sempre muito entusiasmado.

A segunda era Ian Chapman, seu editor inglês, que sempre esperava até o fim de semana para ler o livro, e ligaria para Harry logo na segunda-feira de manhã para dar sua opinião. Ele, um escocês que não conseguia esconder seus verdadeiros sentimentos, só deixava Harry mais apreensivo.

A terceira, e de longe o mais intuitivo de seus primeiros leitores, era sua cunhada, Grace, que não apenas oferecia sua opinião desinteressada, mas invariavelmente a acompanhava de um relatório escrito de dez páginas e, ocasionalmente, esquecendo que ele não era um de seus alunos, corrigia sua gramática.

Harry nunca considerou Grace uma fã óbvia de William Warwick até que, em um momento de descuido, ela admitiu uma propensão a romances picantes. No entanto, sua ideia de apimentado eram autores como Kingsley Amis, Graham Greene (os que ele descrevia como entretenimento) e seu favorito, Ian Fleming.

Em troca de sua opinião, Harry levava Grace para almoçar no Garrick, antes de acompanhá-la a uma matinê, de preferência de seu dramaturgo picante favorito, Terence Rattigan.

Depois que os três manuscritos foram despachados por correio, teve início a angustiante espera. Os três leitores beta de Harry foram avisados de que *Cara ou Coroa* era muito diferente de seu estilo habitual, o que só o deixou mais ansioso.

Ele considerara permitir que Giles, que tinha muito mais tempo livre ultimamente, e Sebastian, seu fã mais fervoroso, também estivessem entre os primeiros a ler seu último manuscrito, mas decidiu não romper com sua rotina habitual e permitiria que lessem o material no Natal, uma vez que o editor sugerisse alterações.

A srta. Eileen Warburton era a típica solteirona, uma mulher que Harry suspeitava de que morava sozinha em um apartamento no porão e, como uma toupeira, não emergia da toca até a primavera. Durante os meses de inverno, ela passava seu tempo trabalhando em roteiros infelizes de seus autores, corrigindo erros, alguns dos quais tão inconsequentes que ninguém mais os teria notado. Enquanto outros, os gritantes, como ela gostava de descrevê-los, que se não fossem corrigidos, teriam feito com que mil cartas iradas terminassem na mesa do autor, apontando sua estupidez. Miss Warburton nunca permitiu que Harry esquecesse que Genebra não era a capital da Suíça e que o *Titanic* afundou em 15 de abril, não 14.

Em um momento de bravata irreverente, Harry uma vez a lembrou de que em *Madame Bovary*, de Flaubert, os olhos da heroína mudaram de preto para castanho, para azul e de volta para preto em menos de cem páginas.

— Nunca comento livros que não editei — declarou ela sem qualquer indício de ironia.

Emma estaria entre as últimas a ler o manuscrito e só depois que estivesse diagramado. Todos os demais teriam que esperar até o dia da publicação para ter um exemplar.

Harry tinha planejado passar um fim de semana relaxante quando terminasse o livro. Na tarde de sábado, ele e Giles iriam até Memorial Ground para assistir ao Bristol jogar com seus arquivais, o Bath. À noite, ele levaria Emma ao Bristol Old Vic para ver Patricia Routledge em *Come for the Ride*, seguido de um jantar no Harvey's.

No domingo, ele e Emma foram convidados por Giles e Karin para almoçar em Barrington Hall. Mais tarde, iriam à missa com coral, quando Harry passaria a maior parte do sermão imaginando em que página estariam seus três leitores. Quanto a uma noite de sono ininterrupta, isso só voltaria a fazer parte de sua vida quando os três tivessem telefonado e dado sua opinião.

Quando o telefone tocou, o primeiro pensamento de Harry foi que era muito cedo para qualquer um deles ter terminado o livro. Ele atendeu e ouviu a voz familiar de Giles do outro lado da linha.

— Desculpe atrapalhar seus planos, Harry, mas não poderei me juntar a você no Ruby no sábado, e teremos que adiar o almoço no domingo. — Harry não precisou perguntar o porquê, pois a explicação veio logo em seguida. Walter Scheel ligara antes. — Os alemães orientais finalmente abririam as comportas e seus cidadãos se aglomeravam na fronteira. Estou ligando de Heathrow. Karin e eu estamos prestes a embarcar em um voo para Berlim. Esperamos chegar lá antes que comecem a derrubar o muro, porque ela e eu planejamos fazer parte da equipe de demolição.

— Que notícia maravilhosa — disse Harry. — Karin deve estar felicíssima. Diga a ela que estou com inveja, porque quando as pessoas perguntarem onde vocês estavam no dia da queda do muro terão uma ótima história para contar. E, se puder, traga um pedaço para mim.

— Vou ter que trazer uma mala extra — comentou Giles. — Muitas pessoas fizeram o mesmo pedido.

— Lembre-se de que testemunhará a história; portanto, antes de dormir todas as noites, anote tudo o que experimentou naquele dia. Caso contrário, você terá esquecido os detalhes quando acordar.

— Não tenho certeza se vamos dormir — admitiu Giles.

— Posso perguntar por que você está carregando um martelo na bolsa, senhor? — perguntou o atento oficial de segurança em Heathrow.

— Pretendo derrubar um muro — respondeu Giles.

— Gostaria de poder me juntar a vocês — confessou o oficial antes de fechar a bagagem de mão.

Quando Giles e Karin embarcaram no avião da Lufthansa meia hora mais tarde, foi como se tivessem invadido uma festa em vez de se juntar a um grupo de passageiros que normalmente estariam afivelando os cintos e aguardando as instruções de segurança de uma comissária de bordo cuidadosa. Depois que o avião decolou, rolhas de champanhe estouravam e os passageiros conversavam entre si como se fossem velhos amigos.

Karin segurou a mão de Giles durante todo o voo, e ela deve ter dito "Eu simplesmente não acredito" uma dúzia de vezes, ainda com medo de que, quando chegassem a Berlim, a festa terminasse e tudo não tivesse passado de um sonho.

Depois de duas horas que pareceram uma eternidade, o avião finalmente aterrissou e, assim que parou, os passageiros saltaram de seus assentos. A fila habitualmente ordeira pela qual os alemães são tão famosos simplesmente se desintegrou e foi substituída por uma turba indisciplinada, à medida que os passageiros corriam escada abaixo, atravessavam a pista e entravam no aeroporto. Hoje à noite, ninguém ficaria parado.

Depois de passarem pela alfândega, Giles e Karin saíram do terminal em busca de um táxi apenas para descobrir uma gigantesca massa de pessoas com a mesma ideia em mente. No entanto, para surpresa de Giles, a fila se moveu rapidamente, com três, quatro ou até cinco passageiros entrando em cada táxi, todos indo na mesma direção. Quando finalmente chegaram à frente da fila, Giles e Karin se juntaram a uma família alemã que não precisou dizer ao motorista para onde queria ir.

— Inglês, por que veio a Berlim? — perguntou o jovem apertado contra Giles.

— Sou casado com uma alemã oriental — explicou, colocando um braço em volta do ombro de Karin.

— Como sua esposa escapou?

— É uma longa história. — Karin veio ao resgate de Giles, e levou três quilômetros de tráfego intenso falando em sua língua nativa até que conseguisse chegar ao final de sua história, que foi recebida com aplausos entusiásticos. O jovem olhou para Giles com respeito renovado, embora ele não tivesse entendido uma palavra que sua esposa havia dito.

Faltando pouco mais de um quilômetro, o motorista desistiu e parou no meio de uma rua que havia sido transformada em pista de dança. Giles foi o primeiro a sair do carro e tirou a carteira para pagar o motorista, que disse simplesmente: "Hoje não" antes de dar meia-volta e retornar ao aeroporto; outro homem que contaria aos netos o papel que desempenhou na noite da queda do muro.

De mãos dadas, Giles e Karin abriram caminho pelo enxame de pessoas em direção ao Portão de Brandemburgo, que nenhum deles via desde a tarde em que Karin escapara de Berlim Oriental quase duas décadas atrás.

Quando se aproximaram do grande monumento, construído pelo rei Frederico Guilherme II, da Prússia, ironicamente como um símbolo de paz, puderam ver fileiras de soldados armados alinhados do outro lado. Giles pensou na sugestão de Harry de que escrevesse tudo o que testemunhou, temendo esquecer o momento, e se perguntou o que seu cunhado teria considerado a palavra apropriada para descrever as expressões nos rostos dos soldados. Nem raiva, nem medo, nem tristeza; estavam simplesmente confusos. Como a de todas as pessoas que dançavam ao seu redor, suas vidas haviam mudado em um instante.

Karin olhou para os soldados a distância ainda se perguntando se era bom demais para ser verdade. Será que um deles a reconheceria e tentaria arrastá-la de volta para além da fronteira?

Embora um povo agora unido comemorasse ao seu redor, ela não estava convencida de que a vida não voltaria ao que era quando o sol nascesse. Como se Giles pudesse ler seus pensamentos, ele a tomou nos braços e disse:

— Acabou, minha querida. Você pode virar a página. O pesadelo finalmente chegou ao fim.

Um oficial da Alemanha Oriental apareceu do nada e gritou uma ordem. Os soldados apoiaram as armas no ombro e partiram, o que causou um rugido ainda mais alto de aprovação. Enquanto todos à sua volta dançavam, bebiam e cantavam em êxtase, Giles e Karin caminhavam lentamente através da multidão em direção à parede coberta de grafite, em cima da qual centenas de pessoas dançavam, como se fosse o túmulo de um inimigo odiado.

Karin parou e tocou o braço de Giles quando viu um velho abraçando uma jovem. Estava nítido que, como tantas pessoas naquela noite inesquecível, eles finalmente estavam se encontrando depois de 28 anos separados. Risos, alegria e comemoração se misturavam a lágrimas, enquanto o senhor abraçava a neta que pensou que nunca mais veria.

— Quero ficar em cima do muro — declarou Karin.

Giles olhou para o monumento de três metros de altura que comemorava o fracasso, onde centenas de jovens estavam dando uma festa. Ele decidiu que não era o momento de lembrar à esposa que ele tinha quase 70 anos. Esta era uma noite para compensar anos de lágrimas.

— Ótima ideia — disse ele.

Quando chegaram aos pés do muro, Giles de repente se deu conta do que Edmund Hillary deve ter sentido quando se deparou com a escalada final do Everest, mas logo conseguiu seus próprios "sherpas"; dois jovens que acabavam de descer e fizeram um apoio com as mãos para que ele pudesse ocupar o lugar deles no topo do muro. Ele quase conseguiu, mas dois outros jovens se abaixaram e o puxaram para se juntar a eles.

Karin se juntou a ele logo em seguida e eles ficaram, lado a lado, olhando através da fronteira. Ela ainda não conseguia acreditar que ao acordar não descobriria que tudo era um sonho. Alguns alemães orientais tentavam subir do outro lado, e Karin se esticou para oferecer ajuda a uma jovem. Giles tirou uma foto das duas mulheres, que nunca haviam se visto, abraçando-se como se fossem velhas amigas. Uma fotografia que acabaria na lareira em Smith Square para comemorar o dia em que o Oriente e o Ocidente recobraram a sanidade.

De sua posição elevada, Giles e Karin observavam uma enxurrada de pessoas fluindo para a liberdade, enquanto os policiais, que na noite anterior teriam atirado em qualquer um que tentasse cruzar a fronteira, ficaram parados apenas olhando, incapazes de compreender o que estava acontecendo ao seu redor.

Karin finalmente começou a acreditar que o comunismo era mesmo carta fora do baralho, mas levou mais uma hora para reunir coragem para dizer a Giles:

— Quero lhe mostrar onde eu morava.

Giles achou a descida do muro quase tão difícil quanto a subida, mas ele com a ajuda de várias mãos estendidas, de alguma forma, conseguiu, embora tenha precisado recuperar o fôlego quando seus pés tocaram o chão.

Karin pegou a mão dele, e eles remaram contra a maré turbulenta de tráfego humano enquanto ela o conduzia lentamente em direção ao posto de fronteira. Milhares de homens, mulheres e crianças, carregando sacolas, malas e até empurrando carrinhos carregados com todas suas posses, marchavam em apenas uma direção, deixando a antiga vida para trás, visivelmente não desejando retornar com medo de que pudessem ficar presos novamente.

Depois de passarem sob a barreira vermelha e branca e deixarem o lado ocidental, Giles e Karin juntaram-se a um filete de cidadãos que seguiam na mesma direção que eles. Karin hesitou, mas apenas por um momento, quando passaram pela segunda barreira e se viram em solo da Alemanha Oriental.

Não havia guardas de fronteira, pastores-alemães rosnando, oficiais de cara amarrada verificando se seus vistos estavam em ordem. Apenas um lugar sombrio e deserto.

Também não havia no momento filas de táxi. Eles passaram por um pequeno grupo de alemães orientais ajoelhados orando em silêncio em memória daqueles que sacrificaram suas vidas para tornar aquele dia possível.

Os dois continuaram a abrir caminho entre a multidão que se dissipava a cada passo que davam. Levou bem mais de uma hora até que Karin finalmente parasse e apontasse para um grupo de prédios com um tom de cinza idênticos que formavam uma fila sinistra, lembrando-a de uma vida passada que quase esquecera.

— É aqui que você morava?

Ela olhou para cima e disse:

— No 19º andar, a segunda janela à esquerda, é onde passei os primeiros 24 anos da minha vida.

Giles contou até chegar a uma minúscula janela acortinada no 19º andar, a segunda da esquerda, e não pôde deixar de se lembrar de onde passara os primeiros 24 anos de sua vida: Barrington Hall, uma casa em Londres, um castelo na Escócia, onde passava algumas semanas todos os verões e, é claro, sempre havia a *villa* na Toscana, caso precisasse de um descanso.

— Você quer subir e ver quem mora lá agora? — perguntou ele.

— Não — respondeu Karin com firmeza. — Quero voltar para casa.

Sem dizer mais uma palavra, ela deu as costas para os imponentes blocos de concreto cinza e juntou-se aos seus compatriotas que seguiam em direção ao lado ocidental para experimentar uma liberdade que para ela nunca fora algo trivial.

Ela nem olhou para trás enquanto caminhavam em direção à fronteira, embora um certo resquício de ansiedade renascesse em seu peito quando se aproximou do posto de controle, mas rapidamente evaporou quando viu alguns guardas, de paletós desabotoados, golas abertas, dançando com seus novos amigos, não mais orientais ou ocidentais, agora simplesmente alemães.

Depois de passarem por baixo da cancela e voltarem para o lado ocidental, encontraram jovens e velhos tentando, com marretas, pés de cabra, cinzéis e até uma lixa de unha, demolir a monstruosidade de 155 quilômetros de extensão, tijolo por tijolo. O símbolo físico do que Winston Churchill havia descrito como a Cortina de Ferro.

Giles abriu a bolsa, tirou o martelo e entregou a Karin.

— Você primeiro, minha querida.

EMMA CLIFTON

1990-1992

49

— Estamos naquela época do ano — anunciou Emma enquanto levantava uma taça de vinho quente.

— Quando todos nos revoltamos e nos recusamos a participar de algum de seus jogos? — respondeu Giles.

— Estamos naquela época do ano — repetiu Emma, ignorando-o — em que erguemos um brinde em memória de Joshua Barrington, fundador da Barrington Shipping Line.

— Que lucrou trinta libras, quatro xelins e dois pence no primeiro ano, mas prometeu ao conselho que ganharia mais no futuro — lembrou Sebastian a todos.

— Na verdade, 33 libras, quatro xelins e dois pence — corrigiu Emma. — E ele de fato ganhou mais, muito mais.

— Ele deve ter se revirado no túmulo — comentou Sebastian — quando vendemos a empresa para a Cunard por belos 48 milhões de libras.

— Pode zombar — disse Emma —, mas devemos agradecer a Joshua tudo o que fez por esta família.

— Eu concordo — respondeu Harry, que se levantou, levantou a taça e disse: — A Joshua.

— A Joshua — repetiu o restante da família.

— E agora aos negócios — observou Emma, largando a taça.

— É véspera de Ano-Novo — protestou Giles —, e parece que esqueceu que está em minha casa. Então acho que esse ano teremos uma folga.

— Obviamente que não — disse Emma.

— Apenas Lucy será poupada este ano.

— Mas esteja avisada, mocinha — provocou Harry, sorrindo para a bisneta, que dormia profundamente nos braços da mãe —, você está sendo poupada temporariamente.

— É isso mesmo — retrucou Emma, como se Harry não estivesse brincando. — Chegou a hora de todos dizerem suas resoluções de ano novo.

— E os corajosos — completou Harry — nos lembrarem o do ano passado.

— Que eu registrei neste caderninho vermelho — disse Emma — para o caso de alguém ter esquecido.

— Claro que sim, presidente Mao — zombou Giles, enchendo o copo novamente.

— Quem gostaria de falar primeiro? — perguntou Emma, mais uma vez ignorando o irmão.

— Estou procurando outro emprego — revelou Samantha.

— Ainda no mundo das artes? — quis saber Harry.

— Sim. A Wallace Collection está à procura de um vice-diretor, e eu me candidatei ao cargo.

— Bravo — parabenizou Grace. — A perda da Courtauld será o ganho da Wallace.

— É apenas o próximo passo na escada — disse Sebastian. — Aposto que, a essa altura, no próximo ano a resolução de ano novo de Samantha seja ser presidente da Tate.

— E você? O que terá realizado daqui a um ano?

— Pretendo continuar irritando minha tia Grace, ganhando cada vez mais dinheiro para ela.

— O qual poderei então distribuir para causas cada vez mais dignas — respondeu Grace.

— Não se preocupe, Victor está cuidando disso, como Karin confirmará.

— Eu li o relatório do sr. Kaufman — declarou Grace —, e isso será fabuloso para você e para o banco, Sebastian.

— Muito louvável — disse Emma, fazendo uma anotação antes de olhar para a cunhada. — Como você é uma das poucas entre nós que todo ano cumpre suas metas, Grace, o que você planeja para os próximos doze meses?

— Sete dos meus jovens tutorados esperam conseguir uma vaga na universidade este ano, e estou determinada a que todos eles cheguem lá.

— Quais são as chances deles? — perguntou Harry.

— Estou confiante de que as quatro garotas conseguirão, mas não tenho tanta certeza em relação aos garotos.

Todos riram, exceto Grace.

— Minha vez, minha vez! — exigiu Jake.

— Agora, se bem me lembro — disse Emma —, no ano passado você queria sair da escola. Você ainda quer?

— Não — disse Jake com firmeza. — Quero que mamãe consiga esse emprego.

— Por quê? — perguntou Samantha.

— Porque aí eu não vou me atrasar para a escola todas as manhãs.

— Ah, a sinceridade das crianças — disse Harry, incapaz de esconder um sorriso.

Samantha ficou vermelha, enquanto o restante da família começara a rir.

— Então é melhor eu ter duas resoluções este ano — falou finalmente. — Uma para mim e outra para o Jake.

— Como Giles parece não querer participar deste ano — reclamou Emma —, e você, Karin? Vai correr outra maratona?

— Nunca mais. Mas entrei para o comitê do fundo de caridade Marsden e espero que toda a família financie uma missão. A propósito, isso não inclui Sebastian.

— Estou livre este ano?

— Não — continuou Karin. — Convenci Victor de que o banco deveria financiar sua própria missão, a Missão Farthings Kaufman.

— Quanto isso vai me custar?

— Custará ao banco 25 mil libras — revelou Karin —, mas espero que você financie uma missão própria.

Sebastian estava prestes a protestar quando Grace disse:

— E Giles e eu também gostaríamos de financiar uma missão, a Missão Barrington. Giles sorriu para a irmã e fez uma mesura.

— Emma e eu também — disse Harry, o que fez os demais começarem a aplaudir.

— Temo só de pensar qual será sua resolução no ano seguinte — disse Sebastian.

— Ainda não terminei este ano — revelou Karin.

— Sebastian, Jessica, Richard, Lucy e eu teremos o maior prazer em nos juntar a você — disse Samantha — e financiar nossa própria missão.

Sebastian olhou para o céu e disse:

— Joshua Barrington, você terá muito para prestar contas por aí.

— Muito bem, Karin — elogiou Emma enquanto escrevia os detalhes em seu caderninho vermelho. — Agora, Jessica — acrescentou, sorrindo para a neta.

— Espero ser selecionada para o prêmio Turner.

— Não consigo imaginar o porquê — disse Grace. — Turner nunca teria ganho o prêmio Turner.

— Isso seria uma bela conquista, mocinha — reconheceu Harry.

— E se ela conseguir — acrescentou Richard — será a artista mais jovem a ter sido selecionada.

— Que feito maravilhoso — reconheceu Grace. — Em que você está trabalhando no momento?

— Acabei de começar uma série chamada *A Árvore da Vida*.

— Ah, eu amo árvores — comentou Emma. — E você sempre foi tão boa em paisagens.

— Não será esse tipo de árvore, vovó.

— Como assim? Uma árvore é uma árvore — indignou-se Emma.

— A menos que seja simbólica — sugeriu Harry, sorrindo para a neta.

— E qual é a sua resolução, vovô? Seu livro vai ganhar o Booker?

— Não há chances — observou Grace. — Esse prêmio nunca será concedido a um contador de histórias, o que é uma grande pena. Mas posso assegurar a todos, porque sou a única pessoa nesta sala que o leu, que o último romance de Harry é de longe seu trabalho mais brilhante. Ele superou em muito as expectativas da mãe, merecendo então o ano de folga.

Harry foi pego de surpresa. Ele planejara dizer à família que realizaria uma grande cirurgia em janeiro, mas que não havia necessidade de se preocuparem porque só ficaria fora de ação por algumas semanas.

— E você, Emma? — quis saber Giles. — Planeja ser primeira-ministra a essa altura do próximo ano?

— Acho que não — respondeu Emma. — Mas pretendo ser ainda mais infiel no próximo ano do que no ano que passou — acrescentou, colocando a taça na mesa e derramando um pouco de vinho.

— O que é um infiel? — perguntou Jake.

— Alguém que vota nos Conservadores — disse Giles.

— Então eu quero ser um infiel. Mas só se Freddie também for.

— Certamente que sim — revelou Freddie.

"Costumo pensar que é cômico...
Como a natureza sempre faz…
Com que todo garoto e toda garota…
Que nascem vivos neste mundo…
Seja um pouco Liberal…
Ou um pouco conservador!"

— Letrista? — quis saber Grace.

— W. S. Gilbert.

— Qual opereta?

— *Iolanthe* — respondeu Freddie. — E, como já sou infiel, decidi propor uma nova resolução este ano.

— Mas você ainda não marcou cem *runs* no Lord's — lembrou Giles.

— Ainda pretendo, mas a essa altura, no próximo ano, terei mudado de nome.

O anúncio inesperado de Freddie deixou todos, até Jake, sem palavras.

— Mas eu sempre gostei de Freddie — conseguiu dizer Emma finalmente. — Acho que combina com você.

— Freddie não é o nome que quero mudar. A partir de primeiro de janeiro gostaria de ser conhecido como Freddie Barrington.

A salva de palmas que se seguiu fez com que Freddie tivesse certeza de que a família aprovava sua resolução de ano novo.

— É um procedimento bastante simples — observou Grace, sempre prática. — Você só precisa entrar com uma solicitação de alteração de nome, e Fenwick será uma coisa do passado.

— Tive de assinar muito mais formulários para conseguir isso — disse Giles, apertando a mão do filho.

O telefone começou a tocar e Markham apareceu um momento depois.

— É Lorde Waddington ao telefone — disse ele.

— O príncipe dos infiéis — zombou Giles. — Por que você não atende a ligação no meu escritório, Emma?

— Deve ser algo sério para ele me ligar na véspera de Ano-Novo — observou Emma.

— A ligação não é para a senhora, milady — comentou Markham. — Ele pediu para falar com Lorde Barrington.

— Tem certeza, Markham?

— Absoluta, milady.

— Então é melhor você descobrir o que ele quer — disse Emma.

Se Jessica e Freddie provocaram silêncio, um telefonema do Líder dos Lordes fez com que o restante da família começasse a conversar todos ao mesmo tempo. Eles não se calaram até que a porta se abriu e o anfitrião reapareceu. Todos olharam para ele ansiosos.

— Bem, isso resolveu minha resolução de ano novo — foi tudo que Giles tinha a dizer.

— Você precisará contar a eles em algum momento — comentou Emma, enquanto ela e Harry voltavam para Manor House na manhã seguinte.

— Eu pretendia contar ontem à tarde, mas Grace acabou roubando a cena sem mencionar Freddie e Giles.

— Giles não conseguiu esconder o quanto ficou feliz com a decisão de Freddie.

— Ele lhe disse por que Lorde Waddington queria falar com ele?

— Nem uma palavra.

— Você não acha que ele poderia cruzar o plenário para o lado dos infiéis?

— Nunca. Esse não é o estilo dele. Mas agora que entregou o livro há mais alguma coisa que precisa fazer antes de ir para o hospital?

— Queria poder fazer isso.

— Fazer o quê?

— Mudar de assunto sem precisar incluir uma frase de conexão. Isso não é possível em um livro. Na vida real, quando duas pessoas estão conversando, elas alternam os assuntos sem pensar, às vezes até no meio da frase. F. Scott Fitzgerald escreveu um conto registrando uma conversa na vida real e era ilegível.

— Que interessante! Responda a pergunta.

— Não — confessou Harry. — Agora que o editor e o revisor fizeram tudo que podiam, não há muito mais que eu possa fazer antes da publicação do livro.

— Que erros a temível srta. Warburton pegou dessa vez?

— Coloquei um detetive de Nova York lendo os Direitos de Miranda para um prisioneiro três anos antes de a lei entrar em vigor.

— Oops. Mais alguma coisa?

— Dois-pontos que deveriam ter sido ponto e vírgula, e parece que eu uso a expressão "sem dúvida" com muita frequência ao longo do livro. Outra coisa que todo mundo faz na vida normal, mas você não pode fazer em um romance.

— Você vai fazer turnês de lançamento do livro dessa vez?

— Creio que sim. A maioria dos leitores presume que se trata de outro romance de William Warwick e terei de desiludi-los. De qualquer forma, Aaron já está planejando uma turnê pelos Estados Unidos e meus editores de Londres estão me pressionando para participar do Festival do Livro de Bombaim.

— Vai dar conta de tudo isso? Parece bastante exaustivo.

— É tudo bastante conveniente, na verdade. Entro no St. Thomas' daqui a algumas semanas e, quando o romance for publicado, já devo ter me recuperado completamente.

— Quando sair do hospital, acho que não deva vir para cá. Fique em Londres, onde Karin, Giles e eu podemos cuidar de você. Na verdade, já avisei ao meu departamento que ficarei ausente por pelo menos algumas semanas.

— Acho que Giles pode ficar longe por muito mais tempo do que isso.

— Por que diz isso?

— Há rumores de que nosso embaixador em Washington se aposentará na primavera.

50

O escritório era menor do que ele esperava, mas os magníficos painéis de madeira e retratos a óleo de seus antecessores não o deixaram em dúvida da importância histórica de seu novo cargo.

Seus deveres lhe foram cuidadosamente explicados pelo comandante Rufus Orme, seu secretário particular. Como a monarca, ele pode ter pouco poder real em sua nova posição, mas imensa influência. De fato, quando se tratava de ocasiões de Estado, ele seguia os passos da rainha, com o arcebispo de Canterbury e o primeiro-ministro um passo atrás.

Ele era auxiliado por uma equipe pequena e bem treinada que cuidaria de todas suas necessidades, embora se perguntasse quanto tempo levaria para se acostumar com alguém que o ajudasse a se vestir. Seu valete, Croft, aparecia na mesma hora todos os dias para realizar um ritual que precisava ser cronometrado até os segundos.

Ele começou a tirar a roupa até ficar apenas de camiseta e calça. Sentiu-se ridículo. Croft o ajudou a vestir uma camisa branca que havia sido passada a ferro mais cedo naquela manhã. Uma gola branca engomada foi presa a um botão na parte de trás da camisa, seguida por um lenço de renda com babados, onde um homem normal usava gravata. Ele não precisava se olhar no espelho. Croft fazia isso por ele. O valete voltou a atenção para uma longa toga de seda preta e dourada pendurada em um manequim de madeira em um canto do cômodo. Ele a retirou com cuidado e a levantou para que o novo destinatário pudesse colocar os braços nas longas mangas douradas. Croft recuou, checou o seu mestre e depois se ajoelhou para ajudá-lo a calçar um reluzente par de sapatos com fivela. Ele se levantou novamente e removeu a peruca longa da cabeça de madeira do manequim antes de transferi-la para a cabeça do Lorde Chanceler. Croft recuou mais uma vez e fez um pequeno ajuste, apenas um milímetro à esquerda.

A tarefa final de Croft era vestir o fabuloso colar do cargo que remontava a 1643, não o largando até que estivesse descansando firmemente nos ombros. Foi nesse momento que ele se lembrou de seus tempos de escola que três de seus precedentes haviam sido executados na Torre de Londres.

Uma vez vestido, ele finalmente conseguiu se olhar no espelho de corpo inteiro. Estava ridículo, mas tinha de admitir, mesmo que para si mesmo, que adorou. O valete fez uma reverência. Cumprida a tarefa, saiu em silêncio.

Quando Croft partiu, o comandante Orme entrou. Orme nunca teria pensado em entrar na sala até que o Lorde Chanceler estivesse vestido com todo seu traje.

— Li a pauta de hoje, Orme — observou ele. — Há algo com que eu deva me preocupar?

— Não, milorde. As perguntas de hoje serão respondidas pela ministra da Saúde. Pode muito bem haver algumas discussões acaloradas sobre o assunto da Aids, mas nada com que precise se preocupar.

— Obrigado. — Ele olhou para o relógio, ciente de que, sete minutos antes da hora marcada, deixaria seu escritório na Torre Norte e partiria para a Câmara do Príncipe.

A porta se abriu novamente, desta vez para permitir que um jovem pajem entrasse. Ele se curvou, moveu-se rapidamente atrás dele e pegou a barra de sua longa túnica.

— Trinta segundos, milorde — disse Orme, momentos antes de porta se abrir novamente para permitir que o Lorde Chanceler partisse no trajeto de sete minutos pelo Palácio de Westminster até a Câmara dos Lordes.

Ele pisou no tapete vermelho e progrediu lentamente pelo amplo corredor. Os membros da Câmara, guardas de portas e oficiais se alinhavam nas laterais e se curvavam quando ele passava, não para ele, mas para a monarca que representava. Ele manteve um ritmo constante, praticado no dia anterior quando a Câmara não estava em sessão. O comandante Orme enfatizou que ele não deveria ser muito rápido nem muito lento para chegar à Câmara do Príncipe apenas momentos antes de o Big Ben soar duas vezes.

Ao prosseguir pelo corredor norte, era natural que imaginasse quantos de seus colegas estariam na Câmara para cumprimentá-lo quando se sentasse no Woolsack pela primeira vez. Só então descobriria como sua nomeação surpresa havia sido recebida pelos colegas.

Em um dia normal, apenas alguns membros estariam presentes. Eles se levantariam de seus lugares quando o Lorde Chanceler entrasse no plenário, fariam uma ligeira reverência e permaneceriam de pé enquanto seu velho amigo, o bispo de Bristol, conduzia as orações diárias.

Ele se sentia cada vez mais nervoso enquanto continuava sua jornada um pé diante do outro, e seu batimento cardíaco alcançou outro nível quando pisou no tapete azul e dourado da Câmara do Príncipe com noventa segundos de antecedência. Virou à direita e caminhou pelo longo corredor de carpete vermelho até o outro extremo da Câmara, antes que pudesse finalmente entrar. Ao chegar ao saguão dos membros, onde o público estava em silêncio, ouviu a primeira badalada do Big Ben ecoando pelo prédio.

Na segunda, dois porteiros com trajes matinais completos abriram as grandes portas da câmara para permitir que o novo Lorde Chanceler entrasse na Câmara Alta. Tentou não sorrir quando viu o que um diretor de teatro chamaria de casa cheia. De fato, vários de seus colegas tiveram que permanecer de pé nos corredores, enquanto outros se sentavam nos degraus do trono.

Os Lordes se levantaram todos juntos quando ele entrou na Câmara e o saudaram com gritos altos de "viva, viva!" e o tradicional farfalhar das pautas do dia. Giles depois disse a Freddie que as boas-vindas de seus colegas foram o melhor momento de sua vida.

— Ainda melhor do que fugir dos alemães?

— Tão aterrorizante quanto — admitiu Giles.

Enquanto o bispo de Bristol conduzia as orações, Giles olhou para a Galeria dos Ilustres Desconhecidos para ver sua esposa, filho e o melhor amigo, olhando para ele. Não conseguiam esconder o orgulho que sentiam.

Quando o bispo finalmente abençoou a congregação lotada, os Lordes esperaram que o Lorde Chanceler ocupasse seu lugar no Woolsack pela primeira vez. Depois retomaram seus lugares assim que Giles se acomodou e arrumou suas vestes. Ele não resistiu a parar por um momento antes de acenar com a cabeça na direção da Honorável Baronesa Clifton para indicar que ela poderia se levantar para responder à primeira pergunta na pauta do dia.

Emma se levantou para se dirigir ao plenário.

— Honorável Lorde Chanceler — começou ela. — Sei que toda a Casa gostaria de se juntar a mim para parabenizá-lo por sua nomeação e desejar muitos anos felizes presidindo os negócios da Casa.

Os gritos de aclamação vieram de todos os lados da Câmara quando Giles se curvou para a irmã.

— Pergunta número um.

Emma virou-se para encarar os bancos transversais.

— Posso garantir ao nobre senhor, Lorde Preston, que o governo está levando a ameaça da Aids mais a sério. Meu departamento reservou cem milhões de libras para a pesquisa desta terrível doença, e estamos compartilhando nossas descobertas com cientistas eminentes e renomados médicos de todo o mundo na esperança de identificar uma cura o mais rápido possível. Na verdade, devo acrescentar que viajarei a Washington na próxima semana, onde me reunirei com o cirurgião-geral e posso garantir à Casa que o assunto da Aids estará no topo de nossa agenda.

Um senhor idoso sentado na fileira de trás dos bancos transversais levantou-se para fazer uma pergunta complementar.

— Agradeço a resposta da ministra, mas posso perguntar como nossos hospitais estão lidando com o repentino fluxo de pacientes?

Giles recostou-se e ouviu com interesse a maneira como sua irmã lidava com todas as perguntas que lhe eram apresentadas, lembrando-se de seu tempo nas bancadas principais. Embora houvesse uma hesitação ocasional, ela não precisava mais verificar constantemente o roteiro preparado por seus assessores. Ele ficou igualmente impressionado com o fato de ela agora dominar com maestria a Câmara, algo que alguns ministros nunca conseguiram.

Nos quarenta minutos seguintes, Emma respondeu perguntas sobre assuntos que variavam de financiamento de pesquisas sobre câncer, ataques a funcionários dos prontos-socorros após partidas de futebol, tempos de resposta de ambulâncias a chamadas de emergência.

Giles se perguntava se havia alguma verdade nos boatos sussurrados nos corredores de que, se os Conservadores vencessem a eleição seguinte, Margaret Thatcher a indicaria como líder do governo na Câmara dos Lordes. Francamente, se isso acontecesse, ele não achava que nenhum de seus colegas na Câmara Alta ficaria surpreso. No entanto, outro boato que ecoava recentemente pelos corredores do poder era que um dos membros das bancadas secundárias dos Conservadores estava se preparando para desafiar Thatcher pela liderança do partido. Giles descartou a ideia como especulação, porque, embora alguns métodos daquela senhora fossem considerados draconianos, até ditatoriais, Giles não podia imaginar que os Conservadores considerassem remover uma primeira-ministra que nunca perdera uma eleição.

— Só posso dizer ao nobre senhor — respondeu Emma, quando se levantou para responder à pergunta final da pauta do dia — que meu departamento continuará a sancionar a venda de medicamentos genéricos, mas não antes que eles tenham passado pelos testes mais rigorosos. Continua sendo nosso objetivo garantir que os pacientes não tenham de pagar preços exorbitantes a empresas farmacêuticas cuja prioridade geralmente parece ser o lucro, e não os pacientes.

Emma sentou-se ao som de gritos de "viva, viva!", e quando o ministro das Relações Exteriores se levantou para ocupar seu lugar na tribuna, a fim de abrir um debate sobre as Ilhas Falkland, ela juntou seus papéis e saiu apressada da Câmara, pois não desejava se atrasar para seu próximo compromisso com o ativista dos direitos dos gays Ian McKellen, que sabia ter opiniões fortes sobre como o governo deveria lidar com a crise da Aids. Ela estava ansiosa para contar a ele o quanto havia gostado de sua recente atuação como Ricardo III no National Theatre.

Ao sair da Câmara, ela tropeçou e deixou cair alguns papéis que foram prontamente recolhidos por um correligionário que passava. Ela agradeceu e estava prestes a seguir apressada quando ouviu uma voz às suas costas:

— Ministra, gostaria de saber se posso dar uma palavrinha com a senhora?

Emma virou-se de se deparou com Lorde Samuels, o presidente do Royal College of Physicians, correndo atrás dela. Se ela tivesse cometido uma gafe durante a sessão de perguntas, ele não era o tipo de homem que a teria envergonhado diante do plenário. Não era o estilo dele.

— Claro, Lorde Samuels. Espero não ter cometido uma gafe vergonhosa esta tarde?

— Certamente que não — disse Samuels, dando-lhe um sorriso caloroso. — É que há um assunto que eu gostaria de discutir com a senhora e imaginei se poderia me dispensar alguns minutos.

— Claro — repetiu Emma. — Vou pedir à minha secretária particular para ligar para o seu escritório e marcar uma reunião.

— Receio que o assunto seja mais urgente que isso, ministra.

— Então talvez o senhor possa ir ao meu gabinete às oito amanhã de manhã?

— Prefiro vê-la em particular, longe dos olhares indiscretos dos funcionários.

— Então eu irei encontrá-lo. Apenas me diga quando e onde.

— Oito horas da manhã de amanhã em meu consultório no número 47A da Harley Street.

Emma sabia muito bem do antagonismo desagradável e, conforme sugeriam alguns, pessoal entre o presidente do Royal College of Physicians e o presidente do Royal College of Surgeons, sobre a fusão do Guy, do St. Thomas e do Kings em um hospital. Os médicos eram a favor, os cirurgiões, contra. Ambos declarando: "Somente sobre meu cadáver."

Emma tomou o cuidado de não tomar partido e pediu aos funcionários do departamento que preparassem um relatório que pudesse analisar da noite para o dia, antes de se encontrar com Lorde Samuels. No entanto, as reuniões consecutivas, algumas se estendendo além do previsto, a impediram de ler o relatório antes de cair na cama logo após a meia-noite. Harry estava roncando, o que ela esperava que a mantivesse acordada. Mas estava tão cansada que achou difícil se concentrar nos detalhes e logo caiu em um sono profundo.

Na manhã seguinte, Emma reabriu a caixa vermelha antes mesmo de fazer uma xícara de chá.

O relatório dos hospitais "Tommy, Guy, Kings" ainda estava em cima de uma dezena de outras pastas urgentes, incluindo um relatório confidencial de DNA de dois distintos acadêmicos americanos. Ela já sabia os resultados de suas descobertas iniciais, mas precisaria ler o relatório completo antes de se sentir capaz de compartilhar as boas novas com Harry. Depois de receber várias ligações telefônicas durante o café da manhã, ela ainda não teve a chance de considerar os argumentos a favor e contra a proposta de Lorde Samuels antes de o motorista parar do lado de fora da porta às 7h25 da manhã. Seria mais um dia de agenda lotada.

Emma leu as observações detalhadas de ambos os presidentes durante o trajeto, mas não havia favorecido nenhum dos lados quando o carro entrou na Harley Street. Ela colocou a pasta de volta na caixa vermelha e verificou o relógio: 7h57. Esperava que a discussão não continuasse por muito tempo, pois precisava voltar ao departamento para uma reunião com o novo presidente da Associação Britânica de Medicina, um agitador, que segundo sua secretária considerava que todos os conservadores deveriam ser afogados ao nascer. O que Pauline descreveu como a solução do rei Herodes.

Emma estava prestes a pressionar a campainha da 47A quando a porta foi aberta por uma jovem.

— Bom dia, ministra. Deixe-me levá-la até Lorde Samuels.

O presidente do Royal College of Physicians levantou-se quando a ministra entrou na sala. Ele esperou até que ela estivesse acomodada para oferecer-lhe café.

— Não, obrigada — respondeu Emma, que não queria perder mais tempo do que o necessário, tentando não dar a impressão de que estava com pressa.

— Como expliquei ontem, ministra, o assunto que gostaria de discutir com a senhora é pessoal, e é por isso que não queria que nos encontrássemos em seu gabinete.

— Entendo perfeitamente — comentou Emma, esperando ouvir seus argumentos a favor da fusão dos hospitais Guy e St. Thomas com o Kings.

— Durante a sessão de perguntas de ontem — "devo ter cometido uma gafe grave, pensou Emma, o que ele teve a gentileza de não levantar a questão no plenário — notei que quando parou para beber água derramou um pouco sobre seus documentos. A senhora então respondeu a pergunta sem checar suas anotações para que ninguém percebesse, embora não tenha sido a primeira vez.

Emma se perguntou aonde ele queria chegar com tudo isso, mas não o interrompeu.

— E quando a senhora saiu da Câmara tropeçou e deixou cair alguns papéis.

— Sim — respondeu Emma, agora a mente fervilhando. — Mas nenhum dos incidentes me pareceu tão importante na ocasião.

— Espero que esteja certa — observou Samuels. — Mas posso lhe perguntar se recentemente tem achado difícil pegar objetos como xícaras, sua pasta e até sua caneta ao assinar documentos?

Emma hesitou antes de dizer:

— Sim, agora que mencionou. Mas minha mãe sempre me acusou de ser desastrada.

— Também notei que você hesitou algumas vezes enquanto falava ontem na Câmara. Isso foi porque estava pensando na resposta ou sua fala de alguma forma tem apresentado limitações?

— Atribuo isso ao nervosismo. Meu irmão sempre me diz para nunca relaxar quando estou na caixa de despacho.

— Às vezes, suas pernas ficam fracas a ponto de precisar se sentar?

— Sim, mas tenho quase 70 anos, Lorde Samuels, e eu seria a primeira a admitir que deveria fazer mais exercícios.

— Possivelmente, mas me pergunto se a senhora me permitiria realizar um breve exame neurológico apenas para descartar minhas próprias preocupações.

— Lógico — concordou Emma, querendo dizer não, para poder voltar ao gabinete.

O breve exame levou mais de uma hora. Lorde Samuels começou pedindo a Emma para lhe contar seu histórico médico. Ele então auscultou o coração e verificou seus reflexos com um martelo de patela. Se esses testes tivessem sido satisfatórios, ele teria se desculpado por incomodá-la e a mandado de volta ao trabalho. Mas ele não o fez. Em vez disso, passou a avaliar os nervos cranianos. Tendo feito isso, fez um exame atento da boca, procurando fasciculação na língua. Satisfeito por não ter deixado para lá, Lorde Samuels disse:

— O exame que estou prestes a realizar pode ser doloroso. Na verdade, espero que seja.

Emma não fez nenhum comentário quando ele pegou uma agulha e começou a espetá-la no braço. Ela reagiu imediatamente com um grito, o que claramente agradou Samuels, mas quando ele repetiu o teste na mão direita não houve reação.

— Ai! — protestou Emma quando ele enfiou a agulha em sua coxa, mas quando passou para sua panturrilha parecia mais que ele espetava uma almofada de alfinetes, porque não ela sentia nada. Então, ele foi para as costas, mas Emma muitas vezes não soube dizer quando ele estava a espetando.

Enquanto Emma vestia novamente a blusa, Lorde Samuels voltou para a mesa, abriu uma pasta e esperou que ela se juntasse a ele. Quando ele olhou para a frente, Emma estava sentada nervosamente o encarando.

— Emma — disse Samuels com toda a gentileza possível. — Receio que o que estou prestes a lhe contar não seja uma boa notícia.

51

Quando uma ministra renuncia por causa de algum escândalo, a imprensa mergulha suas canetas em sangue e explora ao máximo. Porém, se a renúncia se deve a uma doença, o que prevalece é uma atitude bastante diferente, especialmente quando a ministra em questão é querida e respeitada.

As tradicionais cartas entre a primeira-ministra e uma colega que tem de renunciar inesperadamente foram trocadas, mas dessa vez ninguém podia ignorar a tristeza genuína de ambos os lados.

Foi o trabalho mais emocionante que já fiz na vida e um privilégio servir em sua administração.

A primeira-ministra escreveu em resposta: *Sua contribuição excepcional à vida pública e o generoso serviço ao seu país não serão esquecidos.*

Nem a primeira-ministra nem a ministra mencionaram o motivo da partida repentina de Emma.

O médico mais renomado do país reconheceu que jamais vira uma paciente receber notícias assim com tanta dignidade e compostura. O único sinal de fragilidade humana exibido por Emma se revelou enquanto ele a acompanhava até o carro, quando por um momento ela se apoiou no braço do médico. Ela fez apenas um pedido, com o qual ele concordou sem hesitar.

Lorde Samuels permaneceu na calçada até o carro da ministra desaparecer. Ele então voltou ao seu consultório e, como ela havia solicitado, deu três telefonemas para três pessoas que nunca tinham falado com ele: Sir Harry Clifton, o Lorde Chanceler e a primeira-ministra.

Um deles desmoronou e chorou, e foi incapaz de responder, enquanto a outra imediatamente cancelou a agenda, explicando à equipe que queria visitar um amigo. Ambos, concluiu Lorde Samuels, eram feitos da mesma nobre fibra da grande dama que acabara de sair de seu consultório. Mas a ligação que ele mais temia era a que ele havia adiado até o fim.

Quando Lorde Samuels contou a Harry que sua esposa tinha doença do neurônio motor e só podia esperar viver por mais um ano, dezoito meses no máximo, ele desmoronou. Demorou um pouco para se recuperar o suficiente para aceitar que um deles precisava permanecer forte.

Quando Emma saiu do departamento de Saúde pela última vez, ela foi levada para casa e encontrou Harry à sua espera na porta. Ambos permaneceram calados quando ele a abraçou. É impressionante o quão pouco precisa ser dito quando se está junto há mais de cinquenta anos.

A essa altura Harry já havia telefonado a todos os membros da família para que soubessem das notícias devastadoras antes de lerem a respeito na imprensa. Ele também escreveu meia dúzia de cartas, explicando que, por motivos pessoais, estava cancelando todos os compromissos e não aceitaria novos, fossem sociais ou profissionais.

Na manhã seguinte, Harry levou Emma até a casa em Somerset para que eles pudessem começar sua nova vida. Ele arrumou uma cama na sala de estar para que ela não precisasse subir as escadas e liberou a mesa da biblioteca para que pudesse começar a responder às pilhas de cartas que chegavam a cada entrega do correio. Harry abria cada uma delas e as colocava em pilhas separadas: família, amigos, colegas, aqueles que trabalhavam no NHS, com uma pilha especial para jovens mulheres de todo o país, que Emma até então nem conhecia, que não só queriam agradecer, mas mencionavam repetidamente as palavras "exemplo a ser seguido".

Havia outra pilha de cartas particularmente grande que levantava o ânimo de Emma toda vez que ela lia uma delas. Colegas, que mesmo não compartilhando de suas convicções políticas, queriam expressar sua admiração e respeito pela maneira como ela nunca deixara de ouvir seus pontos de vista e, às vezes, até se dispunha a mudar de ideia.

Embora sua remessa postal não diminuísse por várias semanas, Emma respondeu a todas as pessoas que se deram ao trabalho de lhe escrever, parando apenas quando não tinha mais forças para segurar a caneta. Depois disso, passou a ditar suas respostas a Harry, que acrescentou "escriba" às suas muitas outras responsabilidades. No entanto, ela ainda insistia em verificar todas elas antes de adicionar sua assinatura. Quando, depois de um tempo, isso se tornou impossível, Harry as assinava em seu nome.

O dr. Richards a visitava duas vezes por semana e mantinha Harry informado sobre o que ele deveria esperar a seguir, embora o velho clínico geral admitisse que se sentia impotente porque havia pouco que ele poderia fazer além de demonstrar empatia e prescrever uma infinidade de pílulas que esperava aliviar a dor de Emma.

Nas primeiras semanas, Emma pôde desfrutar de uma caminhada matinal com Harry, mas não demorou muito para ela se apoiar no braço dele, depois depender de uma bengala, antes de finalmente sucumbir a uma cadeira de rodas que Harry tinha comprado sem ela saber.

Durante os primeiros meses, era Emma quem mais falava, nunca deixando de expressar suas opiniões fortemente defendidas sobre o que estava acontecendo no mundo, embora agora só acompanhasse os acontecimentos através dos jornais da manhã e do noticiário da noite na televisão. Ela ficou feliz ao assistir ao presidente Bush e à sra. Thatcher assinarem um tratado de paz com o presidente Gorbachev em Paris, finalmente encerrando a Guerra Fria. Poucos dias depois, porém, ficou horrorizada ao saber que alguns de seus antigos colegas parlamentares em Londres estavam planejando remover a primeira--ministra do cargo. Ela precisava lembrá-los de que a Dama de Ferro havia vencido três eleições consecutivas?

Emma reuniu forças para ditar uma longa carta a Margaret, deixando suas opiniões bem objetivas, e ficou espantada ao receber uma resposta ainda mais longa pelo correio. Ela desejava estar ainda em Westminster, onde teria percorrido os corredores, dizendo cara a cara aos seus colegas exatamente o que pensava deles.

Embora seu cérebro permanecesse afiado, seu corpo continuava se deteriorando e sua capacidade de falar se tornava mais limitada a cada semana que passava. No entanto, ela nunca deixou de expressar sua alegria sempre que um membro da família aparecia e se revezava para levá-la para um passeio no jardim.

A pequena Lucy conversava, mantendo a bisavó atualizada sobre o que vinha fazendo. Ela era o único membro da família que não entendia completamente o que estava acontecendo, o que tornava o relacionamento delas muito especial.

Jake se tornara um mocinho e fingia ser muito adulto, enquanto o sobrinho, Freddie, agora em seu primeiro ano na Cambridge, era quieto e atencioso, e discutia os assuntos atuais com Emma como se ela ainda estivesse no cargo. Ela gostaria de viver o suficiente para vê-lo assumir um cargo na Câmara dos Comuns, mas sabia que isso não seria possível.

Jessica disse à avó, enquanto empurrava a cadeira de rodas pelo jardim, que sua exposição *A Árvore da Vida* seria inaugurada em breve e ela ainda esperava ser selecionada para o Prêmio Turner, mas acrescentou:

— É melhor esperar sentada!

Sebastian e Samantha dirigiam até Somerset todo fim de semana, e Seb tentava corajosamente manter a alegria sempre que estava na presença da mãe, mas confidenciara a seu tio Giles que ele estava ficando tão preocupado com o pai quanto com a mãe. *Harry está à beira da exaustão*, foram as palavras que Giles escreveu em uma carta para sua irmã Grace naquela noite.

Giles e Karin passavam o máximo de tempo possível em Manor House e telefonavam regularmente para Grace, que estava dividida entre suas responsabilidades com os alunos e o bem-estar da irmã. Quando as aulas acabaram, nas férias de verão, ela tomou o primeiro trem para Bristol. Giles a pegou em Temple Meads e avisou o quanto a saúde da irmã havia se deteriorado desde a última vez que a vira. Grace estava bem preparada para a condição de Emma, mas o choque foi ver Harry, que se tornara um velho.

Grace começou a cuidar dos dois, mas, na visita seguinte de Giles, ela o avisara de que não achava que Emma sobreviveria para ver as folhas de outono caírem.

A publicação de *Cara ou Coroa* chegou e passou sem abalar em nada o dia a dia dos Clifton. Harry não viajou aos Estados Unidos para a turnê programada para onze cidades, nem visitou a Índia para discursar no Festival Literário de Bombaim.

Durante esse período, ele só foi a Londres uma vez, não para visitar sua editora ou para palestrar no almoço literário de Foyle, mas para dizer a Roger Kirby que não iria adiante com sua cirurgia de câncer de próstata, pois não estava disposto a ficar incapacitado por qualquer período de tempo.

O cirurgião mostrou empatia, mas apontou que, se as células cancerígenas conseguissem escapar da próstata e atacassem seus ossos e fígado, a vida de Harry estaria em perigo. Suas palavras caíram em ouvidos moucos.

— Discutiremos novamente o assunto quando...

Harry tinha mais uma tarefa a realizar antes que pudesse retornar a Manor House. Ele prometeu a Emma que pegaria uma cópia de seu romance favorito na Hatchards a fim de poder ler um capítulo para ela todas as noites. Quando saltou do táxi em Piccadilly, não notou a vitrine onde havia apenas um livro em exposição com uma faixa que dizia:

A SENSAÇÃO LITERÁRIA DO ANO

Ele entrou na livraria e, assim que encontrou um exemplar de *O moinho à beira do rio Floss*, entregou uma nota de dez libras para a jovem atrás do balcão. Ela colocou o livro em uma sacola e, quando ele se virou para sair, ela olhou mais de perto o cliente, imaginando por um momento se seria possível.

Ela foi até a mesa central e pegou uma cópia de *Cara ou Coroa* e o virou para ver a fotografia do autor na orelha da contracapa, antes de espiar pela janela o homem que embarcava em um táxi. Ela pensou por um momento que poderia ser Harry Clifton, mas olhando a foto mais de perto percebeu que o homem com a barba por fazer, com cabelos grisalhos despenteados que acabara de atender, era velho demais. Afinal, a fotografia havia sido tirada há menos de um ano.

Ela devolveu o livro ao topo da mesa dos mais vendidos, onde estivera nas últimas onze semanas.

Quando Emma finalmente acabou confinada à sua cama, o dr. Richards alertou Harry de que agora isso poderia ser apenas uma questão de semanas.

Embora Harry raramente a deixasse sozinha por mais de alguns minutos, achava difícil suportar a dor que a esposa tinha de suportar. Ela agora mal conseguia engolir nada além de líquidos, e até a capacidade de falar a abandonara. Então ela começou a se comunicar piscando os olhos. Uma vez para sim, duas vezes para não. Três vezes, por favor, quatro vezes, obrigada. Harry a lembrava de que três e quatro piscadas eram desnecessárias, mas podia ouvi-la dizendo *que boas maneiras nunca são desnecessárias*.

Sempre que a escuridão tomava conta do quarto, Harry acendia a luz da cabeceira e lia outro capítulo para ela, esperando que ela adormecesse rapidamente.

Após uma de suas visitas matinais, o dr. Richards puxou Harry para o lado.

— Não vai demorar muito agora.

Ultimamente, a única preocupação de Harry era quanto tempo Emma ainda teria de sofrer. Ele respondeu:

— Vamos torcer para que você esteja certo.

Naquela noite, ele se sentou na beirada da cama e continuou lendo.

— Este é um mundo intrigante, e o velho Harry tem um dedo nele. Emma sorriu.

Quando chegou ao final do capítulo, ele fechou o livro e olhou para a mulher com quem compartilhara toda sua vida, mas que claramente não queria mais viver. Ele se inclinou e sussurrou:

— Eu amo você, minha querida. — Emma piscou quatro vezes.

— A dor é insuportável? — Uma piscada.

— Não vai demorar muito mais agora. — Três piscadas, seguidas de um olhar suplicante.

Ele a beijou gentilmente nos lábios.

— Só amei uma mulher em toda minha vida — sussurrou Harry. Quatro piscadas. — E rezo para que não demore muito para nos vermos novamente. Um piscada, seguida de três, e depois quatro.

Ele segurou a mão da esposa, fechou os olhos e perguntou a um Deus, de cuja existência não tinha mais certeza, para perdoá-lo. Ele então pegou um travesseiro antes que pudesse mudar de ideia e olhou para ela mais uma vez.

Uma piscada, seguida por três. Ele hesitou.

Uma piscada, repetida a cada poucos segundos.

Ele baixou o travesseiro suavemente no rosto de Emma.

Suas mãos e pernas tremeram por alguns instantes antes que ela ficasse quieta, mas ele continuou pressionando. Quando finalmente levantou o travesseiro, havia um sorriso no rosto de Emma como se ela estivesse desfrutando de seu primeiro descanso em meses.

Harry a segurou nos braços enquanto as primeiras folhas de outono começaram a cair.

O dr. Richards apareceu na manhã seguinte e, se ficou surpreso ao descobrir que sua paciente havia morrido durante a noite, não mencionou isso a Harry. Ele simplesmente escreveu no atestado de óbito: morreu durante o sono como resultado de Doença do Neurônio Motor. Mas ele era um velho amigo, assim como o médico da família.

Emma havia deixado instruções claras de que queria um funeral tranquilo com a presença apenas de familiares e amigos íntimos. Sem flores e com doações para o Bristol Royal Infirmary. Seus desejos foram atendidos fielmente, mas ela não tinha como saber quantas pessoas a consideravam uma amiga íntima.

A igreja da Vila estava lotada de moradores locais e outros que não eram tão locais, como Harry descobriu quando caminhou pelo corredor para se juntar ao restante da família no banco da frente e passou por um ex-primeiro-ministro sentado na terceira fila.

Ele não conseguia se lembrar muito da missa, pois estava preocupado, mas tentou se concentrar quando o vigário fez seu emocionante discurso fúnebre.

Depois que o caixão desceu à sepultura e toda a terra foi lançada sobre ele, Harry foi um dos últimos a deixar o túmulo. Quando voltou a Manor House para se juntar ao restante da família, descobriu que não conseguia se lembrar do nome de Lucy.

Grace ficou de olho nele quando ele se sentou em silêncio na sala de estar onde conheceu Emma — bem, não exatamente conheceu.

— Todos já foram — disse ela, mas ele apenas ficou sentado, olhando pela janela.

Quando o sol desapareceu atrás do carvalho mais alto, ele se levantou, atravessou o corredor e subiu lentamente as escadas para o quarto. Despiu-se e se deitou em uma cama vazia, não mais interessado em continuar nesse mundo.

Os médicos dirão que não é possível morrer de tristeza. Mas Harry morreu nove dias depois.

O atestado de óbito indicava a causa da morte como câncer, mas, como ressaltou o dr. Richards, se Harry quisesse, poderia ter vivido por mais dez, talvez vinte anos.

As instruções de Harry eram tão claras quanto as de Emma. Ele queria, como ela, um funeral reservado. Seu único pedido era ser enterrado ao lado da esposa. Seus desejos foram atendidos e, quando a família retornou a Manor House após o funeral, Giles os reuniu na sala de estar e pediu que fizessem um brinde a seu amigo mais antigo e mais querido.

— Espero — acrescentou ele — que vocês me permitam fazer uma coisa que eu sei que Harry não teria aprovado. — A família ouviu em silêncio sua proposta.

— Ele certamente não teria aprovado — concluiu Grace. — Mas Emma, sim, porque ela me disse isso.

Giles olhou para cada membro da família, mas não precisou procurar a aprovação deles, porque estava claro que todos concordavam.

HARRY ARTHUR CLIFTON

1920–1992

52

Suas instruções não poderiam ter sido mais óbvias, mas também esse ritual estava em vigor desde 1621.

O Honorável Lorde Barrington da Zona Portuária de Bristol chegaria à Catedral de São Paulo às 10h50 na manhã de 10 de abril de 1992. Às 10h55, ele seria encontrado na porta noroeste pelo reverendo Eric Evans, cânone residente. Às 10h55, o cânone acompanharia o Lorde Chanceler até a catedral e depois seguiriam para a frente da nave onde ele deveria "pousar" — palavras do cânone — às 10h59.

Quando o relógio da catedral anunciasse as onze horas da manhã, o organista tocaria as notas de abertura de *All People that on Earth Dwell*, e a congregação se levantaria e cantaria, assegurou o deão. Desde aquele momento até a bênção final do deão, a missa fúnebre seria conduzida pelo reverendo Barry Donaldson, o bispo de Bristol e um dos amigos mais antigos de Harry. Giles só teria mais um papel a desempenhar no palco eclesiástico.

Ele passou semanas se preparando para esse único momento, porque achava que devia ser digno de seu amigo mais velho e, igualmente importante, que Emma aprovasse. Ele havia até ensaiado o trajeto de Smith Square até a catedral exatamente no mesmo horário na semana anterior para garantir que não chegasse tarde. O trajeto levou 24 minutos. Então ele decidiu sair de casa às 10h15. Melhor chegar alguns minutos mais cedo, disse ele ao motorista, do que alguns minutos atrasado. Sempre dá para diminuir a velocidade, mas o tráfego de Londres nem sempre permite que você acelere.

Giles levantou-se pouco depois das cinco da manhã do dia da missa de corpo presente, pois sabia que não conseguiria voltar a dormir. Ele vestiu um roupão, foi até o escritório e leu o discurso fúnebre mais uma vez. Como Harry com seus romances, ele estava agora no décimo quarto rascunho ou seria o décimo quinto? Fez algumas mudanças, uma palavra ocasional, uma frase adicionada. Ele se sentia confiante de que não poderia fazer mais, mas ainda precisava verificar o tempo.

Ele leu novamente, sem parar, pouco menos de quinze minutos. Winston Churchill havia lhe dito uma vez: "Um discurso importante deve levar uma hora para cada minuto que levará para ser proferido e, ao mesmo tempo, meu garoto, você deve deixar sua plateia convencida de que foi feito de improviso." Essa era a diferença entre um mero palestrante e um orador, sugeriu Churchill.

Giles levantou-se, afastou a cadeira e começou a fazer o discurso como se estivesse dirigindo-se a um público de mil pessoas, embora não tivesse ideia do tamanho da congregação. O cânone lhe dissera que a catedral podia acomodar confortavelmente duas mil pessoas, mas só conseguia isso em raras ocasiões, como o funeral de um membro da família real ou uma missa de corpo presente de um primeiro-ministro, e nem todos eles conseguiam garantir uma casa cheia.

— Não se preocupe — acrescentou ele —, pois se seiscentas pessoas comparecerem conseguiremos encher a nave, bloquearemos a capela-mor e parecerá que a nave está lotada. Somente nossos fiéis regulares perceberão.

Giles apenas rezou para que a nave estivesse cheia, pois não queria decepcionar o amigo. Ele largou o discurso quatorze minutos depois. Então voltou para o quarto e encontrou Karin ainda de roupão.

— Precisamos ir — anunciou ele.

— Claro que sim, meu querido — disse Karin —, isto é, se você está pensando em caminhar até a catedral. Se sair agora, chegará a tempo para receber o deão — acrescentou ela antes de desaparecer no banheiro.

Enquanto Giles ensaiava seu discurso no andar de baixo, ela preparava uma camisa branca, a gravata da Bristol Grammar School e um terno escuro que voltara da lavanderia no dia anterior. Giles não demorou para se vestir, finalmente selecionando um par de abotoaduras de ouro que Harry lhe dera no dia de seu casamento. Depois de se olhar no espelho, andou inquieto pelo quarto, repetindo parágrafos inteiros de seu discurso em voz alta e constantemente olhando para o relógio. Quanto tempo ela ia demorar?

Quando Karin reapareceu, vinte minutos depois, usava um vestido azul-marinho simples que Giles nunca vira, adornado com um broche de ouro. Ela deixaria Harry orgulhoso.

— Hora de partir — anunciou ela calmamente.

Ao saírem de casa, Giles ficou aliviado ao ver que Tom já estava parado ao lado da porta traseira do carro.

— Vamos, Tom — disse ele, afundando no banco de trás, olhando novamente o relógio.

Tom saiu tranquilamente da Smith Square como convinha à ocasião. Passou pelo Palácio de Westminster e pela Praça do Parlamento antes de seguir por Victoria Embankment.

— O tráfego parece extraordinariamente pesado hoje — disse Giles, mais uma vez olhando para o relógio.

— Mais ou menos como na semana passada — observou Tom.

Giles não comentou o fato de que todos os semáforos pareciam fechar quando eles se aproximavam. Ele estava convencido de que se atrasariam.

Enquanto passavam pelos grifos que anunciam a cidade de Londres, Giles começou a relaxar pela primeira vez, pois agora parecia que eles chegariam dez minutos mais cedo. E estavam de fato adiantados, mas por algo que nenhum deles havia previsto.

A cerca de 800 metros, onde já era possível avistar a cúpula da catedral, Tom avistou uma barreira do outro lado da rua que não estava lá na semana anterior, quando haviam ensaiado o trajeto. Um policial levantou o braço para detê-los, e Tom abaixou a janela e disse:

— O Lorde Chanceler.

O policial fez uma saudação e acenou com a cabeça para um colega, que levantou a barreira para permitir que eles passassem.

Giles estava feliz por terem chegado cedo porque estavam se movendo muito devagar. Multidões de pedestres se amontoavam nas calçadas e transbordavam para a rua, finalmente fazendo com que o carro quase parasse.

— Pare aqui, Tom — pediu Giles. — Nós vamos ter de ir a pé os últimos cem metros.

Tom parou no meio da rua e correu para abrir a porta de trás, mas, quando chegou lá, Giles e Karin já estavam atravessando a multidão. As pessoas abriram caminho quando o reconheceram, e algumas começaram a aplaudir.

Giles estava prestes a agradecer os aplausos no momento em que Karin sussurrou:

— Não se esqueça de que eles estão aplaudindo Harry, não você.

Eles finalmente chegaram aos degraus da catedral e começaram a subir por um corredor de canetas e lápis erguidos por aqueles que desejavam lembrar de Harry não apenas como autor, mas também como defensor dos direitos civis.

Giles olhou para cima e viu Eric Evans, cânone residente, esperando por eles no último degrau.

— Estava enganado, não é mesmo? — disse ele, sorrindo. — Deve ser coisa de autor, sempre mais popular que políticos.

Giles riu nervosamente enquanto o cânone os escoltava pela porta noroeste e entraram na catedral, onde aqueles que haviam chegado tarde, mesmo que tivessem passe livre, estavam de pé ao lado da nave, enquanto aqueles que não tinham amontoavam-se nos fundos como fãs de futebol em arquibancadas lotadas.

Karin sabia que o riso de Giles era uma mistura de nervosismo e adrenalina. Na verdade, ela nunca o vira tão nervoso.

— Relaxe — sussurrou ela quando o deão os conduzia pelo longo corredor de mármore, passando pelo memorial de Wellington e pela congregação lotada, até seus lugares na cabeceira da nave. Giles reconheceu várias pessoas enquanto avançavam lentamente em direção ao altar-mor. Aaron Guinzburg estava sentado ao lado de Ian Chapman, dr. Richards, com Lorde Samuel, Hakim Bishara e Arnold Hardcastle representando o Farthings, Sir Alan Redneck estava ao lado de Sir John Rennie, enquanto Victor Kaufman e seu antigo colega, o professor Algernon Deakins, estavam sentados perto da frente.

Mas foram duas mulheres, sentadas sozinhas, que o pegaram de surpresa. Uma senhora idosa elegante, que inclinou a cabeça quando Giles passou, estava sentada perto dos fundos, claramente não desejando mais ser reconhecida como uma duquesa-viúva esperava, enquanto na fileira diretamente atrás da família havia outra senhora idosa que viajara de Moscou para homenagear o querido amigo de seu falecido marido.

Depois de ocuparem seus lugares na primeira fila, Giles pegou o missal que havia sido preparado por Grace. A capa era adornada com um retrato simples de Sir Harry Clifton, Cavaleiro-Comendador da Ordem do Império Britânico, desenhado pela mais recente vencedora do Prêmio Turner.

O missal poderia muito bem ter sido escolhido pelo próprio Harry, pois refletia seus gostos pessoais: tradicional, popular, sem a preocupação de ser descrito como romântico. Sua mãe teria aprovado.

A congregação foi recebida pelo reverendo Barry Donaldson, o lorde bispo de Bristol, que os conduziu em oração em memória de Harry. A primeira lição foi lida por Jake, cuja cabeça mal podia ser vista acima do púlpito.

— 1 Coríntios 13. *Se eu falar as línguas dos homens e dos anjos...*
O coro de St. Mary's Redcliffe, onde Harry fora corista, cantou *Rejoice that Lord has Risen!*

Sebastian, como o novo chefe da família Clifton, caminhou lentamente até o púlpito norte para ler a segunda lição, Apocalipse 21, e apenas conseguiu expressar as palavras.

— *Vi um novo céu e uma nova terra; porque o primeiro céu e a primeira terra já se foram, e o mar já não é...* — Quando retornou ao seu lugar no banco da frente, Giles não pôde deixar de notar que os cabelos de seu sobrinho estavam começando a ficar grisalhos nas têmporas, o que era bastante apropriado, refletiu ele, para um homem que havia sido eleito recentemente para o conselho diretor do Banco da Inglaterra.

A congregação se levantou para se juntar a todos os que estavam do lado de fora da catedral, cantando a música favorita de Harry, *Sit Down, You're Rockin' the Boat*, do musical Guys and Dolls. Talvez pela primeira vez na história da catedral, gritos de "Bis" soaram tanto do lado de dentro quanto de fora; lá dentro, onde o Exército de Salvação era liderado pela srta. Adelaide representando Emma, enquanto lá fora havia mil Sky Mastersons representantes de Harry.

O deão assentiu e o mestre do coral ergueu o bastão mais uma vez. Giles foi provavelmente a única pessoa que não se juntou quando a congregação começou a cantar: *And did those feet in ancient times...* Mais nervoso a cada minuto, ele colocou o missal ao seu lado e se agarrou ao banco na esperança de que ninguém pudesse ver suas mãos tremendo.

Quando a congregação chegou em *Till we have built Jerusalem...* Giles virou-se na direção do deão parado ao seu lado. Ele fez uma reverência. Deveria ser 11h41.

Giles levantou-se, foi até o corredor e seguiu o deão até os degraus do púlpito, onde ele se curvou novamente antes de deixá-lo com as palavras *In England's green and pleasant land* ecoando em seus ouvidos. Quando Giles se virou para subir os treze degraus, podia ouvir a voz de Harry lhe dizendo: *Boa sorte, meu velho amigo, melhor você do que eu.*

Quando alcançou o púlpito, Giles colocou o discurso no pequeno púlpito de bronze e olhou para a congregação lotada. Apenas um assento estava vazio. Depois da última frase da obra-prima de Blake, a congregação retomou seus lugares. Giles olhou para a esquerda e viu a estátua de Nelson, seu único olho olhando diretamente para ele, e esperou que a plateia se acalmasse antes que iniciasse seu discurso.

— *Foi o mais nobre dos romanos.*

"Muitas pessoas ao longo dos anos me perguntaram se era óbvio, quando conheci Harry Clifton, que eu estava na presença de um indivíduo verdadeiramente notável, e tenho que dizer que não, não era. Na verdade, o mero acaso nos uniu ou, para ser mais exato, o alfabeto. Como meu nome era Barrington, acabei na cama ao lado de Clifton no dormitório em nosso primeiro dia na St. Bede's, e a partir desse acaso aleatório nasceu uma amizade de toda uma vida.

"Estava claro para mim desde o início que eu era o ser humano superior. Afinal, o garoto que havia sido colocado ao meu lado não apenas chorou a noite toda, mas também molhou a cama."

O som das risadas vindo de fora rapidamente se espalhou por aqueles dentro da catedral, ajudando Giles a relaxar.

— Essa superioridade natural continuou a se manifestar na manhã seguinte, quando ele entrou no banheiro. Embora Clifton tivesse uma escova de dentes, ele não tinha pasta e precisou pegar a minha emprestada. Quando nos juntamos aos outros garotos para o café da manhã, minha superioridade se tornou ainda mais evidente quando ficou claro que Clifton nunca havia sido apresentado a uma omelete antes, porque ele tentou comê-la com uma colher. Depois do café da manhã, todos partimos para o salão principal para nossa primeira assembleia a ser dirigida pelo diretor. Embora Clifton claramente não fosse meu igual; afinal, ele era filho de um estivador, e meu pai era o dono das docas, enquanto sua mãe era garçonete e minha mãe era Lady Barrington. Como poderíamos ser iguais? No entanto, eu ainda assim permiti que ele se sentasse ao meu lado.

"Quando a assembleia terminou, fomos para a sala de aula para nossa primeira aula, onde, novamente, o Clifton deveria se sentar ao lado do Barrington. Infelizmente, quando o sinal tocou, minha mítica superioridade se dissipou mais rapidamente do que a névoa da manhã com o nascer do sol. Não demorei muito para perceber que eu andaria na sombra de Harry pelo resto da minha vida, pois ele estava destinado a provar, muito além do minúsculo mundo que ocupávamos, que a caneta é realmente mais poderosa do que a espada.

"Essa situação continuou depois que saímos da St. Bede's e progredimos para a Bristol Grammar School, quando fui colocado ao lado de meu amigo mais uma vez, mas devo admitir que só conquistei uma vaga naquela escola porque eles precisavam de um novo pavilhão de críquete, e meu pai pagou por ele."

Enquanto os que estavam do lado de fora riram e aplaudiram, o decoro permitiu apenas risadas educadas dentro da catedral.

— Fui capitão do time principal da escola, enquanto Harry ganhou o prêmio de Inglês e uma bolsa de estudos para Oxford. Também consegui entrar em Oxford, mas somente depois de ter marcado cem *runs* no Lord's para o Young MCC.

Giles esperou que o riso diminuísse antes de continuar.

— E então aconteceu algo para o qual eu não estava preparado. Harry se apaixonou por minha irmã Emma. Confesso que na época achei que ele poderia ter se saído melhor. Em minha defesa, eu não sabia que ela ganharia a melhor bolsa de estudos para Somerville College, Oxford, e se tornaria a primeira mulher presidente de uma empresa de capital aberto, presidente de um hospital do SNS e ministra da Coroa. Não pela primeira vez, nem pela última, Harry teve de me provar que estava errado. Eu nem era mais o Barrington superior. Talvez não seja o momento de mencionar minha irmã caçula, Grace, que ainda estava na escola, e depois se tornara professora de inglês em Cambridge. Agora estou relegado ao terceiro lugar na hierarquia dos Barrington.

"A essa altura, eu havia aceitado que Harry era o superior. Por isso me certifiquei de compartilhar as aulas de tutoria, pois havia planejado que ele fizesse meus trabalhos enquanto praticava minhas rebatidas. No entanto, Adolf Hitler, um homem que nunca jogou críquete na vida, acabou com isso e nos levou a seguir caminhos separados.

"*Todos os mais conspiradores, tirante ele,*
O feito realizaram por inveja de César.

"Harry fez com que me sentisse envergonhado quando deixou Oxford e se alistou antes mesmo de a guerra ser declarada, e, quando o segui, seu navio havia sido afundado por um submarino alemão. Todos presumiram que ele havia morrido no mar. Mas não se pode se livrar de Harry Clifton tão facilmente. Ele foi resgatado pelos americanos e passou o resto da guerra atrás das linhas inimigas, enquanto eu acabei em um campo de prisioneiros de guerra na Alemanha. Tenho a sensação de que, se o tenente Clifton estivesse no beliche ao meu lado em Weinsberg, eu teria escapado muito mais cedo.

"Harry nunca conversou comigo ou com ninguém sobre a guerra, apesar de ter recebido a prestigiada Estrela de Prata por seus serviços como jovem capitão do Exército dos EUA. Mas quando se lê sua citação, como eu fiz quando visitei Washington como ministro de Relações Exteriores, descobre-se que, com a ajuda de um cabo irlandês, um jipe e duas pistolas, ele convenceu o marechal de campo Kertel, o comandante de uma divisão de blindados, a ordenar que seus homens largassem suas armas e se rendessem. Pouco depois, o jipe de Harry foi explodido por uma mina terrestre enquanto ele viajava de volta para seu batalhão. O motorista morreu e Harry foi levado de avião para o Bristol Royal Infirmary sem esperanças de que sobrevivesse ao trajeto. No entanto, os deuses tinham outros planos para Harry Clifton que nem eu pensaria ser possível.

"Depois que a guerra terminou e Harry se recuperou completamente, ele e Emma se casaram e se mudaram para a casa ao lado, embora eu confesse que alguns hectares ainda nos dividem. De volta ao mundo real, eu queria ser político, enquanto Harry tinha planos de ser escritor. Então, mais uma vez, seguimos caminhos diferentes.

"Quando me tornei membro do Parlamento, senti que finalmente éramos iguais, até descobrir que as pessoas estavam lendo mais os livros de Harry do que votando em mim. Meu único consolo foi que o herói fictício de Harry, William Warwick, filho de um conde, bonito, bastante inteligente e uma figura heroica, obviamente foi baseado em mim."

Mais risadas se seguiram, e Giles virou para a próxima página.

— Mas ficou ainda pior. A cada novo livro que Harry escrevia, mais e mais leitores se juntaram a sua legião de fãs, enquanto cada vez que eu me candidatava obtinha menos votos.

"Bruto, apenas, foi levado por uma ideia honesta
E o bem de todos a ligar-se aos demais.

"E então, sem aviso prévio, como é a maneira caprichosa do destino, a vida de Harry teve outra reviravolta, quando ele foi convidado para ser o presidente do PEN Clube inglês, um papel no qual ele exibiria habilidades que despertariam a inveja de muitos que se consideram estadistas.

"O PEN garantiu a ele que não passava de uma posição honorária e ele não deveria ser muito exigente. Eles claramente não tinham ideia de com quem estavam lidando. Na primeira reunião que Harry compareceu como presidente, teve conhecimento do destino de um homem que poucos de nós já tínhamos ouvido falar na época, ele estava definhando em um *gulag* siberiano. Graças ao senso de justiça de Harry, Anatoly Babakov se tornou um nome familiar e parte de nossas vidas diárias."

Dessa vez, os aplausos dentro e fora da catedral continuavam, enquanto as pessoas pegavam suas canetas e as seguravam no ar.

468

—- Graças à determinação implacável de Harry, o mundo livre assumiu a causa do grande escritor russo, forçando esse regime despótico a ceder e finalmente libertá-lo.

Giles fez uma pausa e olhou para a congregação lotada antes de acrescentar:

— E hoje, a esposa de Anatoly Babakov, Yelena, voou de Moscou para estar conosco e homenagear o homem que teve a coragem de desafiar os russos em seu próprio quintal, tornando possível que seu marido fosse libertado, ganhasse o Prêmio Nobel e se juntasse aos gigantes da literatura cujos nomes são lembrados por muito tempo depois de todos nós já termos sido esquecidos.

Dessa vez, levou mais de um minuto para os aplausos cessarem. Giles esperou até que houvesse silêncio antes de continuar:

— Quantos de vocês aqui presentes hoje sabem que Harry não aceitou o título de cavaleiro porque se recusou a receber tamanha honra enquanto Anatoly Babakov ainda estava na prisão. Foi sua esposa Emma, vários anos depois, quando o palácio escreveu pela segunda vez, quem o convenceu de que deveria aceitar, não em reconhecimento ao seu trabalho como escritor, mas como ativista dos direitos humanos.

"Uma vez perguntei a esse homem modesto e gentil o que ele considerava sua maior conquista: liderar as listas de mais vendidos em todo o mundo, tornar-se um Cavaleiro do reino ou mostrar ao mundo a genialidade e a coragem de seu colega autor, Anatoly Babakov? Sua resposta imediata foi: "Casar-se com sua irmã, porque ela nunca cessa de me fazer elevar meus padrões, o que me leva a alturas cada vez maiores." Se Harry alguma vez se gabou, foi apenas do orgulho que tinha das realizações de Emma. A inveja nunca permeou seus pensamentos. Ele só se deleitava com o sucesso de outras pessoas.

"Era de vida tranquila,

E os elementos de tal modo nele vieram a se unir que a natureza podia levantar-se

"Em nossa família, temos uma tradição de que toda véspera de Ano-Novo revelamos nossa resolução para os próximos doze meses. Alguns anos atrás, Harry admitiu com certa hesitação que tentaria escrever um romance que seria admirado por sua mãe, que era sua crítica mais exigente. E você, Giles, ele me perguntou, qual será sua resolução de ano novo? Vou perder seis quilos, eu disse a ele."

Giles esperou que o riso diminuísse com a mão apoiada sobre a barriga e um exemplar de *Cara ou Coroa* para que todos pudessem ver.

— Ganhei mais cinco quilos, enquanto o livro de Harry vendeu um milhão de cópias na primeira semana de lançamento. Mas ainda considerava mais importante do que sua cunhada Grace, ex-professora de inglês em Cambridge, a considerasse uma obra-prima da narrativa.

Giles parou por um momento, como se estivesse refletindo, antes de continuar.

— Eles me dizem que Harry Clifton está morto. Sugiro que quem se atreva a repetir essa calúnia olhe para as listas de mais vendidos em todo o mundo que provam que ele ainda permanece vivo. E quando ele estava prestes a receber os louros em reconhecimento às realizações de sua vida, os deuses decidiram intervir e nos lembrar de que ele era humano, levando a pessoa que ele mais amava.

"Quando Harry soube da trágica doença de Emma e teve de encarar o fato de que ela só tinha um ano de vida, como todos os outros obstáculos que o destino colocou em seu caminho, ele o encarou, mesmo aceitando que essa era uma batalha em que não haveria vitória.

"Ele largou imediatamente tudo, até a caneta, para se dedicar a Emma e fazer tudo ao seu alcance para aplacar a dor da esposa. Mas nenhum de nós que conviveu com eles nesses últimos dias percebeu inteiramente o preço e o peso que a dor estava infligindo a ele. Ele morreu alguns dias após a morte de Emma, em um final digno de um de seus romances.

"Eu estava ao lado de sua cama quando ele partiu, mas esperava que esse homem de letras pudesse dizer uma frase final memorável.

Ele não me decepcionou. 'Giles', me disse ele, segurando minha mão, 'acabei de ter uma ideia para um novo romance'. Me conte mais, eu disse. 'É sobre um garoto nascido nas ruas de Bristol, filho de um estivador, que se apaixona pela filha do homem que é dono das docas.' E o que acontece depois, perguntei. 'Não faço ideia', disse ele, 'mas já terei o primeiro capítulo pronto quando pegar minha caneta amanhã de manhã.'

Giles olhou para o céu e disse:

— Mal posso esperar para lê-lo. — Tentando desesperadamente se controlar, as palavras não fluindo mais, ele se virou para a última página de seu discurso, determinado a não decepcionar o amigo. Ignorando o texto, ele disse baixinho: — É verdade que Harry pediu uma saída discreta do palco da vida, e eu ignorei seus desejos. Não sou Marco Antônio — observou Giles, olhando para a congregação —, mas acredito que as palavras do bardo se aplicam tanto a Harry quanto às nobres do Bruto.

Giles parou por um momento antes de se inclinar para a frente e dizer quase num sussurro:

Era de vida tranquila, e os elementos de tal modo nele vieram a se unir, que a natureza podia levantar-se e ao mundo inteiro proclamar:

"Eis aqui, de fato, um homem!"

FIM

Impresso no Brasil pelo
Sistema Cameron da Divisão Gráfica da
DISTRIBUIDORA RECORD DE SERVIÇOS DE IMPRENSA S.A.
Rua Argentina, 171 – Rio de Janeiro, RJ – 20921-380 – Tel.: (21)2585-2000